新锐派小说作家方阵丛书

一只狗的传奇

古保祥/著

中国财富出版社

图书在版编目（CIP）数据

一只狗的传奇/古保祥著．—北京：中国财富出版社，2015.2
（新锐派小说作家方阵丛书）
ISBN 978－7－5047－5442－4

Ⅰ．①一… Ⅱ．①古… Ⅲ．①长篇小说—中国—当代 Ⅳ．①I247.5

中国版本图书馆 CIP 数据核字（2014）第 249246 号

策划编辑	张彩霞	**责任印制**	方朋远
责任编辑	张彩霞	**责任校对**	饶莉莉

出版发行	中国财富出版社		
社　　址	北京市丰台区南四环西路 188 号 5 区 20 楼	**邮政编码**	100070
电　　话	010－52227568（发行部）		010－52227588 转 307（总编室）
	010－68589540（读者服务部）		010－52227588 转 305（质检部）
网　　址	http：//www.cfpress.com.cn		
经　　销	新华书店		
印　　刷	北京兴星伟业印刷有限公司		
书　　号	ISBN 978－7－5047－5442－4/I·0177		
开　　本	710mm×1000mm　1/16	**版　　次**	2015 年 2 月第 1 版
印　　张	17	**印　　次**	2015 年 2 月第 1 次印刷
字　　数	323 千字	**定　　价**	34.00 元

目 录 Contents

1. 狗咬狗

有那么一大阵子，我少年的心中十分喜欢“变态”这个时尚的字眼，变态源于心灵的一种宣泄，更是面对生命无常的一种反应。于是，我便到处疯跑，在家乡的整个农村，到处是我无所顾忌的身影。我不穿鞋，因为那个时候没有鞋，整个夏天，我都是用脚摩擦故乡的土地，后来脚也争气得很，有了茧子，居然像鞋底一样肥厚。为此，我曾经将自己的脚染成黑色，远远地，毫无生意的补鞋匠便盯紧了我的鞋子，请我过来，说不收分文，不过是为了做一个口碑意义上的宣传罢了。

于是，我跑了过去，无可无不可的，但我却看到了那一条癞皮狗。我从小对狗有一种亲近感，曾经有一段日子，想与狗住在一块儿，曾经有过一段将狗抱到床上去的经历。那时候无所谓的，因为狗脏，人也脏，没有地方洗澡，夏天只是擦身子，擦得一块毛巾失去了原色。

因此，我对狗有感情，但也曾有过一段狗咬人的经历，我为此愤闷不已，曾经策划过一场狗咬狗的战争，让两只狗咬了起来，遍体鳞伤，但这需要灵气，因为一个说汉语或者英语的家伙，是不容易与狗交流的。我不知道这世上有没有狗语，但恐怕就是有，人类也掌握不了的，因为你没有与狗一样的基因，但与狗交流时间久了，就一定会有感情。这一点，我要说一句，任何有感情的动物，待久了都会有感情发生的，比如在教室里，你内向不爱交流，但时间却成了最大的功劳者，一旦分离时，恐怕泪会纷飞的。

正因为我小时候有着与狗打交道的记录，因此，我对狗有好印象，我甚至想着如果将来我结婚了，生个孩子，一定要在狗年出生，让他属狗。狗虽然遭人鄙夷，但狗有狗的特质与潜质，有时候，活在人世间，当狗比人痛快点。

鞋匠看到了我的脚，他眼睛近视，要像那条狗一样，时而伸着鼻子想嗅掉我脚上的泥斑，然后让我将钱交到他的手心里，从此后，他就可以过上长命百岁的生活。

我从小过惯了像狗一样的生活，对他的这点表现早已经熟稔于胸，表面上镇定，其实不会给他留下片刻的机遇。

他开始比我的脚，我痒得厉害，由于没有穿鞋，我是想故意欺骗一个老者的良心，但当我看到他拿起了针与线，准备对我的脚后跟裸露的一部分进行修补时，我怒发冲冠。

老家伙，没长眼睛，我没穿鞋，你缝缝试试，立刻血流成河，你用后半辈子的青春也偿还不起。

老家伙脾气挺犟，像头驴一样，在农村的乡下，驴是最通用的动物了，就像城市里的汽车一样普通，狗应该是汽车中的QQ。

他跳了起来，拼命地拽我的脚，任凭我如何挣扎，也无济于事，他的眼睛里放出狼一样的光芒，看来今天，他是非我不吃了，一定要想办法逃命，命比脚珍贵，脚比钱珍贵，这是现在许多人看不穿的，我才十几岁，早看穿了。

“你为何拉我?”我反抗着。

“你小子我认识，淘气包子，我非缝你的脚不可，甭以为老人家看不出来。”他回答得十分有力，容不得我解释，我立刻想起了城里那些要命的老板们，他们不人道，扣发工资，从来不让工人们说一句解释的话。

“你想如何?”我无力地虚伪解释。

“无他，你的鞋后面那么大的口子，我免费给你缝制，不然回家你母亲会打你的，准是你今天下午又去砸了人家的鱼缸，一个劲地疯跑，才将鞋子跑成这样的，没有关系，我是个鞋匠，这是我的分内职责，一个鞋匠也有职业道德的，不像某些人，拼命压榨别人的钱财，到头来，一分钱也没有带走，只带走了一个骨灰盒罢了。”他是整个村庄里唯一有知识的人，因为念过几天书，知道如何应用，如何去与女人们说话，而我对他的掌握成竹在胸，我做好了以死相抵的准备，如果让他成功，我的脚立刻会变成血的海洋，他以自己的大度换来我个人生涯的血雨腥风，他值了，我冤枉。

鞋匠跳了起来，与那条狗同时闻鸡起舞。

他跳的原因是因为狗急了跳了墙，狗在后面相中了他腿部的一条毛巾，跑过来撕咬，从某种意义上讲，狗解了我的困，而我不能袖手旁观，我对人一向仗义，对狗也不在话下。

“你应该救我，不是狗。”这是鞋匠发自肺腑的话。

我却徘徊着，从真正意义上讲，我对狗的兴趣超过人，狗有心肠，直来直去，像小胡同赶猪一样，人却容易产生非分之想，瞎想，气死你。

我决心去救一只狗，我没有考虑报纸的头版头条，我就是想救，我不知道世间的男人是否都有我这样的雄心壮志，为了一条狗可以不顾一个人，但我就是要做了，本人顶天立地，虽然不发达，虽然不成人，也可以永远长不成人，夭折掉，但今天遇上了，就是缘，就要动手，就要斩断情丝，从此做一条狗，鸡飞狗跳。

我捡起了一只大木棍，朝着他们搏斗的中间抡去，狗没有退缩，狗将我看成了同类，它是决然不会相信同类会伤害它的。

人也没有后退，因为老鞋匠自恃知识分子，一向作威作福，要挟许多男人女人到这儿补鞋，加倍收钱，他是一个守财奴，据说家里面的钱可以将自己的身体盖住。

而我，以微薄之躯，想抨击一下这个老头子的专制统治思想。

老头子倒在血泊之中，我手中的棍子砸在他的脚面上，狗也胆战心惊，因为我棍子的气浪一不小心将它的万丈雄心扫到了九霄云外。

狗向西跑，人向东跑，我成了鞋匠，人这一辈子，有时候，转换位置是瞬间的事。

就像你非常有钱，总是居高临下，没想到某一天，东边日出西边雨，你一下子成了穷光蛋，与叫花子为伍，我现在就是这种状态。

我没有去追他们，我想做一回鞋匠，每行每业都有自己的道儿，我想尝试一番，增加人生的阅历，瞬间有一种想喝酒的冲动，一杯也好，两杯也罢，酒入愁肠，化作倾盆眼泪。

没有生意上门，鞋匠去了药铺，估计会在那儿熬过一段时光。

狗估计去了自己的领域里，在我们村的东边，有一大片的坟地，那儿是狗的天下，如果村里想霸占那儿的土地，估计还得征求狗的意见，补偿金绝对不能少于一日三餐的大骨头，否则，狗会反叛。

我开始无端地恨某些人，这些人陪伴在我的周围，挥之不去，就像幽灵一样残酷无比。

药铺的花花，曾经是我父亲的相好，父亲在世时，他们关系像铁像钢，曾经让母亲吃过无数次的醋，但现在，父亲离世后，她便对昔日的情敌与情敌的儿子不冷不热起来，尤其是有病的时候。

人这一生，少不了得病，病占据生命的好几分之一吧。我经常得病，瘦弱不堪，花花说是我的基因问题，基因的事情，俺决定不了，花花说可以改良，改良的办法我可不懂。

但我知道花花的许多坏事，比如说她药铺的旁边，便是自己经营的一家狗屁超市，经常购置一些过期的食品，或者干脆与一些脏兮兮的食品厂联合，进来一些坏掉的脏了的食品。农村的孩子，不懂这些，吃了就生病，生病了就得去她的药铺，这样的连锁经营模式，蒙蔽了我们多年，家长就知道让孩子消炎，那种长长的针管子，泡在开水里，经常将人的屁股打成万朵桃花。

我可以这样说，在整个村子里，包括在整个谢旗营镇，没有哪个家伙的屁股有我受罪。生下来，身体三天两头地不舒服，我的屁股上的针眼像筛子一样地过滤，屁股肿得老高，花花出的主意，让我的母亲用100度左右的水往我的屁股上浇，目标是消肿，其实是为了转嫁她的危机罢了，肿是消了，肉烂了，她的生意兴隆的原因可见一斑。

曾经有一段时间，几个要命的小伙伴，属于那种没脸没皮的家伙，没事时，便数我屁股上的针眼子，他们打赌，看谁数得准确，据说花花那儿建立了每个人的打针档案，这是县里的统一要求。他们数了半天时间，有个家伙说一万一千一百个，我感觉好笑，没这么多吧，要这么多，我的屁股可以称得上箭靶了。加上我才十来岁，每天两针吧，也不能这样不靠谱，除非是提前没出生，便在母亲的胎里打针，这是个典型的笑话，中原式的笑话。

有个家伙说，不对，是一百一十个，我又笑，没那么少吧，如果真这样，我得感谢上苍的怜悯。

新陈代谢，肉体复原是很快的，他们只数了没有长好的一部分，长好的，早长到心里去了。

这件事情的最终结果是查了花花的档案，当然，这得花费我们好长时间，要在花花药铺没有病人的时候，更要在花花处于昏睡期时。我使的坏，虽然我手无缚鸡之力，但我的脑筋转得快，属于狗头军师那种人。

我用了麻沸散，放在花花的茶杯里，她喝了进去，此时我才知晓，她的药也是假的多，她喝了多杯，竟然毫无感觉，只是感觉有些累，扶住墙不停地喘息着，像条狗一样吮吸着世间苟延残喘的香味，当然，这种香味有可能是我们小伙伴放的臭屁，因为我刚才进去时，正好将一颗炸弹丢在那儿。

面对坏人，你就要用伎俩，要么让他们尽快升天，要么帮助他们折磨自己，让他们欲罢不能。

我年少，但总结性强，对于坏人，绝对不能让他们好过，如果让坏人好过了，这世界便本末倒置，国将不国了。

她最终还是倒了，不是药的功劳，而是屁的功劳，我才知晓，这世界上药可以是假的，可这世上的屁从来都是真的。

档案我们挨个查，查得七零八落的，从我出生的时候查起，我才知晓，我出生的第三天，由于感冒，便被花花打了三针，刚出生的孩子，不能打针的，这个家伙，我隐隐作痛，每天一次的病痛提前到来。

狗吠声传来，就是那条癞皮狗的母亲，当年也是一条英姿飒爽的狗，据说爱的能力十分旺盛，与好几条狗有着渊源，在外面的叫声，居然给我们起了至关重要的作用，因为它堵在门口，许多人不敢进来，农村里的人，没有几个人不怕狗的，狗一生气，万事皆休。

这一场事件，竟然成了人与狗的联合，我想不通，难道这一生从小的时候起便与狗有着不解之缘?

我们查了，有记录的，是八百九十针，没记录的，无从知晓，在一页档案上，大致写着我的病情，我的娘呀，我居然得了八十多种病的综合，我身上的零件没有几个不坏的：包括我的嘴唇，上面有皲裂现象；鼻子，有着典型的俄罗斯式的鼻炎，老烂，冬天把不住风，总而言之，言而总之，我庆幸，我窃喜，没有死掉。

真是人才，他们中间没有胜者，都估计多了，我知道，他们是巴着我死掉。死掉了，要摆宴席，再穷的人家也要摆的，他们就可以拿花圈给我送行，吃肉，还可以背着家长喝酒。农村的孩子，十几岁就敢喝酒了，酒是世间最好的东西，可以解乏，可以催眠，更可以让人万劫不复，当然，后者最少了，也是最坏的结果。

我拿着这个记录悲哀地去找母亲对质，我不想让自己活得不明不白，到底是多少针？我要搞清楚。

而当年，那条狗的母亲，就随着我一起回家，它成了我的护花使者。

我如此让狗疼爱有加的原因，也成了他们猜测的对象，他们说得五花八门，有鼻子有眼，将我在娘胎里的事情，也扳了出来，像一页老黄历，未经时间的检验，在祭灶前，便被扔进时间的垃圾桶里。

母亲笑个不停，我不解，我问她：

“妈，到底是多少针？总不能这些是真的吧，我查过的，没有这么多，我的屁股如今发育没啥大问题。”

“我是笑你没死，庆幸，如果你死了，我成了家里的罪人，让一个男孩子死掉，我会成为这家族的罪人，会遭到责骂的。”原来母亲的心愿如此，她卑微得要命，心愿如此小，我不死，可以不成材，已经成了她的最大理想。

但不管如何，我要搞清楚，他们认为我与狗有缘的原因。我不属狗，属马，很漂亮的那种，除了瘦弱外，我没有外在的毛病，英俊，潇洒，自由，爱使恶作剧。这样的孩子，在农村，在乡下，比比皆是，我不知道该如何表白自己的优秀，为什么那么多人认为我像狗，狗一样的孩子，在乡下，凤毛麟角。

他们分析了原因，主要原因如下：

（1）我的长相奇特，虽然谈不上丑恶，但与狗有着八分像。

这一点我承认，我曾经认真地对着镜子看过，我与那条癞皮狗有很多的相似之处。

(2) 我的走步与狗无异，生风，生电，生爱的那种，如果一条狗与我同时消失在你的眼前，你会认为这是两条狗。天生快速，是我的特长，母亲说是药产生的副作用，而我宁可认为这是母亲赐予我的天赋，我就差会轻功了。

再问，别无其他了，他们就笑，不管如何，母亲讲得有理，活着，就已经是万世的造化了，如果死掉了，快乐我一个，连累我的母亲，连累那条狗的终生，因为它失去了一位好朋友。

但我打保票，在到鞋摊之前，我只是默认狗的责任与理想，从来没有与它发生过任何一次无关痛痒的纠缠。狗就是狗，本质上是畜生，应该受到节制，不像人，可以随便地杀人，可以随便地霸占他人的领土，可以更像药一样，变着花花肠子让你的屁股变成针毡。

我为第一次当鞋匠兴奋之际，狗跑了回来，十分着急的样子表白着，我是决然不会顾及一条狗的感受的，因为它实在太无聊了，竟然想引导我学狗言狗语，我不解，便佯装不懂，而它在最后，竟然叼走了我的一条掉在地上的半水晶项链。

这可是我的护身符，我从来没有任何珍贵的东西，这一件赝品，还是母亲从神的面前祈来的，如果丢了，等于丢了魂魄。

我终于跑了起来，与狗一起，狗在前面跑，我在后面追，十分自由，脚下生风，没有鞋子的感觉，快乐到心灵深处。

居然是一片水塘，中间有水泡泡产生，狗着急地指挥着我，头一次，我觉得，如果一条狗指挥千军万马，将是如何地壮观。

冒水泡又如何？兴许是鱼儿在排兵布阵，对准备发动进攻捕鱼的家伙们防备，更或者某只死鱼，翻了白眼子。

后来看看不对，有动静，块头大，漂浮感强，有黑色物质显现，是人，不是鱼。

我有了一种当英雄的冲动，虽然在乡下，没有人说你见义勇为，更不会有人将镜头对准你，也不可能说你是故意推人家下水的。

狗吠了起来，十分冲动的样子，发怒的我头一遭有了力量，我下了水。

我不会水，河南的北方，水少，旱鸭子多，我从小便与水无缘，害怕水，曾经有一名赤脚医生说我最大的毛病便在于五行缺水，曾经要将我的名字改为古保洋，但我不允许，古保祥是父亲起的，如果要改，除非得到他老人家的恩准，现在，物是人非，物我两忘，我上哪儿去找他老人家的音容笑貌？

害怕水，但命更重要，下了水，释放了自己的神经，我拽了那人的衣服，像拖死狗一样拽到了地面上。

老鞋匠是失了疯跌进水塘的，在此之前，一定有事情发生，花花的眼睛死盯着我不放，我不知道她安什么心？

我有一种失重感，我刚刚去他那儿补了鞋，竟然发生了这样的事情，就好像一个孩子，刚刚做了错事，却又被人发现偷盗了他人财产。人间的事情，一般意义上讲，雪上加霜的情况多些，噩运从来都是不请自来，我知道自己跳进黄河也洗不清了。

事实总要面对，母亲忙不迭地跑了过来，一看我没死，一股脑子抱进怀里，又是啃，又是抱的，母亲的心思十分狭窄，她只关心自家的孩子，如果是别人出事，她只是尽义务了，或者是干脆置之不理，但我的心情十分沉重，不敢看别人的眼睛。

诊断结果出炉了，失心疯而死，这世间死了一个鞋匠，无足轻重的，但我总觉得这事情因我而起，如果不是我的挑衅，不是狗的无端攻击，不是我一棍子下去，恐怕他不会容易发病的。

我故作镇定，让别人以为我是怕见死人，忙向母亲的后面躲，而当我不经意间看到大狗的表情时，我知道自己的灾难没有逃过这世间另外一双法眼。

大狗的表情十分木然，它似乎对整件事情了若指掌，不管你是哭或者笑，狗就是狗，幸亏它的表情只有我一个人看懂，幸亏这世间，不会再有一个人如此懂得与一条狗交流，不管怎样，我还是怵它，不敢看它虎视眈眈的眼神。

花花下了结论，这儿是背乡，离政府太远，一个老人，失足落水，挣扎无果后，暴毙而亡。

接下来，要参加他的葬礼，这是我们这儿的习俗，不管是谁，村里的人都得参加，毕竟村小事少，来一个事便成了大家的事情。母亲首当其冲，她是个积极分子，因为不是自己家的人出了事情，她感谢上苍原谅了自己，愚弄了别人，所以，疯狂般的守夜，替鞋匠燃尽灯灰。

可怜的癞皮狗，不吃也不喝，就是一个劲地低头呻吟着，我不知道它为何这样，一度跑过去安慰它，它不反抗，不刁难，只是一个劲地用眼睛看我，我不敢对视它的眼睛。

有人整理鞋匠的遗物，竟然发现了一张狗证，此时，大家才知道一件事情，癞皮狗的主人竟然是鞋匠，这是头一遭听说的事情，以前谁也不清楚。

鞋匠果然是个出类拔萃者，生前竟然对狗不管不问，大家当它是流浪狗，疯狂地追打，就像小时候的我一样，疯狂地面对着花花的针管。我突然间有一种冲动感，我想收癞皮狗为自己的家奴，我想这样做是有道理的，我想补债，至少这条狗不会将我的恶作剧曝光给他人。

但我没有讲出来，由于我生性胆小、身体瘦弱的缘故，我只有在同辈面前时，才有表现的机会与勇气。那么多大人，那么多武器般的眼神，我不敢看人。

关于狗的问题，被花花提了出来，至少住宿是个问题，总不能让它晚上都回到已经魂归那世的鞋匠家里每日与一个鬼魂住在一起吧，狗也是生命，也会害怕，也会恐惧的。

花花道："我看，让瘦小子收养吧，这小子爱狗，本身长得也像条狗。"

我未置可否，母亲却搭了腔："一个死人留下的狗，不要，不行的。"

我想反驳母亲，却没敢，一向不自信是我的天赋，也是上帝送我的唯一礼物，我不敢贸然用它。

这件事情，以不愉快而告终，村长的意思是自己留了，但大家反对，因为他喜欢吃狗肉，虽然是癞皮狗，虽然瘦些，但它依然有狗的身体与肉体，如果让村长大快朵颐一场，恐怕鞋匠会追究这件事情。村长贪污惯了，不害怕牛鬼蛇神，但我们怕，我们也是参与者、举手表决者。

夜晚时分，狗居然缠着我不走，母亲拉它，它不理，一个劲儿地展示着自己高昂的脖颈，将身体上面的污泥抖得一干二净，好像在以新的身体面对一个崭新的现实。

母亲对它大打出手，母亲讨厌狗，不想让自己的儿子变成一条狗，从骨子里对世间的每一条狗恨之入骨，她不可一世地叫嚣着，对于我的阻止，毫不在意，我撵狗走，狗就是不走，好像认定了我就是它前世今生的唯一依靠。

正当我们的仗打得不可开交之时，花花出现了，她一脸的傻笑，似乎对整个事件十分清楚。

看见母亲的无理取闹后，她将母亲叫到了一边去，我则与狗儿待在一起，在外面，在乡下的夜晚，我与狗独处，真正地开始与一条狗的对话。

狗无声，狗通常会无声，尤其是在夜晚的时候，一旦狗有声，要么是家中入了贼，要么是自己认贼作父。我无语，我不敢高声语，尤其是在夜晚的时候，如果不是有一只狗与我一起，我恐怕会吓得要死，找个地缝儿钻进去，但我更担心地缝中会有更可怕的精灵存在。

房间里的声音嘤嘤成韵，我能够听得出来，这是世间两个女子的对话，一个是爱我的人，一个算得上救过我命的人，屁股上的针眼子便是明证。对于这样的人，我本该虔诚地爱她们，可是，从一定意义上来说，我讨厌其中一个人，她将我的屁股当成掌中玩物，玩了十几年，不仅如此，她竟然变态地将我屁股上所有针眼作为记录留存起来。我不知道是为什么，恐怕是等我有一天有出息了，要挟我吧，让我做牛做马，给她钱或者是干脆给她找一个小十余岁的好男人嫁了，我的猜测是有依据的，因为不良风气已经传染到了农村，不然，怎么会有那么多的病人，那么多的劣质食品？乡下的食品，无人监管。

母亲的眼睛通红，她出来时，分明一直揉着眼睛，好像进了沙子，而花花则用袖管抽出了针管，煞有介事地朝我比画着。在一条狗的面前，我不惧怕她的挑衅，狗是我的后盾，我不会再让她左右我的身体，我没有病，有病的谁知道是谁？

母亲叫了我到一边去，花花则在给狗施药，治它身上的烂疮，狗毫无斗志了，没有士气的狗如同一堆废铜烂铁，没有一点生机。

母亲说道："咱留了这狗吧，它通人情，是条好狗。"

通常这种情况下，我的思维会活跃起来，思考母亲的突然变卦，一定是遭受到了某人的威胁，而这个人，远在天边，近在眼前。

我想回过头来质问花花，如何通过手段让母亲就范，母亲可是个有原则的女子，也是世间最好的女子，这样的女子世间虽然很多，但对于我而言，她是唯一的。

母亲劝我："听我的吧，留下它，不然，咱心不安。"

母亲的最后几个字似铁锤一样砸在我弱不禁风的脑袋上面，让我头重脚轻，正气压制不住邪气的到来。

"花花都说了，你白天砸了鞋匠的手腕子。"母亲叹着气道。

"我承认，有呀，可这与老头子的死有何关联，前后隔着一个多小时呢？"我不服气地嚷着。

"可你知道他如何死的吗？"母亲似乎是在证明某件事情的确定性。

"失心疯而死，不是确诊了吗？花花说的，大家都相信，再说了，她是咱这边唯一的医生。"我解释着。

"这人生本无错与对，都是相对的。他手腕上有口子，血一直流，河里面没有，但草丛里都是，你的棍子砸破了他的血管，没有控制住，是失血过多而死。"母亲的话重如千斤，将我年少的心事统统像花生一样压制成一张张饼，一两两花生油似汗水般冒了出来，直至填满了脚下的土地与位置。

有理，我想道，当时，他的脸霎白，还以为是水泡的，现在看来，的确是失血过多而死。我有些无法左右自己的步伐与手脚，我开始浑身冰凉，没有经历世事的我竟然想起了如何抵命。

花花则在旁边叫唤起来："过来，小子，狗不服我气，你过来吧，摁住它，它的屁股上面也要挨针了，记住针眼数量，它和你一样，估计一针两针解决不了问题，它的体质竟然如此之弱，鞋匠的确不是个好主人，没有教育好这只可怜的狗儿。"花花的话语中含着凄凉，更有对人的鄙夷，我知道她是在含沙射影我。

我好气地跑了过去，狗在咆哮着，但在我低下身的一瞬间，它停止了嚷叫，令人叹服地任凭两个世人对一只狗百般蹂躏。

"它会好起来的，小鬼。"花花最后一巴掌扫在我的耳畔，没有疼痛，我居然闻到了一股子茉莉花的香味。

接下来的几天时间里，母亲努力适应与狗的生活，我没有给狗起名字，我害怕母亲讨厌它，讨厌一条狗，比讨厌一个人来得实在些，我现在想说说母亲与狗的一些故事：

母亲讨厌狗，是有故事的。母亲出嫁时，据说是十里八村的美人胚子，母亲选择父亲，完全是因为欣赏他的才华，父亲写毛笔字一绝，特立独行的父亲，是个典型的文人形象。他不喜爱与人交际，只喜欢闷在家里做工，但命运不好，当过一段时间会计，没有出现差错，但有人却从中作梗，将这份差事谋了去，父亲从此后过上了与世隔绝的生活。在迎娶母亲这件事情上，他的态度是坚决的，因为他承受着家族巨大的压力，他要留个后人，不能让人笑话他，他最大的心愿是要两个男孩子，但就我一个孩子，生下来，居然是个病秧子，每天耷拉着脑袋，生不如死，死不如生地苟且偷安着。

父亲经常去抓药，那时候我刚生下来，花花还是个游手好闲的乡下赤脚医生，没有本事，没有修为。因此父亲跑到邻镇去，一二十里路的样子，路上遇到了好几条大狗，好像是镇上某个干部养的，活脱脱一副奴才相貌，父亲被狗咬了一口，与狗斗，后来延伸到了与人斗，斗狗的能力父亲还是有的，但斗人的本事父亲没有修出来，人是地头蛇，见谁咬谁，父亲败了北，竟然蹲了半年的大狱。出来后，人更加沉默，父亲开始恨狗，恨狗的主人，花花刚开始时，也养着一条狗，为所欲为的那种狗，父亲经常去找她给我抓药，父亲老是在她面前表白自己的思维，花花没有法子，干脆扔了狗，后来被一个小崽子抓住杀了吃肉，为此，花花心疼了好长时间。

母亲由父亲身上，开始恨狗，尤其是父亲过世后，母亲觉得狗是罪魁祸首，罪孽深重，见狗就躲，实在躲不过去了，便伸手打。母亲体质弱，有些狗仗势欺人，母亲经常吃亏，而唯有这只癞皮狗，母亲从来没打过，它通人性，特通的那种，母亲见它绕着走，它见我直摇尾巴。

与狗的情感在培养中，而我这一阵子，成了一个闲不住的人，花花说我的病得注意奔跑，增加奔跑细节与速度，而我的速度快就是这样勤练出来的，我与花花赛跑，花花累得气喘如牛，我则轻松小跑就可以捷足先登。

狗也跑，狗跑起来的潇洒程度赛过我与花花。

有时候，人真不如一只动物，如果有朝一日举行一场奥运会，让人与畜生们同时参加，我敢保证，人每个项目都得败得稀里哗啦的。但人有思想，可以作弊，可以与裁判勾结，更可以将动物们耍得团团转，所以，我真正的崇拜在于，有一种动物可以说人言，有人的灵魂，但有着动物一样的思想，不要使诈，不要在意钱，钱太重了，我们大家托不动属于钱的春露秋霜。

我开始发现狗的好处，狗奇妙无比，与我对话，我命令它去做事情，它一路小跑，直至后来，它可以跑到花花的药铺里帮我抓药，它低下头去，一个劲地咳嗽，示意花花，有个姓古的小子犯了病，是哮喘。

花花对狗与我十分仰慕，感觉十分特别的那种，她好像由狗爱人，对我母亲的态度也好了许多，母亲每日里到花花那儿做帮手，两个人说说笑笑的样子十分融洽，让我放了心。

2. 狗咬人

（所有人原谅了我，狗不原谅，盯着我，让我赔命。）

而我始终怀疑花花是一个别有用心的人，这是我的直觉。一个男人的直觉通常是错误的，但在他没有成长为男人之前，就是他还是个小男孩时，直觉一向准确，因为他暂时没有蒙昧，没有接受世俗的挑战，没有爱情的困扰，知道什么时候该左，何时该右，我就是这么个聪明且有些不识趣的未成长为男人的男孩子，我庆幸，暂时没有长大。

还有一层原因，就是我屁股上的针眼子，是花花留下的，她的手法曾经千百次地用在一个男孩子肉体，这种疼痛是痛彻心扉的，让你不由自主，我能够了解一个女人用这种手法的包藏祸心。

花花与母亲暂时没有任何的故事发生，母亲配药，我没有考虑她是否给母亲发工资，但只要母亲这辈子能够吃到免费药，就已经是我与她的幸运了。

试想，如果哪个病人，能够得到个铁饭碗，可以一辈子免费吃药，本身是一种多么有意义且有幸福感的事情。

我这时候的幸福观，十分狭隘，我就是想像母亲一样，将来等花花死了，接了她的药铺，每天吃一些带甜味的药片，舔舐糖衣，这便成了一种至高无上的幸福。但我绝对不想让花花参与进去，我想着，过不了几年，大家都会老，等她们逐渐死去，我就长大了。

我想给狗起个名字，可是我觉得再好的名字只是个代号而已，我干脆就叫它狗，叫它时，它应了声，不叫时，它也应声，这便是一条狗的处世原则。

没有故事的时候，便寻找故事，我对村长平时的表现十分感兴趣，我想着查一下他的腐败问题，这一点，我和盘托给了狗，狗以我为中心，它没有办法，不精通人言是多么一件可怕的事情。

村长有个儿子，叫狗子，从小却怕狗，狗子是一见狗就跑的那种人，我曾经调戏过他，调戏人是我的快感。

我决定领着狗从狗子身上下手，狗子思想薄弱，我会像引导一条狗一样将狗子拽入我年少胸怀设置的圈套里，我不知道自己这样做有没有原因，我就是想做，想承担一个公民应有的责任，基层腐败严重，没有人查，没有人管，而我则想以一己之力螳臂当车。

我想着首先得折磨一下这个狗子，我的鞋匠摊子，在某一个清晨在狗的身上闪现着，我让狗驮着，照例是老鞋匠站立的坐标，我坐了下来，权当是实习，狗在旁边打下手，狗的样子有些像人，狗做起功课来，一丝不苟。

狗子果然跑了过来，嘴里面叼着狗肉，他的父亲倡导家里面全都食狗肉，我感到一种恶心，尤其是狗闻到自己同类的肉味后，不知道是什么滋味，我用一张简易的鞋扣到狗的鼻子上面，我不想让它现在就爆发出来，我想等时间，等狗子不可一世时，再让他知道一条狗的春秋大义。

狗子比我年少两岁，身体却比我大一块，这主要是腐败的结果，家里有钱，想吃啥吃啥，听说十一二岁了，还食母亲的人奶，这一点，我没有此种殊荣，我想看一下这个食尽人间美味的家伙究竟有什么本事。

我说："你会订鞋吗?"我的手却煞有介事地旋转着订鞋机器。

"我不说，妈妈不让学，说这是下人们干的，我生来是上上人。"

我呸了一口，最后一口唾沫想将狗子淹死，"狗子，别狗眼看人低，告诉你，这可好玩着呢！你们家里有什么玩意，尽管拿出来，我们登记好不好，我的屁股上面都是宝贝，你如果能够查清我屁股上面的针眼子，你就得服输，得听我的摆布，将家里好玩的好吃的统统拿来，这叫拿来主义。"

狗子不置可否，后来将残余的羞涩一股脑子倒了出来："我妈不让和你玩，说你们家不祥，也不让和狗玩。"

狗吠了起来，样子极其吓人，我没有想到，狗竟然听懂了人语，在这个青天白日，一条狗竟然听懂了人间的是与非，我为某些人感到羞愧，他们一辈子也听不出来什么叫做原则！

于是那个下午，一条狗在后面放风，一个小男孩拼命地撅着屁股，一个胖乎乎的家伙，用手指点着我屁股上的江山文字。他的才华被富贵冲散了，冲到了十里八村、十荒八坟，他绝对不是某种意义上的思想先进者，我的愚弄，缺乏理论证据，但是他却上了当，因此，从一开始，只要没有大人参与进来，我便占了上风，绝对的上风。

我放了若干个屁，将他的门牙子染成了黑色，就好像村外污泥的河流那样子，他也没有看清楚门道，每当他进入查数状态时，我的屁便来了，“风吹草低见牛羊”的那种气势。

人有时候别太在意一个人的缺陷，比如说他眼睛不好，你越看他的眼睛，他越感觉不得劲，如果你凑上前去，想看他眼睛里是否有人存在，或者是你干脆用语言刺激他，说：“小子，你的眼神好迷人呀。”这种话刚一出口，他的眼睛便更加迷离了，甚至一段时间里，什么也看不清楚，这不叫生理现象，这是心理过度反馈。

他一个劲地在我的屁股上刺搔，将我内心的潜力全部刺激出来，并且以不间断的形式出现，有时候，竟然像唱歌一样舒服自如。

因此，那个下午，我让他守口如瓶，回家后不准对他的父母说起今天下午他的刚柔表现，如果让他的狗爹知道今天下午的事情，他一定会将我的腿肚子扯断，扔进黑河中喂草。

他输得心服口服，说无论如何也不知道花花是如何使的手法，竟然一个口子也没有留下。我没有告诉他这是我自身光合作用与成长的结果，我只告诉他一个结果：“小子，输了，就得听我的。”

狗子采取了心服口服的方法，我十分纳闷，但凡家中有钱的主儿，培养的孩子都是歪瓜裂枣的，就知道吃与喝，不知道放手，将好好的孩子培养成了一堆废铜烂铁。像我们这没有钱的家庭，从小吃苦，整日里为一日三餐而苦恼，我们得锻炼，要么去飞奔，要么去偷吃偷喝，我们在这样的困窘中学会了生长，学会如何适应社会，就是遇到再大的困难我们也扛得过去，有什么事情比丢掉性命更加可怕的？

所以，从狗子身上，我突然找到了一种优势感，其实，天下所有的孩子，都有自己的优势，我们应该做到将家庭背景剔除出去，自我好好发展，不过于听从父母的摆布，我想，我们的民族一定会发展成为更有优势的民族。

优越感每个人都有，我从狗子身上看到了他的傻与痴，而这些正是我的缺憾，缺失的东西不一定是坏东西。

我在他的屁股上扎了三针，让他知道什么叫做疼痛，他疼得直咧嘴。一种从未有过的怜悯涌上心头，我突然间发现自己竟然是一个富有爱心与同情心的男人，如果我有钱了，我一定倾尽所有，资助该资助的人，让他们茁壮成长，我要消除世间所有的不平与恨。

我不会自己动手的，我告诉狗子，每逢他们家里有什么重大事情时，一定要向我这个瘦子汇报，当然，得背着他那个不像人的老爹。

狗在旁边傻笑，我头一次看到狗笑，它的舌头半吐不吐的，没有将外面脏兮兮的空气吸进来，而它的口水，也悬在半空中，短时间内不会落下来，这说明它有功力，不是一条随随便便受人摆布的狗。还有，它的耳朵是半张状态，似乎是在倾听，又好似对说话的人不屑一顾，这是一条狗的处世原则，它不说话，但我懂得。

幽默可以针对于全天下的生命，不管它有无思想，现在看来，笑不是人的专利。

狗子捂着屁股走了，我是故意这样做的，我告诉狗子，每天傍晚时分，我会在小河边等待消息，如果消息准时传来，我会在他的屁股上接着刺一个针眼，时间久了，它们就会变成聪明的元素，我十分聪明，就是因为屁股上面针眼子过多的缘故。

我不信，他却信了，但我相信，所有正常神经的人都不相信。

当天下午，我母亲所在的花花药铺就变得人声鼎沸，狗子娘掐着腰，大声怒吼着母亲，我躲在人丛里，听着狗子娘骂母亲的声音此起彼伏的，我在听一共几句话，骂几句，我就会向狗子娘掴几记耳光，当然，我会委派人去的，不会亲自去。

花花出去了，母亲招架不住，狗子娘叫唤着："你是她什么人呀？帮人家，你家里事情就招呼不过来，瞧你那儿子，人模狗样的，瘦得快成一条直线了。"

母亲平生不喜欢骂人，从来没有骂过，只骂过狗，但是今天，母亲却骂了狗子娘，因为这与我有着直接的关联。

"你骂谁呢？我孩子关你屁事，甭以为大家不清楚，瞧你家里吃金喝银的，小心纪委派人过来。"母亲说着官话，好像是从花花嘴里套出来的。

"纪委是我们家亲戚，基层问题，他们不管，你想告，随便去，我们是明目张胆的，怎么着吧。"这一句话似乎是在挑衅政府的公信力，我想飞扬跋扈起来时，狗却衔住了我的衣服领子，不让我前行半步。

我犹豫不决，想抽狗儿记耳光时，却突然间发现，花花正一个人安然地躲在药铺的后墙上，偷听着什么，她似乎是不敢出来。

我朝着人群中大声喊了一句："花花在墙后面呢？"

这一句如惊雷，狗咆哮起来，双腿朝前给我鼓掌，这是我见到的最聪明的一条狗了，与我一般聪明。

狗子娘终于转移了目标，她也发现了阳光后面，有一丛矮矮的虎背熊腰的影子，她跑了过去，将一脸富态的花花拉了过来。

"到底怎么了？瞧你那样儿，没规矩。"花花一脸讪笑。

"什么样子，你做的好事？我家狗子没病没灾的，打什么针，你瞧瞧，他的屁股上面，三个针眼子。"狗子娘终于说出了真相。

狗在我的后面叫了两声，我知道它是在提醒我东窗事发，狗都不怕，我更不怕。

"叫什么，贼狗。"狗子娘兴奋起来，抓起一把石头，星点般的扔过来，有几颗砸中了我的脑袋，我没有躲闪，我在等待着自己爆发的时机？

狗子娘优势惯了，砸了人像砸了空气一样，转过身去，将狗子屁股上面的一层布撕掉，我才知道，狗子外面居然多套了个裤衩子，原来是他们家的布过多了，害怕狗子的小玩意受到损害，便故意多套了层防护。

裤衩子扒掉，便是外裤，里三层外三层的，终于扒得一丝不挂了，三个雨点大的红点，赫然在目。

准确地说，是我的恶作剧，不准确地说，大家一致认为出自花花之手。花花的手法有问题，因为她老在我的屁股上实验，将我的身体当成了她的试验田，因此，我格外了解她的手法。遗憾的是，她不了解一个孩子的疼痛，因此，我学了个正着，虽然是用普通的钢针，但效果一样，只是，我没有敢将普通的水代替药水输进去，我害怕会死人，在我们村里，死一个人，处理起来，可比死一条狗复杂得多。

花花不服气，抓住狗子的屁股看半天，也没有说出个端倪来，急忙便问狗子："谁做的？兔崽子，你们家里有钱，你们家人就没有来我这儿看过病，我根本不知道你死小子屁股上这么多的肉，哪儿打的针呀？"

"正因为没有来过，你便想呀，这么些年，谁的屁股你没有玩弄过，你是想将我们家孩子的屁股继续当成实验田，你以为我们家是他们家呀？"狗子娘目光炯炯，将所有太阳的光辉聚拢过来，照射在我与母亲无情的脸上，折射成蝶成花。

狗子不敢说话，他害怕变傻，回过头来到处瞅我，我则小心翼翼地躲到了狗的后面，以一记漂亮的组合拳让自己消失或者短暂地蒸发。狗子终于下定了决心，他的主要目的是为了学习到我的机灵，而现在，他不得不听从我上午的告诫，一旦将我捅出去，以前仅剩的聪明也会荡然无存，化为乌有。

“是花花打的针，她上午喝酒了，喝糊涂了。”小孩子都会说谎，就看你会不会说，有没有水平，如果一个人能够将说谎当成正常日子来过，我保证测谎仪也测不出来。

而狗子迷迷糊糊地胡言乱语着，我在狗的身后跳跃成一条直线，信手还将电视中刚刚学到的一段霹雳舞不留神舞了出来，虽然十分难看，但狗喜欢，狗回头看我时，我不知情，狗也不知情，这样子，我便稀里糊涂地以一段舞曲将自己的身躯暴露在青天白日下面。

由于我的舞蹈错落有致，还有嘴里哼出来的奇怪的歌曲为伴，因此，大家的目光瞬间聚拢，这种感觉十分畅快，但很快让我的行踪显现出来。

狗子娘骂了我：“小崽子，落井下石呀?”

花花眯缝着眼睛，上下打量我的表现，以及刚刚停止下来仍然有些残温的舞蹈韵味，然后她对我道：“我看是这小子使的坏吧。”

我则赶紧反驳：“自己做的坏事，自己受吧，有何证据认为是我做的?”

“就是呀！反咬别人。”人群中不知道哪位我的粉丝叫唤了两句出来，打破了这午后的静寂。

花花的眼睛从我的身上移动到母亲身上，母亲此时不说话，一见我受到影响，她的情绪与能力便受到了某种程度的限制，这也许是天下所有母亲的通病。

花花暗自道：“我看绝对是我们中间的某个人造成的，我说我的针管子怎么白天少了一个，难道?”

她怀疑的目光指向了母亲，母亲曾经说过，她想学打针，将用于普济众生。这一点，她的解释是从我的身上感受过来的，因为我从小受了针的长期折磨，她感同身受，她想将这一行学会学懂后，重新以爱的手法对待有病的孩子们。之所以我的屁股上面如今还有一些残存的红点子，是因为花花打针的手法不过关，大多时候，将我的屁股当成了试验品的结果。也可以这样说，我以无私的奉献成就了花花的大半辈子的英名。

这一点，花花感受不出来，她认为正是她的辛苦，救了我的命。

她不懂得报恩，其实，她最该谢的是我，正因为我与母亲的不忍，让她长时间没有接到一起质量投诉，也没有人跑到县卫生部门控诉她的暴行。

不是不去，是因为都不懂。

整个事件不知道如何收拾时，狗子爹出现了。狗子爹的左腿早些时候被狗咬过，当时可能没有治好，花花花了大半个上午，也没有将狗子爹的怪病救过来，命是保住了，但腿却有后遗症，如今，他只要一见到狗，便与狗同时吼叫起来。但此时，他的目光没在狗的身上，因为他飞跑的表情证明有事情发生，也可能这个事情决定着他的未来。

“快点回家，家里有客人来了。”狗子娘正忘乎所以呢，根本不想回去，也许从花花刚才判断的方向上面，她已经找到了准确的目标，她也指望着有人指出我母亲是始作俑者。

但狗子爹管不了这么多了，一记耳光抽下来，将狗子娘的脸掴成了一道优美的风景线。

“快点走，纪委来了。”“纪委”这两个字说得十分沉重有力，仿佛一记惊雷，将平时对政府部门不熟悉的狗子娘迅速抽回到了过去，纪委这个词是她唯一能够记下的部门，因为这个部门维系着她好事丈夫的前世今生。

人群一哄而散，许多人没有听清楚狗子爹到底叫了什么，而我与狗听清楚了，谁让我们长着一样的耳朵！

狗子不知道发生什么事了，赶紧也跑，但裤子没有拎好的代价是让他栽了多个跟斗，后来还是母亲迎了上去，将他的裤子掂到了最高点。

母亲向家里赶，我和狗则绕了个弯儿，没有跟随母亲的路线与目光，我不是害怕她的训话，主要是害怕她生气，她目光如炬，一脉相承的原理使得我在母亲的面前很快就要败下阵来，在她威严之下，我一定会吐露实情。因此，躲避是最好的办法。

在这世上，许多人一辈子都在躲避一件事情，一个人。

母亲想回趟家，花花却拦住了她：“嫂子，事情没有调查清楚呢，先别走呀？”

“我家里有事情，一会儿回来。”母亲搪塞着。

“事情是你做的吧，上午，我可没有在药铺里。”花花通常都是单刀直入。

“我真没有，妹子怎么这样说呢？你看我像个小偷吗？”母亲的回答也针锋相对。

我管不了两个女人一台戏，我绕过去一段弯儿，转身到了村长家的后面，砖墙低矮，有草纷飞起来，遮挡住我的全部视线。

两辆大车，停在村长家门口，十几个人煞有介事地议论着什么事情。我到处张望起来，除了我以外，没有人再敢关注这样的事情，其他乡亲们听说政府来人了，便到处乱跑，灾难岁月里，谁家没有干过偷鸡摸狗的勾当，政府来人不会是查我们的吧？他们只管躲，而我则是喜欢上进的人，我向前冲。

我向前冲，狗跟在身后，狗不认得有脸面的人。

我看到狗子爹狗子娘毕恭毕敬地前后逢迎着，狗子则仗着身子向前方看，而有几个干部模样的人拽了他的身体，扔进旁边的草垛里，他也只能当个旁观者。

下午时分，我等着狗子过来向我述职，他却姗姗来迟，我跳过去想揍他，他赶紧躲，我瞅瞅周围没有人，问道："你们家出啥事了？"

"也没啥事，听说他们过来查什么案子，让我爹配合。"狗子吐字不清晰，我则在旁边纠正他的发音，还高干子弟呢，说个汉语拼音也说不准。

"从今天开始，你要观察你父母的一言一行，全都告诉我，包括他们有什么秘密。"我命令道。

"我要答多少回才能变聪明呀？"狗子仗着胆子想与我一起坐而论道。

"这个问题，不需要回答，只需要服从，听话就会变聪明的，迟早的事情。"

"秘密，啥秘密都说吗？"狗子试探着，我点头表示应允。

"他们要杀狗，杀光村中所有的狗。"他语出惊人。

"为什么？狗碍他们什么事？"我蹦了起来，因为我知道，全村就剩下一条狗了，就在我的身边，其他狗，死的死，跑的跑。

"听说是他们讨厌狗，尤其是癞皮狗，他们想杀它，是早晚的事情，他们有权利杀所有的狗。"狗子的目光竟然全部是自豪。

我由不得他自作多情，踢了他一脚，正好踢在他的右屁股上，他捂住屁股，蹲在地上呻吟着。

我得给他们点教训，同时让他们记住，狗乃世间神物，任何人不得亵渎。

我的阴谋是在一瞬间形成的，这世上的许多可怕的事情，蓄谋已久，但总是爆发于顷刻间。我是个饱受磨难的人，光屁股上挨的针眼子，便难以计数，因此，面对坏人时，我总有一种亢奋感，我想报复，报复不能对任何人，要有重点，要有分别。

但可惜的是，我没有帮凶，因为一件伟大的事情，不可能只是一个人完成，有一条狗在身边，却无济于事，它没有思想，只知道随随便便、随声附和着我的勇气与力量。

留下一个叫狗子的家伙，我却不敢利用，我要制造一场惊天动地的事情，只能背着狗子。

狗子见我满脸不悦，赶紧解释："哥，爹娘的意思就是要教训狗，不是你。"

我火冒三丈，他解释得不到位，竟然将我与狗相提并论，但后来又一想，无所谓的事情，何必小题大做呢，与狗待一起有何不可？有粮食吃，有路走，有一条路可以走，正大光明的路，这算是世界上的一件美差呀！

“你爹妈有何计策？怎么杀？派谁去杀？目前的目标是哪条狗？”我连连发问，将颤抖的狗子逼入了墙角，他的屁股上下撅动着，好似在反抗，却又无能为力。

“他们只是这样说了，因为爹怕狗的缘故，他们怕狗叫，狗一叫，他们会浑身颤抖，就像我现在一样，好像做了错事似的。”他的回答很到位，不做亏心事，怎怕鬼上门？他们一定是贪污了太多钱，害怕有人上门兴师问罪，一有风吹草动，便草木皆兵罢了。

越是如此，越是要让他们恐惧，让他们日夜睡不着觉，摸不着北，我的计划瞬间形成，瞬间升华到最高境界。

狗子走了，他要坚信他的路途，每天傍晚时分，必须过来向我述职，否则我就会让狗去咬他的屁股。

他一边走着，一边吼着：“哥，你们快走吧，爹妈恐怕会先杀这条癞皮狗的。”

本来就有仇恨，我的仇恨不是个人的恨，原来不是，现在也不是，我是仗义之人，瞅着他们将国家的财产据为己有却不管，不符合我的个性，虽然我十来岁，但嫉恶如仇是我的本色，英雄本色。

夜晚时分，我留下狗，不让它相随，因为狗一旦离开家里，就会引起注意，加上狗有时候控制不了自己的情绪，我害怕我的行动遭到他们的暗算，狗牺牲了不值。

我不知道的是，狗却在暗中跟随我，我总感觉有一条黑影子，不像人影，但我没有想到是狗，我装着上茅房的样子，推开虚掩的院门，背着母亲去行我的春秋大事。

我很快摸索到了村长家的门口，有灯光迷离着，我扔了块砖头到他们家的院子里，动静极大，灯灭了，我听到狗娘在屋子里叫了起来：“叫你不要藏这些东西，有报应了吧。”

“你叫唤啥？睡觉去。”村长似乎十分镇定。

我隔着零星的月光，能够感觉得到屋子里光芒四射起来，他们究竟藏了什么东西在屋里？我不想看个究竟，我就想治他们一下子，让他们知道天高地厚，压抑一下他们的清高自傲。所有有钱的人，如果无德，还不如直接坠入地狱，这是我总结的精辟之理。

我学着狗叫了起来，我学狗叫可是一绝，我能模仿各种类型的狗叫，惟妙惟肖、绘声绘色，让大家摸不着东西南北，以为惊了狗窝，但将自己非常不熟悉的声音送上了九霄后，便伺机观察着院子里的动静。

我听到村长媳妇跌倒的声音："天爷呀，我们求饶吧，不要这些东西了，我心慌。"

"没事，我告诉你，我早晚要杀光这些狗，哪儿这么多的狗，不是就一条癞皮狗吗？准是它惹的祸，那个臭小子，没有父亲养的东西。"村长在骂我，他猜得十分准确，在一千多人的小村庄里，没有多少好事之人，更没有多少人与他抗衡，但唯有我有这样的天分，我天生好斗，虽然穷困，虽然弱不禁风，但我骨子里有这样的素养。

我高兴地欢呼雀跃，因为我听到他们在房子里四处狂窜着，他们猜测可能是纪委的人重新杀了回来，来查他们的旧账，应该从他们的祖宗八辈子查起，问他们的祖宗为何养了这样一个不肖之子，盗国家这么多的钱，害这么多的人，为虎作伥，唯利是图，唯唯诺诺。

我抱定了这样的决心，因此，我便嚣张起来，我将人的元素也夹杂在狗中间，好让他们以为我是人世间的判官，我是索魂来的，我不会让他们再如此狂吠下去。

不知站了多久，我蓦地发现在另外一处位置上面，也传来了狗的叫声，这声音十分熟悉，但我却一时间分辨不出来，等到我真的看清楚是癞皮狗时，我的眼睛有些湿润起来，并肩作战的，不仅仅会是人，也可以是一只可爱的小精灵呀。

突然，我的脑袋上重重挨了一下子，昏迷前，我只感觉到村长叫嚣着："送公安局去，装狗叫，吓死我了。"

村长媳妇道："果然是个小子，不好好睡觉，竟然太岁头上动土，看他是谁？"

我想着，完了，我的真面目可能会大白于天下，我没有想到自己如何如何，我首先想到的是如何维护母亲颜面，母亲如果知道是我做的，一定会气得要死。我不能想个人，我要替母亲圆谎，我可以说我是喝多了酒，偷花花超市的酒，不对，如果人家说酒没丢呢？或者说是从其他地方盗来的，但母亲会认为我盗窃有罪的。

村长过来准备将我的脑袋扳过来，以看清我的脸，正在此时，传奇性的事件发生了，周围一群狗叫了起来，这狗声绝不是人装出来的，不是出自一人一物之口。

村长叫着："坏了，果然有狗，快点跑。"

狗声围了过来，村长与村长媳妇跑了，一群狗将我围在中间，我喘不过气来，我意识不清晰，不知道如何左右这样的局势，癞皮狗在就好了，哪儿冒出这么多的狗，我会成立一帮狗子兵的，我当领导，当不了人的领导，我便当狗的领导，好歹也是个官……

我醒来时，周围万籁俱寂，我以为是母亲在身旁，她会将我骂得狗血淋头的，但我没有感受到一个母亲特有的气息，我却承受一种莫名其妙的压力。一条狗，正费力地用爪子将一碗水捧起来，往我的脸上倒，它肯定是想让我喝水，但它无能为力，它的理想与现实成反比例关系。

居然是狗救了我，这一点，我在它的脸上得到了印证，它努力点头，示范着刚才的动作，一会儿东奔西突，一会儿叫两声，我明白了，但旁边的草没有明白。

我第一感觉是如果这条狗变成了人，会是什么样的聪明程度？

但又一想不可能的，也不行的，如果它成了人，就不聪明了，这是一个比较范围内的事情，你将自己与弱者比，你永远是强者，而你将自己与总统相比，你恐怕只能够说不字。

因此，现在人的幸福与不幸福，就是在比与不比中度过的，你永远要与自己比，比过去强多了，比过去幸福多了，在一定程度上，纵向的比永远比横向的比更能让人心安理得。

我终于明白一条狗的良苦用心了，已经是深夜时分，我想着该回家里去，我在狗的帮助下，赶紧向家里赶，因为我害怕母亲惊恐万状。她唯一的孩子，古家的命根子，一旦失去消息，将是她个人生命史上最大的事情，虽然不会引起多少人的注意。

孩子永远是一个母亲最大的惊恐。

然而母亲却不在家里，我不知道如何形容自己的心情。母亲不在家，应该去找我了，但奇怪的是，我问了几个邻居，邻居们重复着他们知道的信息：你妈根本就没有回来。

已经子夜时分了，母亲会在哪里？这在家庭发展史上，是绝无仅有的事情。

我赶到了花花药铺里，依然亮着灯，我隔着灯光看清楚了，花花与母亲在说话，有病人没有离开，却原来是狗子娘，狗子娘刚才受了惊吓，老是浑身颤抖。

母亲无恙，而另外一个母亲却刚刚受了一个母亲儿子的恐吓，这世界上的事情也无非如此罢了。

我刚想推门进去，狗却拦住了我，它横在我的前面，根本不让我进去。

我只好忍着，总不能不给狗面子，可以不给人面子，一条狗的面子，是世界上最大的面子了。

我才知道这里面有事情，狗子娘正在数落狗子爹的不是："贪钱，就知道贪，整天里不舒服，不安稳，这日子没法过了。"

"钱多了，是好事。"花花一边举着针管，一边吆喝着。

同时，她命令狗子娘她要打针了，这是我头一次真实地见到花花给除我以外的人打针，我来了兴致，惊奇地看着。

"我一听到狗叫心烦，这不刚才一阵子狗闹的，还有个孩子，被狗给叼走了。"她的话中有话，母亲的眉头皱了一下，她似乎在考虑我存在的可能性。

这样一个天才母亲的本能，我躲在外面，心中十分不舒服，我在猜测着母亲的反应，或许她会回到家里，看我与狗是否待在家里，或者她在担心我的安全问题，如果刚才狗子娘数落的就是我，那么，一定有故事发生过了，而母亲呢，一定会认为我就是故事的主角。

狗子娘叫得撕心裂肺，同时絮叨着花花的手法不咋样。

花花回答着："你有能耐，自己打针呀？我正培养徒弟呢？你瞧，这位母亲，下次来时，一定是她给你动手，我的手臂最近有些酸麻，你说我是个医生，不会打针了，岂不是个笑话吗？于是，我便找了个帮手。"

母亲含糊答应时，眉头却皱得厉害，我不知道母亲是否仍在挂牵着我，或者是她在考虑她的手法会不会像花花一样的糟糕？

母亲想学医，在意料之中，我经常有病时，她就说过，有朝一日，一定要学医生，给自己的孩子打针，手法会越练越稳的，如果打针时，都将对象当成自己的孩子来对待，哪会有那么多病人无望的呼唤。

天下有这样胸怀的，一定是位母亲，我十分敬佩母亲的所作所为，一大把年纪了，竟然去向年龄比自己小的花花学习打针，这是精神上的一种无与伦比。

"那孩子到底是谁？听说被你们家的领导打晕了。"母亲还是不放心地问道。

"放心，不会是你们家的孩子。"花花插嘴道。"他没有这样的雄心壮志，他自幼体衰，瞧那针眼子，一个挨一个的，走起路来还有些费劲呢？"

花花一点儿也不知道"刮目相看"这个成语的深层含义，如果不是狗一直纠缠着我，我一定会跳出去，告诉现场所有的人，包括母亲在内，刚才整个事件的设计者、制造者就是本人一人所为。

这是在套话，我蓦地明白了，花花可能是故意绕话茬子，也可能是在插科打诨罢了。

“我倒是见到他了，不过天太黑，看不清楚，哪成想，天底下所有的狗一股脑跑来了，这孩子一定是与狗有着好的缘分的人，惹不得，那么多的狗救他，蔚为大观呀？”狗子娘搂着腿，坐在旁边的椅子上面休息。

花花道：“嫂子，你心不在焉，今天就到这儿吧？深夜了，明天再学。”

母亲答应了声，便推门而出，母亲只看到了狗，睁大了眼睛看着母亲，母亲没有发现我的存在，我目前被一只狗无情地压在身躯下面。

我不明白狗为何不让我见到母亲，如果她见到了我，一定会感动的，因为我从来没有关心过她，她一直将关心的成分从古沿袭到今，我是多么想找一次机会表达出来。如今顺水推舟的事情，它却让我白白错过了。

我准备从狗的身体下面钻出来，狗却不让，正在此时，门又开了，两个女人出现在月光下面。

“花花，没外人，他让我转告你，事情得继续向前面走，但你一定要手下留情哟。”这是狗子娘的声音。

此时，我才知道，狗子娘过来打针是假，问事情才是真，她们支走母亲，竟然是在筹划更大的事，我庆幸没有从狗的身体下面跑出来。

“我对狗发誓，”花花看到了狗，笑道，“一定会成功的，我不会做过分的事情来，目标就是那块地罢了，一百亩地，不小的数目。”

我终于搞清楚他们恶作剧的基本原因了，他们竟然是想伙同起来害人，夺走人家的地，幸亏我家里没有这么多的地，不然，我怀疑她们的对象重新指向了母亲与我。

“这狗果然与众不同呀？竟然准时出现在这儿。”花花自言自语着。

“是条好狗，也是你故意的安排，鞋匠如果不死，恐怕它不会有这样的机遇的。”狗子娘说话时，明显带着痛苦的表情。

花花转过身去，重新缩回小屋里，不大会儿工夫，拿出一颗药丸来，塞进狗的嘴里。

狗的最大毛病在于贱，人家给予的东西，无论好赖，都要接，你选择没有？如果是颗毒药，你也要接吗？

我怀疑花花故意支狗到达我的身边，有她不可告人的目的，原来是想，现在是更加怀疑，我越来越想明白这件事情的深层内涵。

如果想知道结果，就得耐着性子探寻，我蹑手蹑脚地回到家里，母亲则疲惫地坐在椅子上面养神，听到柴门有狗吠声，母亲站了起来，她推开院门，一眼看到我正矮矮瘦瘦地站在月光下面。

“你，进来。”母亲的声音不容商量，是另外一种强势。

我规规矩矩地站着，不知道母亲想问什么。

“你白天去哪儿了，告诉我，老实点。”母亲敲着桌子，煞有介事地理着头发，她是想发脾气。

如果是在过去，我一定会不服不忿的，包括父亲在世时，我从来没有在乎过父亲母亲的伟大与渺小，他们的情绪与我无关。但事情经历多后，我明白了，有些爱，藏着掖着，却存在着，不因你的天真而消失掉，更不会因为你的执着与固执而变成戏剧性的一幕，更不会由于你的成功与伟大而烟消云散。

“白天我与狗在一起。”我庆幸母亲问的是白天，白天我可什么事情也没有做！我就是审问了狗子，在他的屁股上面扎了三个针眼子，晚上倒是做了，可晚上的事情不在母亲的审讯范围内，我不回答，没有错。

“妈最近忙得厉害，你小心点，没事时，便做做功课，甭乱跑。”母亲的话语从来都是少得可怜，全天下的母亲面对自家的儿女们，从来就是只会做，不会说，羞于表白。

几乎整个后半夜乃至凌晨时分，我都在自责中度过，直至黎明到来时，我才有觉了，正准备睡呢，狗却在一边痛苦地呻吟着。

我看到狗的表情十分出位，不知道如何形容这种境地，我想去帮忙，它却将自己固定在一定的范围内，口中吐出许多脏兮兮的东西，这兴许是中毒了。

果然如此。我现在明白花花的用意了，她是想折磨死这只可怜的老狗，她蛇蝎心肠，狗对她不构成任何影响，为何要这样做？

狗的五官开始扭曲起来，我看到它的脸部在迅速地扩大，竟然成了一张人脸的形状，它的整个前爪也逐渐缩小，变短变细，好像人的胳膊一样，这个家伙，是想基因突变吗，难道花花给它吃下的药，与原子弹有关系吗？

核变异是我从电视里学的，虽然看的少，但只看了一遍，便知道结果了，老鼠可以变得像人那么高，蚂蚁也可以与人过招，一切源于变化，源于创新，我知道为什么地球越变越脏了。

天明时，我叫住了母亲，示意母亲这儿有个奇怪的病号。

母亲看到了狗，继而一脸惊恐地躲避着。

我再看时，也傻眼了，这分明变成了一张人脸，一夜的挣扎纠缠，癞皮狗竟然成了人形，它此时正在鼾睡中，母亲命令道：“扔了它，知道吗？这是个不祥的东西，当初，我就不该让你带它回家。”

我不以为然，以为这样很好玩，年轻人接受新鲜事物极快，没有因为它的突然变化而讨厌它，反而雀跃不已，如果我带它到大街上，也许有人会说这是我的弟弟呢！

母亲则准备了一个大袋子，将狗装了进去，狗毫无知觉。褪变成的人形，皮肤苍白，没有经历过太阳的曝晒。我做好了思想准备，一旦确定狗被扔在某个地方，我一会儿便去救它。

母亲驮着狗，刚想出门时，竟然发现门口人头攒动着，十来个人，狗子爹带领着，杀进我们家里，手里举着各式各样的家伙，他们想做什么？

“狗在什么地方？”狗子爹质问着母亲，母亲想说什么，我则冲了出来，反驳着：

“狗昨晚就死了，你瞧狗圈里，你们找狗干什么？”

“狗是祸害动物，得全部杀掉，没有听说吗，狗流病，已经入侵我们村了，我们要杀光所有的狗，不能让它们危害人。你小子，机灵点，甭以为自已做的事情我不知道，如果让我再发现有狗的形象出现，我就一巴掌拍死它。”

据说，这一场杀狗的消息不胫而走，竟然波及了附近多个村庄，大部分狗惨遭毒手，而这场流言的造谣者竟然是一个村长，一个政府官员。长大后，我才知晓流言有多么的可怕。而村长竟然以一己之私，害死了这么多条生命，我相信，他的下半生会在痛苦中度过。

而我的那条狗，在半路上，竟然接受了检查，但许多人都这样说：这绝不是一条狗，有些像人，还有人说我的母亲：“你别是不合规格要将它扔掉吧，这可是个实实在在的人，婴儿，犯法的。

母亲二话不说，将这个怪家伙扔进水塘里，水淹没了我的灵魂。

3. 人咬狗

（我与狗的战争，一塌糊涂，但竟然在一次与村长的做对中成了好朋友，狗失了主人，被踢来踢去的，我不允，便发生了战争。）

但我却来晚了，我到时，水塘周围一个人也没有，周围有水草被打湿的痕迹存在，也就是说，在我到来之前，有人事先占领了这儿，然后出其不意地将狗打捞了上来。

我找了一个下午，依然没有结果，傍晚时分，狗子来了，上气不接下气地，他抱来一个账本，上面密密麻麻地写着许多数字，我看不懂，狗子则说：“我可是立了大功了，这可是家中佛龛后面藏着的东西，听说是他们贪污的证据。”

我说道：“谁信呀，你有病呀，你的父母，让你知道证据放在什么地方？这如何可能？你是想蒙我吧？”

“不打诳语，我从小就喜欢说诚实的话，再说了，我想变聪明呢，我家里不缺钱，要这账本有啥用呀？你说让我找证据，我就当成证据，给你好了，我多大度。”

我看不懂，只是觉得上面的数据非常庞大，什么修路的费用多少啦！包地的费用多少啦！但我在最后的页上面看到了这样的数据：截至 1998 年 10 月，一共收入 156 万元。

天呀，我数学学得不好，但我知道这个数据如果是真实的，意味着什么，他们家竟然如此有钱？

“狗子，还有个事情，你替我找找，看看我的狗在哪儿？是不是被人偷走了？”

“别是打死了吧？我看到他们都在打狗。”狗子故作聪明地笑着。

“打就打呗，我的狗没有死，被人扔水塘了。”我故意掩盖住母亲的罪责，害怕引起别人的误会。

“你知道大家为啥打狗吗？”狗子故作高深。

“不清楚，不会是因为你吧。”我白了他一眼。

“不是，是因为我二妈，我二妈，人长得白净，在村西边的砖窑旁边，房子不咋地，但有吃有喝的，我妈可说了，这人长得有点像狐狸精。”这果然是一条花边新闻，我不明白为什么狗子会有二妈，不知道是啥意思。但听起来有意思，就已经够了，干嘛非要搞清楚事情的原委呢？

“你继续说，小子，你二妈怎么了，为何让打狗？”我催促着。

“我二妈自小怕狗，曾经与狗打过架，小时候被狗咬过，于是，她便告诉我爸，让我爸将所有的狗全部撵走。我爸高明呀，便制造出了一条谣言，说狗流病进入我们镇了，卫生部门也不知情，便跟着打起狗了。”狗子笑得前仰后合的，我突然间爆炸似的大叫了一声，制止了他的无理取闹。

我的全身心在我的狗身上，我用了一下午时间没有找到它，便悻悻地回到家里，却猛然听到有人在与母亲交谈，母亲道：“那是条狗，不是我们家的，你们扔了吧。”

那人着急地回答着：“明明是个人，为何说是条狗？你们这样做会遭报应的。你知道吗，现在，那人被打捞上来后，依然眼睛雪亮雪亮的，谁牵也不走，我听说几个好事的人，已经将它绑到了附近的山上，他们想烤野人吃。”我的心咯噔一下子。

母亲好不容易支走了人家，我的心七上八下的，便跟着那人出了我家的院门，然后在一个下坡时，我冷不丁地跟了上去，轰然跪在人家面前。

那人差点没有吓死，以为晚上遇到鬼了，见到竟然是个人，马上问我："小子，怎么了？"

"刚才说那东西，在哪儿呢？"我急促地问着。

"噢，是你们家的，就在西山上呢，如今不知道咋样了，他们有的拿刀，有的拿盆，说是要杀掉野人，没有人管呀！我是个好心人，害怕出人命。"

我果敢地向前疯跑着，身后是那人的呼唤声："小子，你小心点，他们可有家伙。"

不管是什么情况，我都要前去，因为我对这条狗有着浓厚的感情，我知道它为何有如此狼狈的样子了，一定是花花故意使的坏，将不该用的药用在一条狗的身上，如果让我知道这件事情果然是她做的，我一定不会善罢甘休的，我会让全村的父老们围过来，控诉一个女人的罪行。

西山我熟悉，果然有脚步声夹杂在一起，十几个自以为勇敢的家伙，如今正举着火把，将一个东西围在中间，他们举着刀，但没有迅速地落下来，他们是想弄明白这到底是个什么样的东西。

我远远地便叫嚣着："停下手中的屠刀，否则会遭报应的。"

我人轻言微，但依然吓了他们一大跳，一个彪形大汉，分开众人，与我形成了简约不简单的对峙局面。

"小子，你少管闲事，又不是你们家的东西，再说了，人间怎么会有这样的畸形动物？"

"它是条狗，由于错误地吃了某种药，长成了这个样子，相信我，还给我吧。"

"想要，拿钱来换，我们可是辛辛苦苦地从水塘中捞出来的。"大汉蛮横地回答我。

蓦地，我却听到一声狼的叫声，这声音似浅非浅，似软非软，不知道从何处传来，却在众人惊诧的目光中消失于无形，我知道狗可能要爆发了，我想劝告他们，他们一个也没有人听我的，我只好说道："我用裤子换，行吗？"

"裤子，小子，难不成你屁股上有宝贝吗？我可听说了，屁股上有十八颗针眼子的人，世间少有，会是有多吉祥之人，你不会告诉我，你就是这种人吧？"

他们不容分说，过来剥我的衣服与裤子，大秋天的，我的衣服很快变成了菱形，飘散于风中，他们用手电筒照射着，将我的屁股翻转过来，有人惊叫了起来。

他们果然看到了我屁股上的针眼子，他们认真地数着，数来数去，大汉叫了起来：

“果然是十八颗，怎么可能？”

他们不知道，我的针眼子大约有几百颗，就是因为天黑，看不清楚的缘故，而他们在沉迷于传说中的十八颗，越是不想出现，这个数字偏偏出现了。

“数字是错误的，抽他小子，将他小子的屁股抽成花儿朵朵开，不就不是十八颗了吗？”众人上前，将我摁在尘埃里时，有烟尘与眼泪划过整个世界，我是头一次以弱势的身躯承受如此庞大的压力，我想叫，却叫不出来，想哭，眼泪早已经无法自持。

我又听到了狼的叫声，仿佛某个朝代的狼子野心臣子，正在策划着一场惊天动地的政变。

一种无形的力量将众人掀到了旁边，我看到那条狗以凌厉的攻势，将众人的手与脚踢到了树顶与山峦上面，他们的身体也随着手脚的飘移迅速地移动着，众多个圆心爆破开来。

狗居然救了我，这个事实让我始料未及，我看到一个美貌的人形，驮着我，迅速超过常人，它走起路来像跑，很快将众人抛在脑后，它有慈悲心，竟然没有伤害他们，而只是让他们尝到了一点点的苦头。

西山深处，篝火出奇地耀眼，狗站在我的身边，俯首帖耳的样子，我看着它，不知道该如何开口。我想问它：你究竟是何方神圣，竟然可以抵挡花花奇药的进攻？你从哪儿来的无边无际的力量？鞋匠是如何认识你的，又是为何收留你却不让你回自己的家中。

这是属于一条狗的生命传奇，我没有问出来，是因为我知道人狗不是一个世界，我们语言有障碍。

我们待了一个晚上，我还是想回家，而我却找不到回家的路途了，狗知道，狗不想让我回家，我知道的，它害怕活在人的世界里。

我用了一个上午的时间，一直在与它交流，我给它讲人世间的悲观失望，说人与人的钩心斗角，这不是一条狗的生命哲学，我说这是正常的事情，不要往心里去。它点头，却不言语，我以为它懂了，便指引着它让我回家。

它依然不动自己的身子，我恼怒万分，便骂它，用手抽它的耳朵，说它不懂人事，不知道亲情的伟大，人活着，要做的事情多着呢，难不成让我与你一块儿在这儿等死吗，我的生命还有几万天呢，如果在这儿待时间久了，我会疯掉了，狗不知道，人受不了的。

而当我讲道我只有一个人，没有弟弟时，它的耳朵竟然支愣起来，它喜欢当弟弟，我喜出望外，我对它讲道："等我处理完手里的事情，我与母亲说好了，我们去外面闯世界去，行不？我认你这个弟弟，虽然母亲不会愿意的，我会将户口本上添一个人的名字，就写成弟弟，就是你。"

这样的劝慰有些效果，狗咆哮着，似乎对我这样的回答十分满意，但它依然无动于衷的样子，它是想将我困在这儿，当它一辈子的哥哥吗？我苦口婆心无果后，便开始扔下它，一个人寻找回家的路。

我找了半天时间，一直到傍晚时分，依然没有结果，我想到，该是自己当皇帝的时候了，因为此时的水塘边上，狗子一定等得心急如焚，而那个账本，我则收到了自认为保险的地方。

我要赶紧学习文化，然后将这个账本送给纪委去，让他们查一下这帮家伙的真实底细，与人民为敌的人，永远不得好死，这是我为自己准备的最佳总结。

我到了某处悬崖上面，快要到顶部了，因为我好像闻到了傍晚里炊烟袅袅的味道，一定是母亲在做烩面了，这是我最喜欢的河南地方面食，我要回家，不能再在这儿吃狗捕来的小鸟，我受不了一个人活着的味道，如果我再不认真说话，总有一天，会变得像狗一样，失去真实的存在理由。

我的脚下踩空了，这是一刹那的事情，却差点流传于久远，因为我一旦落到下面，便可能发生粉身碎骨的结果，而我的身子却似乎落在一团棉花的身上。我听到狗的惨叫声，狗一脸病态，半个身子，被我压成了饼状，我无意于这样做，但已经发生的事情，让我惊叹不已，我将狗抱过来，眼泪扑扑地流，在自己的脚底下，流成了大江大河。

我决意不再走了，永远守在这儿也成，因为狗的真诚感染了我。我想着母亲一定会等得心焦，在我的历史行程中，从来没有发生过彻夜未归的事件，母亲会伤心的，她一定会拼命地找我，会怪罪于我。而我则不知道如何形容自己的心情，想走却不能走的心态，简直无法逾越。

狗因我而病，我守着，它奄奄一息，整个身子修长，脸部变异得苍白充满了鲜血，终于在某一个清晨，三天以后的一个清晨，狗永远地闭上了眼睛。

我没有埋葬它，我要带着它离开这个鬼地方，回到有争斗的社会里去，我有足够的证据抓住坏人，为何要躲债于此？

工夫不负有心人，我还是找到了当初打斗的地方，这虽然花费了我大半天的时间，我拖着狗的身体，一直在夕阳里行走，我终于看到了水塘，已经晚上七时许，狗子果然等在那里。

他过来帮助我，对我说道："你去哪儿了，我爹娘发现东西丢了，到处找，现在组织保安在寻找呢，你们家已经搜过了，整个村子翻过来了，爹娘打了人，将村口的牛都杀了，因为有人说那东西被牛吃了，结果也没有找到。"

"你怕了，小子，你现在不能反悔，如果你爹妈知道是你拿的，准将你点了天灯。"我学过这个刑法，知道它的厉害性，我故意这样说，是想压制住这股子邪气。

"我不会说的，主要是担心你，可放好了，这东西果然那么重要吗？我现在有些后悔了。"狗子惊魂未定着。

"这世上，没有一个地方卖后悔药的。"我自叹于自己经历了这么多的磨难，头脑依然清醒。

"我还听说，村里的人都在，就你不在，我爹妈说，你可能偷了东西，藏了起来，我听说正在向你妈要人呢？"狗子眯缝着眼睛享受般的述说着，我揪了他小子脸上的肥肉一把。

果然如此，花花药铺旁边，花花与母亲并排站在一起，正与狗子爹对峙呢！

无数人围住了这儿，里三层外三层的，我问周围的乡邻们这儿怎么了？有人回答我："怎么了，仗势欺人呗，仗着小舅子是乡里的领导，飞扬跋扈罢了，东西丢了，报官呀，让公安局去找去，竟然揪着保安挨家挨户地这样找。"

还有人说道："听说是一本账本，落到谁手，谁都不得好。"

狗子爹叫着："嫂子，告诉我吧，小子去哪儿了，狗也不见了，准是一个畜生一个人，联合起来作案。"

母亲一脸木然，我知道她的心情一定糟糕透了，儿子不见了，本来就心伤，如今却无缘无故地被一帮地头蛇压在头顶上喘不过气来。

花花一脸讪笑着："村长大人，话不能这么说吧，你太欺负人了吧，你家的东西丢了，就赖着人家了，有证据没有，说人家小子拿的，小子我可是非常清楚，从小在我这儿看病长大的，没有哪家的孩子，是从小病着长大的，因此，我熟悉得很呀，他可是小心小胆的人，他会跑到你的家里，偷你们的东西吗？没有丢钱，丢的这样东西，特值钱吧。"

花花的语言十分犀利，似乎是为母亲解围。

"再说小子与狗联合起来对付你，这就闹大笑话了，你什么人呀，村长呀，竟然被一条狗捉弄得死去活来的，让人家听说了，不是笑掉大牙吗？狗早死了，扔河里了，谁都知道的，被一帮人弄到了西山上，如今可能成了他人的饭菜了吧？”花花一直说个不停，她的胳膊有些不中用了，可语言依然铿锵有力。

“我没有问你话，你憋着。问你呢，嫂子，小子去哪儿了？如果不找回来，我就让公安局通缉他。”村长说。

母亲终于还嘴了：“我们家的孩子如今丢了，我也着急呢，有人看到，你们家狗子与我们家孩子在一起呢，想要找我孩子，你找你们家狗子去，我一会儿也要报案呢，通过狗子找儿子。”

母亲的话正中要害，的确有人多次看到了这样的场景，狗子与我在一起打闹，还有一条狗在旁边伸着舌头帮腔作势，如果我是嫌疑人，恐怕最大的受害者便是他们家的狗子了。

“狗子在那儿呢！”有人看到了狗子，与此同时，也看到了我，我一脸污泥，没有擦净的脸膛上面，青一块紫一块的，我正想闹事呢，便掐着腰，与狗子一起冲了进来。

一胖一瘦，狗子嘲笑着：“哥，咱俩如果联起手来，一定天下无敌，因为天下就是由胖子与瘦子组成的。”

我踢了他一脚：“你老爹正找我们有事呢？”

“瞧，大家看清楚了，小子踢了我们一脚，这可是明证，一定是他故意这样做的，小子来得正好，告诉我们，你去哪儿了，否则，就得送公安局去。”这个奇怪的家伙总是与我为敌，我忽然想到了家里面还有二两巴豆，我想清楚了，一定会捉弄他们一家人，让他们知道天外有天，人外有人。

但在此时，我故作高深，我示意狗子回答问题，狗子没有等他老爹问话，便说道：

“我与小子哥在一起呢？整天待在一起，挺好的。”

狗子是想捧着我说，大家都乐了，狗子爹绷着脸，逼问着：

“放屁，你白天在家呢，小子在哪儿呢？”

“我在西山呀？有人可以作证，我家的狗死了，我去找尸体，这有何不可？”我反问着。

“啊，狗死了。”我蓦地发现村长的眼神流露出一种从未有过的惊喜。“在什么地方死的，如何死的？”

“如何死的，问你们家狗子，我们俩杀掉的，如今埋了。”我递了眼色给狗子，考验他是否聪明的时候到了。

“啊，是这样的，我先动的刀，一刀一刀刺的，好痛快呀，比杀人还有意思。”狗子的笑让我忍无可忍，我真想将他的裤子剥下来，在他的屁股上形成一股不可逆转的潮流。

狗子的作证十分必要，他是他爹娘的宝贝，如果不是这样，狗子爹一定会不依不饶地将这件小事纠缠到底的。好歹狗死了，如果没死，就有了新的罪证，他们会将此作为一个依据与我们家交涉，直至无中生有地将一大盆屎扣在我的头上，我有些弄明白，为什么现在贪官有趾高气扬的理由了，他们作威作福，连孩子也不放过。

这期间，发生了两件事情，让我好伤心。

一件是狗的尸体居然不见了，我放在草垛的后面，好好的，我觉着可能是被哪个好事者偷走了，他们想吃狗肉而已。但这一条，我表示怀疑，因为狗已经不成狗形，半个人形，再胆大的家伙，也不敢这样做的。

另一件事情，是我偷听到了母亲的梦话，母亲好说梦话，由于心里有事情，她晚上睡不好，好不容易睡着了，便说个不停，而我是在听到她的自言自语后睡不着的。

母亲的话断断续续的，我本来不想听，因为人在后半夜的时候，即使是不瞌睡的人，也害怕被外界的声音所打扰，那个时候，再暴躁的人也需要安宁，万籁俱寂是一种最高的享受。

而从未说过梦话的母亲，却在那一夜，将我不知道的事情和盘托出，而她所说的话，居然正好切中了我的要害。

是关于狗的一些故事，包括狗如何受伤的经过。我才知道，花花给狗吃的的确是一种药，是想医好狗身上的旧疾，它背上有伤口，而母亲却换了药，正是这种厉害的药，让狗经历了一种长期折磨。

我没有想到，竟然是母亲要狗死，母亲要狗死的理由十分充分，她害怕我被狗教坏了，与狗在一起的人，没有几人有好下场，何况这是一条不祥的狗。她劝我我不听，正大光明地揍死狗，狗不会答应，她也没有这样的能力，于是，阴谋出现了。

我不敢怀疑自己的母亲，母亲竟然是为了让狗死去，而我则一门心思地想让狗活下来，我不知道如何形容自己的心情，如果是其他人，我说过的，我一定会爆发出来，将对狗不利的人置于死地。然而我不敢报复母亲，母亲是生我养我的人，我们相依为命，但有错了，就不能不遭到惩罚，我想了很久，终于想明白了：我要替母亲受过。

可至少，要找到狗的尸体，哪怕是立个坟墓也行，对了，还要找个公证人在场。狗子正好，让他见证，至少有两个有力的证据，一是狗的确死了，他会将这个消息传到大江南北，他的父母不会再纠缠于我；二是，我要替母亲受过，在狗的坟前，我要倾诉母亲的错误，然后替母亲受过。

这也许是世界上最纠结的事情了，你心爱的一件东西，不翼而飞，你找了半辈子，可突然有一天，你忽然知道，这件事情的始作俑者竟然是自己最亲爱的人，你如何处理？照常理，你应该暴跳如雷，找人报仇，雪恨前耻，可是，你陷入了两难的境地，江湖人物惯用的手法便是如此，以他之过，惩罚自己。

坟墓建好了，简单却让人怀念，我跪在地上，这是我生平第一次给人下跪，我发过誓言的，除了母亲外，不再跪任何人，但狗除外。

我对不起它，我甚至怀念起了它以前的日子，不算幸福，但至少安全，而我却造成了这样的局面，因为我个人连累了一条狗。

我披头散发，准备好了刀子，一会儿，我要剃光头发，以示对自己的惩戒。而狗子姗姗来迟，他对我说道:“我屁股上的刀口开始发炎了，痒得厉害。”

我没有听清楚他的表白，我的事情非常清楚，我要以正视听，惩罚自己是世界上最难堪的事情。如果一个人，敢于惩罚自己的罪行，那么，他的未来一定会花团锦簇的。

我哭了起来，狗子在旁边若无其事地傻站着，后来，他实在扛不动自己偌大的身子，便坐了下来。他坐下来的动作一度打断了我的哭泣，因为动静太大了，他的屁股压在草垛上的声音赛过了我的嘤嘤哭声，我瞪了他，吓得他赶紧收起了屁股。

我仍然哭，哭了大约两个多小时，我开始剃头发，不可一世的，我本以为这个傻小子会拦着我，我的一头秀发，是唯一拿得出门的东西了，他却没有，他只会踢脚下的泥土，将整个现场搞得乌七八糟的。

我使了个眼色给他，我想让他劝我停下来，因为我好面子，我实在没有眼泪向下流了，再流就是血液了，而这个东西，关乎一个人的生命安全，我是绝对不允许自己这样做的。

狗子似乎是心领神会了，过来拉我，他很容易将我拉起来，而我故意不起来，好像周围有无数只眼睛盯着我似的。我害怕自己一旦起来了，有人会说我假惺惺的，表情不够气派，而我，想将场面做大做强，我喘息了半天时间，猛然间，狗子一用劲，我感觉胳膊酸麻，我抬起了高贵的头颅。

“哥，甭哭了，狗已经死了，我们回家吧，晚了，我有些害怕。”狗子问我。

“你没告诉我，有什么好的信息，纪委又去你们家没有?”我追问着。

“没有，花花去了两次。”我蓦地想到了自己偷听到的东西，花花与村长勾结起来，与地有关系，他们一定是想将谁家的地据为己有。

“你知道不，她去的原因。”我逼问狗子。

“不清楚，她们进屋时，锁了门，三个人一起说话，我听不清楚。”狗子无可奈何地叫着。

“下次，一定要记清楚，一字一句也别落下。”我按着他的头嚷叫着。

我本以为自己的生活从此后与狗再无关联了，但我回去后，耳朵里却总回响着狗的吠声，可能与余音绕梁有关系吧，我想着，可能是思念过深的缘故，时间久了，也许会有改观的。

我晚上一直睡不着觉，一闭上眼睛，不是父亲的狰狞，就是母亲的苦口婆心，他们让我收敛心思，好好地学习，去做一个人见人爱的角色，我为此反抗着，执着着，我也想做一个乖孩子，但是你们给了我这样的基因吗？你们让我生下来，便接受各种各样的挑战，让我忍受折磨与苦痛，这是你们预想到的吗？我做不到，因为条件不允许，我生来就是个捣蛋鬼。

又梦见狗的吠叫声，它一步三摇地接近我，让我去救它，它说它没有死，被几个好事的家伙纠到一处院落里，挨打受煎熬。

我是哭醒的，这世上，还没有什么事情让我以这样的情怀苏醒过来，我想到处听见狗的叫声，或者让狗枕在我的胸前，沉沉地睡去，这应该是最大的幸福了吧。但是，却没有，我只听到远处传来一声狗叫，这声音极其细微，却被我逮着了，我具有狗的一些特质，我能够闻得到别人闻不到的气息与香臭，当然，我自然可以辨别狗的叫声。

我睡不着，索性披了衣服，背着母亲，将自己掷进无尽月色里。

依然有狗的叫声传来，在这个人见人打的年月里，狗依然存在，这不得不说是一种奇迹。我执着于向狗的方向去寻找，竟然是村长的家里，没有灯光，有灯光的话月光就不会如此明亮，月光现在有发言权，它的指导性意见会让我很快找到目的地。

果然有狗的存在，狗被锁在一处链子上面，不成狗形，嘴部塞了东西，我不明白村长家里人怕狗，为何竟然在院子里放了一条狗。

我知道狗子住在外屋，便天不怕地不怕地推开他家的窗户，我小巧玲珑，不是八面玲珑，人都说我不沾富贵边儿，人太瘦了压不住财，而我没有想到，人瘦也有好处的，我可以任意来往于某处别人不敢染指的缝隙里。

我听到了鼾声，狗子的鼻涕沾在尘埃里，鼻浆子到处乱流，有好几处已经招惹了蜘蛛，它们调皮地在这儿洗澡，将这儿当成了它们家的“太阳能”。

我捅了狗子一下，狗子醒了，可一想到可能是一场癔症，便翻身又睡着了。我抓了一只秋虫，一股脑地扔进他的脖子里，他疼醒了，妈呀叫了一下，把被子蹬掉到地上。

他准备开灯，我早已经将绳子绾地高高的，不让他够着，他没有成功，便趁着窗户外面的月光小心寻找着。

他看到了床，看到了地上的被子，伸手去拿被子，却感觉有一种力量压抑着他的情绪，沿着这种情绪再向上看时，他看到了一张可怕的脸，我故意使坏，将一张熊的面具罩在脸上，他看到了，迷迷糊糊地来摸，我动了一下，他便大叫一声，晕了过去。

我弄醒了他，他看到了我，拍着胸脯道：哥，怎么是你，吓死我了，你怎么不睡觉呀？”

“狗子，你是不是有事没有向我交代呀？外面的狗怎么回事？我闻到狗叫声就赶了过来。”我问狗子。

“这事情刚刚发生的，前夜时发生的，我没有办法呀，就权当作明天的项目报与你罢了。是这样的，有人送来的，让我们杀了吃掉，说是杀了吃掉后，以后就不害怕狗叫了，可以治愈恐惧症，我母亲说的。”狗子还揉着眼睛。

里屋有人发了话，好像是狗子爹将狗子娘从床上踢了下来，狗子娘叫着：“又发癔症，你们遗传呀？一做梦就踢我，我都被踢下三回了。”

狗子想笑，我怕惊动了外人，也踢了他一脚，他赶紧规规矩矩地站好，原地待命。“我要救这只狗，你要协助我，如何救走，看你的聪明程度了。”

“哥，这不是你们家的狗，那狗早死了，这条狗没有用处的，你救了他，会增加你们家的麻烦。”

我不说原因，就是想救，我是爱屋及乌，现在看到随便一条狗便会触景生情，我想救下它，让它替代我的狗，我的狗可怜巴巴的，至今连个名分都没有，还不如古代皇宫里的妃子，人家好歹有个正的有个副的，我的狗呢，没有与我相处多久便追随他的老主人鞋匠去了，我好伤心呀。

我考验着狗子，他直搔头，回头对我说道：“有办法了，我家里有酒，我去给爹与娘灌酒去，让他们睡着了睡死了，就可以行动了。”

这虽然是个好办法，可是，他们怎么会乖乖地听从你的话喝酒呢？

狗子道：“哥，你不清楚，我娘好酒，可是家里的酒都被爹藏起来了，我曾经在半夜听到过母亲喝酒的声音，她喝多了，便睡了一天一夜。我爹更好酒，他只要是闻到了酒味，便浑身痒痒，我现在喂他们喝酒，一定奏效的。”

狗子去了，我则躲到天井当院里瞅那只狗，狗通常见了生人准会叫的，但见了我则没有，我知道自己的魅力今生今世只能固定在狗的身上了。也对，在人身上施展不了自己的魅力，就在其他生物身上施展，总会有一处风景承认你的存在与价值。

我去解狗身上的链条，我没有敢将它嘴里的物什掏出来，一是我害怕它咬我，它咬后人是会得疯狗病的。前些年，狗盛行的时候，村里人没少被狗咬，十几年间，一来二去的，竟然死了十来个人，我害怕它威力无比地延伸。

狗子则蹑手蹑脚地行动着，他跑到他们家的地下室里，上了锁，他找了半天时间，从红薯窑边上捡到一瓶烈酒，转过身来，拧开盖子，跑到父母房间里，给他们两个喂了进去，狗娘有些清醒，刚想问是谁呀？猛然闻到了酒香，狗子一不做二不休，给喂了进去，狗娘喝多了，便乖巧起来。狗爹闻到了酒香，直蹭鼻子，继而便自己抱着酒瓶子喝了下去。

世界死一般寂静，我感到整个月亮被我偷偷摘了下来，揣进口袋里，从此后我的身上便月落乌啼。

我牵着狗回家，到达门口时，狗子叫我，问他是否随我一块儿走？我说道："你赶紧回去，看如何应对你的爹娘吧。"我头也不回地走，狗子亦步亦趋地跟随，我回头再望了他一眼后，他赶紧跑到了月亮后面。

我转过头来对狗吩咐着："瞧瞧，为了救你，不仅花费了我一个晚上的休息时间，还花费了一瓶好酒呀，我闻到了酒香，味道奇浓，十分舒服，真可惜。"

狗一声不吭地跟着我走，直到跟过花花的药铺时，它竟然停下了脚步，我也觉得异样，因为我感觉有一种熟悉的味道在附近徘徊。

果然有动静，在药铺的后面，竟然藏着一条狗，它光着身子，被人绑在案板上，绳子捆得十分紧，它有时候会反抗两下，但它遭受了最大程度的折磨，它接近于奄奄一息。

狗停了下来，我也停了下来，我感觉绑着的狗，比这条狗更具有吸引力，因此，我毫不客气地跑了过去。

我的天呀，我惊呆了，竟然是我的那头癞皮狗，它果然没有死，不知何时，竟然被花花劫获了，花花想干什么？我突然间冒出了一个可怕的念头，我要用刚救的这只狗交换自己的狗。

这一切仿佛是策划好的，容不下我有丝毫的懈怠，如果失去了机会，恐怕再没有机会了。

我的思想犹豫了片刻工夫后，一记砖头，将旁边的狗砸晕了，然后我将它驮起来，扔到案板上。与此同时，我解开了绑着癞皮狗的绳子，绳子辗转落到这条狗的身上，我害怕它捣乱，故意将它的毛发搅乱了，然后用一些污泥盖住它的脸，不让人察觉出来。

明天一早，我会过来，看花花如何收场，它抓住这条狗，到底是为了什么？

我为自己这种卑鄙的行为感到可耻，但我没有办法，我刚才还想，为何不彻底将狗救走，两条狗全部救走？但是我没有这样做，我是为自己明天看戏埋下一个伏笔。我不想让明天的空气过于清新，人活在这个世界上，有时候，会干出一两件为人不齿的事情的，这是人的劣根性，我承认我具有人的这种特征。

因此，我没有自责，如果做了事情，再陷入自责的旋涡中，倒不如不做。

狗平静异常，它满身伤痕，我不得不下定决心，明天到花花的药铺中寻找一些消炎的药。我想着方法，不能让人怀疑我，我后来想到了自己的胳膊，如果自己受伤，兴许会有好办法的。我在黎明时分，将一个砖头砸在自己的左胳膊上面，血流了下来，我感觉死的心都有了，整个臂膀酸疼无比，仿佛一千只蜜蜂齐刷刷地落在我的身体上面，将满身的液体毫不客气地注入我的体内。

我这样做，自有道理，我是想骗取母亲的信任，从而多得到一些消炎的药，为了我的狗，我会下血本。

时间难捱，终于到了母亲起来的时刻了，我故意叫了出来，呻吟的声音学起来，竟然比哭泣声更难以惟妙惟肖。

母亲站在我的面前，她看到了我受伤的手臂，然后像拖死猪一样将我拖入黎明时分的大街上。

4. 人吃人

（占地，与村长打架，一无所有。）

花花的药铺没有开门，花花不是很相信母亲，因此，钥匙大权并未交过来。我害怕母亲发现药铺后面的那条狗，我又害怕它叫起来，让我无所适从，但好歹，它并没有醒过来，可能是一夜寒冻的结果，我暂时放宽了心。

母亲十分着急，因为旁观者清，我流出的血已经干涸了，她看我脸色被秋风吹得苍白，十分疼惜地搂着我。印象中，母亲很少搂我，可能是嫌弃我的瘦弱，她从骨子里不太喜欢瘦骨嶙峋的孩子。

母亲开始想办法砸门，花花可能是睡晚了，一点儿没有起来的意思，也有一种可能，她昨晚根本就没有在药铺里。去超市边瞅，也没有人，花花昨晚回得很晚，但现在却不知道去了什么地方，母亲十分诧异，但母亲的手并没有因此停下来。

母亲撬开了门，喜出望外地冲着我傻笑，推开了门，带着我冲进去，便拿起了消炎药向我的伤口上打，我趁着母亲不注意，将一大把药面子塞进自己的口袋里，我知道癞皮狗有救了。

一声狗叫打破了黎明时分的静寂，我与母亲吓了一大跳。我明晓事情的原委，因此，脸上的表情十分平静，只是有些微的惊慌。而母亲则慌叫着："怎么回事？不是死了吗？"

我突然间想质问母亲几句话，为什么要杀死癞皮狗，人何苦为难一条狗呢？但是我没有，一个孩子怎么可能以下犯上，怎么可以对自己的母亲说不？哪怕她做错了事情，也不可以对母亲无理，这是一个孩子应有的普世准则。

我按捺着心情，看母亲如何处理那条狗的叫声？母亲顿了一下，却置之不理地关了门，准备在这个时刻领我回家。按照常理，药铺通常在每天十点以后开门，而现在，只是早上六时许，竟然有一个病人闯了进来，这完全出乎我们的意料。

一个年轻人，满头是血，冲了进来，血与我的一样，早已经干涸，他十分痛苦地捂着头。我们不想管，这样的场合，花花不在场，如何处理是好？但是他却昏了过去，我们不能见死不救，母亲是个好心人，示意我将那个人平放在地上，然后拿药准备施救。

母亲的手法十分简单，但有些生涩，母亲的双手颤抖着，我知道她的心里没有底，我鼓励母亲："尽管上药吧，先止血。"

母亲灵敏地说道："对，止血，不让血流就是好事。"

血很快止住了，这花费了至少二十分钟左右的时间，年轻人醒了，我们却不认识，在这个小村落里，没有我们不认识的人，他一定是外乡的，或者是邻村的。

"年轻人，你怎么了，谁打的你？"母亲问道。

"你们村长，他占了我们家的地，与我们村的领导一起，他不是人。"年轻人回答起来十分干脆，隐隐伤痛折磨着我与母亲的思维。

"又是地，地是他们家的命根子，地是老百姓的命根子。"母亲似乎对这样的事情回天无力，只有叹气的份儿。

"昨天晚上出的事，我走了两个多小时的路，找医院，却找不到，幸亏遇到了你们，我会报答你们的，放心，我不会忘恩的。"年轻人起身想走，但他的身体不允许他这样做，我们也不敢拦着，因为这不是我们的一亩三分地，如果让花花知道我们私自收留受伤人员，并且与地有关的，她一定会不依不饶的。

年轻人走远了，我急忙问道："你叫啥名字呀？"我是多心，药费还没付呢，如果让花花知道，母亲得包赔药费。

"我叫狗剩子。"得，是个艺名，农村叫这名字的比比皆是，他用个艺名是在搪塞我们，我盯了母亲一眼，不知道我们这样做是好结果还是坏结果，母亲则说道："做好事，永远不会有错的。"

我们关了门，狗的叫声却隐隐传来，令我们措手不及。这声音十分近，又十分远。我知道在什么地方，我不敢提示母亲，害怕母亲为此事在此地逗留，如果让别人发现了我们的伎俩，一定会遭到报应的。

母亲不理会这些，只管锁门，但遗憾的是，门锁不住了，因为刚才母亲一砖头砸坏了门。

狗的叫声重新吸引了母亲的注意力，母亲抬起头来看天，天蒙蒙亮，深秋的气息已经浓厚起来，躲在山峦深处的小村起了一层薄薄的雾，借着早晨的阳光慢慢地拂起来，在每个人的心灵深处形成一道无声的风景线。这风景你可以看作漂亮，如果你心情好的话；你可以看作暗淡，因为你的心情也可能沮丧无比，你可能遭受了无情的打击而郁郁寡欢。

母亲循声走了过去，我则躲得远远地，不阻拦，也不上前，因为那儿的情况我比谁都要清楚，我一手制造的结果，不需要别人去解释。

母亲看到了那条狗，五花大绑着，满身是泥，浑身有血的腥味传来。母亲出于恻隐之心，准备过去解救那条狗，而我的脑袋则电光火石般的闪烁着，我以少年的心想了许多，想到了村长醒酒后一定会寻找这条狗，如果让他发现了，我与母亲在狗的身边，会怎么想？我去拉母亲，但迟疑了半步，因为我对自己的行为怀有愧疚感，我不忍心去对一条狗变本加厉。虐待自己可以，但不要肆虐别人，哪怕对方是一条狗。

母亲将狗放了下来，狗气若游丝，只有挣扎的份儿。母亲照例想救狗，拖进药铺里，在狗的身上施药。母亲示意我过来帮忙，我开始不愿过去，过去后则将脸转到旁边，不敢看狗的眼睛。狗的眼睛无力，可能是它记不起我的模样，竟然满是怜悯与求饶的表情。我讨厌一条狗可怜巴巴的样子，我鼓励它："振作点，瞧你那样子，不知道自己在什么地方呀？"

母亲要打针了，母亲是突然间想给一条狗打针的，因为这符合常理，狗通常不涉人事，不知道疼痛，再说，在一条狗身上实验，没有多少后顾之忧，顶多是扎歪了，扎斜了针眼，然后拔出来，再扎。

母亲在狗的身上画了个圆圈子，准备将针扎进圈子里，这是花花教她的，也是在我身上实验多年的结果，据说花花现在打针极神奇，画个小的句号，一针下去，八九不离十的准确率。

母亲扎斜了，狗狂叫起来，母亲拔了出来，重新消毒，在锅里煮起来，然后擦掉圆圈，准备重新扎入。

而此时的我，却心如刀绞，对母亲说道："我想回趟家，伤口太痛了。"

母亲十分害怕狗，因为我在场，其实是在给她壮胆，而现在我这样说，她无可奈何。其实我是自私因素在作祟，看到这条狗，我想到了正处于受伤状态的癞皮狗，如果不及时医治上药，一旦发了炎，就雪上加霜。我的口袋中捂着刚才抢到的一包药面，我想赶紧给狗上在伤口上。

我头也不回地走了，母亲没法子，只好自己给狗打针，狗有些不老实了，因为缺少一个人的缘故，针照样扎斜，母亲后来索性推了药进入狗的身体里，不管三七二十一，能够消炎就行。

花花却推门而入，一脸的醉态，酒未醒的样子。她昨晚回去很晚，回自己的家去了，找了一瓶酒，猛喝进去。其实是借酒浇愁罢了，她觉得岁月实在难捱，没有生机，守着一大堆的钱财，老没意思。

花花一眼看到了一条狗躲在她经常躺的地方，母亲则与她面面相觑着，不知道如何解释面前的事情。

"你是救狗？"花花本能地叫了出来，她其实不讨厌狗，只是她觉得这样的方式太吓人了。

"没有，我在练习打针，在狗的身上，总比在人的身上好点吧，一只快死了的狗。"母亲没有狐疑，将花花想说的全都事先说出去，以免引起不必要的误会。

"快点扔出去，这屋里搞的，乱七八糟的。"花花示意母亲赶紧将狗挪出去，母亲照办了，狗十分瘦弱，没有多么分量，这么年轻的狗，亏村长竟然想得出来想拿它下酒。

花花搜寻着什么，问母亲："那包药哪儿去了，一包药面子。"

母亲回答："没见呀？治什么病的？"

"不会是哪个病人吃了吧，那是治老鼠的药，毒性极强，我自己配的，药铺与超市里老鼠太多。"母亲也急忙找了起来，但结果是，他们没有找到。

母亲回顾着整个事情的来龙去脉，她首先想到是不是上错药了，给狗没有上错药，难道是给自己的儿子上错药了？

母亲大急，转眼向家里跑，出门时，狗依然躲在门边上，将母亲摔了个跟斗，母亲没有顾得上疼，一口气将自己当作箭一般射到家里。

我正在为狗上药，狗疼痛难忍，一个劲地颤抖着，我不知道这包药是毒杀老鼠用的，这条狗命大福大，不会有任何事情的，百毒不侵。我闻着这包难闻的药，将药面子一股脑地全部倒在伤口上面，空气中一股子烂肉与药面产生的浑浊味道。

狗匆匆忙忙睡着了，我以为是药起了作用，顺手将药包埋在墙下面，然后若无其事地准备睡觉。

母亲跑了进来，将我抓起来便检查伤口，闻味道，她感觉这空气中的味道不太对劲时，就问我："发烧没？肚子疼不？"

我回答道："妈，没事，伤口好多了，不化脓了，怎么了，我想睡会儿觉。"

母亲急忙转过身去，重新回药铺里，她可不知，新一拨力量赶了过去，他们的焦点依然在狗的身上。

村长与村长媳妇满身是酒味，闯了进来，他们说头痛得厉害，让花花给打两针，花花问他们："在哪儿喝的这么多的酒，还夫妻两人一块儿喝的，丢人不？"

"昨晚睡死了，不知情时，竟然喝醉了酒，你说是梦闹的，赶紧点，给我一针，还丢了条狗。"花花一听说狗心中便有疑虑，但她很快用自己庞大的身子挡住了门，因为她看到，那条狗卧在屋檐下面，似乎对村长的到来充满了愤怒，它在找机会报复。

她想尽快给俩人打过针，让他们赶紧离开这儿，不然，狗如果发动报复性的斗争，后果难以预料。

村长不知，与媳妇搀扶着趴下，一边说道："针轻点，别打到神经上面，甭将我的屁股当成小子的屁股。"

村长媳妇道："你都醉了，知道疼吗？"花花不多解释，不屑一顾地将针挫好了，也没有等村长将裤子脱掉，隔着裤子戳了进去。

工夫十分浅与短，等到村长感觉屁股有些麻时，针早已经拔了出来，村长说："赶紧点吧，我家里还有事情呢，我要找到那条万恶的狗。"

花花是早已经为狗子娘打完了针，收针管时，没好气地对村长嚷着：

"起来吧，打完了。"

"打完了，我还没有感到疼呢，你这小媳妇，不会是怕我们不给钱吧？"

"你刚才说狗，狗招你了吗？整天与狗过不去，小心遭到报复，还是做点好事吧。"花花跺跺脚，似乎有些抵挡不住晚秋的凉气。

"你不知道，狗太可恶了，这条狗，昨晚咬了我妹妹，我不会放过她的，我妹妹，如今还躲在西山里哭呢？"村长声音故意压得非常低。

"什么妹妹，甭以为我不知道，是你的小情人吧。"狗子娘一边数落着，一边准备出去，她实在看不惯村长的狗仗人势。

狗子娘到门口时，蓦地发现一条斑斓大狗站了起来，拦住了她的去路，兴许是刚才母亲的一针起了作用，狗有些兴奋得无法自已，它在蓄势待发。

狗子娘没有想到，昨晚抓住的狗竟然会出现在这儿，她继续准备走出去，人岂能被狗拦住？再说，此狗非彼狗，此狗如何知道彼狗的爱恨情愁。

狗叼住了狗子娘的鞋子，将狗子娘甩了个大跟斗，在黎明时分的村庄上空，传来一声惊天动地的呐喊声，狗子娘痛到了极点，因此，她毫无保留地释放了出来。

花花闻声而动，高声喊着："坏了，狗。"

村长也冲了出来，一男一女，分外耀眼，母亲也恰巧看见了这一幕，她惊恐万状地搓着手，示意狗停下来进攻的态势。狗却没有停下来，狗有狗的分寸，狗也是有仇必报，尤其是"国耻家仇"，包括昨晚受到的屠戮。

狗将狗子娘撞向了天空，在太阳的光辉下变成一道优美的弧线。

村长拦住了狗，解救了狗子娘，狗转而冲向村长。

如果不是母亲到来，这场战事不会短暂地结束，母亲命令狗停下来，狗犹豫着，村长也犹豫着，他举起了拳头，酒早醒了，屁股上感到一阵疼痛，他才弄明白，花花根本就是隔着裤子打的针。

狗终于收敛了斗志，现场的人没有想到，母亲竟然对狗有指挥权，村长感激地看着母亲。

"狗刚才来过药铺，我给它打了一针，它浑身是伤。"母亲解释着。

本来是好好的事情，说者无意，听者却有心，村长一边搀扶着狗子娘，一边数落着："该死的狗，谁让你救它，它早该死。"

母亲听到了，就当没有听到，她只是对花花道：

"那包药，得赶紧找，看来是丢掉了。"

"估计是老鼠抢走了，它们该死。"花花与母亲进了屋，准备关门。

狗则站在外面，瞅着两个女子的背影发呆，母亲想起了什么，转回身来对狗与村长喊道：

"赶紧走吧，各行其是，村长也走吧，不要再为难狗了，它不涉人事，就知道报复。"

狗慢吞吞地，一步三回头，准备离开，村长也搂着媳妇的半个身子，眼睛里却满是不服气。他到处瞅着，一眼看到了半截铁棍扔在地上。

母亲继续说道："村长，以后不要再杀狗了，结个仇敌不好，狗不会为难你的。"

母亲实是好意，不要与狗过不去，母亲的话没有说完，村长早已经一跃而起，将铁棍抓在手里，对准了与自己正好一个平行线的狗头砸了过去。狗耳朵灵敏，但它受了伤，村长的棍子来得太快，狗躲闪不及，大家的耳廓中听到了一声剧烈的山响，狗的身上、地上还有村长的身上，村长媳妇的脸上，满是鲜血。

狗应声倒地，巨大的惯性将它的身体甩出一米多远，村长的身体也受了震动，躲闪不及，差点掉入旁边的一个粪坑里。

母亲张大了嘴，花花目瞪口呆。

母亲疯狂地跑了过去，看到狗早已经不省人事，母亲张狂地对村长大叫着："你，狗没有为难你，你却为难它。"

"它就是个狗东西，我就是要杀了它，还有你，救一条狗，却不顾人，我连你一块儿收拾。"村长举着棍子，想打母亲。

母亲也不甘示弱，"你打呀，有什么本事，这样残忍地对付一条狗，早晚会遭到报应的。"狗子娘过来拉村长，村长一个猛子，狗娘跌在尘埃里，花花也跑了过来，扯住了村长。

母亲去救那只狗，却没有救过来，狗蹬了腿，母亲眼睛里满是泪花。

"我说是谁救跑了狗，原来是你，小子他娘，我对你们家不薄呀，征地这么久了，你们的老地，几十亩地，我想办法保你，你却现在吃里扒外，与一条狗为伍，想得罪我。

"你等着，这件事情不会就此罢休的，狗伤了我家媳妇，这事完不了，我说狗刚才对你毕恭毕敬的，原来你就是它的主人，我要将狗鞭尸，烧了，扔了，踩了。"

村长神经质般的发泄着，母亲对她置之不理，转而将狗的尸体拖入了一条扔着的废席子里，裹了起来。

我早已经睡了一觉，许多人的叫喊声惊动了我，我便闻声而来，我与狗子撞了个满怀，我问狗子："怎么了，那儿。"

"我听说我爹娘又闹事了，哥，听我的，你甭去了。"我才不管他的话，三步并作两步移动着自己矫健的步伐。

我才知道这事与狗有关，原来这世界上所有的事情，都可以与狗有关，只要你想与它有关。

我配合母亲拽狗的尸体，母亲抬头看我，好像对我的出现不太满意。

狗被以最隆重的仪式进行了埋葬，这是我生命历史上第一笔浓重的色彩描写，我有些悲哀，狗也是一条生命，我心里竟然产生了一种可怕的念头，谁动我的狗，我就让谁难堪，就像上次一样，我甚至有时候想质问母亲：为何对那条狗不依不饶，难道狗惹了您生气吗？

在埋葬了狗以后，我回头去看了我的癞皮狗，它依然鼾睡不醒，我那时候不知道，那包药竟然是一包毒药，差点重新要了狗的生命，但如果不是那包充满魔幻的毒药，狗也不会发生质的改变？

当然，这是后话，与现在的故事没有直接关联。

我约母亲进行了一次漫长的谈话，这是我第一次约她，母亲好像知道有事情发生似的，收回了准备迈出去的步伐，我知道，她是想重新回药铺里，花花在那儿等着她。

我问母亲："妈，你怎么想去学医？"我没有开门见山，长期的病痛折磨让我学会了聪明应对外人，特别是一位母亲，她博大，不想让你以小人之心，度君子之腹，更不会让你胡思乱想，对待母亲，要有一种力量与智慧，因为每个母亲的智慧是无穷尽的。

"我是想给病人看病，他们太痛苦了，从你的身上，我学习到的，花花打针的手法实在太恶劣了，我不想让全村人再接受她这样的折磨。"母亲坐了下来，不看我，我则看着她。

"说说狗的事情吧，癞皮狗的事情。"长时间的沉默，母亲似乎明白了我的想法，她思忖着如何回答这个问题，然后说道：

"狗是我想让它死的，我看不起一条狗。"

"瞧不起狗，就等于看不起我，我就是一条狗，我属狗，命相是狗，长得也像狗，他们都这样说。"我全力以赴地怒吼着，甚至站起身来，挥舞着拳头。母亲不知道狗对我的影响如此之深，她站了起来，用眼睛瞅我的眼，我不敢碰她的目光，沧桑且有伤感，我只是躲避着她，但态度没有变化。

"你不懂，我有我的看法。我之所以痛恨狗，是因为一次难过的经历。"母亲继续讲，我想打断她，却不忍心，我在想着这是否是一个儿子应该做的事情，对自己的母亲质询，是否符合人间爱的大义，是否符合伦理？

母亲继续讲道："你小时候，我抱你出去玩，那时候，你父亲尚在人间，一群母亲，一起去玩，动静非常大，一群孩子，在野地里奔跑，我十分高兴，你也十分高兴。一条狗跑了过来，也加入其中，我们一群妇女，在后面紧跟着你们，狗谁那也不去，却去你在的地方。你吓得大哭，我跑过去，想阻拦，它却不走，狗与你有渊源吗？我不解，一群母亲中的一个突然间说道：'这孩子，有狗缘。'我已经够气愤的了，正想回击，不料，其他母亲跟着附和着：'可不是，小子长得人模狗样的。'

"我的孩子竟然像一条狗，母亲像什么？我痛不欲生。不管她们如何解释，想收回说过的话，我都不听，我跑过去，撵狗走，狗不走，我砸它的脑袋，我知道脑袋是每条生命最薄弱的地方，它依依不舍地跑，我照例吓唬它，它还频频回首。

“从那个时候起，我对这样的印象充满了感慨，我开始恨狗，恨所有说我孩子像狗的人，哪怕他是老天爷，我也要与之搏斗。

“你长大后，我尽量少让你接触狗，但我管不住，你身上的狂犬疫苗不知打了多少次，我为此十分内疚，觉得没有处理好你的人生观。你父亲逝世前叮嘱我多次，一定要让你与狗有距离，我一直铭记在心，但现在，我还是没有管好你，我什么事情也没做，连个孩子也看不好，你说我的心情会怎样？

“为此，我决定要从上断掉源头，我要杀狗，尤其是那条可恶的癞皮狗。因此，第一次，我换了药，花花不知道，我换的是要命的药，我以为狗吃了会死掉的，可是，它们命太大了，竟然没有死，我不死心。但狗后来意外地死了，这让我喜出望外，以为是上天帮了我的忙。可阴差阳错，它竟然复活了，它的生命力竟然如此之强，当时我就想，也许自己的做法与想法就是错误的，上天不让它死，我竟然与天斗，能胜利吗？

“我仍然抱着侥幸的心理，直到在你不知道的情况下，我重新找到了那条狗，并且我给它吃了药，绑在花花药铺的后面。天知道，竟然让你发现了，你救了它，用其他狗代替了，我不知情，但它的叫声让我难受。今天早晨，我与你在一起时，我心中不忍，本不想救它，但你在场。一个母亲，在儿子面前，是要装的呀，装作爱人，装作仁义，我不能辜负自己的孩子呀。”

母亲的眼泪横流，我才知道了自己不知道的一些事情，狗竟然是母亲发现的，但母亲没有告诉我在哪个地方发现的。后来我知道了，母亲于心不忍，到处寻找狗的下落，重新救了它，但她的思想一直起伏着，恶的思维袭来时，她决定杀了它，善的念头到来时，它决定留它下来。没有办法，干脆绑在药铺后面，我却发现了它的踪迹，救了它。

我不知道如何形容自己的心情，是该高兴，高兴自己发现了事情的原委，还是沮丧，因为我发现的罪魁祸首竟然是自己的母亲。我会动怒吗，会虎视眈眈对待一个母亲的良苦用心吗，她所做的一切全是为了我，虽然建立在自己简单思想的基础上，认为狗是一切罪恶，她可曾知道，村长是人，他的罪责比狗小吗？

母亲不懂，在她的眼里，一切事情都大不过自己的孩子，她将自己的爱变成了仇恨与力量，虽然有时候会发生变异。

我还是决定与母亲交谈，告诉她我已经长大了，我能够决定自己的事情，狗没罪，有罪的是人或者人的思想。

正当我准备继续谈话时，危险的事情发生了，狗的叫声传了过来，是那种难受的咳嗽声。母亲顿了顿，我的心却提到了嗓子眼，害怕母亲重新爆发出来，认为我屡教不改。母亲却没有，叹了口气后，摔了门，走进青天白日里。

我去看狗，却不知道母亲为此得罪了村长，村长本来就是蛇蝎心肠，母亲的处境十分不妙。作为儿子，我应该有洞察亲情的能力，但是我却没有长成，我只是将自己的爱好凌驾于亲情之上，继续自己的所谓事业。

这事情并没有完结，母亲进了药铺后，却遭到了花花的数落，花花问母亲："你得罪村长了，何苦呢？划不来。"

母亲回答："他像个官吗，那样苦苦难为一条狗，你瞧他最后的得势样子，早晚得死在盛气凌人上面。"

"嫂子呀，你何必得罪他呢，他打就打呗！想开点，我看呀，你还是先回家去吧，你再在我这儿做下去，恐怕他会找我麻烦的，我占着人家的地呢？还有我的营业执照，他一不高兴，会告知镇上吊销的，我得罪不起。"

母亲顿了顿，想说什么，却没有说出来，她只是央求带走几支不管用的针管，她回家练着用。花花叮嘱道："你要打针，往狗身上、猪身上试，千万别在自己的身上试，注意，可能会感染的。"

母亲头也不回地走了，还没有到家门口，就瞅见村长带着一帮人堵了上来，他们围住了我家的院墙。

母亲拦住了他们，问道："你们想做甚？"

"不干什么，你们家里藏着一支猎枪，刚刚下的文件，不准藏枪，有人举报了，我代表公安部门来查查，如果属实，你们家的里的人，统统得关进去。"村长咆哮着。

他是故意来找碴的，因为母亲刚刚得罪了他，他便得势不饶人。我正躲在屋里搂着狗，狗痛苦地叫唤着，一会儿嘴里吐白沫子，一会儿伤口上流脓流血，我将所有的药面子敷上了，仍然不管用。

我听到外面有人的叫唤声，就站了起来，准备冲出去，我们家很少有外人来。花花以前经常来，是因为给我治病的缘故，现在人声鼎沸的，我猜一定是找事的，我们娘俩都是那种怕事的人，因为官场的人物我们得罪不起。但一旦来事了，便不能怕，我做好打架的准备。

我打开门，村长领着一伙人便想冲进来，我挡住了，向他们要搜查证，他们拿不出来，我说："你是个破村长，又不是公安内部的人，装什么！"

我与他们推搡间，不沾光，因为个矮小，身上肉太少，架不住他们的折腾，我倒在地上，母亲过来搂住了我，他们便直接闯入我的家里。

几个打头的家伙，乱七八糟地议论着。我看到有一个家伙，包着个长长的东西，在村长眼睛的召唤下，从墙头翻进我家的院落里。我刚想吆喝时，却猛然感觉屋里面有动静，癞皮狗串了出来，一顿狂轰滥炸，将三四个打手咬了个体无完肤，母亲想拦已经来不及了。村长恨狗，他抄起家伙来便向狗打去，狗急了跳墙，它的气势不减，将村长的头部咬破了，鲜血直流。

狗也受了伤，但它不停止，不懈怠，狗的架势依然拉得非常大。我与母亲站在狗后面，我想上前帮狗，却没有机会，也没有那个胆量，现场有些像战场，血雨腥风的味道浓烈。母亲镇定地站着，我想示意母亲让狗停下来，母亲则回答我："让它咬吧，它受了许多伤，再说了，这些人该咬。"

母亲的鼓励如一针强心剂，狗越发勇猛起来。

村长找了个机会，从地上捡起了那个长条的东西，撕开来，里面是一杆猎枪，我才知道这帮没有人养的东西，竟然是想栽赃我们家。

村长抽出了猎枪，我大声呼喊着狗注意安全。枪响了，狗倒在尘埃里。

现场异常安宁，就像春风刚刚到来，暴雨刚刚过去，如果你进来，一定会以为这里的戏刚刚落幕，没有胜者，只有旁观者。

在这种寂静如月的气氛下，我突然间看到母亲发疯般叫了起来，她迅速地赶到了村长面前，一记耳光，将村长打得晕头转向，她从地上捡起了猎枪，拼命地指着村长及现场的所有人。

我吓傻了，枪里可有子弹，可以要人命的子弹。

村长傻了，他的命比求饶值钱，他大声呼喊着："嫂子，是我的错，我赔，我赔钱，别杀我。"

现场的其他人吓得屁滚尿流的，我闻到空气中一股子尿臊味道，还有臭屎味穿过鼻梢，形成一道莫名其妙的风景线。

"嫂子，不敢开枪，否则会坐牢的。"花花闻声赶来，一把从母亲的手中想抢走猎枪。

母亲没有给她，死死地握住，面目狰狞，好像只有此时此刻，有了这把枪，才有了活着的尊严。

母亲朝天放了一枪，再向地上开了一枪，聪慧的母亲小时候跟祖父打过枪，知道如何运用枪的要领。

"都给我滚，远远地。"母亲将枪扔给了我，我以迅雷之势抢在怀中，母亲知道没有子弹了才给的我，这种猎枪，母亲能够掌握得十分精确。

我抱在怀中，像抢了救星一样地怒吼着："欺负人的东西，我打死你们，杀我们家的狗，抢我们家的东西。"

在场的人吓得不敢动弹，村长也猫着身子，像个死鬼一样，他根本就不知道里面装了多少发子弹。

母亲与花花却抢救癞皮狗，狗蹬着腿，仰面朝天，一大摊的血。我要给狗报仇，想起了村长是如何对待另一条狗的，我拿着枪瞄准了村长，放了一记空枪，同时嘴里模仿着枪响的声音。

村长闭上了眼睛，我知道人之将死，其样也哀，他现在的样子，像一只猫，一只死了三回的猫。

他们全部滚远了，我将猎枪偷偷藏了起来，我现在发现毛主席的话十分精辟：枪杆子里出政权，这便是我的政权。

狗奄奄一息，花花说要进城，否则性命堪忧，母亲腿不好，我抱着狗大步流星地往城里赶，半路上，竟然遇见了骑着自行车的狗子追了过来。

我爬上了自行车，狗子拍了拍胸脯，示意他可以做得很好，我们如离弦之箭一样，射进了从未进过的城里。

三十里山路，三十里水路，半天时间，才进入城里，没有兽医站，只好杀入人民医院里。

5. 变故

（村长利用狗子取走猎枪，用金钱买通了我，我上了他们的当。狗起死回生，村长想骗走狗，也用钱，我缺钱，被母亲骂没用。）

我与狗子狂飙入医院里，我抱着狗，躲在暗处，我们不敢说是狗有病了，我让狗子前去急诊科问询，说他自己有病了。

狗子不敢，我眼瞅着狗进入休克状态，便命令他前往，否则，我回头一猎枪崩了他小子。

狗子只好扔了自行车，一溜烟进了急诊大厅，没有多大工夫，被人撵了回来，说是晚上没有医生，让我去二院。

我的天呀，我大骂道，什么无道的医院，晚上居然没有值班医生，我将狗塞入狗子怀里，大步流星地跑了进去，我是个疑心挺大的人，我不相信狗子，以为他在骗我。

狗在咆哮着，偌大的医院里，没有多少个病人，据说是因为它们生意不好，生意不好是因为光坑人，光坑人是因为以利益为重，将生命放在第二位，这样做的原因是院长的小舅子喜欢主刀，结果出了一起医疗纠纷，这县里的其他人宁可送病人到其他院去，也不肯进来了。

我杀了进去，看到一个女护士正在闭目养神，旁边是一大圈子的化妆品，我说道：

“我要急诊。”

“我不是说过了吗，大夫家里死了人了，回家了。”

“人命关天，其他医生呢？难道你们是想草菅人命吗？”

我歇斯底里着，但那护士就是不抬头看我，任凭我如何怒吼着，依然置之不理。我以为这个护士可以去杂技班去，因为沉着冷静的姿态太好了，我可以这样说，就是地球崩了，她也不会跑的。

我与狗子在寒风中议论着如何处理这件棘手的事情，总不能看着狗死去吧。

我开始数落花花，什么破药，竟然让狗中了毒，我开始恨母亲，如果不是第一次受伤，狗不会雪上加霜，我更恨村长，村长的媳妇与儿子，狗子不敢吭声，只是转着眼珠子想办法。

我说道：“你他娘的，不是英雄吗？连只狗都救不了，活在人世间干啥？”

“哥，我觉得我们应该去抢救室去，我们自己救，消炎，那儿有药。”

“好办法！”我附和着，我们到处瞅抢救室的所在，没有费多大工夫，宽大的正楷字体，让我们喜出望外。

抢救室里有一个值班的医生，其实不算是医生，是个半路出家的人。虽然最近医院生意不好，尽是负面消息，但晚上还需要值班。因此，他心中有负作用，像得了疾病一般的不知所措，加上白天与老婆吵了架，心中不服不忿的，但工资没有老婆挣的多，只有受气的份。我们正好撞见了这个老小子。

我们姑且称他为医生甲吧，因为至今仍然不知道他的真名，他的诊断病历上，也不敢写名字，可能是留了个心眼，如果成好事了，便是他的功，如果狗死掉了，与他没有任何关系。

我们溜了进去，开了灯，看到满眼的医疗器械，狗子道：“好多的好东西，我们主刀吗？”

狗似乎十分害怕这些要命的器材，一个劲地躲闪着，狗嘴里吐出的东西更多了，以至于最后一刻，它吐出了血，昏迷不醒。

“中毒太深，明显的休克标志。”我们听到背后传来了一个浓厚的男中音。

医生甲看到了狗，一脸无奈，我们刚想拦着，他却说道：“救命要紧，不要管我是什么资质，相信我，我穿着白大褂呢！”

只好信他，他草草地消了毒，将我们俩轰了出去，我们在外面的长椅上面，听到里面传来了手术刀撕裂皮肉的声音。

从来没有听说过一个医生，没有助手便可以动手术的，他要做甚？

由此看来，他显然是一个好久没有动过手的医生了，迫于手痒，更或者是医院的生意影响了他的才能，他迫不及待地想要表现一番。

不管如何，我只有感谢的份，我的手中捏了许多汗水，害怕它流出来，我甚至对天发誓言，汗水不能流尽，否则狗便无救了。

狗子刚想试探着问我话，我则一记耳光，将他打到了旁边。他猫进了漂亮华丽的厕所里，不大会儿，我便听到了尿尿的声音，声音十分悦耳，暂且掩盖住了手术刀响动的声音。我有些于心不忍，将门缝推大点，闻到了血腥味。

我大叫了出来，与此同时，赶紧捂住了嘴，我没有想到的一幕：拿手术刀的医生甲，满身是血，正费力地撕着狗身上的某块东西，撕不掉，他用手扯，用脚蹬，甚至用牙撕。是肉呀，难道他是想用这样一种变态的医疗办法来证明他的无可厚非吗？

我喊了狗子，狗子在厕所里睡着了，响亮的鼾声传来。

狗子问我："咋了，哥，不敢再揍我了，我一会儿还要骑车呢？"

"你瞧吧，里面好像要杀狗。"狗子不信，也隔着门缝向里面看，也看到了相同的一幕，他吓傻了，眼睛好久没有合上，鼻子的呼吸也暂时紧急关闭了。

"哥，咱走吧，狗甭要了，他不会杀我们吧。"

我手中的汗水更多了，我脑筋跳得厉害，从小体质不良，加上紧张性的刺激，我感觉天旋地转的。我好不容易扶住了门框，门却突然开了，医生甲不成人形地站在我们面前。

"太难处理了，一个坏死的细胞，我去不掉，你们谁去试试？"我不敢相信自己的耳朵。

"医生，你不是资深的吗？你不会做，我们更不会了，这可是一条命呀！"

"甭吓我，不就是一条狗吗？开始时，我以为是人呢，是狗也得救呀，我的原则是只要伸出手，就要坚持到底，不然，我的英名浪费掉了。"医生甲从血污中寻找我们俩人的身影，好不容易逮着了，抓住我与狗子的身体，扯进手术室里。

这绝对是闻所未闻的血腥场面，我们俩晕血，一见血就头疼，医生甲命令我们抓住一个血淋淋的东西，猛扯。后面，是医生甲狰狞的笑声，与手中挥舞刀子的剪影。

好不容易去掉了，狗没了样子，医生甲道：

“你们出去吧，我们包扎了，因为没有麻药，狗已经疼死过去了。”

我们俩将信将疑，在外面等着，等到外面鱼肚白的时候，又有几个医生拖着打过麻将的身躯走了进来，嘴里面还有酒精的味道。

“医生甲去哪儿了，这小子，咦，怎么有两个人，有急诊吗？还有血腥味？”

几个人过来问我们，我们老实交代，医生乙的目光中闪现着一丝焦虑。

门开了，医生甲疲惫地叫唤着：“行了，好了，可是，它不成狗样了。”

我冲了进去，看到一个不知名怪物的身体躺在手术台上，血已经清理干净了，我找不到狗的脸，只看到一条尾巴上面还有几滴鲜血贯穿始终。

后面的几个医生狂冲了进来，我护着狗，他们却嚷着：“小子，你闪开，我们给它美容，让它恢复到原来的面貌，或者是更美些。”

我们被轰了出去，太阳大大的，斜挂在手术室的旁边，仿佛一不小心，就会有一只刀子探出来，将半个太阳的光辉砍下来，扔进垃圾筒里。

我们面面相觑，不知道他们要做什么。我们要的是让狗醒过来，让他随我们走，回家，哪怕家中都是贼，不安宁，也好歹是一个温暖的家。

路人甲没有睡着，半倚着身子，示意我们给他端一杯水来，我们不知道水在什么地方。本想不管，但人家是英雄，狗子一猫腰进了厕所里。

一个脸盆，可能是洗厕所用的，狗子接满了水，端了出来。

医生甲顾不了许多，端起来，一股脑子，将半盆水喝进肚子里，用剩下的水洗了脸与手，然后对我们道：“小伙子们，准备锦旗吧，你们的这条狗有救了。”

“锦旗是啥意思？我们不懂呀，要钱吗？我们口袋里一分钱也没有。”

我掏遍了口袋，狗子也掏得呈现了口袋的原色。

“怎么是俩傻子，没办法，遇上了，好歹今日要有领导视察，如果让他们看到我们的妙手回春，一定会有好处的。这样吧，我给你们十块钱，去门口做一面锦旗，上面写着：医生甲华佗再世。”医生甲水喝多了，不停地打着嗝，我闻到一股子韭菜的臭味。

我生平恨这些酒肉之徒，声色犬马的生活不是我的嗜好，我会用一辈子时光恨这些可恶的行为。但现在，我有些懂了，这与村长的行贿受贿是异曲同工的妙处。

我答应了他，同时说道：“等会儿吧，我们要等狗出来，平安地出来。”

两个小时的时间，外面的太阳躲得老高了，三个家伙才跑了出来。我看到了一个类似人的家伙躺在床上，浑身已经没有一颗毛发了，我不知道如何形容自己的心情。狗子只看了一眼，便吐了一地，他拿着十块钱跑出去了，估计是去做锦旗了。

我问道："我的狗呢？怎么出来这么个东西？"

医生甲瞪大了眼睛，拍了拍大腿道："错了，不是人，是一条狗，你们三个愚蠢的家伙，怎么整的容！"

原来三个人是整容专家，半个多月了，没有找到一个病例，只好忍着，如今好不容易逮了个，一进手术室，看傻了，如此丑陋的一个家伙，怎么整都行呀，不会有错的。

三个家伙傻眼了，我则顿足捶胸，说："你们什么医术呀？竟然将狗整成了人形。"

"小伙子，"其中一个医生拍了拍我的身体道，"太好了，你想想，你捡了个便宜呀！手术费没有一点吧。平常你带着一条狗，现在与你出来，人一瞅，你弟弟呀？只要你与我们一起，哄我们领导过关，我保准你以后找我们用药，免费。"

四个人大笑着，我也随他们笑，我太小了，渺小可怜，架不住他们软硬兼施。再说，其中一个家伙，去了厨房里，找来了一大堆的早餐，我管不了许多了，便拼命地吃，吃得我喉咙里全塞成了包子，一大股子臭韭菜味道。

锦旗送来了，锦旗店的老板亲自送的，狗子在前面领着路，锦旗店的生意也不好，特意做了个大的。

几乎一个上午，我们都守着输液的狗，狗醒了两次，要水喝，我们照办了。

四个家伙一步不离左右，一会儿会诊，一会儿拔罐子，病房里不亦乐乎。

下午两时许，有乐队走过，我与狗子看到两个领导模样的人，与村长的样子差不多，官们估计形状都八九不离十。

四个医生前面领路，一路飞奔着，将我们俩挤到了边上，领导们直奔手术台，旁边厚厚的病历，包括检验经过，用药来历，甚至还有狗的排尿情况等。

"这名患者现在什么情况？"领导问道。

"很好，我们四个人共同会诊，由于来人破了相，我们便采用了办法，给他整了容貌，他们十分满意。"医生乙一把推开了医生甲，挤到领导面前介绍道。

"噢，好事，家属呢？"领导问道，左右瞅着。

我挤了上去，示意我才是患者的家属，不要将当事人挤到桌子下面。

"我是，领导。"我一向害怕见领导，尤其是怕听见纪委的车子响动，我第一次听到时，村长也听到了，吓得村长尿了一裤子。

“他是你什么人?”领导嘘寒问暖。

“是我的狗……”我急忙回答着，同时感觉血压有点上升。

“狗子，对吧，小名叫狗子，你弟弟吧，刚才你说过的，你没见过领导，一见领导吓傻了。”医生乙照样将医生甲踢到了旁边。

“很好，确认是一件功德之事，好事呀！听说还有锦旗呢?”领导问道。

“是的，在这呢!”锦旗店的老板闻风而动，将我继续挤到了桌子下面，我感觉呼吸难受，一眼看到桌子下面的确宽绰，我便钻了进去，狗子到处瞅我，瞅不到时，便揪了锦旗店老板的衣领子，将他提了起来，老板身躯一下子高大起来。

“太好了，你是老板，你的生意不错嘛！我们这家医院，一定会生意兴隆的，你好眼光。”

“让报社的人进来吧，放心了，好好拍照，曝光一下，让全县的医院学习这种雷厉风行的行医风格，不分早晚，谁说手术必须白天做呀，这四个同志，就是典范嘛!”

领导走了，四个家伙蹦跳起来，一边搂着我的脸亲，一边在狗子的屁股上画上了一朵小桃红。

几乎三天时间，我们全在这种欢乐的气氛中度过，有收获也有失落：失落是狗成了半个人形，下床走路时，也像人一样；收获是没有掏一分钱手术费用，还上了电视与报纸。一家报社的记者对我十分感兴趣，说我与狗长得像极了，不会是双胞胎吧。

天呀，我竟然与狗神似。

不管如何，狗救了过来，但我们将屋子里的所有镜子扔了，害怕狗照见自己的尊容后大叫出来。试想，一条狗，从未涉过人事，如今，让它突然间成了动物的集大成者，它如何受得了?人这辈子，从悲伤到快乐也容易崩溃的。

我们决定出院了，自行车找到了，被人踩成了麻花形状，我与四个医生商量，找他们的自行车骑回去，或者是让医院的车送我们回去。

但他们却变了一副嘴脸，找各种借口说：“不行呀，因为我们也需要步行的。”等等，我知道他们用完我们了，现在将我们当成一堆无用的垃圾扔在路边等待永恒。

我让狗子四处注意他们四个人的车子，哪个最漂亮，其中我相中医生乙的车子，一辆漂亮的飞鸽牌自行车，还是红色的，像是个女生的车子，这是我的最爱，我试想着，一旦我要骑上去，自己就可以变成一位娉娉婷婷的女生了。

我让狗子去偷，狗子也不敢，害怕被打断腿。我说他们先不仁，我们不义也无所谓，这叫以牙还牙。狗子没有上过几天学，主要是因为家中有钱，觉得上学无用罢了，以为有了钱可以管千秋万代，我讲的他听不懂，但偷字，他是绝对不敢前往的。

我只好指使自己的双腿前去窥探，那辆车子就停在手术室的后面，一间窄小的房间旁边，那间房子是他们四个狗哥们的寝室。

夜晚时分，我们试图修好我们的自行车，但车子被人撞了，根本无法修复，我们借用了手术室的各种东西，想修好它，却无济于事。

想起当天的荣誉来，与现在形成强烈的反差，我便气不打一处来，现在，他们吃香的喝辣的，成了主管了，工资晋了一级，却将我晾在一边，我想着要挟他们一下。

我便进了他们的房间，四个家伙正在打双升呢，吆五喝六的，我的身材瘦小，他们没有察觉，我故意撞了下门，将门撞得山响，他们才看到了我，无所顾忌地照常行事，根本没有将我放在眼里。

我对他们道："出事了，你们领导过来了。"

我的话起了大作用，四个家伙扔了牌，四处乱瞅着，继而穿上了扔在旁边的白大褂规矩地坐好。

我继续说道："你们领导刚才已经走了，问我了一些情况，现在可能会东窗事发，因为我掌握着重要证据。"

四个人面面相觑，似乎在判断我话语的准确性，医生甲说道："发现了又如何？我们院长自己还有问题呢，在我们手心里攥着呢，如今工资升了，想降，不可能的。"

他们肆无忌惮地互相咬了起来，我感觉自己的屁股又像被扎了一针般的生疼，我捂着屁股叫着。

"报社里我认识一个人，我一会儿去找他们，徒步去，反正车子也找不到了。"我扔下一句话给他们，拍了门走了，门与门框撞击出的巨大响动让四个家伙战栗万分。

深夜，我与狗子守在狗的旁边，感觉十分寒冷。我们有些想家了，才一周光景，我们便遇到了世界上最可怕的事情，也遇到了有些人一辈子也遇不到的好事与坏事：在医院里不掏手术费，有人给你主动动手术，闻所未闻，但在我们身上发生了；我们无法回家，回村里却没有车子，我们只得步行。如果这样，我们得两个人轮流扛着狗回家，狗太沉了，我们承受不了。才十来岁的年纪，我们便经历了最漫长的煎熬，我感到胸口奇疼无比，是生气，是受伤。

这时门开了，医生甲阴沉沉地走了进来，他弯下身去，检查狗身上伤口的恢复情况，等到看过无事以后，确认自己不会陷入医疗纠纷后，他笑了起来，对我道：

“小伙子，别生气，正常，你尚小，不明白人与人之间如何利用这一层逻辑关系。你需要帮助，我们商量过了，送给你们一辆自行车，只要你们守口如瓶就行。车子在外面呢，月光下最漂亮的那个就是。”

我重燃了希望，拽着狗子，顾不得他的喋喋不休，走到了月光下面。

的确有一辆自行车摆在那儿，浑身散发着迷人的气息，就是太小了，是一辆儿童自行车。可能是谁家的儿童，也可能是医生家的孩子，将整个自行车搞得遍体鳞伤后，在外面包了一层漆皮糊弄人罢了。

我看得透彻，但不想说出来，人家送你一堆废铜烂铁，已经不错了，用过后，是卖是留，是我自己的事情。

我与狗子夜晚时分骑着车子在月光下行走，这种感觉十分爽。寒风虽然透骨，但玩耍的心情却十分浓厚，不会因某人某事的到来而稍微改变一下。

但遗憾的是，我们只骑了两个来回便将自行车折腾得散了架，整个机身子散落成片，摊在地上。

“他是在耍我们，当我们是啥人了？”狗子不服不忿地叫着，想去找那些家伙们算账。

与此同时，我仿佛听到了有人在偷笑，就好像我家的玩具被几个好事的家伙收藏起来，表面上装作清高的样子，其实暗地里却是男盗女娼的伎俩，我恶心，我将自己的唾沫吐到对方的脸上权当反抗。

狗子相中了一辆自行车，经过多次调查，他说这是医生乙的，就是那个獐头鼠目的家伙。他十分会来事，但是却像一条蛀虫一样吞噬着人心。

我说：“我们不能偷人家的东西，我们可以穷点，但不能没有教养。”

狗子却意外聪明起来，反对道：“你的笑容突然丢了，但对面的人却在笑，你说笑容是丢了，还是被人偷走了？”

我不解他的意思，示意这个家伙继续说。

“笑容可以偷，钱也可以偷，这是一个道理，自行车如何不能偷？他是欠了我们的，答应了我们，却不能保证质量。我们是换了一辆，我们将这堆烂铁扔在车子的原地。再说，我看过了，这辆自行车是飞鸽牌的，质量好，在山路上能够骑行，一定会保证我们安全到家。到家后，这辆车子归你，我不敢要，我就说我的车子骑烂了。”

这样的解释太精辟了，我说：“狗子，你聪明多了，你按照我的思路走下去，一定会更加聪明的。”

狗子摸着脑袋，说道：“我觉得他们太卑鄙了，这是以牙还牙。”

他学会了我最经常使用的一句成语，我拍了拍他的肩膀道：“你去吧，办完这件事情，我们今晚就走，不能等明天，不然，他们会发现的。”

狗子满脸通红：“我不敢呀，哥，我从来没有做过这样的事情。”

“就当是你取回自己的笑容，如此简单吗，刚才你说的。你细想一下，不会有错误的，更不会有人让你负荆请罪。”

狗子偷偷摸摸地，在后夜时分，将那辆自行车推到了医院外边。传达室的老头子睡着了，月光却意外地妖娆，仿佛将我们残缺的梦一股脑儿揉搓在一起，形成一道无形的风景，却是最佳的最可爱的享受。

我们毕竟逃了出来，狗子骑车——车子十分轻快——我与狗坐在后面，狗现在身体直了，不再蜷缩，像个人似的，我不得不像弟弟一样对待他。

我们出了县城，一路飞奔着，走入了没有柏油的山路。

月光很快在我们的身后消失了，晨曦到来了，这在我们的意料之中。因为肚子饿了，我们想停下来，去寻找充饥的食物。

这儿离家大约尚有三十里的光景，因此，我们必须有充沛的体力与精力。

狗子好饿，我们于黎明时分将车子骑进了一个偏僻的小山村里，说是小山村，却没有几户人家，我们相中一户人家，顺藤摸瓜地找到这户人家的厨房——有烟囱的地方一定有人间烟火。

狗子推开人家门，就想进去，我拍了他一巴掌，他回头问我：“偷吧，习惯了。”

“偷个屁，谁家的都偷？这是老乡家，你以为是当官的，有钱的，可以随便偷？他们家穷，我们要像乞丐一样地乞讨。”我的批评十分严厉，由不得他不爱听。因为我明白是非，对待普通老百姓，一定要像春风一样。

我去敲门，却发现屋中无人应声。我们打开门，却看到了一位老者，呼吸十分微弱的样子，好像得了急病。

我们吓了一大跳，不知道是灾还是福。

狗子想走，他怕见到死人，我说道：“谁不怕，我也害怕鬼，但是他还活着，我们得救他。”

我们正在不知所措时，狗却闻到了什么。这些天冰凉的液体让它有了足够的营养，它翻身跳了起来，第一次以全新的面貌在我们的面前行走。他太像个人了，就差一个名分。它不会说话，一旦说出话来，一定会有破天荒的气势。

狗绕着宅院跑，好半天，从野地里叼回个人来。这是一个样子糟糕的家伙，但体态十分丰盈。

男人见我们是孩子，有了底气，对我们嚷着：“干什么的？吓得我躲了起来，以为是来了有头有脸的人。我就是不养活这个老东西，我要将这儿卖了，去城里生活。”

原来是个不孝的儿子，我最看不惯这个，上前与之理论。还没有说话，便被对方推搡到了沟里。狗子上来了，但他外强中干，体虚得很，对方一点儿也不惧怕他的半雄壮状态，狗子一时间处于下风。

我准备好了舌战对方，我嚷着：“你爹快要死了，你不赶紧救他，小心乡亲们骂死你。”

“没有乡亲，就我们一家，谁骂我，那边的几间房子，是老头子留下的财产，全是我的，他现在不中用了，得赶紧将他处理掉。”这个家伙十分嚣张。

“他生你，养你，你如何如此绝情？”狗子随着我质问道。

“你错了，你们几个小子不懂呀，我是养子，我尽过力了。他有病，前期花光了财产，我现在也是没有办法。我什么也没有，连个媳妇也没有讨上，你瞧我，这个模样，谁要呀？”说着他眼中满是泪水。

我们没有想到，会在半路上遇到这样的事情，该如何处理，是走，还是多管闲事？我们如何管，有这个资本没有？就像你看着人家高调捐钱，办演唱会，你骂人家，你也想，哪个人心里面没有一个慈悲胸怀，你有资历吗，你们有钱吗？

老人醒了，他示意我们赶紧离开，不要管他。

我们感觉受了侮辱，一边走着，一边骂着那个不争气的家伙，其实也是在骂自己。

我对狗子道：“我长大了，一定要管这件事情，等过两天吧，我会收拾这儿的残局，要这小子回心转意，或者我一拳头将他打死在这儿。”

“我也是，我回家就让我爹拿钱出来，给老人治病。”狗子说话时十分肯定。

“算了吧，你爹会拿钱？他在圈地，拼命地圈，知道吧？他就是想挣光村里所有的钱，然后将你们家的钱全部存到银行里。”我鄙夷道。

“你错了，我爹的钱没有存银行，全放在地下室了，我进过一次，看到了满屋子的银票。我娘曾经用银票擦过屁股，说这种感觉奇好，我试过一次，却意外地得了痔疮，一点儿也不好。”

狗子的话引起了我的兴趣，如果让狗子打开地下室的门，起义了，将钱拿出一部分，接济没钱的，岂不是符合江湖侠义精神？

狗却恋恋不舍，回头想起了什么，叼紧了老人的衣领子，将老人放到了坑上，又将被子盖在老人身上，转身一溜烟地追上我们。

这一趟的最大收获，该是将狗救活了，并且让狗有了人形。现在狗的奔跑速度是最快的，这是基因决定的，我们不具备这样的特质，急也没有用。

我突然对狗子道："你回家后，不要说狗救活了。如果家中人问起的话，就说狗死了，我们空跑了一趟。"

"这不是说谎吗？我不干，这不是与聪明相悖了？"狗子怀疑着。

"有时候说谎也是一种聪明，你别傻了，你如果说出来这件事情，我们如何救老头子，如何成我们的大事？我还有一件大事没说呢，你得听我的。再说了，你爹知道狗成了人形，他以为它是宝贝，一定会不择手段地得到它，然后将它献给镇上的领导。狗没了，我们的福气也就没了，你知道不?"我将这件事情的严酷程度特别地警告狗子。

"听你的，我学精点，山路不好，哥你坐好啊。"我们俩人没有吃饭，刚才一点儿便宜也没占到，刚才是气在作祟，不知道饿，现在前胸像贴着后背。

后来实在没有力气了，我们才想到来时候曾经准备了若干干粮。我们失策了，其实逃出来的时候应该跑到医院的厨房里找些吃的东西才离开，现在，后悔也已经晚了，我们又后悔刚才趁那个家伙不注意也应该拿一些东西走的。

我们只好跳下车来，找一些野果子吃。山里到处都是树，但大多长在悬崖上。我与狗子不敢近前，狗则不然，它能攀高爬低，知道我们的需求后，它忙得团团转，一会儿为我们取水，一会儿煞有介事地爬上树，将一些野果子丢下来。我们吃饱了，才轮到它吃自己的饭食。狗不吃野果，勉强吃了几颗后，感觉不舒服，我知道狗需要营养，急得不得了。

我终于在一个鸟窝中找到了几枚鸟蛋，挺新鲜的玩意儿，据说蛋类有营养，我对狗叫着："你吃吧，算是给你补充营养。"

狗欢呼雀跃着，跳起来足有半丈多高，几乎从我的头顶一跃而过，吓了我一跳。

我们继续前行，终于在傍晚时分到了家，但我们心中却依然不服气，主要是半路上没有处理好那个老头子的家事，我们还需要成长，以便积攒足够的勇气与智慧。

母亲不在家，听邻居说自从我走后，母亲就一直在寻找我。我去花花的药铺，没有发现母亲。我问花花，花花说："你娘两天没来了，不知道去什么地方了。”

狗子自然回家，我千叮咛万嘱托，不让他说出我们的秘密。

但不管怎么说，本来平静的小山村，因为我们的回归，倒激起了千层浪。尤其是狗，它那惊异的相貌，由不得我做过多的解释，甚至有人说它是怪物。

等了很久，母亲依然没有回来，我不知道如何面对这样的事情，只好与狗一起去寻找她。

幸好狗精得要命，竟然在山地里发现了母亲。母亲盖了一间茅草屋，不知道在做什么。

后来我才知道，母亲是来看守自家的地的。原来父亲仙逝时，留下了一大片山地，我此时才知晓自己家里居然有如此多的财富。我说这地有啥看的，又不会跑。再说，一时半会儿也没有人敢用。

我去见母亲时，让狗暂时藏起来。我不想让母亲生气，这样一个怪物，无名无姓，无福无分的，如何让人接受？

我与母亲一道回家，狗则精明地藏在草丛中窜行，由于路途有不通的地方，它时而穿梭于山峦间，时而从悬崖上跳过。它的速度与效率绝对堪称一流，但它不紧不慢地保持着速度，走远了，便等着我，慢了则一阵急跑，它走的不是正道，因此，费了很大的周折，但好歹它跟了上来，当时的天空，一片蔚蓝。

母亲问我救治狗的情况，我不敢实话实说。我自小便学会了撒谎，这一点母亲始料未及。从我与鞋匠斗争开始，我的行为便充满了愚昧，因此，对于一个经常说实话的孩子，偶尔说几句谎话，倒是会起到调剂清醒的作用。

我决定瞒着母亲，有时候隐瞒也是一种爱，我不会让她知道狗的秘密。狗的藏身之处，必须出于保密，就让我一个人知道。我想到了西山，那儿人迹罕至，而且凭借狗的特长以及现在的机敏程度，无论什么力量也甭想阻碍它前进的步伐。它经过这么多的磨难，获得极大的进步，能力与技术都有了不同程度的提升，尤其是跑起来，像风一样。

故事却因此揭开了新的章节，母亲照例去花花那儿，村长也暂时收敛了原来的嚣张气焰。据说是那次事件后，他老是做梦遇到一条凶恶的狗向他袭来。

听花花讲，最近母亲的打针手法进步神速，但母亲的头晕病却时常来扰，有一次，一个病人要打针，母亲自告奋勇，母亲现在已经不需要在病人的肉上做记号了，因为她的能力已经提升，但正准备下针时，母亲的头晕病犯了，但针不能不打，不能让病人说她的水平太烂，如果传扬出去，大则会影响花花的荣誉，不管如何说，他们俩人组成了一个小集体，小则会影响个人声誉，以后谁还会再来找母亲打针？医术也不会提高的。

母亲强忍着头晕的困扰，将针打了进去，病人哎哟一声，花花赶紧走了过来。她定睛一看，针是扎了进去，却扎在了病人的大腿上。母亲强打精神用眼色示意花花如何处理。

花花指挥母亲，继续推药，将错就错，总不能将针拔出来，再扎一次吧？

我与花花理论过此事，问母亲的病到底是什么病？有没有根治的办法？

花花说可能是血压低的缘故，以后多喝点红糖水就行。我记下了这句话，示意狗子将他们家里的红糖偷出了半斤多。狗子已经有了一次偷盗的经历，因此，他十分珍惜偷盗机会。我说次数会少的，等到我们的觉悟提高到一定层次后，想偷盗也不会有机会了。狗子大发感慨，说偷盗的感觉就是良心上有些过意不去，其他挺好的。

狗子回到家时，他爹的病好得差不多了，故态复萌。狗子这些天一直躲着他爹，因此，狗子爹并无从知晓我们的故事。他爹如今好了，也亲自主持了一次全村大会，镇定地讲了一些文明建设的要求，说以后全村要高唱精神文明建设新风。

他爹问狗子："自行车呢？丢了？你小子回来后也不向我汇报，独自一人跑到外面疯了三四天。"

狗子回答："没啥汇报的，狗死了，我们在外面没有钱，差点死掉。自行车卖了，换了粮食吃。"

他爹听后，十分认真地叹了口气，道："也好，谁说我们有钱人家的孩子不会吃苦？我看就好。有了一次这样的经历，我又多了件吹牛的素材了。好孩子，苦尽甘来，以后咱们家的所有财产就是你的了，你也算是有功之人。"

"爹，我们回来时，路过一个山村里，有个老人，快要死了，你能否给他们点钱，让老人去治病去。"狗子绘声绘色地讲着。

他爹站了起来，指着狗子的鼻子骂着："老子辛苦挣的钱，冒着被砍头的危险，你现在却让我来行善。滚远点，你小子，吃里扒外的东西，才出来几天，跟那个穷鬼待在一块儿几天工夫，竟然与我理论起来了?！轮不到你指挥我，家里的钱全是我挣的，你妈也得听我的。"狗子受不了这种气氛，哇的一声哭了出来。批评人，一定要讲个方法，太过于严肃了，反而会招致别人的讨厌。我对狗子非打即骂，但是出于人性化的考虑，没有任何命令与指挥。他爹出于惯例，以为自己了不起，将家长式的作风用到了家里，狗子宠坏了，一时半会接受不了。

狗子娘推开门走了进来，她手里握着一把钥匙，好像是刚从藏宝的地方转回来，狗子爹一见，骂道："你个死东西，将钥匙藏好，这可是我的命呀，一旦让人发现，告到领导那，我的脑袋就得搬家。"

狗子娘道："你光顾着嚷孩子，也不说再去检查检查。还有呀，我可给你说，不准再去西山找那个可恶的女人，否则，我可不客气了！"

"怎么着，反天了，我藏着女人怎么了？你瞧你那样子，没有一点韵味。狗子都不敢对我提意见呢！我自己的事情，我自己会看着办。"村长嘟囔着，他十分反感他人对自己的私事横加指责。

6. 狼狈

（我重新抢回了狗，母亲却突然消失了。母亲是生我的气才离家出走的，我无奈之下，只好与狗一起寻找，没有找到。后来我们才知道，母亲是花花与村长合谋气走的，家中的地全都被他们霸占了。我想报仇，却被村长抓住了。狗救了我，放了一把火，然后我俩逃之夭夭。）

狗子借机逃跑了，这件事情引起了村长的注意。他一心想整治我，但无计可施。猎枪事件发生后，他在村中名声扫地，许多人都说他狼子野心，准备用一杆猎枪栽赃给人家。

而我呢，从此后多了个心眼，不让狗叫唤，让它学人说话。我一心一意地训练它，我告诉它：世间多险恶，如果想做一只特立独行的狗，与众不同的狗，甚至将来成为一个出类拔萃的人，都需要经过长期的潜心研修，努力向上。你的智慧不在人之下，但你的生理条件限制了你的思维。

我常常想起幼年的时候，村里有个女教师，满腹经纶，写起字来虎虎生风，一点儿也不像女子。她志向高远，一心想出人头地，但她的母亲曾经劝告过她：女子出行不便，生理条件限制了你的许多志向，还是好好地找个人家，嫁了吧。

她不肯，一直奋斗了五年，从一个名不见经传的小学教员，如今已经成为政界要员，她受的苦可见一斑。她喜欢画画，也将我们这群学生教成了一个个画家。她的画开始时无人问津，直至后来她开始在画报上拼命地发表作品。一些读者喜欢她的画，口碑奇佳，这成了她出名的一个重要因素，想不成功都难。

我用这个故事数落狗，让它从此后不要狗仗人势，要学会仗自己的势，说自己的话，走自己的路。我叮嘱它从此不要再将自己看作一条狗，而是一个人，一个顶天立地的男子汉。我答应过它，我会将家里的户口本上面加上它的名字，但现在时机还不成熟。

我一直防着局外之人知道这件事，如果有人知道我在训练一条狗，我将如何成为人？我一定会成为笑话，不懂的人会说我是个大傻瓜；懂的人，兴许会向政府控诉我在搞克隆人。如果让狗成为人，一定会成破天荒的事情，而我不想让我破天荒了。

狗子过来看我，说他爹老是问我们俩人的事情，他没有敢讲，但他爹没有逼他。他还说他爹最近一直在为家里地下室放的钞票发愁，不敢存银行，但害怕钱发霉了，不可收拾。

我突然间冒出了个坏主意，想在钞票上面使个坏心眼，但我的本质不坏。我本来想用一把大火将他们家烧个精光，但又一想，证据全完了，这样做会使坏人得不到教育，起不到正面的作用，再说，还有狗子呢，总不能把他烧死吧？

我放弃了这个坏主意，想着如何规劝母亲好好保养自己的身体，因为母亲为地的事情十分忧愁，整日里风里来雨里去的，做梦时也怀疑有人会拐走了我家的地。我给她打了包票，说地没事的，如果有事了，我就用猎枪顶住那个家伙的脑袋。

我想起了猎枪，赶紧把枪藏妥，这是我目前为止唯一的武器，合情但不合法。

对狗的训练见了效果。它经过手术后，智商明显提高了许多，目光改变了，不再是呆滞的像狗一样不敢看人的目光，嘴不也流口水了。这是我的功劳：我找了根带子，勒住它的嘴，一旦发现流口水，我便用皮带抽它的身体，把它的身体抽成了万朵桃花开，使它不得不养成良好的生活习惯。

它要从四脚着地转变成直立行走，实在是一件费劲的事情，但医生们已经起了至关重要的作用。因为那些庸医们按照人的架式给它做了手术，将它的骨骼变换了方位，它现在爬行十分困难，只是硬撑着，这更加剧了我想将它训练成一个人的决心。只是它上身太强大了，如果直立起来行走，它无法撑住自己硕大的脑袋。我想了个办法，拴了根绳子，撑住它的脑袋，让它适应，这世上没有不可以适应的环境。

狗子最近几天没过来，我十分好奇，有心领着狗到处逛一圈，但决不允许有人发现它的存在，因此，我们选择了晚饭以后的时间。狗子正在院子里接受他爹的质询，据说已经成了惯例。狗子智商不高，但自从跟了我以后，提高了许多，知道如何撒谎。现在我才知晓人的弱点：原来世界上最容易学的事情就是撒谎。

村长问狗子："上次说的那个事情，你考虑咋样了？我可是你爹，你考虑清楚了，总不能不告诉我吧？"

我不解，狗子与他爹有什么约定？

狗子回答："我说过了，啥事也没有。我们就是可怜那个老头，让你给钱，你不给。"

"在医院呢，没有什么重大事故吗？那狗呢，到底是死了，还是活了？你爹丢人丢大了，上次，猎枪被这小子拿走了不说，还差点有人告我欺压百姓，这事情已经传扬出去了，如果不将面子找回来，我就得死了。"村长觉得脸上无光，不停地呼喝着。

"爹，你别与他为敌了，他多好呀，帮我提高智商，让我聪明。狗的事情，我不敢说的，也不会说的。"狗子犯了浑，被他爹引入了亲情的旋涡中，有些无法自拔。

村长继续说道："我不为难你，但你以后远离点他。那小子身体不好，别将你带入万劫不复。爹想通了，给你一百块钱，给那老头子送去，骑咱们家的摩托车去，快去快回。"村长重复着这句话，似乎是怕狗子听不清楚。

我喜出望外，虽然一百块钱太少了，但也表明了我们的态度。我们上次答应了老头子，要帮助人家，这次去了，一定会好好收拾一下那个家伙，让他的五大三粗变成软弱的武器。

我怕狗子自己去，便学着猫头鹰叫唤，这是我们以前没有使用过的暗号，我怕他听不见，便夹杂着人的声音。

我尚幼，一点儿也没有用成人的思维去思考这件事情，这世上没有白白扔下的现成馍。

我将狗带回家，等着狗子来找我，可左等不来，右等也不来。我等不及了，便命狗去探个实情。狗半天才回来，仍然用狗语示意我：狗子推着摩托车，准备走了，他可能不叫我们。

我气不打一处来，有心不去，让狗子栽了，但又一想，不行，我得体现我的才能呀。

我与狗疯追，我追不上他，狗干脆趴下身去，让我爬在它的身上。狗一路狂追，终于在一刻钟以后，发现了狗子的身影，摩托车停在路边上，狗子正躲在草丛里撒尿。

我一个猛子窜了出去，将狗子摁倒在草丛中，不顾一切地殴打他的脸与背。这小子肉厚，我实在是无力折腾，才几下子，便震得我手臂发麻，而狗子一个转身，将我甩到了老远的地方。

狗子看清楚是我，不好意思地笑了笑，奔了过来，拽住我的皮带，将我从地上扯了起来。

我才知道自己如此渺小，平日里作威作福，现在才知道自己竟然如此不堪一击，如果不是他手下留情，恐怕我早已经被抛到天上去了。

我强作兴奋地跳了起来，煞有介事地拍了拍身上的灰尘，对狗子道：

“你小子不够意思，不叫我，我是你的师傅，忘了吗?”

“我是想给你个惊喜，你说我不聪明，自己办不了事情，我今天想证明给你看，这才自己拿主意。”狗子拍了拍口袋里的钱，示意这种财富可不是与生俱来的。

我十分鄙夷他的这种表现，但我长到现在，还没有见过一百块钱是什么样子的。早些时候，曾经在花花的药铺里远远地看过。当时我是从超市攀到了药铺里，我去超市时，没有人在，花花可能躲在药铺里忙生意，我拿了她一块糖，挺甜的那种。那时候糖便宜，一分钱两块，雪糕才一分钱一块呢！我在药铺里看到一个大款模样的人要打针，他对花花道：

“如果不疼，我就给你一百块钱，如果疼了，我就少给。”

花花道：“这不是手艺问题，不疼不治病的，哪有打针不疼的。”

“我从小怕疼，开着桑塔纳跑了一百多公里就为了找一个打针不疼的医生，有人告诉我说你这儿占优势，你这样说我可要走了。我去过县城的医院，打了一半，疼得我晕了过去，我没有给他钱，他还揍了我。我拿了两百块钱在外面找个小混混，将那医生打了一顿，十分响亮的那种。”此人的态度十分恶劣，但腰中的钱的确诱人。

花花说道：“行，不让疼，看在你跑了这么远的份上，我就用平生所学试试吧，你脱裤子吧。”

那个人的衣服穿得十分厚实，我看到他的屁股上都是针眼子，有一个特别大，像是蜜蜂蛰过的。我没有看到花花在针管里吸药，也没有见到打针，只是用药水不停地消毒，一会儿工夫，花花道：“完了，不疼吧。”

那人说道：“你是我平生遇到过的最好的医生了，竟然一点儿也不疼，下次我还来。”

我骂道：“你个混球呀，人家根本没有打，还以为自己中奖了呢?”

一百块钱放在桌上，花花出去送人家，二人扯了好长时间。我沿着窗户钻了进去，看到了桌上的一百块大钞，有毛主席的头像在上面，十分庄严。我对领袖自幼崇拜之至，急忙鞠了躬，将一百块钱放在袋子里暖和着。暖了一小会儿，想到花花要回来了，我便赶紧将钱放在原处，那时候，我良心不坏，是不敢偷钱的，如果现在再有这样的机会，我会毫不犹豫地将钱塞在口袋里，反正神不知、鬼不觉的。

但现在情势变了，今天，我是主动者，我大大方方地从狗子手中接过一百块钱，仔细看上面的花纹。据说钱是好东西，许多人为它死，为它生，为它掉脑袋，为它丢失尊严。更有像村长一样的人，为了它整日睡不好觉，行善也不敢公开。

我将钱贴在脸上，与阳光一起感受这种别样的温柔气氛。狗子道："这有啥，我家里多着呢，回头，带你去钱堆里睡一觉。"

这权当是一个承诺吧。我点头表示同意，说以后有空了吧，现在，我们出发。我先将钱塞在自己的口袋里，说一会儿到了再说吧。

我们有大摩托，我一本正经地坐在后面，搂着狗子的腰，我见过有钱的男女这样搂过，当时感觉十分凉爽。狗则在后面奔跑，它跑起来速度快得惊人，竟然可以超过摩托车五十码的速度。狗识路，在前面领路，我们骑着摩托车在山路上一路狂追，速度时快时慢的，石头一会儿打磨着摩托的脚部，一会儿几颗调皮的衰草探出头来，将我的脸打得生疼，还没有停留片刻，便被摩托车的身子压到了地面上苟且偷安。

我在路上突然有一种奇怪的想法，我想花一部分钱给老人治病，再留一部分给自己用，当然，这事情得瞒着狗子，狗不必瞒着，它不懂钱与人的关系。

钱撕开便不能花了。我觉得不便让老人找钱，又不能全部将钱丢给他，他控制不了的，太老了，年轻的儿子一回来，这钱便会被他儿子挥霍了。

我们终于到达了目的地，那房子仍在，我们将摩托停在外面的路上，与狗子商量。

"我们是带老人去治病，还是将钱给他？"狗子问我。

我坚决反对，老成地拍着胸脯道："由我全权处理，你年纪尚幼，我是老大。"

我一脚踢开了老人的房门，我之所以这样做，是想让老人知道，我们重新杀回来了，我们答应过的事情决不含糊，如果那个家伙在，我会命令狗子与狗一起上，让他知道我的厉害。

只有老人在，老人被这突然的响声吓醒了，睁着惊恐的眼睛，盯着我们，他嘴里面叫着"水水"，我赶紧用了个破勺子舀了水给老人喝。

我问他："你儿子呢？"同时拍了拍老人的肩膀，以证明自己的成熟。

老人喘息道："有个好人路过时，给了我一百块钱，让我治病，他见到了，拿走了。”

“这个畜生。”我大骂着，同时对自己的决定感到高兴——不能将钱给他。

该如何办？是去医院吗？我突然间萌生了新的想法，还是那几个丑陋的医生值班就好了，我们得想办法免掉医药费，然后这一百块钱就成了我的囊中之物。

我接着问道：“他不会回来了吧？”

老人无奈地摇摇头：“会回来的，他去找征地的人了，这儿的房子被县城相中了，要卖掉，我恐怕连个死的地方也没有了。”

征地，又是征地，难道中华的事情，不征地就解决不了吗？难道要将土地全部征用？有那么多工厂吗？

我从内心深处对这个政策感到怀疑。狗子不说话了，马上将老人扶到摩托车上，我坐在狗身上，两辆“小车”风一般地驶入县城的大街。

我们要躲避交警，因为狗子的摩托车啥证件也没有。我不以为然，以为警察叔叔会通容的，狗子却道：“不行呀，我爹交代过，一定要躲避，说惹不起。”

老人却一直挣扎着，似乎对我们的这种举措十分有意见。没有征求当事人的同意，便硬生生地将人家送到医院里接受治疗，说出去是履行人道主义，讲不清楚就是霸王硬上弓。

我有选择的权利，我有病，可以熬着不去医院，因为这是我的基本权利。没有听说硬拉着将人送进医院的，这与强盗何异？

我们出于正义，老人在病中，不能不救，而他叫破了喉咙也没压制住摩托车的响声，我们想当然地认为自己做了一件再正确不过的事情。

医院很快到了，十分熟悉，到了傍晚时分，照例没有几个人值班，三三两两的人在火烧云的映衬中回到了自己的家里，接受炊烟袅袅的人间烟火。

我们直接走入了当初进入过的手术室，没有人在。我们首先将老人放到手术台上，老人闻到了一股子手术刀的味道，吓得惊醒过来，想迈腿跑出去，但没有成功，他左右不了自己的行动。

我去了值班室，发现了医生甲在里面。在上次行动中，这个家伙据说没有得到领导的褒奖，所有的风头都被医生乙抢走了，医生乙已经成了甲的领导。当时，甲是整个事情的始作俑者，落得如此下场，说明他不会来事，如果是我，我一定添油加醋地讲述自己的“暴行”，然后博得领导的“红颜一笑”，成为新的领导班子成员。

我挑起了帘子，闻见一股酒精的味道，好像酒精在某个人的胃里经过了激烈的燃烧后，焦味、臭味与馊味一股脑地全部吐了出来，他身在自己的味道中，根本感觉不出来这是一种难以忍受的境况。

甲听见有人进来，也不理睬，照例喝酒，没有菜，一颗圆圆的花生被他粗鲁地捏起来，塞进嘴中咀嚼着，空气中有一股黑色的记忆。

医生甲终于看到了我，他眼前一亮，站了起来，却被酒劲硬逼了回去。他惊魂未定，揉揉眼睛，看清是我后，大叫道：

“小子，你终于过来了！太好了，我到处找你，你不知道吧，他们整我，说我草菅人命，将我扔到这个破地方，他们三人全上调了，只剩我一个人。我需要一个人，一个当事人，讲清楚这里面的逻辑关系，给领导们讲，我也要走，守着这个破手术台，我快要死了。”

我是我听到地从未有过的沧桑感，甚至高于病体的疼痛，我本来以为世界上最残忍的事情莫过于有病了。父亲因病早逝，老人因病痛苦不堪，而今天，一个医生的吼叫让我明白了另外一个道理：精神上的折磨是最高层次的煎熬。

我说道：“我有事情求你办，有一个老人病了，治不好，在外面呢。”

“有病人，好事，你替我宣传，我治好他，分文不收，只要锦旗，这次我一个人。说好了，全部是我功劳。病人在哪儿呢？你一定要替我圆话呀，我们领导会过来看我的，他们一定会的，还有，听我的，将他们三人的暴行全部讲出来，他们如何将一条狗治成了人，让人痛不欲生呀！”

医生甲的变态行为让我有些寸步难行，我肉体瘦弱，思想上本来不能瘦弱的，但现在，他的话却让我有一种瘦骨嶙峋的感觉，我一下子找不到自己的灵魂在什么地方了。

狗子也上来了，问我怎么样。

我说道：“他答应了，我给了他一百块钱，他答应将老人治好，但有个条件。”

医生甲不容分说地将老人摁倒在了手术台上。我与狗子在外面的长椅上守候着，后来，我突然感到一个问题，便对狗子道：“这个医生，上次将狗当成了人，这次，不会认为我们是想将人治成狗吧？”

“他那么聪明，不会的，明明是个老头子，是想将病治好才行的。”狗子摆着头，不停地瞅着自己那辆停在月光下的摩托车。

两次看病，我们全部在月光下，正好又碰到了十五的月亮。

狗则躲在摩托车旁酣睡着。我有心责怪它，不让它恢复狗的原形，让它用人的姿势睡觉。但是我没有动身子，这么长久的折腾，我感到力不从心，我想着由着它吧，它本来只是一条狗罢了。

我们等了约摸两个小时，等到我们终于听到手术室中传来一阵呼噜声时，我们才知道里面可能是有事情发生了。

我们推开门，从门缝隙观察：老人打了麻药被绑在手术台上，这阵儿可能是麻药的劲儿过了，老人正挣扎着想坐起来，却无法成功。

医生甲睡着了，躺在地板上。手术室中空调大得吓人，温暖如春，医生甲没有着凉，他喜欢这样的姿势与逻辑。

我将门完全打开，将医生甲像死猪一样拖了出来。他醉得一塌糊涂。我们得给他点教训，将他拖到120急救车边上，想着明天早上一定会有好戏上演的。

为了解恨，我甚至将酒从他的值班室中拿了出来，然后冲着他的喉咙重新灌了进去，让他多喝点。他想于早上时分醒过来，门儿也没有。

做完了，我们却后悔了，年轻人气盛，如今，谁来救老人呢?

我们试着重新找到一个或两个医生，最好是有思想问题的医生，但却没有找到。偌大的医院里，灯盏无数，却没有一盏灯为我们开放。

狗子有些假精明地对我说道："哥，事情会闹大的，如果让他们领导知道，他喝酒喝大了，我们的事情就砸了。最主要是，我们的钱用完了，我刚才搜了他的身上，将钱重新拿了回来。"

狗子将钱握在手心里，示意我看。

我大惊失色，急忙去摸自己口袋里的钱，才发现狗子搞错了，他给我的钱原原本本地躺在口袋里，安生着呢。他拿到的，是医生甲兜里的钱，属于人家的。

我一把抢了过来，重新装回自己的口袋里，说道："你小子，怎么能这样做？让人家认为我们是小偷，不过你说得对，我们得想个万全之策，既能让他得到教训，让他感恩戴德，又不能让他们领导发现了。"

我与狗子策划了半个晚上。我们没有地方睡觉，干脆将老头从手术台上抬下来，我们并排睡在上面。头一次享受这样的待遇，我想到了蛊惑这个字眼，不好，是否会中了手术的蛊，一旦这种动物有一天爬起来，会应验的？狗子睡觉打呼噜，没心没肺的家伙，也不看是啥地方，还能睡得如此心安理得?

我睡不着，一是适应能力太差，没有四海为家的经验，二是心里想得太多，一会儿想家中母亲的病情，一会儿想家中的地被几个当道的劫走了，甚至想到了老头在我们手中死掉了，他的儿子逼着向我们要钱的情景。

瘦弱的人，身体各个部位发展不协调，很难正常入眠，我多么想拥有一次像婴儿一样的高质量睡眠呀！

半夜里，狗子将我挤到了台子下面，我干脆去了医生甲的值班室，里面的酒精味道依然浓重，我挥舞了半天才成功地将它们驱赶到外面。

我睡了一会儿好觉，但后半夜两点多时，有人过来了，拥着一个病人，敲我的门，说是急诊，我无可无不可，第一反应便跳起了床，抓起白大褂穿在自己身上，煞有介事地冲进了手术室，将狗子拽在地上，狗子醒了过来，搂着腰说疼。

有一个妇人扶着一个男人走了进来，男人肚子疼痛难忍，我一细看，发现他竟然是那个做锦旗的老板。我急忙捂住了脸，那个男人叫着："医生，你认识我的，我是外面的老板呀，我肚子疼得厉害。"

这个时候我才知道，没有手艺是多么难堪的事情，我想拒绝，可是妇人早一步跪了下来。

我没有办法，只好命妇人出去，让狗子将男人平放在手术台上。我用手去摸手术刀，想直接扎下去，男人吓坏了，嚷着："麻药，太疼了，我可不是关云长。"

手忙脚乱中，我命令狗子出去看护狗，不要让狗出问题。

狗子害怕这阵势，手术刀没有扔便跑了出去，到了外面才发现，想拐回去，却发现我早已经将门关紧了，只留下我一个人忙着这股子阵势。

妇人在外面干坐着，觉得这个场面很可疑，便跟着狗子跑了出去，想问个究竟。

狗子不敢看人家，只好向狗那边去。狗看着医生甲呢，狗喜欢医生甲身上的酒精味道，馋了，干脆去舔医生甲的嘴唇，没有多大工夫，便将医生甲的嘴唇咬得像血葫芦似的，血沫子直向外面冒，嘴唇肿得像桃子似的。

狗子被月光迷惑了，狗与医生甲将他绊了一跤，摔得鼻青脸肿的，妇人在后面追赶，也摔了一跤，妇人好不容易站了起来，看清楚了，地上竟然躺着一个人，仔细看时，才明白过来，原来是医生甲。

妇人过来摇医生甲，医生甲不给她面子，酒入愁肠，哪能随便醒过来？妇人道："你呀，还在为自己的破事儿生气呢？不就是没有提你当处长吗？以后到我们店里打工，只要你医好了我丈夫的病，一切好商量。"

狗子说话了："病人是你丈夫呀？"

"当然，你没看我长得年轻又漂亮吗？嫁给他算是他的福气，病好了，我收拾你。"妇人得理不饶人，吓得狗子直伸舌头。

"这医生喝多了，怎么给你丈夫治病呀？"狗子犯浑了，如果是我在场，我一定会削死他的。

"啊，他不是在手术室吗？不对，那医生是谁？他不是穿着白大褂吗，一个醉了，另一个也是医生，也不对吧？”妇人怀疑着。

“另一个是我的哥们儿，他不是医生，医生被我们灌醉了，我们也是来看病的，你刚才弄错了，怨你。”狗子说得明明白白的，傻子也知道咋回事了。

这个妇人与狗子的智商差不了多少，她想了半天也没想明白，后来淡定道：“才明白了，原来他有两个身子，一个在这儿躺着，喝着酒，一个在屋里面给我丈夫做手术呢？高呀！”

狗子也清楚一点了，解释着：“你这话说的，我也有些明白了，果然如此。”

不知是谁回答了他们俩一句：“笨蛋，笨鸡。”声音十分含糊，二人到处瞅着，在周围却没有发现一个人，地上躺着一位，不可能回答的，还有一只狗，倒是嚼着舌头，想说话，可生理结构不给它这样的机会。

我在里面却忙得团团转，一双眼睛在手术台上盯着我，另一双眼睛在地上也盯着我，我想起了鲁迅的一句名言：“我家院里有两棵树，一棵是枣树，另一棵还是枣树。”

地上躺着的老头子这阵子缓过劲来了，以为我是医生，眼里满是感激，但他躺在地板上的确不好受，不停地挪动着身子，示意我赶紧将他弄到手术台上去。

而手术台上已经躺着一个肚子疼痛难忍的家伙，我的手术刀在灯光下面闪着清光，吓得这个老板六神无主。他不停地哆嗦着，示意我赶紧为他打麻药，全麻，他害怕听到刀割破皮肤的声音。

我不知道如何左右这样的局势。我干脆想着，先医治这个肚子疼的家伙，医好医不好，看他造化了。我又后悔为何不赶紧让那个可恶的医生甲苏醒过来，他好歹是个医生，就是出了事故也是个医生。

我不知道麻药在什么地方，但我努力压制住阵脚，不让对方看出端倪。我身材矮瘦，与医生甲差不了多少，加上病急乱投医，老板没有看出来破绽，只是捂着肚子躺着。

我举起了手术刀，不知道在什么地方下手。

老板终于晕了过去，晕过去最好了，可能是手术刀吓昏过去的，我手脚并用，将他弄到地板上躺着，然后将老头子架到了手术台上。

我这样做完全是出于无所适从，我真正地想将刀子给人家放下去，可不能开这样的玩笑。我害怕吃官司，要知道，杀人可是一件要命的事。

因此，他的昏厥正中了我的下怀，我可以权当完成了一件使命感极强的事情，我不说，没有人知道，至于他醒过来后的表现，看我的造化了。如果病情轻，他也许会自动好起来；如果病情重，说明我命运不济。

对于老头子，我真的不知道如何下手，我要逃出去，寻找另外一位医生，或者是将医生甲弄醒，让医生甲过来医治老头子。老头子生病多年，我可不敢随便下手，一旦失手，会令我万劫不复的。

我出来时，月亮已经西斜，大得可怜。说它可怜，是它的孤寂万分，一个单独的命使者，承担的任务过于庞大，孤独在天空中显露着芳泽，接受万世的崇拜，是那种胆战的高与寒，我又想小时候传说中的故事，嫦娥仙子不知道是否已经找到了自己的梦中人？

我看到了自己不想看到的一幕，医生甲打着冷战，一条狗睡在他旁边，还有两个人也偎依在他旁边睡着了。我有心叫醒他们，却不知道如何是好。我是想法子找到一个医生来，而不是故意惹是生非。我沿着半条修好的大街，向医院内部走去。按照惯例，医院内部应该是住院部，偌大的医院里，没有几间屋子亮着灯，或许是屋子里的病人已经睡着了，按照医院的规定，在后夜时分不得开灯，或者是干脆没有住着病人，或者与这个医院的口碑有极大的关联，但我又想，县城就这一家医院，你老百姓难道都去类似花花那样的诊所看病了吗？

在拐角处，我看到了灯光，屋内一个岁数很大的人正俯卧在地板上，他的胡子白得吓人。在旁边的门牌上面，我看到了医院内部诊所几个字，并且标明通宵营业。

我不知道他与医院之间有什么关系，是否是他吸引走了医院的病员，但我知道，这一定是违法的，跑到医院内部来做生意，抢医生的位子，简直是对医院的侮辱，我不知道他们的院长作何感想。

无论如何，我抱着试试看的心情撞开了门，因为门是锁着的，我无力推开他，也叫不醒他，他睡得像死猪一样。

老头醒了，姑且称之为江湖医生吧。

他抹了把脸，十分镇定地把我的手牵过来，把脉、看相，没有等我说话，便说道：

“体虚，回家多喝水，尤其是红糖水。拿钱吧，在医院里，看病得一百块呢，我这儿二十块就能搞定。”

兴许是后半夜，我有些站不稳阵脚，让人家一句话便搞得我云里雾里，不敢反驳了，但一想到二十块钱说没就没了，我便壮足了胆子，我总觉得这个家伙长得不像人，你说呢，在半夜里活动的人，谁也不相信他会是人的。

“老人家，不是我有病，我在半路上捡了个人，他有病，与您一样，是个老头子，如今在医院的手术台上躺着呢！”我努力解释，生怕他耳背。

“原来如此，他们的医生呢？值班医生哪儿去了，为何不救治？”老头子想兴师问罪。

我回答道：“他们有医生，喝大了，在外面晒月亮呢！”我回答得十分干脆。

“他们医院的医生晚上都有这毛病，要么晒月光，要么晒星光，都喜欢睡觉，你运气好，碰到我了，你知道我是谁吗？”老头子瞪大了眼睛瞧我，很有耐心地等着我回答，并不急于表明自己的身份。

我四处瞅介绍牌子，却什么也没有发现，我只看到了一个祖传秘方的牌子，上面写着“包治百病，绝不还价”的字样，还有一个写着“夜里翻倍”。

“你有多少钱？”江湖医生开了口，没有沿着刚才的问题往下讲，改变了话题，问到了钱。

钱是我的软肋。我身上装着二百块钱，一百是狗子家里的，另外一百是我骗来的。现在，也算是我的血汗钱了。

“没有，我身无分文。”我想后退出门，去找其他医生。我不喜欢他的咄咄逼人，他似乎是想做什么事情，又不想做。

“可是，如果没有一点钱，我是无法出去的，这是我的做人原则，也是行医之道。我不在乎名声，你说我黑也好，说我苛刻也行，但你必须有钱。我可以开恩，至少得一块钱我才能出去。我要看看那个医生的嘴脸，我更要瞅瞅这个医院的管理到了什么样的地步，是不是要关门大吉了，或者是干脆承包给我。”江湖医生口若悬河，讲得我不明所以。

我脖子上面挂着一个玉佩，有清冽的寒光闪过，老头子喜出望外。

“这个玉佩权作医药费，你有一块钱后，过来赎它，我不会丢的。”他不容分说地扯断了绳子，将玉佩装在自己的口袋里，用针线小心地缝好，然后与我一同出了门。

对于这枚玉佩，我没有多少印象，听说是避邪用的，但我身上的邪气从来没有消失过。我感觉丢了也好，觉得如释重负，这样或许可以将自己的霉运转到了另外一个人的身上。

外面照样是月光华华，我与老头子一前一后走在月光下面，住院部大楼十分刺眼，在月光下面像一个怪物般睁着惊恐的眼睛注视万物精灵。

在半路上，我便撞见了四处乱窜的狗子与狗，他们一前一后东奔西突着。他们像是失去了主心骨的汉子，看到我，思想上放松了，狗子握着我的手不放，抓得我生疼。

我示意找到医生了，老头子有救了。狗子不懂我的话，放肆地大吼着：

“那个老板醒了，说肚子不疼了。”我想骂狗子胡说八道，但狗子接着讲道：

“真的，他如今找你呢，说要给你报酬，你治好了他的病。”

“你会治病?”江湖医生回过头来看我，似乎对我的身份不甚了解，但缺乏足够的耐力。

“我不会，可能是误打误撞。”

“好运气，我以为全天下就我一个人有这运气，我行医一辈子，凭的就是运气，其实我啥也不会，就是胆大，别人不敢想的，我想了，不敢做的我替他们做了。”

我们终于看到了躺在地上仍然处在醉酒状态的医生甲，江湖医生大吃一惊，继而转身就走，我不知道他们是什么关系，但我猜测：江湖医生一定认识他。

手术台前，一男一女紧紧地相拥着，似乎是在庆祝劫后余生，见了我竟然轰然跪倒在地，像倒了两棵大树般的夯实有力。

“我的病好了，刚才你用什么招数治好我的?我的肚子不疼了，我感觉浑身清爽。”他们虔诚得要吓死我，我什么也没有做，像江湖医生所言吧，我命好，撞上了。

“原来你深藏不露呀，你大概只有二十多岁吧?”江湖医生推开手术室的门，看到了在地上挣扎的老头子。

“我哪有那么大，我就是人长得老相点。”我心里面分析着，但嘴上没有表达出来，我不回答他，是高明的表现。

7. 狗会说话了

没有想到的事情果然发生了，我用惊吓的办法竟然治好了这个老板的病。我怀疑他判断的准确性，因为人的大脑有时候会出现短暂的停顿，而血脉不通的话，会影响人的思维。

但他脸上的喜悦之情告诉我，他不是装出来的，也不用装。

我只好承担这个才能与功劳，但我是个聪明的人，不敢在江湖医生面前装傻卖疯，我便自我解嘲道：“师傅，我刚才是按照您的方法实施的。”

“师傅?!”老板听到后，眼睛大放异彩，他以前一定认识这个江湖术士，一定会不屑一顾，他会与院长沆瀣一气，根本没有将老人家放在眼里，现在，我的一屁下去，竟然捧出来一个高深莫测的角色，由不得他不惊叹。

江湖医生对我的表现十分满意，兴许他踌躇满志，但从来没有施展过，没想到一个孩子竟然帮了他，一个沦落之人竟有如此境遇，此河东河西之道理也。

江湖医生命我将老头子扶到手术台上，然后我掩了门，与老板一起逃了出去。我一边走一边对老板道："你告诉我最准确的反应，我看下药有什么不当没有？"

老板道："我现在胆子感觉不小了，以前吓惯了，老是胆小，胆小的时候肚子便疼，我老吃胃药，但治不好。昨天晚上我吃了一大瓶的药，以为没救了，没有想到你竟然救了我。我现在身轻如燕，肚子一点儿也不痛了，如果来一大瓶啤酒，我也可以照样全部收入腹中。"

我嚷着，故意大声叫了出来，好让狗子与狗听到，也好让躺在地上正在揉眼睛的医生甲知道：我也可以当医生，原来这医生没有什么难当的，只要胆子大便可。

我根本没有想到江湖医生竟然跑了出来，他拉住我往手术室里拖。

我看到了刚刚进入麻醉状态的老人，才知道放在旁边桌子上面的满是英文字母的就是麻药。他问我："你告诉我，你是如何治愈那个老板的，他有老毛病，曾经找过我，我却无计可施，药也吃了，针也打了，没有丝毫用处。"

我说道："师傅，我也说不清楚呀！"

"你年纪这么小，居然连大智若愚的道理也懂！说吧，这个老头子的病不太严重，如果你告诉我，我就会马上治愈他，并且告诉医院的人，这个病人是你治好的。"这个条件高得吓人，我却实在讲不出来所以然来，但老人的麻药药效在一分分地减少，容不得我多想，便马上说道："师傅，我实在无能，我没有施药。"

"果然没有用药，说明有一种放之四海而皆准的办法，讲吧，看看与我猜测的是否一样？"

江湖医生睁大眼睛看着我，似乎眼屎中能放出一两朵昙花来。

"我吓他的，手术刀比画着，却没有放到他的身上。我故意将血袋里的血放出来，他以为自己失了血，便昏了过去，就是这些。然后，我便去找你了。等我们回来了，他便醒了。"我胡乱解释着，希望能够蒙混过关，更主要的是，我是想捡到一个不掏钱便治疗老头子的机会。

我的话说完了，像个犯了错误的孩子，站在原地一动不动，等待着死神的宣判。我不敢动，因为他的老江湖让我欲罢不能，他的眼神中带着刀剑，尤其是眼屎挪动时，我仿佛看到了剑向我飞来。

“果然是高明之策，我早就想过，却找不到实施的办法，我想用狗吓他，可没有用；我又想让小偷与窃贼去追他，可是，他跑得比他们快。原来最可怕的地方是手术室，杀人于无形，救人在不知不觉中。”江湖医生说完这一席话，我感到喜从天降。

不管如何，蒙混过关了，我悄悄地掩了门出去，听见里面传来了“舞刀弄枪”的声音，我不敢看，惊奇于世上竟然有这么多稀奇古怪的治疗方式。我知道老头子有救了，但我也知道，老头子要遭殃了。

狗子过来问我：“哥，怎么了，老板正找你呢，说要送我们锦旗，要不?”

我头一次被胜利冲昏了头脑，高声叫道：“随便，你说了算。”

狗与狗子下去了，老板的店面在对面，早已经悬了灯，挂了彩，庆祝自己重得健康之身。

而我则从怀中掏出了那两百块钱，仔细地瞅着上面的主席头像，看着看着，眼泪不争气地流了下来，我头一次觉得：钱才是这世上最宝贵的东西。

医生甲早醒了，他听说了我做的事情后，竟然摸着脑袋惭愧至极。“我头疼，想回到办公室里继续睡大觉。”为保险起见，他叮嘱我：“兄弟，一会儿有领导来，顶一阵，今天是周日，估计不会有人来的，但总得有个防备才是。”

我趾高气扬地摆了摆手，算是给他最高礼遇的回答。

一上午过去了，江湖医生疲惫地推开门走了出来。我冲了进去，狗比我快，吓得江湖医生坐到了地上，因为狗的身影奇特，像人又像风。

我看到老人平躺在手术台上，脸色蜡黄，周围被擦得没有一丝鲜血。我吓坏了，回身抓住江湖医生的手臂摇着：“他怎么了，我们是带他来看病的，你说过的，病十分轻，不会有事的。”

“他没事，睡着了，可我有事，我感到头昏脑胀。”江湖医生坐在一旁，疲惫地睡了过去。

我本来想知道他采用了什么方法救的老头，但他却故意睡着了，我没有法子，只好命令狗子将他扛到他那间挂有牌子的小屋里。

我们守了一天，老头子有呼吸，可就是无法醒过来。我去问那江湖医生，他却一直没有醒，我不知如何是好——我生怕老头的儿子杀过来兴师问罪，就麻烦了。

事有凑巧，狗子与狗去大街上买香蕉去，我太爱吃那些东西，幸好的是，锦旗店的老板给了我们一些零花钱，权作报酬，但狗子与狗却吓得返回了。

我问他们怎么了，像做贼似的？狗子道：“坏了，我们在大街上看到了老头的儿子，他正与房管局的人在一起，在对面的饭店里吃饭呢！”

我的心一动，马上问他们：“那又如何？他们看见你们了？”

“是的，那人眼尖，看见了我们，我们没有镇定住，疯狂地跑，他在后面追。”正说着，我们一眼瞧见手术室的窗户外面有一双眼睛紧紧贴着窗户往里看，眼很小，却有神。狗机灵，一个猛子蹿了过去，幸好有玻璃挡着，那人疯了一样狼狈逃窜了。

我没有意识到危险已经降临，依然若无其事的样子，但老头子却一直睡着，没醒过来，这一点让我大跌眼镜。我有好几次跑过去想让江湖医生起来，他却一直昏睡着，好像受了蛊一般。

我有心去叫醒医生甲，但一想到刚才与江湖医生的约定，我便收回了想法——医生甲一旦参与了，让老头儿醒过来，这功劳属于谁？

我是个爱贪小便宜的小角色，小角色嘛，不需要修饰，更无须江湖人士的褒贬，我现在倒是认为，我可以稍微做一点小的坏事与错事，这合情合理，没有人会责难我。

到了周日的晚上，老头子已经睡了大约三四个小时，我实在沉不住气，便与狗子前后开道，径直杀入江湖医生的办公室里。

我才知道自己可能上了当了，这个家伙本来就是个庸医，那些标榜性的东西本来就是骗人的，这是门口一个卖水的大妈说的，她说话时，把不住风，但我听得真真的，我觉得脑袋轰的一声爆炸开来。

幸亏狗子眼睛及时，拦住了我，我放开嗓子喊了出来：

“你个浑蛋，去哪儿了？出来，你医死了我最爱的人，你赔我一个完整的老头儿。”

大妈嬉笑着：“他本来就不正经，如果不是这地方是他们祖上的，医院早就让他搬出去了，也就骗你们这些孩子，想骗我，是不可能的事情。”

“奶奶，我求你了，人命关天呀！他去哪儿了？”我以求饶的心态面对着世事沉浮。

“你出了医院，沿着吉祥巷向前走，一直走，等走不动了，就停下来，也许就可以找到他了。他一定在那儿哭呢。因为只要他治疗失败，就会到那儿将自己失败的经历写下来，以供后人瞻仰。其实呀，谁稀罕那些破玩意儿？”大妈说话时眼神坚定，我不得不相信她。

我与狗沿着吉祥巷走，我让狗子留下来守住老头子，生怕他被人扔掉了。另外，狗子需要防备医生甲的突袭，如果他进来，就用手术刀恐吓他，我觉得人活在世间，就得学横点，如果你一味让着别人，他们就会欺负你。

狗跑得比我快，但我在转弯时，蓦地发现了黑暗中一双惊慌的眼睛，我觉得好熟悉，我想起了一些动画形象，虽然我看得少，但我还是知道的，那是鬼。他们专门在黑暗的时候袭击一个少年的背影，因此，我内心骂狗不懂人事，而我呢，则斜着身子向前悄悄地走。我之所以这样做，是想前后兼顾，我好害怕黑暗中蹿出一个角色突然撞向瘦弱不堪的我。

那黑暗中的角色犹豫再三，并没有走向我，还是走进了医院。

狗子十分郁闷，两次出来，他都是一个配角，虽然是黄金配角，但总比不上主角好受些，现在他一个人了，他便想表现一下，不让别人看，就是想证明给自己看。

他胡乱地挪动着针管子吸了一些药水，在老人的屁股上摩擦着，忽然间有了一种冲动，想将液体推进去，因此，他实践了。有时候，人想做坏事就是一刹那的感觉，左右不了自己的大脑，继而左右不了自己的手，坏事便应运而生了。

针刺了进去，老头子的身体动了一下，狗子不懂技术，不停地往里面推药，药水沿着手术台落下来，在地面上形成一摊奇形怪状的小花朵。

老头子的身体一直在动，狗子欣喜若狂，他也想成功，也想有一种冲动。

与此同时，在窗户外面，老头子的儿子贴着玻璃仔细地看着，不大会儿工夫，他竟然笑了三四次，只是狗子没有发觉，狗子没有机敏性，失去了警觉。

人在胜利在望时最容易张狂，失去警惕性。

狗子折腾了半天时间，没有结果，他掩了门，想去医生甲的办公室搞些吃的，他肚中实在饥饿难忍，这便是胖子的坏处，瘦子吃得少，省粮食，胖子虽然有气力，但吃东西时浪费厉害。

狗子刚刚迈动自己的左脚，便感觉有人用嘴吹自己的脖子，十分凉爽，狗子猛回头，却什么也没有看到，月光刚刚形成一小股逆浪，悄无声息地伸展进来，这正是肃杀的时刻，狗子蓦地感觉到了害怕。这儿是手术室，无数人曾经在这儿失去了自己的生命，这儿一定是幽灵们的温床。

有人抓住了狗子的脖子，狗子一看是老头的儿子，我们姑且叫他麻衣吧，因为这小子长得十分难看，实在找不出一个可以形容他丑陋面貌的名词来，而“麻衣”这个词汇来源于生活，用在他的身上再贴切不过了。

“你小子在这儿呢？我爹怎么了，怎么躺那儿不动弹？告诉我吧，是不是你害死的，隔壁就是公安局。”麻衣威胁着狗子。

狗子手足无措："不是我，我是想救他，是小子，瘦瘦的，出去了，去找医生去了，真不是我搞的，我家里有钱，你放开我，不要杀我。"狗子如果在抗日战争期间绝对是一个汉奸，人家还没有怎么盘问他，他便交代了实情，真是毫无定力的人。

"你说的也许是对的，但我刚才却看见了你在折磨我的父亲。这样吧，你给我写个欠条，记住，写一万块钱，就说欠我的，我回头找你家人去领钱，如果不写，我就将这个事情说出去，让你们不得好死，让你们统统进监狱。"麻衣的眼睛带着成人特有的狡黠。狗子虽然人高马大，但他是个孩子，他忘了自己可以反抗，可以以自己的庞大身躯反抗一个成人的威胁。但他没有，他不会做，因为他是个孩子。

"好，我写，你放开我，你要答应我，不说出去。"狗子终于哭了出来。一个孩子像孩子似的哭泣着，一个成人也想学孩子的哭声，他为自己的高招感到骄傲。

麻衣推开了门，一眼看到医生甲正躺在床上睡觉，他的酒醒了一半了，但感到头疼难忍，正在挣扎着，听到有人进来，止不住吆喝着："快拿针管，给我打一针，我受不了了，这儿有药水，止痛用的，我的头很疼，都是酒闹的。"

狗子不想帮他，只想马上解决自己的棘手问题。麻衣到处找笔，却找不到，去搜医生甲的身上，医生甲却不肯给，除非马上给他打一针。

麻衣示意狗子去给这家伙打针，狗子十分恐惧，生怕这主儿走了以后，医生甲会重新为难自己，但现在自己是弱者，弱者岂有不听强者的道理?

提起打针，狗子有些兴奋，能够给小时候折磨过自己的医生打一针，几乎是每个孩子的梦想，狗子也是如此。他不停地流着鼻涕，但他用针管吸了药，在医生甲的屁股上徘徊了半天时间，却找不到一个适合的位置。

麻衣道："笨蛋，快点打呀，随便哪儿都行。你闭上眼睛，只管扎下去，让这小子服服帖帖就好。"

狗子终于下定决心，一针下去，医生甲痛苦地闭上了眼睛。

麻衣握着笔，招呼狗子："写吧，写呀，一定要写清楚，不要反悔。"

狗子大字不认识几个，写了半天也写不出来。麻衣恼了，自己摁住狗子的手急匆匆地写了一行字：狗子欠麻衣一万块钱。

狗子写完了，摁了手印，但他的心中却十分悲痛，如果让父亲知道了此事，一定会揍死他的，父亲一辈子视钱为命，钱比亲情重要得多。

麻衣完成了任务，便丢了两个人，上街上喝酒去了。因为他白天刚刚谈好一件事情——他所在的位置卖给了政府，政府出了一个好价钱。他细算下，自己一天之内便成了百万富翁，可以放心地找个好女孩子结婚生子，然后便千秋万代。

狗子一直在哭，医生甲睡不着了，药起了作用："你小子，是个孬种，他那么瘦，你一巴掌就可以将他掴倒。"

是吗，狗子头一次镇定地看镜子中的自己，五大三粗的，足有一百五六十斤，浑身都是肌肉。自己有力量吗，得找个地方施展一下。

狗子去打桌子，桌子散了架，去敲椅子，它轰然倒在地上，连呻吟也没有。

不行，没有一个活物，试不出来，狗子果断地瞅见了躺在床上的医生甲，他小声说道："医生，我想试下自己的拳头到底有多硬，在你的身上实验一下如何?"

医生甲大声反驳着，睡意早吓没了。

"不行，不行，我体质差，你一拳头就将我打死了。"

狗子计算半天时间，依然没有结果，他没好气地随便挥舞着拳头，然后一巴掌打在医生甲的脸蛋上，对方的左脸立即与右脸失去了平衡，一个大块的肿胀呼啸而起，没有片刻的挣扎，就好像春天的种子，被时间压扁了俯视着观察，半秒钟施肥，半秒钟开花，半秒钟便硕果累累，一下子进入了秋天。

医生甲一个激灵从床上蹦了起来，嗷嗷叫唤着，似乎想与之拼命，可惜心有余而力不足。

狗子心善，想赶紧去搀扶对方，但对方不敢让狗子过来，双方僵持起来。

好半天时间，医生甲彻底清醒过来，他一把拽住狗子的手叫着："人人皆良医呀，你一记耳光打醒了我，我以后一直昏睡着，提不起精神来，醉生梦死的生活该是多么的可怕呀，我渴望官位与金钱，差一点连自己也丧失掉了，我故意制造医患纠纷，其实是为了让医院好看，自己在旁边看热闹。我太卑鄙了，谢谢你，小伙子，就按照你刚才打我的方式揍那小子，你的欠条一定会要回来的。放心，我去救治那个老人，功劳归你，你太可爱了，我要亲你一口。"

狗子傻眼了，他没有想到自己也会受到褒奖。平常在家中，他是个彻头彻尾的弱者，在我的面前，他也是一个没有智慧的人，但刚才，他的一记耳光居然救了一个人，耳光也是医治人灵魂的良药吗?

医生甲风风火火地闯入手术室，关了手术室的门，开了灯，脱了鞋，戴了手套，穿上专用衣。他不顾擦去头上的冷汗，便检查老人的五脏六腑，高兴时，手舞足蹈，悲哀时，掩面而泣。

狗子在月光下奔跑着，他到了大街上，凶神恶煞般地挥舞着拳头，寻找那个可恶的家伙。

果然在对面的饭店里，老头儿的儿子在专心致志地喝酒。能够将酒当成一生事业的人，绝对是一个酒囊饭袋。

狗子想到平时我教给他的话：一鼓作气，给对方一个下马威。

狗子在大街旁的一棵树下面运气，差不多了，握着拳头闯进饭店。饭店里没有几个人，一个老板，一个老板的娘子，再有一个人便是正在钟鸣鼎食的麻衣先生。

老板以为狗子是食客，殷勤地让着。狗子绷着脸，拼命掩饰自己的年轻，老板娘识趣，扯老板到了旁边，示意他做好最坏的准备，因为今天可能有大仗。

狗子的心却陡然一软，他想到了撒酒疯的人都不好惹，如果想揍这小子，就得喝酒，可是自己没钱，管他呢，他到了麻衣身边，将酒瓶子拿了起来，一口气喝了大半瓶，然后眼神才露出了成人才有的凶光来。

“你小子，放下，我告诉你，放下，你不想活了，我可还有你的欠条呢!”麻衣站起身来，不服不忿。

狗子抡圆了拳头，想起了许多人对他的责骂，包括平生仅有的鼓励，医生甲的话语简直就是一剂强心针呀，将自己浑浑噩噩的心洗涤得一尘不染。

耳光打了下去，就一下子，没有损坏任何公用财物，麻衣倒了下来。老板与老板娘睁着惊恐的眼睛，仔细地搜寻着，希望自己的东西坏了，好索取赔偿，但是他们的希望落空了。

因为麻衣不禁打，一记耳光，他便倒在血泊中，牙掉了三颗，一颗不小心咽了下去，一颗仍在嘴中依依不舍，还有一颗，吐在酒瓶里，好像一颗石子激起了万千水花。

“东西给我。”狗子命令着，判若两人的表现令麻衣不知所措。他捂着嘴，示意老板去叫警察，因为对面的马路上就有一个值勤的交警。

老板误会了，以为是不让他多事，赶紧关了门，打了烊，将这家小店彻底交给了狗子先生。

麻衣脸上的血流得更厉害了，老板娘赶紧拿了一只桶过来，害怕弄脏了她的地板，任凭血一往无前地滴在桶里，形成一朵朵鲜艳的浪花。

老板娘害怕打扰了狗子，小心说着：“您先打，我在外面待着。”

麻衣没有想到一个小孩子竟然在一瞬间，无论能力，还是精神都发生了质的改变，一定是有人怂恿。麻衣反抗不得，只好趴着，但狗子无论用什么办法想让麻衣掏出刚才所写的欠条，麻衣都不肯，说丢掉了。

这阵子已经快要进入次日了，大街上的灯盏陆续灭掉了一些，只留一些平日里人多的地方还亮着。

狗子毕竟涉世不深，再加上有时候脑子缺根筋，根本不知道如何处理当前的事情，犹豫时，老板娘看出了门道，狗子刚刚换了牙，十来岁的年纪，再加上说话时十分幼稚无力，老板娘叫着："哎呀，小崽子，快走吧，你多大呀？我被你骗了，快来人呀！"

老板娘的吼叫声重新激起了狗子的嚣张势头，他一把掐住老板娘的脖子，把她扔进了旁边的垃圾桶。

狗子独自一个外出，他不敢迎着交警走，但即使他真的这样做了，也无所谓，因为没有人敢对一个孩子下手，毕竟这儿还算得上太平。

麻衣缓了半天时间，手下意识地去摸自己的口袋，终于拽出了那些快要破碎的小纸条。他四下瞅着，确认无误后，才小心地将纸条重新折叠好，藏进贴着肉体的地方。

我与狗一直朝胡同深处走去，胡同深处并没有人，我在恐怖的气氛中走了好久，果然没路可走了，狗停住了等我，开始冲着一座小亭子叫，里面空无一人，狗机灵，率先发现了端倪——江湖医生居然与一大堆垃圾待在一起！他可能是为了避风，将垃圾蒙在身上，我根本看不出来，幸亏带来了狗。

江湖医生早醒了，他在躲避我，我对他说："老人家，老人醒不了了，你得去看看，他不会有事吧？"

"有事无事，就那样吧，你应该知道结果的，我现在在这个位置，是有事情时才来的，如果没事，我早就搬把椅子坐在医院大门外面，等着敲锣打鼓呢？"

江湖医生的话激怒了我，我刚想发作，狗却冲了起来，将他从垃圾堆里活生生地拉出。

我示意狗别发傻，我有话要问，我继续问："老人家，你不要对自己的水平怀疑，我觉得可能是场误会，你再去看看，恐怕这时候他早醒了。你不是有功夫吗？吓人的功夫，我用的，你说是最好的功夫。还有，你说你的医术是祖传的，祖上传下来的医术与医德是不会有任何错误的。"我试图解释得明白些，但是他却装作不懂。

我揪起江湖医生的耳朵，想牵他走，可是他却不走，如今没有良医，一个小卒子也可以成为军医的，我只有这样做了，他毕竟在常识方面比我厉害得多，再加上刚才我看见了麻衣的身影，一旦让他知道他的父亲已经不在了或者处于深度昏迷状态，我无法解释。我是在事先没有征求人家同意的前提下，打肿脸充胖子这样做的，因此，我必须从长计议。

江湖医生并不走，我命令狗道：“向前冲，弟弟。”

我是决然不敢叫一只狗为弟弟的，就是家中的户口本上也没有这样写过，但我今天叫了，是出于一种考虑，因为我没有帮手，我总不能让人家认为只有狗才肯帮我，因此，我无力地挣扎着，反抗着，好让一条狗立即帮助我摆脱困境。人人都有当领导的想法，我想挥舞着大魔刀，展示自己的灵魂，让一条狗听自己的使唤，也是一件幸事。

但我意想不到的情况发生了，狗居然说了话：“好的。”

声音十分好听，也十分清晰，我不敢相信自己的耳朵，我以为是江湖医生说的，去看他的嘴，他的嘴上除了鸭毛外，什么也没有，我以为是自己自言自语，但绝然不是，我还年轻，绝对不会糊涂到这种田地。

我终于将自己的头低了下去，头一次认真地看着一条狗的眼睛，它目光中带着刺与辣，就好像一根刺或者辣椒被人无情地埋入了它的眼睛。

我问它：“你刚才说话了？”

它没有说话，只是呆呆地看着我吃惊的表情，没有反对，它能够听懂人言，虽然人言可畏。我又重复了一遍，它依然不说话，我猛然想起了什么，对它道：“弟弟，你会说话了？”

“是的。”我感觉如醍醐灌顶般，心情骤然升到了最高兴奋点——它成了人了！居然会说话！这怎么可能？

“弟弟，你将这个家伙抓进医院里，但不要伤害他，他是个人，需要保护。”我命令道。

狗照做了。它弯腰时像狗，但站立时绝对不像一条狗，而是一个正正常常的人。

狗弓下身子，将江湖医生叼在嘴里，跑了起来，我在后面追不上它。它拐了个弯儿，却没有再接着跑下去，因为我们看到了麻衣从对面的饭店里走了出来，浑身破烂不堪，还不如一条狗混得好。

狗将人扔了下来，冲着麻衣示威，麻衣刚被暴打一顿，本来想找人帮忙，没成想竟然被一个怪物拦住了，他不敢怠慢，重新拐回饭店。

我不知道发生了什么事，但我猜测这事情一定与我们有关，因此我急忙与狗并肩进了医院。

狗子正坐在手术室门口的长椅上喘着粗气，见我们进来，急忙叫着：“哥，替我报仇，有人想杀我。”

刚才果然发生了事情，一定是麻衣作祟，我想命令狗冲出去，将那个家伙揍得死去活来。

手术室的门却开了，医生甲挥洒着汗水跑了出来，嘴里喊着："好了，有救了，他醒了。我在他的喉咙中发现这么大一块棉花，已经结成块儿了。他已经醒了，放心吧。"

我长出了一口气，马上与狗子、狗闯入手术室中观察，看了半天却没有看出门道来。现场一片整齐，没有动过手术的痕迹，说明医生甲的业务能力十分厉害，以前只是碍于个人的情绪，没有发挥出来罢了。

我郑重地走过去与医生甲握手，我想好了词汇，我要去找锦旗店的老板，明天送一大面锦旗给医生甲，让他也可以有功劳，成了我以后人生方向上的指南针。

医生甲十分惭愧地说道："别说了，我有愧呀，为了荣誉，我牺牲了许多东西，包括以前钟爱的事业。医生这个职业，我现在懂了，就是要救死扶伤，至于升迁与否，与这个职业没有多大关系。要当好医生，就一定要尽全力挽救患者性命，而不是为了挣钱与头上的光环。"

这席话令我感触非常大。我以前爱玩弄手段，特别是对狗子，我想将狗子当成一个玩偶，他有时候聪明，但大部分时候有些傻，我指挥他像条狗一样。还有我的狗，可怕的家伙，受尽了折磨，差点在手术中死去，我现在有时候依然认为它不算个人，一个真正的人，我冲着它发脾气，将它踢得远远的。

以后我得改变下想法，对自己遇到的任何人，包括麻衣与狗子爹。

我的心情格外明媚，本来昏昏沉沉的，想要好好睡一觉，现在好事近了，自己却睡不着了。

医生甲准备去睡觉了，江湖医生看着他，忽然大哭起来。医生甲与他十分熟悉，但平日里很少说话。他们本不是一路的，医生甲怎么着也算是正统，而江湖医生却是负面形象，医院有时候不想看的病人，才会被他收入囊中，收敛一些钱财罢了。

江湖医生过来拽医生甲的手，我示意狗子与狗离开些，他们可能有话要讲，可能与良心有关系。

医生甲道："老人家，我要特别感谢你呀，你是不是刚才回来过？如果不是你的那一针，他恐怕没救了，那针打得好呀。"

江湖医生道："我得感谢你呀，你救了我，我刚才死的心都有了，我没有治好他，他得的是顽疾，我就是想问你，如何救的他。他现在脉象平稳，气息正常，说明用药是正确的，说明你是个高明的医生，你的医术高明，医德也可以呀。"

“我没做什么，我到处检查，却啥也没有发现，他却一直咳嗽，我最后检查了喉咙，看到这团棉花。我估计是他家穷，吃下去的棉花没有来得及下咽，新的食物进来了，便形成了顽疾，本来他会背过气去，幸亏你那一针，延长了他的生命，我才得以施药。”医生甲这个时候看起来十分好看，中看。

原来，只要你拥有一颗向善的心，就从来不会让自己面目狰狞。

两个人进了里屋，将办公室的门插死了，在里面闲聊，休息。

我们救了老头的命，并且还让两个没有责任心的医生回归正常状态，善莫大焉。我甚至想到了市里才有的刚刚流行起来的卡拉 OK，同时，我紧紧捂住口袋里的二百块钱，害怕露馅了。

我与狗子计划离开，但找一个照顾老人的人是个棘手的事。狗子眼前一亮，我也眼前一亮，我们想到了麻衣先生。

麻衣此时正一个人在街上转悠，他在寻找能收拾我们的黑帮人才。已经拂晓时分了，街上没有几个人，一个巡逻的警察发现了他，刚想问他情况，却发现他不过是一个醉鬼罢了，问询了几句后，便走了。

麻衣此时想睡觉，便倚在饭店的门口，想着七日后便可以将征地的钱要回来，心里甭提多高兴了。

我与狗子还有狗慢慢接近他。我们的办法是让他回心转意，明白有些东西比钱更重要，但这的确很费脑筋。

这是个十恶不赦的家伙，只能智取，不可强攻。

我开导狗子想办法，其实我是没有办法，我是在转嫁自己内心的无助。如果让狗子知道我是个没有智慧的家伙，一定会笑话我的威严。

狗站在旁边。我拍拍它的身体，示意它像个人一样站起来，不要趴着。它照做了。

狗子则像条狗一样伏在地上，我也拍拍他的肩膀，他也站了起来，那一堆肉，将我完全埋没了。

没有办法，我只好重新拍拍他，让他蹲下，一个人的高大会映衬一个人的渺小，我虽然不想做有心机的事情了，但是这点事情我还是要做的，我不能让别人超越我。

嫉妒是人的天性，所以说，我们要运用得当，不能让它变成杀人的武器。

狗子道：“要不，我们就将摩托车送给他吧，让他写下保证书，听从我们的话，以后照顾老人，对老人好点，如若不然，我们会过来揍他。”

这是我有生以来听到的最差劲的计策了，我挥挥手，狗子以为是上策，过来想听我的夸奖，我却对着狗子说道：“狗子，你还不如一条狗呀！”

语出，我又后悔了，我知道自己同时在贬低两个生命，一个是狗子，一个是狗，我说过的，不会再对一只狗不敬。

狗此时竟然笑了出来，它的笑容瘆人，听得我有些胆战，像一个孩子受了伤害后发出的声音，天真却让人印象深刻。

“果然是个玩笑，他不会改的。”狗说话时用的是童音，与我刚才在胡同里听到的一模一样，只不过刚才是浓缩版的，现在是延长版的。

我并没有对此感到惊奇，狗子则吓得大叫起来，我摁住了他，用尽了平生所有的力量。

“你说如何处理这件事情?”我心平气和地故意问狗。

狗继续摆尾巴，我觉得它有些不像人类的，便摁住了它的尾巴，不让灰尘飘起来。

“让他彻底改过来，心甘情愿地接老人回家才是最好的办法。”狗说出的话竟然比人还要高明许多。

我按照狗的思路，心生一计：我觉得我们应该激起麻衣的爱心，他现在缺少这项品德，这是最起码的做人常识。

我命令狗子回去观察老人的状态，并且记录下相关血压、呼吸情况，一会儿我们要回去检查，如果老人醒来，一定要通知我们。

我则与狗来到麻衣旁边，与他并排坐在一起。我们在等待麻衣醒过来，估计要到天明的时候，我这样做有自己的想法，我想在他清醒的时候，劝他痛改前非，先礼后兵是我的既定政策。

8. 贼村长的贼伎俩

其实我不算一个乐善好施者，尤其是我还没怎么坏呢。所有善良的人，其实原来都做过恶事，只是坏事做尽后，突然发现向善也是一种力量，善良也是一种爱心与人生的精彩表现，便开始改弦易辙。

我现在之所以要这样做，就是想彻底解决老人的难题，一旦开始做好事，便收不住了。

但我所面临的挑战十分巨大，一个一直不孝敬老人的人，如何听从你的劝说而变成一个好人，这的确让人无从下手。

我等着麻衣醒来，事前，由于天气寒冷，我将自己的外套脱了下来，盖在他的身上，我想先将温暖播撒出去，再等待回报。

狗一直在旁边做我的下手，时而不屑一顾地讪笑着，时而给我做鬼脸，现在，我已经有些适应它不好看的容颜了，充其量，如果它不走路，不坐起来，没有人会认为它是一只小动物，只是会认为它不过是一个丑陋的男人罢了。

我一直在想自己的将来，是否一直憋屈在这座小山村里，过着贫穷但有些善意的生活，我甚至想到了村中有些人的种种好处，他们做的恶事，从另外一个角度看，也可以变成温暖的阳光。

这种事情的决定权不在于怎么做，而在于如何看。

我想到，等老人病好，一切安顿好后，我会回家安心侍候母亲，不让她再去花花的药铺里奔波。我想学医，将来悬壶济世，也可以给母亲带来一些安宁。

我还想着将猎枪还给可恶的村长，虽然他坏，但他的坏事都被他可爱的儿子赎罪了，至于他贪污钱的事情，我也不想再过多追究了，钱多了也不是好事，他一直胆战心惊地生活，本身就是一种折磨。

麻衣醒了，衣服掉在地上，狗赶紧将我的衣服衔了起来，我示意他不要用嘴，要学会用爪子，也就是手去做事情，它照做了，但它的上肢非常不灵活，勉为其难。

麻衣刚才受了惊吓，又受了风寒，一直打着喷嚏。他对于我的表现很纳闷，后来索性站起身来要走。我抓住他，他强争着要走。狗急了，用爪子摁住他的肩膀，他只好顺从地坐了下来。

“你们想做什么？我刚才已经被你们的人打了，我要告你们去！”麻衣挣扎着。

我说：“我告诉你吧，你的父亲在医院呢，我们救了他，人已经脱离危险了。”我以为他会赞赏我，我年轻的心中只知道报答亲情，不知道他有其他想法。

“谁让你们救他的？他反对征地，他不死，我的好事便砸了。”他直白地倾诉着。

我示意狗给他点厉害瞧瞧，狗照做了，虽然不说话，但一切尽在无言中。

狗骑在麻衣的脖子上面拉屎、放屁，不大会儿工夫，便将麻衣整得屁滚尿流。

麻衣不知道什么东西在自己的头上，但他不敢抬头看，只是一个劲地颤抖着身子，对我道：“兄弟，饶了我吧，你们想做什么，地是我们家的，我有权做主，至于人嘛，既然你们已经把他救活了，我会带回去，是死是活就看他的造化了。”

“你得好好待他，不要慢怠他，知道吗？不然，我们的努力就白费了，天下这么大，没有大人做善事，竟然让两个，不对应该是三个孩子去做这样的善事，你不觉得脸红吗？”我努力说着大白话，当然有时候也夹杂着两句生硬的文言文，白话是想让他听懂，文言文是我想增加我说话的力度。

“你们那个家伙，欠了我一万块钱，欠条在我手里呢，你们得让他还给我，不然，我要到法院告他。”这个家伙突然间说出了这样一句不合逻辑的话来，让我跳了起来。

狗子欠他一万块钱，这事情我相信，因为狗子有时候糊涂得要命，别人让他干啥，他便干啥，难道是中了人家的道了？

我管不了许多人，这件事情十分重大，狗子是他父亲派出来的，如果他父亲知道我也过来了，并且知道家中因此欠了外债，还是要命的一万元钱，我吃不了兜着走呀。以母亲的脾气，回家后一定会对我横加指责。

我拖着麻衣，与他在医院中对质。

狗子站在我们面前，一脸木讷，我问他：“这是怎么一回事？”狗子说：“是我写的纸条，他逼我的。”

麻衣则不依不饶：“欠了就得还，你不还，我也不会赡养我爹，你们是想做好事，竟然不承认自己做的事，算什么英雄好汉？”

这是我平生遇到的最大的麻烦了，我将狗子拖到无人的地方，先敲打，再鞭策，我说得嘴冒沫子，我气得用手直擂他的脑袋，将我的肉与骨头震得酸麻。

狗子道：“既然他用卑鄙手段，我们也用吧，先将纸条抢回来，再告他不孝敬，让法院判了他。”

“可是，这样做也不起什么作用呀？”得改造他的良心，我坚信自己有这样的水平，如果不是横生狗子欠债的事，我已经得手了。

我对狗子无可无不可，我们将麻衣绑进手术室里，我们必须于凌晨时分赶紧解决这个难题，因为时间不多了，一旦到了周一，医院的人便会过来上班，手术室将会被占用。老头子倒可以解释，是新进的病人，最多会被人安排住入病房，但我们的事情解决起来必定多几分麻烦，再加上几天后麻衣便会领着征地的人进入自己的家中，一旦没了房子，老人知道后一定会被气死的。

我叫了狗与狗子一起，商量着此事如何处理。我与狗子你一言我一语地打嘴仗，狗则在旁边不停地吹着气，空气中有一股子药的味道。

商量了半天时间，依然没有结果，我才知道我们年轻人的智慧是有限的，江湖经验不足，我一下子想到了正处于睡觉状态、惺惺相惜的医生甲与江湖医生，我们三个砸开了门，两个家伙刚刚醒过来，正用朦胧的眼光望着我们。

我对医生甲道："能否帮我们一个忙？将老人安排住病房里？不然老占着手术室，人家会怪罪的。"

医生甲与江湖医生对视片刻后，大笑起来："孩子，你还以为这座医院会有生意吗？它早就腐败透顶了，出了几次事故后，没有多少病人愿意来此就医了。放心吧，不出意料的话，没有人会过来的，就连院长也整日猫在家里，开了家私人诊所。"

我觉得不可思议，偌大的医院，那么高的楼层，居然连一个病人也不会过来，简直不可思议。

江湖医生道："你可能不知道，小鬼，我的生意有时候比他们都好，我这个人，以前医德十分好的，只是出了几次医疗事故后，我被赶出了医院。我如果不喝酒，一点事情也不会有，我的医术绝对是没有问题的，你大可放心。刚才我是太疲惫了，也多亏医生甲帮忙，不然，又一次医疗事故要发生了。"

我长出了一口气，这下子便可以放宽心去处理与麻衣之间的问题了。

最重要的是欠条，如何让他将欠条交出来是最主要的问题，然后再施法让他痛心疾首，听从我们的安排。

我对狗道："你有办法没？"

狗直摇脑袋，它似乎对人类的事情有些不置可否。我对它道："你以后机灵点，将自己当人看就是了，如果自己不当自己是人，没有人当你是人的。"

狗绞尽脑汁想人类的办法去了，我则在旁边与狗子协商着这件事情。

说来也巧，黎明时分，有人进了走廊。当时，狗正好猫在一边睡觉，那人没有看清楚，好像是个近视眼，狗猛地一个翻身，那人倒在地板上，在地上砸了一个大坑。

狗咆哮起来，我与狗子揉着眼睛从办公室的床上蹦了起来，江湖医生与医生甲嫌这儿太拥挤，跑到自己的办公室里睡觉去了，反正白天与晚上一个样，也不会有病人，有点关系的人早就跑了，只剩下没有关系、没有背景的人在这儿干着急。

"可能有病人。"狗子捅了我，我本能地对星期一的白天还是犯忌，觉得星期一应该是最忙的时候才对。在学校里，学生们刚刚放完假，会马上将思维收敛，迅速融入新的一周中去；单位会没完没了地开会，开得云天雾地的，而这家医院居然周一没有事情，领导依然会闲在家里。我不相信，因此，一旦有风吹草动，我都会告诉自己，这儿是星期一的医院。

我穿上大衣服，与狗子一起蹦到地上，院长大人站在门口，眼睛跌肿了，他没好气地问道："谁值班？是老甲吗？"

老甲早睡觉去了，他是个出类拔萃者，我示意狗子赶紧答应，因为院长本来就近视，加上受了跌撞，什么也看不清楚了。狗子发育早，说话像个成年人似的。

狗子道："是我，在呢。"

"我听说你治了一个老头子，状况十分好，好呀，要抓住这个良机，治好人家，让我们医院的生意重新火起来。"院长说话时十分温柔。

狗子不知道如何回答，只知道点头，没有想到，院长根本看不清楚，还在等待着他的回答。

我赶紧捏着嗓子说道："是的，已经治好了，效果不错，但是，有一个棘手的问题不好解决，他的儿子也在呢，他不想让老人病好，我们得设法让他的儿子回心转意，如若不然，出了门后，儿子会把老子扔掉的，我们的名声依然不会好。"

我故意将自己的想法说了出来，院长听完后，拍了拍旁边的墙道："放肆，逆子，竟然有这样的事情，我去办，我认识政府的人，放心，一会儿让警察过来揍他一顿，让他安心照顾自己的老子，否则，让警察再去办他。"

这样就太好了，正好起到至关重要的作用。我搀扶着院长，对他嘘寒问暖。院长不认识我，道："你是谁呀？难道是学徒工？太好了，我们医院从来没有人愿意进来，人们总认为不好，这次一定要抓住机会，将这件事情广而告之，让全县的人都知道我们的丰功伟绩。一会儿，我得去锦旗店，让他做个大大的锦旗送过来，还得让他儿子送一个，否则，起不到好作用。我还要让电视台来，让记者过来，报道此事。"

我与狗子找到了良方，手舞足蹈。

狗子道："太好了，让警察过来帮忙，他不孝，便用枪指着他的屁股，一个子弹打进去，看他如何收拾！"

我忽然想到了我们的软肋："小子，你甭开心，那张欠条，你就不该写，知道不？现在麻烦可大了，一旦人家将纸条拿出来，你如何处理？还钱还是不还？"

"我一会儿告诉警察叔叔，说明情况，说是他诈骗，相信他们会同情我的。"狗子自言自语着，我说道："也只好如此了。"

早饭是院长请客，在锦旗店的门口进行的，麻衣此时仍被关在手术室里接受禁闭，尽管他像猪一样吼叫着，院长拍着胸脯道："对这种无法无天的角色，只有给他点教训了。"

锦旗店的老板早起来了，看到了院长，小跑过来，对我们点头哈腰。

院长说了想法，掏出十元钱准备塞给老板，老板道："不要钱，我的病也是你们治好的，这位先生医术精湛呀！"

院长将眼镜赶紧戴上了，仔细地看我的脸，他有些不相信我有如此强大的能力。

"小伙子，了不起呀，刚来竟然就成了肱股之臣，太好了，以后我们医院有救了，你们两个是我的左膀右臂。"院长吃饭时的声音十分大，此起彼伏的，喝汤时，汤溅了我们一脖子一脸，院长顾不了许多，只顾着吃，我们也饿了，也不客气，吃得风卷残云。

吃完饭，院长让我们看守麻衣，自己则兴冲冲地布置场面，锦旗挂满了，由于老板不收钱，他抓住了这个良机，多做了几面锦旗。

做完这些后，我叮嘱他去找警察，解决麻衣不孝的问题，他答应了。过了半天他回来了，一脸赧色，可能是失败了。

我上前紧追着不放，因为他答应了我，我甚至想到了这样一个先决条件：如果他能够解决麻衣的不孝问题，我便配合他完成下午的宣传活动；如果他解决不了，我就拂袖而去，不给他任何机会，他自己宣扬可以，可老百姓谁信呀！

院长一脸无奈，面对我的围追堵截，有些力不从心。我就是想让他告诉我一个结果，可是，他却语无伦次起来："是这样的，小伙子，你要相信我的能力是绝对没有任何问题的，便是，事不凑巧。知道吗，警察系统换领导了，原来的那个头头我十分熟悉，我曾经救过他的小舅子，所以我提的任何问题，他二话不说会马上安排的。现在，换人了，我根本不认识人家，可是，我还是去找他了，他坐在办公桌后面，腿放在桌子上面，我看不到他的眼睛，只看到了他脚上的鸡眼。

我看呀看，他竟然睡着了，我恨不得踢他一脚，他后来好歹醒了，是被我摇醒了。他看到了我，问我如何混进他的办公室的，还想掏枪，我吓坏了。你知道，生命诚可贵呀，我害怕人家用武器指着我，尤其是指着我的脸，我感觉天快塌了。但我镇定了片刻后，还是告诉了他我的想法。我说让他派一个警察跟我回医院去，他说警察都没在家，都出去了。我怒火中烧，刚想发作，他又睡着了，我便跑了出来。你摸摸，我的头上，至今还有汗水没有擦净呢！

我觉得他像个白痴，我现在算是弄明白他们医院为何不兴旺的原因了，这样一个领导，说话不算数，别人拉屎拉到脸上也可以轻轻擦掉，我恨不得这家医院的楼马上塌掉，地震也好。

我没有回答他的话，他见我脸上毫无血色，吓坏了，转身去找狗子。狗子傻乎乎地表示同情，我瞪了他，狗子赶紧撤了，院长转眼从近视镜中看到了另外一个与众不同的人，他面朝着狗大声叫着："弟弟，你怎么在这儿呀？哎哟，小弟弟，你好亲切呀？"

我终于没控制住自己的感情，喷了出来，万朵芳华。

他竟然叫狗弟弟，而这个称谓我也曾叫过，不过人家叫的我比我自然，我觉得难为情，可是，一个饱经风霜的家伙竟然喊一条狗为弟弟，如果不是有所求，这个人的神经绝对有问题。

他继续说道："弟弟，听我讲，我不是故意的，你们总不能让我假扮警察吧？那可是死罪呀。"

弟弟紧接着却回答："这绝对是个好办法，假扮警察，一定会吓坏麻衣的。"

此语一出，举座皆惊，我回味着这句话的内涵，觉得深刻、有理有据，我从地板上一下子跳了起来，对院长道："院长，我再相信你一次，如果你配合我完成这个任务，我一定会好好报答你的，包括下午的那个特殊安排。"

"没问题，只要不让我去找警察。"院长擦着汗水，对我们十分恭敬。

"不找警察，但与警察也有关联，我需要三套警服，记住，正规的，不能是仿制品。"我扔下这一句话便走了，弟弟在我的后面大摇大摆地走着，它为自己的好办法而炫耀着。

院长搔着头发，好半天工夫，他想明白了，便头也不回地走了。

一个小时后，也就是大约上午十一时，我们等得腿都累了，其间，医生甲回来过，问我们院长来过没有。

我想如实告之，弟弟却踢了我一脚，我赶紧改口道："没呢，听说他在家里下棋呢。你自由了，我们替你值班。"

医生甲头也不回地走了，据说回家去了。他家里一连几日都不安宁，他的老婆正与他闹离婚。现在正好是个时机，他可以处理这件棘手的事情。

院长回来了，提着三身服装，一边走着，一边擦汗，大冬天的，这个家伙却一直出冷汗。我问他如何找来的，不会是偷的吧。他回答我："我疯了，警察的衣裳也敢偷？你们穿吧，保证一点儿事情也没有，不会有人找你们麻烦的。"

我支走了院长，在办公室里化装，正规的装束与色彩，将自己装扮得像极了医院门口的交警，而狗子，我将他装扮成了一个领导模样的警察。

我们还差个厉害角色，我想到了弟弟，我对它道："你一会儿装得像点儿，像个恶人，警察中也有恶人的，你厉害点，你的表现会对麻衣起到至关重要的作用，如果你表现不好，我们也许会失败的。"

弟弟郑重地点点头。他头一次登上"政治舞台"，十分紧张，努力支撑着前身，像个人一样地站立着。穿上衣服后，从背影上看，它绝对是个不折不扣的人。

我们准备就绪后，故意装出十分着急的模样，刚到走廊前头便大声吆喝道："那个不孝的家伙在哪儿？在哪儿呢？"

我故意捏着嗓子道："在手术室，与他的父亲在一块儿呢。警察先生，有什么事情吗？"

"当然，有人把他告了，不养自己的父亲，死罪，我一会儿让助手崩了他。"

手术室里传来轰然倒塌的声音，就好像一堵矮墙，被共鸣声音刺激后，无立锥之地了。

我们砸开了门。虽然手术室的门是双层的，是为了卫生的原因，但我们轻而易举地将其砸坏了。

老头子醒了，正卧在床上，麻衣躲在角落里，试图用一件旧衣服将自己掩盖起来。

弟弟冲了上去。我从今日起，不会再叫它狗儿了，他已经正式成为弟弟。

弟弟将他的衣服扔在地上，用脚踩了一通，不解气，再踩，空气中弥漫着一股霉变的味道。

麻衣痛苦地挣扎着："我大姨是你们处的，她也是警察；我的二舅是交通系统的，他可是举世闻名的老好先生呀！天呀，你们怎么不像警察，更像土匪。"

我气不打一处来，跑上前拽着他的肩膀，大声怒吼着："就是土匪，怎么了？有人把你告了，是这个医院的院长，他说你不赡养老人，说吧，该当何罪？"

"对，说吧，我手里可有枪，我们嫉恶如仇，如果不说实话，便崩了你。"狗子在一旁附和道。

为了杀鸡吓猴，我瞅见角落里有一只老鼠，给狗子与弟弟使了个眼角，狗子举起了枪，声音贯彻云霄，弟弟一雷霆万钧的速度奔了上去，老鼠一口被咬死了，弟弟迅速地闪开。

一枪崩死了一只老鼠，枪口上有依然有青烟袅袅的，叙述着一个不可预测的将来。

麻衣一下子怔住了，眼泪鼻涕开始横流，我突然发现地面上有动静，有水流的声音像时光一样荏苒而过——这个家伙，居然拉在了裤子里。

我继续厉声追问着："说吧，是想死，还是想活？"

我装横时，感觉心情无比舒畅，现在我倒是有些明白为何村长平日里爱在村中吆五喝六的原因了，原来欺负人也会感到快乐。

"你们要我怎么办？他已经病入膏肓了，你们不能因为一个'孝'字阻碍我的前途吧？"麻衣挣扎着，同时，口水流在自己的衣服上，形成一块难看的水渍。

"他如果治好了呢？平日里你可以外出挣钱打工，如果老人将来再有病的话，你得负责到底。"我故意卖着关子。

"不可能的，他不会好的，我下了毒药给他，慢性毒药，他一定会死的，迟早的事情。"麻衣一慌，将自己的所作所为和盘托出。

我听到后没有说话，旁边的弟弟实在忍不住了，冲上前去，用嘴撕咬这个家伙的衣服。狗的嘴太长，由于愤怒，已经完全咬进了麻衣的肉里，响起牙齿与肉摩擦的声音。

麻衣顾不得疼痛了，赶紧抽自己的嘴巴。我抓住他的衣服，继续扮演警察的角色。

"告诉你，他已经好了，这儿的医生医德、医术都很高明，另外，有两个孩子救了老人，也救了你，如果不是看在你还有点用处，我恨不得一枪崩了你。"我继续我的歇斯底里。

"好，我答应你们，我照顾他，直至终老。"麻衣掩饰着什么。

"还有呢？"我继续追问。我是在想地的事情，如果地卖了，老人住哪儿？他年轻，可以随心所欲，地是老百姓的命根子呀，加上又是宅基地，怎么可以让他随便买卖，随便折腾，让老人连个立锥之地也没有。

"还有地的事情呀，我已经和人家谈好了，人家下周给我打款，这件事情，没有商量的余地。"麻衣十分坚信自己的决定是正确的。

弟弟重新做好准备，狗子早已经将枪瞄准了麻衣的脑袋，准备一枪下去，万朵桃花开。

旁边的老人竟然说话了："不要杀他，他是无知，可是人不坏的。"

"爹——"麻衣扑上前去，痛哭起来。

"饶了他吧，他会照顾我的。虽然他不是我亲生的，可也是我养大的，他对我很重要，我对他有感情。"老人说话时的声音虽然很微弱，但充满执着。

与老人的善解人意相比，这简直是一个不折不扣的畜生，我嘴里面大声嚷着："不行，杀了他，这个家伙早该死了。"

但我心中却感到窃喜，就好像我一不小心将全天下所有人的笑容偷走了，我以后只会快乐，不会忧伤。

"我不卖地了，爹对我太好了。你们放心，我发誓，如果卖地，不孝顺老人，不得好死。"麻衣发着誓言。

"可是，还有件事情，你们得成全我，他们那帮人中有个胖胖的家伙，面目狰狞。他欠了我一万块钱，这一点无法否认，有欠条为证，钱必须还给我们，是吧，爹？"麻衣将欠条塞到老人的手心里，老人细心地看着，同时嘴里面嚷着："什么，一万块钱，我们有钱了，麻衣，这你不是偷来的吧？"

"哪能呢，这是别人欠我的工钱，够治您老的病了。"麻衣依然故我。

我一想这事，坏了，原本是想等到麻衣忏悔后，我们便施计将欠条骗回来，没有想到这个家伙居然技高一筹，将欠条给了自己的爹。

我们无法对一个老人下手，也无法否认这个事实。

他们在等待着，我必须回答他们，狗子在旁边直用眼睛瞅我，我不知道如何处理。

弟弟机灵地将窗玻璃击碎了，外面冷风一下子冲进了屋里，老人受了惊吓，昏了过去，我们趁机逃了出来。

我问狗子："你办的好事，自作自受。"

麻衣却在里面招呼着："先生们，别走呀，那件事情，我爹等消息呢？"

狗子道："这样，我跑吧，你们待在这儿，来个死不认账。"

我说道："你是人不？是人就得承担相关责任，谁让你随乱涂鸦来着？你就得为这件事情埋单。"

"我没有那么多钱呀，如果让我爹知道我欠了一万块钱，会打死我的。"狗子哭了起来。

"这样吧，我们先答应下来，先解决他不孝的问题，等解决完了，自然给他一个说法。"我下定决心，推开门，怒气冲冲地闯了进去。

麻衣赶紧站起来，他对警察有些反应过度。

我回答道："麻衣，我答应你的事情会妥善解决，你先解决自己的事情，他跑不了的。"

"我可听说了，那个家伙家里有的是钱，也有权呀，他不会将我绑架了吧？爹，我可害怕呀，你们得派人保护我，一定要保护我，不然，我死定了。"麻衣对自己的爹倾诉着。

老人坐了起来，精神好多了，他对我道："警察先生，你是好人，我们相信你，你能解决我儿子的担忧吗？我们家一点儿钱也没有，不让卖地了，就得让人家将欠我们的钱还给我们，不然，我们连这个年也过不了呀？”

我故意装糊涂，将一份起草好的协议书放在麻衣面前，协议书一式两份，我与麻衣一人一份，上面是我的笔迹。这份协议书妙笔生花，看得狗子大惊失色，他不住地重复一句话：“认你作哥哥算对了。”

我自认为是这天底下最奋勇当先的协议书了，我不知道什么格式，就是胡乱地写，但内容十分有力，大体是说：

麻衣先生答应了三位警察先生的劝告，从此后改邪归正，孝顺老人，让老人颐养天年，并且家中的地一辈子也不得转让。

这份协议书，麻衣却表示怀疑，一个是改邪归正这个字眼，他不接受，他的意思是自己最多算不孝，不能说“邪”吧。

我保留了相关意见。

还有一点，一辈子不得转让，行不通。将来是什么趋势，谁也说不清楚，这等于束缚了手脚，如果不改，即使签了，他也不服，认为我们逼他。

我绝不做不占理的事情，我与他理论，狗子也帮腔，麻衣去找老人，老人傻了眼，半天时间，老人回答我们：“一辈子，算了吧，在我有生之年吧，我死了，就管不了这些。”

我们退让了，但退让总得有个台阶下，我不能让人随便对我写的东西指指点点，我示意弟弟，狗心领神会，趁着麻衣不注意，扇了他两记耳光，算是警告。

这件事情解决得十分圆满，我们去请示了院长，下午要举行隆重的医院宣传拍摄大会，院长要亲自讲话，届时市长也要过来。

麻衣是主角，因为他是以患者儿子的口吻讲话的，院长亲自培训，我卸了妆，变成了原来的我，但狗子与弟弟依然是警察模样，因为要维持秩序，院长请不来真正的警察，只好让他们两个继续装警察。

下午二时，现场十分热闹，医生甲与江湖医生也挤在人群里。医生甲不敢出来见院长，其实，他出不出来无所谓，因为院长认为我就是一个良医，加上他看不清楚，平常对院里的人也了解不多，因此，他认定我就是医生甲。

锦旗摇摆成风，锦旗店的老板抛砖引玉，与他的婆娘将我高高地抛起，他现场给电视台讲解自己的发病过程，并且装作在地上打滚的模样，他讲得惟妙惟肖，电视台的一名男摄影师拍得也精巧，不时地躺在地上拍摄，肢体动作五花八门。

院长出马了，他精神焕发地嚷嚷着，对着镜头大谈自己是如何恢复健康的：

“原来，有人说我病了，不主持医院的工作了，现在，我要告诉大家，院里的生意会好起来的，会成为本市的老大哥，我们仍然是这个行业的先驱。

“我们有良医，有神医，这个甲先生，医术超绝，不仅治了百年难治的肚疼病，同时还治愈了一个不可思议的老人家，大家请看。”

麻衣整理着自己的衣服，故意装作不敢哭的样子，推着老人从手术室出来。轮椅是院里提供的，老人一头白发，刚刚恢复的身体禁不起外面的寒风，止不住地打冷战。

麻衣讲话：“我爹是个顽症了，没有人能治，我们邻村有个叫花花的医生，也算是个良医吧，却治了几次也治不好，差点将我爹送走火葬场，而甲先生，妙手回春，一刀一药一眼神，便治好了我爹的病。”

这个家伙是故意要出我的洋相，什么叫做一刀一药一眼神，一会儿准会有记者们问我，我拍着脑袋想着。院长在旁边鼓励着，我同时伸出指头，我知道他说的什么意思，因为他刚才说过了，会给我至少一千元的奖励。

记者们拥了过来，有个女记者，看起来年龄比我大不了多少，长得眉清目秀，唇若朱彤，十分中看，我恨不得跑上前去，与她单独会面。

一走神，竟然忘了她刚才提的问题了，那个女记者被挤到了最后面，我着急地叫着：“姐姐，你上前呀，我回答你的问题。”

我说的姐姐，正是指的女记者，她顿了片刻后，马上灵敏地吆喝着：“我弟叫我呢，你们别挤呀？”

我利用这个时间想了一下这个问题的最佳答案，一刀，可说是手术刀，一药，是一个药方，可是，一眼神是指什么，难道是指麻衣的眼神？他眼角有眼屎的。

女记者挤了上来，大叫着：“弟，我是你姐呀，先回答我的问题。一刀，一药，一眼神指的是啥？”

“当然可以，姐，一刀，就是指一把手术刀，这是外科医生谋生的手段与武器；一药，祖传秘方，不是院里的，是俺家中的；一眼神，是一种独特的眼神疗法，患者只要与我对上一眼，我就大概知道他的病情，就会马上施药，药到病除。”

我真能胡说八道，在旁边维持秩序的狗子与狗，带头为我鼓掌。

我继续说道：“是医院培养了我，我不能忘本，在这儿我发誓，我一辈子也不会离开医院。”

我这样做，其实是为了替医生甲说话，我马上要走了，总得让医生甲能够维持才可以，不然，院长可能会怪罪于他。

院长感动得热泪盈眶，跑过来，竟然兴奋地亲了我一口，我感觉他的口臭特别厉害，是那种长期胃病病人才有的。

我吐了半天舌头，大家以为我是调皮，其实我是在散发刚才他带给我的臭气。

女记者趁我不注意，与我热烈地拥抱，我趁机将自己的腮贴在女记者的脸上，狠狠地嗅了几口。

整个会场的气氛达到了高潮，院长将自己的手都拍红了，旁边一个乡亲对院长道："您拍自己的手呀，别老拍我的。"

记者们撤了，锦旗店的老板也撤了，他说经过这一闹腾，感觉肚里翻江倒海地难受，得回去休息一下。

院长对我道："小伙子，好呀，你能够留下来，是我们医院的福气呀，放心吧，每月工资，600 元，虽然比整个市面上的工资少点，但已经不错了，旁边那家超市，工人 12 小时上班，每月才这么多，我们医院不需要每天上 12 小时的班，11 个小时就已经够了。当然，如果有手术，算作加班，每小时补助 1 块钱。"

9. 一些卑鄙的行动

整个医院的事情基本上做完了，但我依然有两件事情放心不下：一件是我的离开问题，其实和医生甲的回归是一个问题；另一个是那张欠条，麻衣先生说什么也不愿意轻易了断。

我找到医生甲，但医生甲对我恨之入骨，他以为是我故意做的，占了他的身份与荣誉，我解释着，他不听，想去找院长理论。我说你疯了，院长现在得意得像一只飘飞的草帽，整个身体依然在天上飘着呢，他想振兴医院，你这会儿告诉他整件事情的来龙去脉，无异于抽他的嘴巴。

江湖医生笑道："其实，院长先生十分空虚呀，他需要好医生回归，凭他一个人，这家医院早晚得被政府撤了。"

我急忙抓住这一点，说道："老先生，你与甲先生一起回去，如何？本来你的医术与医德没有任何问题，我会与院长理论此事，解决完了，我再走。"

"可是，院长现在只相信你，谁也不相信呀？"甲先生拍着脑袋。

“不对，院长现在认为我仍然是甲先生，只不过是他好长时间没有过来，已经忘记了甲先生的容貌罢了。我觉得可以让甲先生再瘦点，扮成我的模样，不就成了？我走了，院长就认为这已经是甲先生了，一切事物的结果便是殊途同归。”

院长果然到处找我，说有个急症患者需要我去治疗。狗子找到我，对我道：“我想进手术室，院长不同意，来人是个孩子，口歪眼斜，你行不？”

“我哪会看病呀，以前是侥幸罢了，这可如何是好？”

我多了个心眼，转身对二位说道：“怎么样，去赌一把，行否，在此一举了。”

医生甲与江湖医生顿了一会儿，与我一起起身，径直向手术室走了过去。

院长正在门口搓手，见了我叫道：“甲先生，形势大好呀，今天刚刚宣传完，晚上便有病人来了，全凭您的精湛医术了。”

我故意走在甲先生后面，院长拍了拍甲先生的肩膀，觉得不对劲时，我使了个眼色，旁边的弟弟冲了上去，故意将院长的眼镜摘掉，扔在地上。

院长大骇，继而反应过来，叫着：“无聊的东西，一只苍蝇，人总是会在阴沟里翻船的，不过，甲先生，我记得你的脸十分瘦的，我就是摸也可以摸得出来的。”

甲先生无奈，退到了后面，我只好上前，当院长摸到我尖尖的下颏时，长出了一口气。

我拽着二人进了手术室里，院长觉得眼前有三个影子，马上数落道：“不对呀，应该是一个人呀，狗子，你不能进去。”

狗子与弟弟规规矩矩地站在院长面前，院长摸了半天，说道：“幸亏你们没有进去，我要检验一下甲先生的水平，我要升他为外科主任。”

“你们不能动呀，我要有个领导的样子，一直陪着他，你们也站在这儿，让我摸着你们的脑袋。我小时候有个毛病，不摸个东西，就感觉心里不踏实。”院长左手摸着狗子的脸，右手摸着弟弟头上的毛，两个家伙感觉不舒服，但累极了，站着便睡着了。

医生甲与江湖医生忙碌着，麻衣与老人早已经被挪至病房去了，我只有打下手的份儿，看他们娴熟地操作着各种器械。

我小声问医生甲：“如何，有救没？这可是天大的事。”

“没事，发高烧呢，不需要手术，输液就行。”甲先生正在操作液体。

江湖医生道：“也可以手术的，为何不手术，手术好得快，也可以让医院多挣点钱。”江湖医生的话有一股子江湖味道。

“小病，不需要手术的，老先生，你不敢这样说。”甲先生良心未泯。

“我主张彻底治疗，你知道他有其他疾病没？你敢打包票吗？”两人争吵起来。

我才发觉医院竟然有如此诡秘的区分。一个小病，可以吃药治疗，可以输液，也可以手术，帮你打开胸腔，再缝上罢了。

我说道：“老先生，他家有没有钱？能小则小。”

江湖医生不说话了，拍了拍脑袋，半天后说道：“老了，怎么老是想以前的事情？我年轻的时候都是这样做的，现在老了，不敢鬼迷心窍了，甲先生如此年轻，竟然有这么好的医德。”

液体输入了孩子的身体里，不大会儿工夫，孩子不吵了也不闹了，嘴也正常了，浑身开始冒热气，整个手术室变成了一屉蒸笼。

我首先出的门，院长与两个家伙站着正互相依偎着睡着了。

我找借口去厕所，其实是想甲先生与院长有一次正面交流。

甲先生也出来了，留下江湖医生在一隅昏睡着，孩子的血压已经正常。

院长要跌倒了，睡熟的缘故。甲先生对院长其实没有好感，但一想起家中缺钱，便上前赶紧扶住了院长。

与此同时，狗子与狗也醒了，狗子与狗叫着，狗子叫起来像狗，狗叫起来像狗子，一派歌舞升平之象。

院长见有人出来了，急忙拉住了甲先生的手问道：“如何，甲先生？”

人家才是实至名归的甲先生，甲先生回答道：“没有大碍了，孩子已经转危为安。”

“你的声音有变化，肯定是累的，快些休息吧，走，去我的办公室，我有话与你谈。还有，这两个小子将孩子的家属叫起来，让他们赶紧出去搞锦旗去，我要将锦旗插满医院的院墙。”

二人离开了，我从厕所的拐弯处闪了出来，我对狗子道：“这边处理得差不多了，我们去找麻衣。”

狗子道：“我们逃吧，已经没啥事情了，都解决了。”

我给了他一拳头：“解决啥？如果不解决欠条问题，麻衣会反悔的，他如果不照顾老人，我们的工作就前功尽弃了。”

我想到了偷，对，人家不仁，我们也可以不义的。

我对着狗子使了眼色，狗子心领神会地伏下身去，我坐在他的后背上，感觉软软的，头一次有了坐沙发的快感。

我的意思十分明了，就是让狗子与狗两个家伙中的一人去完成这件事情。由于这件事情狗子是始作俑者，我有心让他前去，但他表示自己去不了，他不是滑头，是因为体形太大，行动不便，如果去了，有可能被麻衣抓个正着，反而不好，到时候，他们会让我这个假警察过去处理此事，再多上一条罪名。

有心让弟弟前去，他更不行了，因为他从模样上像个人，但其实就是一条狗，上肢行动不便，如果直立行走，走起路来动作十分不雅，像一个小偷。

他们的目光投向了我，我想掩饰自己的无助，可已经来不及了。

狗子跪在地上了，对我道："哥，您有计谋，随机应变的能力强，即使出现危险，也可以转危为安，所以，还是您去吧。"

狗子哭丧着脸，让我的心动摇了，君子成人之美，我也想在别人面前出尽风头，因此我点了下头。

我穿上警察的服装，这样方便行事。我要以看望老人为名，将麻衣身上的物件骗走或者是干脆抢走。

我笔挺地站在麻衣面前，麻衣看傻了，好半天才起身，示意他爹道："警察先生来了，来替我们撑腰了，那欠条的事情，处理得如何了？"

老人也坐了起来，赶紧拍了拍床铺，示意我坐下。

我不知如何开口。猛然，我想到一个办法，我说道：

"麻衣先生，你已经痛改前非了，按说这件事情就算了吧，那个叫狗子的家伙，不是坏人，我不知道他为何会欠你一万块钱，是以前的事情呢，还是刚刚发生的，我们没有见过他带这么多的钱呀？"

"其实，他是前天刚刚写给我的，这钱并没有发生过，但这有他的字迹呀？如果他不认，就得承认自己是个孬种。"麻衣的鼻涕流了下来，将老人的袖筒弄脏了，老人急忙去擦上面那脏兮兮的东西。

"如果没发生，这纸条就不起法律效力了，因为这是假的，法律不保护这样的证据的。"我解释着。

"不可能，他欠了钱，这是明证，我刚才说的话一笔勾销，我就认这纸条，爹，警察是不是狗子家的亲戚呀？"

麻衣与老人耳语着，我想坏了，他们现在竟然在一条战线上，好心办的好事，竟然得不到好报，我对自己的做法感到怀疑。

老人眯缝着眼睛，仔细地摸我的手，我的骨头暴跳如雷着，我想躲避，可老人的手拽着我生疼，可能是药起了作用。

"我怎么看他眼熟呀？这不是帮助我们的那个年轻人吗，他是警察？"老人对麻衣道。

麻衣霍地站了起来，想了一会儿，马上抓紧了我的手道："我明白了，原来是你，你与那个叫狗子的人是一伙的，你们这样做，是想骗走我的一万块钱，爹，揍他。”

露馅了，我感觉祸从天降，有心想跑，但不知道如何挪动脚步，我害怕一走了之会使原来办好的事情也陷入僵局。

我大骂起来：“浑蛋，你不想活了，我是按理说事，你难道敢怀疑我警察的身份吗?”我亮出了枪，放在桌子上，示意麻衣过来验看。

正在此时，有人来查房了。院长休息一小会儿，亲自过来查房，他一眼看到了我，对我道：“警察先生，您好，怎么亲自过来了?”

我对院长道：“院长先生，您来解释一下，他认为我的警察身份有假!”

“放肆，你们太胆大了吧，包你们吃住，不掏医药费，警察帮助你们做事情，竟然这样子报复，应该报恩！像你这样的病人，我见多了，当初就不该救他们，不行了，撤药吧?”

我自然阻拦了院长，我说道：“我有事情需要处理，先生，您先离开一会儿，我认为麻衣先生在诽谤我，我要收他入监。”

我让麻衣将那张纸条掏出来，我要验看是真是假。麻衣说什么也不肯，最后他将纸条塞给了老人，老人将纸条塞进了与自己的肉挨得最近的口袋里。

我一下子傻了眼。

我与狗子、狗一夜未合眼，当然，年轻嘛，无所谓。我对狗子的表现十分不满，我们已经出来了十来天，这段时间里发生了许多啼笑皆非的事情，也有许多伤心的事情，但好歹有了功劳，麻衣肯照顾老人了，但他却为一万元的事情揪着不放。

我终于下定决心，想一走了之，狗与我一个想法，因为他早已经站到了摩托车旁边，他也想坐一回摩托车。

狗却叫了起来，我与狗子上前一看，竟然发现一个更加难解的问题，我们的摩托车不知道被谁用一把锁锁住了。

上面还有一张显眼的纸条：还我的钱，给你们钥匙，否则，鱼死网破。

这个麻衣，竟然采用了如此卑劣的伎俩，我有心去教训他一下子，狗子却哭了起来。

他哭的原因十分明显：丢人可以，但如果丢了摩托车，他爹会杀了他。

我们三个人正在月光下为此事不知所措时，一辆小轿车驶进了医院，从车上下来一个人，司机兼老板的模样，他左右看了看，摘下了眼镜，狗子这才发现，此人竟然是村长。

我们刚想上前，却发现村长从车里拉出一个人来，竟然是花花，她打扮得妖艳无比，我们三人同时止住了脚步。

花花与村长本来是水火不容的两个人，为何会在一起，又为何出现在医院？让人匪夷所思，我拦住了狗子，示意去看个究竟。

村长竟然是来找院长的，他们看来十分熟悉，二人握手，进了里屋，里屋是院长的住宿，外屋作为办公室。

我派了弟弟前往，我让他恢复成爬行动物的模样，没有人会在乎一条狗。

我让他接近那儿，是想偷听里面的谈话，他们谈了什么，是否与母亲有关，是否与村里的财产有关？我害怕他们策划一场惊天动地的大阴谋。

弟弟待了半天时间，我与狗子匍匐在水泥地板上面，假装睡觉，其实我是真的睡不着，连续几日没觉，我的心情十分沉重。

狗子睡熟了，屁股撅得老高，头也抬得厉害，好像是谁欠了他东西似的，他没心没肺的，最多他老爹抽他几巴掌解一下恨。

而我则不然，我在想着，以前花花与村长关系甚远，如今是什么样的原因让他们俩人走到了一起？

我的心机暴露出来，包括麻衣事件影响有多远，与村长是否有直接关联……我想了半天，理不清头绪，困意袭来，占据了我的全身，我将狗子宽大的身体当成了挡风的港湾，很快就睡着了。

有人揪住我的脖领子，对于我来说，这可是犯了大忌，我醒过来后，一定会迅速地袭击他，让他肝肠寸断。

弟弟站在面前，一脸的酸苦表情，狗子没有醒，我急忙问狗道：“听到什么了？告诉我。”

这是一条狗第一次完整地叙述人的话语，我听着十分费力，但他已经努力在讲了，这一点，难能可贵。

“村长是来看院长的，院长认识征地办的人，说要将山上的地全部给政府用，他们正商量怎么分成的事情。”弟弟没有说完，我便明白了，原来村长就是看中了我们家的那块地，那是我父亲留下来的，谁也甭想非法占有！

我原来对村长产生了怜悯心，现在看来，是我一厢情愿了，这等于将我与母亲逼上梁山……“这是不可能的事情！”我重复着这句话，继续听狗唠叨着：

“花花是过来看病的，听说她的腰扭了。”

这句话让我感到好笑，她就是一名医生，原来对自己的医术如此不放心，竟然跑到了县里来，我命令狗继续去倾听其他细节。

狗不大会儿又跑来了，他对我道：“一会儿院长会叫你去的，让你给花花看病。”

我有些傻眼了，我要是过去，一定会穿帮的，我想到了医生甲，他如果过去，肯定万无一失，但院长有时候清醒有时候糊涂，我说不清楚该如何劝告他。

院长果然出来了，我闪到狗子的后面，趴在地上，院长本来就近视，半天没有找到我，他看到了狗，对他道："甲先生呢？"

狗努嘴对着医生甲的办公室道："在那儿呢！"

院长拍拍脑袋道："糊涂了，他在医生办呢！"

甲先生早回家休息了，因为连续值班几天几夜，身体严重透支。院长转了一大圈儿，也没有找到他，等到他回来的时候，我已经跑到了麻衣的病房里。麻衣看到了我，立马站了起来，一脸坏笑道："警察先生，我们要出院了，我爹的病也好了。我听从您的劝告，但您还是要解决一万块钱的事，我爹回家还得吃药呀！"

我本来是躲清静的，没有想到麻衣依然揪着此事不放，院长到处找我，我看到了床下面，掀起了床单，钻了进去。

这一切，麻衣看在眼里，他不知道发生了什么事情，想过来拉我，却没有动弹，院长紧跟着跑了进来。

"麻衣，我看到有人进来了，难道是甲先生吗？"

麻衣并不着急回答他的话，他不知道该不该回答，他害怕得罪我，当然也害怕院长轰他们走，或者是向他要医药费。

院长对麻衣道："你告诉我，谁进来了？不然我算你们的医药费。"

麻衣最害怕这个，药费可以是天价，服务费可以无穷无尽，麻衣一脸无奈地叫着："院长，没有甲先生呀，只有一个警察，在床下面呢！"

院长伸出了手，摸到了一双又细又长的腿，然后将我使劲拽了出来。

"甲先生，您在这儿呢！"我不知如何摆脱窘境，拼命捂脸。

麻衣却说话了："院长，他不是警察先生吗？怎么会是甲先生？"

院长一时兴奋，竟然说走了嘴："他们是一个人，假警察而已。"

语毕，全场皆惊，我睁大了眼睛，发现麻衣惊恐地叫唤着，好半天工夫他才说道："院长，您开玩笑吧？他有枪，真家伙，如果不是警察，能有枪吗？"

我不敢让院长回答了，轰着他离开了病房，麻衣在后面追着我们，老人那边吆喝上了："我要撒尿。"

院长对我说明了来意：一个女人腰扭伤了，让我前去救治。

我知道是花花，但又不能不去，便说道："让她蒙上眼睛进手术室吧。"

院长怔了一下，然后笑了起来："好方法，不让她学走技艺，你果然高明。她也是一名医生，如果治好了她的病，她一定会替我们宣扬的。"

我故意又问了一句："院长，这女人与你什么关系呀，亲戚？"

院长叹了口气道："你有所不知，我的表妹，远房亲戚，这一点忙你一定要帮上。"

花花被蒙上了眼睛，先进的手术室，院长扶着她在手术台上躺下，院长走了出去，我一个人蹑手蹑脚地走进了手术室。

在这期间，狗子与狗跑得远远的，因为狗子生怕他老爹发现他的行踪，如果知道一万元的事情，一定会对他大打出手的。

花花不知道我想做什么，便小心地解释着："先生，我是一个女人，还是院长的亲戚，我可以看你吗？"

我捏着嗓子道："不行，你躺在手术台上，不准动，我要治疗了。"

我早想好了，我要将花花在我屁股上打针的劲头全部用上，我要在花花的屁股上打一万针，让她知道什么叫做苦不堪言。

谁不想报复一名从小就折磨自己的医生！

我顺利地找到了麻药，因为整个过程估计会十分漫长，我不想让花花知道，更不会让她自然性地知道疼痛。

时间很短，短得好像半截手指；

岁月很长，长得好像一万光年。

我挥洒自如地在手术室中实现着自己的所谓心愿，得意地忘了外面仍然有一个世界不因我的个人行动而发生改变。

村长与院长站在天井说话。院长不停地介绍着医院的新情况，他请求村长再投些钱过来，村长有些不耐烦地说道："你光知道投钱，我都投了几百万了，我哪有那么多的钱？"

"明知故问吗？你有钱，多少钱都有，我知你知，难道非要让我在审计部门面前说出这些话吗？"院长说话时的表情十分古怪，由不得村长不多想。

村长拍了拍脑袋道："没有想到，我居然养了一只狼！我如果不投，说明我们关系不好呗。万事都有个度，不能太过了。"

院长狂笑着："你做的事情，别人不知，我是知道的，不然，我为何有如此大的吸引力呢？"

二人相视片刻，然后一起仰天大笑起来。

村长故意找借口，看到了医院车棚里没有几辆车子，只有一辆小轿车，是院长的，虽然有些破烂，但依然能行驶。

村长绕开了话题："你这车早该扔了，那辆摩托是谁家的？这么好看。"

村长一边说着，一边朝车棚走过去，院长在他后面挪动着笨拙的脚。

“当然是一位贵客的，他们三人，可是这儿的贵人。”院长不停地龇着牙。

村长绕着摩托车走动，觉得这辆车子十分熟悉，其实村长很怀疑自己的判断，因为这车子是县里的某个人送给他的，因此，他不太熟识这个笨拙的家伙。

狗子与狗躲在围墙后面，狗子小声说道：“坏了，我老爹如果发现摩托车，一定知道我在这儿。”

村长其实知道狗子去做好事了，他派的，还给了狗子一百块钱，但他不知道狗子会带老人来医院，他想了想，便随着院长进了屋。

狗子觉得自己可以自作聪明一次，便拉了狗，小心翼翼地来到摩托车面，他推了车子，对狗道：“我们先走吧，一则害怕老爹惩罚我，二则我要躲避那个麻衣，只能对不起小子哥了。”

狗表示反对，竖起耳朵，爪子抓着摩托车不让狗子走。狗子叫道：“让开，狗东西，我有事情要回家，我要回家睡到钞票上面，这个地方，我受够了，我不想一辈子待在医院里，我是一员福将、福星，我妈说的。”

摩托车发动起来了，暗夜中一记耳光响彻天宇，轰轰的响声，宛如地震一样，必须有瞬间逃离现场，否则，这响声一定会吸引万千注意力。

狗子与狗僵持着，狗不让他走。

机动车的威力无比，远远超过了狗的承载能力，狗没有抵挡住狗子的冲击力，栽在地上，向前方卧倒的姿势绝对像一名战士。

狗子骑着摩托车驶出了医院的大门，看门的老者耳朵不好使，是院长的一名拐弯亲戚罢了，据说救过院长老婆一命，便从此在此地扎根，只要不换领导，恐怕一辈子这儿都是他老人家的天下。

狗子撞在一棵树上，后轮胎被甩得远远的，狗子不清楚发生了什么事情，索性身体无大碍，只是擦掉脸上的一点皮，他现在的模样与狗相差无几。

与此同时，麻衣从旁边的小胡同里蹿了出来，他一把攥住了狗子的衣领子，狗子受了伤，任由其摆布着，而这个时候，我手中的针头正无情地插满了花花的屁股，两个时刻撞击在一起，在宇宙中形成的浪花，将整个心海磨合成一种恐惧与无奈。

麻衣一进门便大声叫了起来，院长与村长跑了出来，狗并未跑远，狗知道事情的轻重，我不在，狗子便成了他的半个主人。

村长一眼看到了儿子，嘴里不停地骂着：“狗东西，不识好歹。”

院长以为说他，本能地还击："识好歹的是人，不是东西。"

狗子低着头，麻衣对院长道："院长先生，以前你骗我的事就不追究了，你不就是让我照顾老人吗？没有问题，假警察、真警察与我无关，我现在就是要告诉你，这个家伙，欠了我一万块钱，必须还给我，否则，我马上让他进警察局。"

麻衣当了真，捂着胸口，紧张的气氛差点让他的心脏蹦出来。

村长将麻衣瘦弱的胳膊从狗子那胖乎乎的脸上挪开，他将狗子硕大的头颅转过来，让狗子看着自己的眼睛。

"欠了人家多少钱？"村长郑重其事地问道。

"爹，是他骗我的，我没有欠他的钱，他使坏。"狗子辩白着，同时，他一个劲地用眼睛看手术室，我不知道他是害怕我出来，还是想让我出来解围。

"有证据吗？这位先生？"村长面对陌生人一向谨慎小心，他不知道麻衣的深浅，害怕麻衣与征地办有关系。如果麻衣的小姨子的丈夫的小舅子是征地办的主任便坏了，村长也与地有着直接的关联。

"当然有，你是什么人？"麻衣不相信村长。

"我是村长，也是他的父亲，说话算话，如果所言非虚，甭说一万，两万也有，我可以给你的。"村长说话斩钉截铁，这些当官的，总是这样，有时候像人，有时候装得像人。

麻衣相信了这个陌生人的话，其实，我们从陌生人那儿得到的温暖与力量会更多。

麻衣从病房里搀出老人。老人颤抖着，从怀里摸索出一张纸条，怕碎了，谨慎地保存着，一天不知要看多少回。麻衣在这张纸条上面倾注了全部的心血。

老人拿着纸条，展开，只让村长看到上面的字，村长看了，明白了，也懂了。

"做了错事，就是得承担责任，太丢人了，如果让媒体知道此事，我的脸往哪儿搁？"村长暴跳如雷。

院长这才知道，这三人果然非同凡响，居然都大有来头，他不发言，只是冷眼瞧着。

狗子终于开口说话了，他的声音有些轻微，显然平日里村长对他的管理过于严格。狗子委屈地说道："爹，是我错了，纸条确实是我写的，但事实上并没有发生这件事情。"

狗子还想说什么，院长打断他："我明白了，狗子确实是高风亮节呀，为了让麻衣照顾他爹，竟然做了一件天大的好事，故意写下欠条，麻痹对方。你儿子比你厉害呀，替你做了好事，一万块钱，买来一个老人幸福的晚年，值得。”

院长的看法是正确的，狗子佩服他的判断力，但不知爹会如何看这个问题。狗子做好了两手准备，一手是爹的巴掌拍下来，继续打在他肉乎乎的脸上；二手是爹会狂叫起来，因为儿子办了件让他高兴的事情，虽然浪费了他的钱。

村长选择了后者，他做惯了坏事，害怕报应，儿子的一次善举让他原本举棋不定的心灵有了一丝安慰。

村长拍了拍狗子颤抖的身体道：“没事，我给钱，麻衣先生，纸条给我，我立即给钱，但这件善事我要做到底，一万块钱，你要承诺你会照顾你的老爹。”

“还有，还有，爹，他不能卖地卖房，卖了老人就没地方住了！”狗子的舌头有些打卷，但说话十分有力。

一提到地皮，村长的眼睛都直了，这是他最敏感的话题了，但一想到这是别人家的地，与自己无关，他便放松了一下紧张的神经，道：“我儿子说得对，以后家里，他说话一半算数。”

麻衣十分犹豫，对于照顾老人，以后没有监督，大可以半推半就应下来。老人年迈，也不过跑到某处告自己的黑状，不过是每天三餐罢了，有了钱，买个老婆，让她照顾，举手之劳嘛。但如果不让他卖地，这可是很大的损失。

他的犹豫出卖了他，村长发怒了：“麻衣先生，我儿子的话就是正确的，如果你胆敢违犯，院长可知道代价的，我会不择手段地惩罚你，包括肉体与精神上的，我家里有的是钱。”

村长可以贪婪无比，更可以不是东西，但在自己儿子面前，他一定会保持谨慎。儿子是自己的将来，他要伪装，要努力保持正经，不让儿子看到自己龌龊的一面。

麻衣眼睛绿了，半天才说道：“知道了，我知道你厉害，可是这钱……”

村长从包里拿出一大包钱，数了一百张，扔给麻衣，又将纸条拿起来，撕个粉碎，纸条像雪花一样纷飞着。

村长又想到什么，问狗子：“小子呢，他不是随你一块儿来的吗？”

“他在给花花看病呢！”狗搭了腔，这声音莫名其妙地传来，吓了村长一跳，当他定住眼神终于看到旁边的狗时，心花怒放起来。

村长有些心动，一条狗，居然可以讲话，这世上没有比这个再奇妙的享受了，如果将狗据为己有，让它表演，或者是送给征地办的领导，一定会有好处的。

村长一瞬间改变了主意，他想到一件天大的事情，他马上改变了对我的看法。

院长道："他可是治病的奇才，各种疑难杂症都可以治疗。原来你们认识啊？这下好了，我不用加工资了，村长给说说好话，让他留下来帮我经营医院，我让他做副院长。"

我没有想到，等我疲惫地从手术室里走出来时，外面竟然恭敬地站着一大排的人，院长带头，村长，狗子还有狗，包括锦旗店的老板，正垂手侍立着，他手中举着的锦旗，在走廊里猎猎绽放着芳华。

我有些受宠若惊，不知道如何形容自己的心情，是感动，还是触目惊心。

村长率先说了话："小子，你真厉害，能干大事，原来看不出来，是不，狗子？"

狗子接着说道："是的，我爹可佩服你了，刚才老夸你，花姨估计好了吧？"

我猛然想到了花花，自己的一番折腾早已经让她忘却了腰部的疼痛，恐怕一会儿起来，她会感臀部异常得难受，转移也好，我是用一种特别的方法，既可以报复，又可以给她看病，我以这样的借口安慰自己。

花花醒了，狗子进了屋里，将花花从手术台上扶了下来，花花感觉自己的屁股针扎般的难受，想说什么，却感觉浑身无力，可能是麻药的功效，我不知道用量，可能没有控制好剂量。

院长道："没事的，估计没有大问题，甲先生的手法奇特，一定会药到病除的。"

院长仍然将我当成甲先生，看来他的确昏聩到了一定的程度。我赶紧解释着："院长先生，我不是甲先生，医生甲回家休息了，我是替他的。"

"我一直以为你们是一个人，怎么，分开了？也好，你也留下来，我相中了你的性格，甲先生也留下来，我们医院缺少人才。"我认为这是他谦让的话，便没有往心里去，与村长打了个招呼，心里面依然不是滋味，我与狗站在天井等候他们。

村长格外殷勤，用大轿车送麻衣与老人回家，村长还特许让狗也坐进轿车，我与狗子坐摩托车回家。

轿车先行，没有想到，我与狗子刚刚坐到摩托上，院长跑了出来，他大声叫着："你留下来，不能走，你是国之栋梁，院之肱骨，你不要走，回家务农浪费了。”

狗子慢了半拍，院长拉紧了摩托车的前横梁，不让我们走。村长早走了，我们二人大眼瞪小眼，不知道如何处理。

我解释着，院长就是不听，我甚至说我不是甲先生，治病的事情全是侥幸与偶然事件，院长却说：“哪有那么多偶然，你绝非等闲之辈，一定要留下来，我花高薪，年薪十万，行不?”

这样一个没有生意的地方，肯花十万年薪雇人，他说的肯定是谎言。

我才不会上当呢，我要回家，服侍我的母亲，她已经年迈，不能再经受一丝一毫的打击，我要训练我的狗，让他成为全天下独一无二的狗。

我大骂狗子：“你那么有力，将他的手掰开，我们走呀!”

狗子也急了眼，一脚踢了过去，将院长撂翻在地上，我们扬长而去，我的手臂有些酥麻，可能是刚才院长拽得过于猛烈的缘故。

早晨的风中，飘来院长的呜咽声：“小子，你回来呀，为什么受伤的总是我?”

晨风凛冽，狗子身宽，将我的上半身挡得十分严实，但下面过来的风还是侵蚀了我的腿部，寒风已经起来了，经受了这么长时间的折腾，一旦放松下来，我的身体便有些承受不住这世间的风风雨雨。

10. 矛盾发源地

我们处理好麻衣家的事情，已经是三天以后了，我第一次见到了村长的正面形象，他跑前跑后地张罗着，绝对是一个民间好手，如果他能够发挥正常的作用，一定会将整个村子带向未来的，但人是有血有肉的动物，有时候难以左右自己的欲望，尤其是面对金钱的时候。在这个时候，我成了两面派，不知道如何形容自己的心境，有时候想挑大指称赞村长，有时候又觉得他可恨。

麻衣与父亲和好了，自然，一万块钱打了水漂儿，但用到了正道上，村长也是喜笑颜开。狗子开始时以为老子会奚落他，后来看到村长一脸喜兴劲儿，便也在脸上努力挤出笑容来，帮着村长做事情。

前面的一系列讽刺故事均已结束，狗子开着摩托车回家，村长邀请我与花花，还有狗挤在他宽大的轿车里。

没有人说话，村长专心致志地开着车，山里的雾气较大，将前面的挡风玻璃吹成了花脸，我们不得不停下车来，用一块抹布小心地擦拭着，生怕滚到悬崖下面去。

重新上车后，村长开了口，目标是我。

“你这狗的确与众不同，能否借给我玩两天？”村长试探着。

说到“玩”字，我怒目而视，我心里叫嚣着：“他是人，活生生的人，少以动物的眼光看待他。”

村长可能知道自己失言，没有得到回复，赶紧纠正道：“不不，他出类拔萃，我早该看出来了。他有能力做任何事情，我是想多培训他两天，让他识别钱这东西，钱是人必须考虑的对象，如果不认识钱，恐怕他就好像目不识丁的人一样。”

“我别无他意，他过来，有狗子照顾呢，我不白借，每天一百块钱，如何?”

村长最后一句话吸引了我，我不是爱钱的人，但这世间少不了钱，不要拿世俗的眼光看待我的高洁。母亲几年没有添一件像样的衣裳了，邻居曾经给过我们，但母亲绝不食嗟来之食。我崇拜母亲的高洁，因此一直希望自己做个正直如竹的人，现在，我是用自己的努力挣钱，这不算什么坏事，相信狗也会同意的。

我与狗对视目光，狗儿郑重地点了点头。他是个习惯自然、顺应社会的家伙，他比我强，他的适应能力超过我几百倍。

狗子在旁边鼓掌，声称晚上会搂着狗睡觉，让他们成为世上最亲密的朋友。

嫉妒之心人皆有之，我是个孩子，还没有学会高风亮节，如果有人想挥刀割爱，我是绝对不允许的，但村长以钱的名义提了出来，如果完全回绝，恐怕不好，我想了想，回答道：

“得有个时间界限，一周时间，在此期间，我可以随时看他。”

“好好，自然可以，你与狗子已经结下了友谊，我相信友谊的力量是伟大无尽的。”

村长转过身来与我说话，但脚下并没有停下来，因此差点出了问题，车在一块岩石前面紧急刹了车，村长刚想怒骂，一眼看到了下边的我们，便堵住了自己的嘴，不好意思地回头笑笑，这个时候，我看得出来，除去腐败的成分外，他是个长者，一个憨厚的老人罢了。

晚上的时候，我一个人睡在自己家的破屋里。我找到了猎枪，擦拭干净。狗已经被狗子牵走了，我不知道他是否会受到虐待，但我想他的应变能力比我强，将来一定会成为我的得力助手，现在，修炼一下也是理所当然的事情。

母亲对我这次的出手表示认同，见我又瘦了，很心疼，却又不忍心上前抚慰。

花花的嘴不老实，将我与狗子做的好事情和盘托出，还说我是可塑之材，竟然治好了她几十年的旧疾，现在，除了屁股疼点外，腰部的疼痛早已荡然无存。

对于这个问题，我也解释不清楚，我觉得这得力于良好的命运安排，误打误撞罢了。如果非要找个原因的话，可能是转移的原因。你想呀，老天不可能将所有的疼痛都送给你，既然已经有了伤害，其他原来受伤的部位就会复原，这是一条常理，我现在懂了，但有些人一辈子都不懂。

除了猎枪外，我最感兴趣的便是自己挣来的二百块钱，一百是狗子身上的，另外一百是甲先生身上的，我不费吹灰之力，也没有落下嫌疑。开始时有些过意不去，害怕会遭到报应，但后来竟然心安理得起来。自己的聪明虽然有些小，但小聪明也可以做大事。

母亲与我谈了话，十分正规的样子，她问我："你的医术从哪儿学的？"

我回答道："偷来的，小时候得的病多，自然就会了。"

我的话其实有些在母亲面前撒娇的成分，母亲却一本正经道："你正经点，你小子从小便孬点子多，是不是别人看的，你却沾了光？"

母亲十分不相信我的能力，她总认为我长不大，现在长大了，能够长大成人、娶妻生子，就已经不错了，只要不给她惹事，便是最大的安慰。

但我的脑袋聪明至极，可以说已经到了十分高明的地步，对于母亲的不理解，我表示反对，但我不能左右一个母亲的思维，我只能说服她，或是干脆用事实说话。花花的病已经说明了问题，但母亲仍然不信，我想着再用其他事实证明，但想了半天，却发现没有证明自己能力的事实，便不再说话。

母亲接着道："花花的药铺要盘出去，我有心让你承包下来，你可愿意？"

这个问题将我的心灵堵塞得一窍不通，我不知道如何形容自己的心情。我会吗？刚才的雄心壮志顿时消失得无影无踪，我甚至想到马上回绝母亲。

母亲自小便想让我出人头地，但我老惹祸，没有做过几件漂亮的事情，母亲是在考验我，我想了想，继续问道：

"妈，花花为啥不干了？好好的，都干几十年了。"

"你花姨说力不从心，现在老了，连个对象也没有，不想干了，但附近没有几家药铺，如果关张了，村里的人有病了怎么办？总得有个人照应不是？"母亲语重心长道。这是一个母亲的最高规则，我理解母亲的含辛茹苦。

我给了自己三天的时间思考，其实这件事情对我影响并不大，花花也不是天生就是医生，有时候只是机缘巧合罢了，我要是做，就一定会做得更好，但我的心思全然不在这儿，我做了一个奇怪的梦，我与狗一起遨游天下，一路打抱不平，解救苍生，这是每一个少年的美梦，只是如今，这个梦想越发强烈起来，有时候像一只虫子一样折磨着我。

我去看了狗，到那才知道，狗在村长家的待遇比在我家强了许多，睡的是床铺，头一次真正享受了人的待遇，吃的是人饭。与狗子、狗子爹与狗子娘坐在一块儿，狗子爹准备了一架相机，有时候会拍几张像，惹得大家哈哈大笑。

这没有什么，可能是玩笑而已，但我却上了心，我想到了与村长打交道的那些人。村长如果别有用心，将狗的照片送给外边的当官的，如果当官的知道了，就一定会对狗垂涎三尺。狗如果被人瞄上了，便是到了生死边缘。

但一想到时间未到，我只能忍着，我对狗说道："知道自己是农民家的儿子就好，不要忘了本，到了安乐窝中最容易被麻痹。"

我说话时像个长辈，更像个成熟的男人。

当晚发生的一件事情让我更是对村长不放心。

村长家招了贼，贼十分机敏地想盗窃他家的钱财，钞票大把大把地锁在地下室里，而贼已经探好了来时路与去时途，他轻而易举地得手后，便想一走了之，没有想到，狗却发现了他。

狗有狗的特长，他比人机敏，因此，贼被拦住了去路，按照常理，狗该大叫，但狗已经学得了江湖习气，他自觉自己已经是人了，不用大叫，用人的方法来对待一个贼，足矣。

贼与狗搏斗，而狗子家的人却睡得像猪一样实，一个也没有醒过来。

狗在与贼搏斗过程中受了伤，贼也丢了钞票，逃离现场。

凌晨时分，当独狗自舔着伤口时，村长才醒了过来，狗娘醒时，甚至舔了舔嘴角上的残酒。

狗因此名声大噪，像个名人似的被村长当成了宝贝，因为狗保全了村长家的钱财，因为保全了村长的名声。

此事本来我不知，其他人也不知，村长绝不会将自己家有关于钱的事情说出去的。

但狗多话，自认为我是他的知己，便将整件事情一五一十地讲了出来。狗的意思是想证明狗的伟大，说明狗极具实用价值。

但听完后，我便对自己说道："坏了，狗可能有危险。"

第二天一早，我站在山坡上往村长家张望时，果然看到了狗恢复成了一条狗的常态，他不再像人一样直立行走，被一只铁环拴紧了，就站在地下室的入口处——他成了一条看家狗。

我拿着猎枪，想去找村长理论，却被狗扯住了，我端着猎枪，恨不得一枪将狗撂到天上去。

狗用一张一百块摆平了我。我握着钱，觉得无地自容，有时候真想抽自己两记耳光，本来底气足足的，一见到钱便软下来。

三天后，母亲又找我，我为狗的事情心绪难平，自然对母亲爱理不理。母亲看在眼里，突然咆哮着冲了过来，对我又是推又是搡的。我从来没有见到母亲这样，便以反抗者的姿态面对着她，我索性丢开了她，也固守了一个儿子的铁石心肠。

夜晚时分，我在村长家门口转悠，却没有进去，我听到里面传来了笑声，但狗却不知去向。朦胧的灯光影下，没有狗的身影，我有好几次想推开这扇陌生的门，但一想到有猎枪事件，我便心有余悸。如果我进去后，村长说他家的钱丢了，怎么办？大人总会装模作样的，他说钱丢了，警察一定会来，我进监狱了，母亲便成了孤家寡人，我家的地便成了村长的囊中之物。

我决心不再冒险，不是还有四天时间吗，我等就是了。

我路过花花的药铺，却不见花花，到超市一看，却看到花花正一个人坐在椅子上出神。母亲一个人待在药铺里，她心神不定地一会儿站起来，一会儿又想推门出去，但随即又按捺住性子，坐了下来。

花花从旁边的小门挤进来，才几天光景，她居然看起来十分衰老，令我觉得不可思议。

母亲问花花："他不愿意做医生，我也无可奈何。"

"这孩子，越长越疯，不能再让他这样了，整日与一条狗在一起，会有什么出息？他不能与狗子比呀，人家家里有钱，不会坐吃山空的。"花花对我抱有成见。

"可是，我们如何才能让他接受这个事实呢？我总不能逼着他做自己不愿意做的事情，那样子，会出事情的。"母亲对花花说道。

"嫂子，其实，你做也可以的，你学了这么长时间，一般的感冒、发热，你拿得下来的。"花花劝解着。

"我对自己不放心，上次打针，如果不是你及时赶到，恐怕事故已经发生了，我老眼昏花，培养对象只能是年轻人。"母亲哀叹着，对自己的表现十分不满意，似乎也有对年华易逝的感慨。

对于这件事，我其实十分纠结，我既想证明自己不是一无是处，又想实现自己的梦想，因此，我离开了药铺，我甚至想到了离家出走。我哀叹自己的命运不济，如果父亲尚在人世，一定会照顾好母亲的，我就可以一个人遨游天下了。

我晚上回家时，躲着母亲，其实我也想正视母亲，不想她太难过。上次因为猎枪的事情，母亲差点与村长反目成仇。母亲已经年迈，由不得我胡闹。让我牺牲点理想也是正常的，母亲毕竟渴求的只是自己理想中的天伦。

我想了半个晚上，决定答应母亲的要求，因为母亲的目光让我战栗。

母亲很晚还没有回来，听说今晚来了许多病人，花花生病了，母亲一个人应付着，我不放心，起来看时，已经晚上十一点了，我走进了满天星斗中。

药铺果然人头攒动，几个喝醉酒的青年正围住母亲。他们中间有一个人不停地吐，母亲无法处理，只好去找花花，花花得了风寒，说什么也不肯起来。

年轻人不停地嚣张着，对母亲的医术表示怀疑，有个家伙手中举着大把的钱，示意母亲赶紧治好，否则就告她。

母亲急得大汗淋漓，我拨开人群，旁若无人地挤进药铺。

年轻人躺在地板上，脸微凉，手心发热，我也不知道是什么病症，但我却稳住了阵脚，吼道："干什么呢，你们这样做，有助于救治病人吗？给我出去。"

母亲需要一个伟岸男人的呵护，看到我进来，竟然像个孩子似的哭了起来，这更加深了我对这群人的讨厌程度。我挥舞着拳头，示意他们赶紧离开，这儿不是一个可以为非作歹的地方。

年轻人都是一罐子火，一点就着，他们对我不屑一顾，尤其是我瘦弱不堪，根本不是打架的材料，如果说是书生，倒准确一些。

举钱的家伙指点着我，有点像指点江山似的风采："你小子，赶紧治好了，我们可以出去，如果治不好，我要你的脑袋。"

酒醉可以促使豪言壮语的产生，我明白这句话的分量，我觉得有必要赶紧叫狗子与狗过来，如果狗无法到来，至少狗子应该前来。

我示意母亲从角门出去，我关了所有的门，认真地审视着地面上躺着的那个家伙。

我举起了针管，不管三七二十一，先扎一针是正理，我照着那家伙的屁股，刺了下去，我听到了他喉咙中传来的一丝轻微的呻吟声。

我感到这家伙嘴中吐出的东西十分熟悉，我低下身去，却没有闻到难闻的气味，却有一点像洗衣粉的味道。

我用了一点纸将泡沫擦掉了，翻开对方的嘴唇细看，却什么问题也没有发现，我只好重新举起了针管，权作死马当活马医。

我连续将四根针管毫不客气地刺了下去后，那个家伙弹了起来，手忙脚乱地拔着针管，我吓了一大跳，以为诈尸了。

那人一边跳着一边小声说道："兄弟，配合着点，我们开玩笑呢，我不能多喝，但他们想灌我酒，我只好装病了。"

原来如此。我长出了一口气，只要不是病理方面的问题，事情就好办多了，这是我的特长。我叹了口气，对他小声说道："你让我如何做？"

"兄弟，你就说此人得了严重的病，以后不能再喝酒了，虽然治了过来，但有了后遗症，以后，他们就不会再拉我喝酒了。我害怕喝酒，但不喝又不行，他们会不依不饶。我由于喝酒，现在家也败了，没了钱，母亲也因此对我失去了信心。"

这家伙说到动情处，竟然潸然泪下。我表示同情，拍了拍他的肩膀。

蓦地，我竟然想到了母亲，这个家伙由于酗酒，母亲对他失望至极；他现在幡然悔悟，不能不算是一件值得庆幸的事情，但全天下有多少孩子能理解母亲的良苦用心？

狗子从角门挤了进来，后面跟着我的母亲。

狗没有来，我知道村长无论如何也不会放他出来。狗子冲我挤了挤眼睛，我挥手不让他说话。

门开了，举钱的家伙第一个冲了进来。我一边拔着针管，一边对身边的年轻人说道："以后不要再喝酒了，你现在对酒严重过敏，如果再喝，就只好进火葬场了。"

"有钱人"听后，大惊，对我吼道："你是个庸医吧，竟然说他不能再喝酒了。他酒量大得很，如果少了他，我们的队伍还叫先锋队吗？我们可是十里八村有名的喝酒大王。"

"我刚才已经说过了，他如果再喝酒，就得去见阎王。"我重复着，根本不用眼睛看这个家伙。

"你在鄙视我。""有钱人"终于忍不住蹦了起来。他揪住了我的衣领子，想将我甩到一边去，此时此刻如果狗在，我一定不会放过这帮家伙，一定让他们全部被狗咬。

但我的眼睛却给了狗子一个示意，狗子从身后大踏步走了过来，一把拽住了"有钱人"的胳膊，将他举过了头顶，重重地摔在地板上，地面上有一简便的玻璃瓶子，扎在这小子的屁股上。

那帮人动了起来，准备打群架。

母亲从后面站起身来，阻拦道："你们停下来吧，他有病，如果再折腾，恐怕会有危险。”

母亲站在一帮孩子中间，十分显眼，大家的良心半推半却着。

“他必须向我们道歉，他的话得罪了我们。”

“有钱人”依然不服气，我白了他一眼，狗子同时摆出了一个姿势，以便随便发动进攻。

母亲苦口婆心：“能告诉我事情的原委吗？他为何喝这么多的酒？刚才我儿子说了，他有病，我的儿子可是远近闻名的神医，他看过的病人中有美国总统、伊拉克前总统。”

母亲一个劲地夸我，我知道她的用意，但我必须给足母亲面子。

“您是长辈，我们实话实说，他的病我们已经知道了，以后不会再让他喝酒，但你的儿子，还有这个家伙，太蛮横无理了，对我们不尊重，我们必须教育一下他们，我们人多，我看他们如何招架？”

“有钱人”拉开了架势。他对母亲这样说话，惹得我十分不满，我对狗子道：“你先压住阵脚，我去去就来。”

母亲以为我要息事宁人，脸上有了笑容，感到我长大懂事了，知道该收手时就收手，但她没有想到，我去取枪去了，这世上，没有枪解决不了的事情。

狗子依然硬挺着，其他人一拥而上，让母亲闪到一边，准备袭击狗子。

地上躺着的家伙被母亲拖到了旁边的躺椅上，那人的屁股刚才受了伤害，不敢挨着硬的地方，母亲从旁边的椅子上面拉了条毯子，垫在他的屁股下面。

他们准备打群架，我跑得飞快，在他们打狗子的手臂还没有落下来之前，一条黑黝黝的影子便对准了这几个人的脑袋。

母亲一晕，坐在了地上。

我示意狗子去搀扶母亲坐下，母亲想说什么，却说不出来，这样的过程只会加剧一个母亲的老态龙钟。

我从来没有将猎枪应运到实战上面，本来没有子弹，我找了好长时间，才找到了合适的砂子，虽然力量减弱了，但依然维持着惊人的力量。

“有钱人”猛地一怔，觉得不可思议，在这个偏僻的小山村里，居然有如此精准的高水平武器，的确让人吃惊。母亲摆着手，对我的表现十分不满，但如果一个孩子无法维护母亲的尊严，有何颜面存活于人世间？

只需举起猎枪，一切问题便可迎刃而解。有时候，人们忌惮的是武器本身，但时间久了，便会因此对拿着武器的个人心生恐惧，我们面对的事实也是如此。

“有钱人”换了一副嘴脸，命令大家停下手。他跑到年轻人身边假意地嘘寒问暖，同时对母亲说着亲切的话。他是在转移视线。狗子怒不可遏，重新举起拳头，对着那几个可恶的家伙挥舞着，我手中的枪并未放下，子弹上膛。

母亲站起身来，示意我把枪放下来，我却放不下了。这世上许多事情，原本没有发生，当你想放下时，却拿得起，放不下。

狗子帮我恢复了僵硬的神经，我把枪放在一边，看着“有钱人”一伙的热烈表演。

这件事加重了我对母亲的保护程度，几乎是在一瞬间，我告诉自己要下定决心，去做一名医生，每个人年迈时，都会有病痛来袭，如果家中有一名医生，最起码不用挂号走后门，或者是花高额的费用去看专家。

我暂时搁置了梦想，其实是想给亲情一个交代。

因此，当着众人的面，我对母亲说道：“妈，我这个乡村医生还算合格吧?”

母亲没有回答，因为她一直对我的表现心存疑虑。虽然她赞同我的选择，但她根本不了解我的真实水平。她不表态，一个母亲一旦表态了，表达的就不是一个人的思想，而是全天下母亲对儿女们的一种默认。

但母亲思忖片刻后，却激动地抓紧了我的手。这是我第一次名正言顺地握紧一个母亲的手，温暖、沧桑。

“有钱人”拍起了马屁，对我道：“太好了，你简直就是神医呀。我会发动我所有的哥们，包括他们的家里人，有病了就来这儿看，保证让你顾客盈门。”

我白了他一眼，道：“我是希望我的病人越来越少，不是越来越多，你以为买东西呢？医生也需要医德。”

年轻人坐了起来，一边喘着气，一边对他们道：“我们走吧，下次，我是绝对不能喝酒了。”

我假意将身后的一包药塞给了他，然后对他道：“这次免费吧，也算是我今天头一次开张，你是一个有福的病人。”

我接替了花花的药铺生意，花花倒也轻松，每天也不过来，躲在超市里看东西，收音机里传来了一首在外界十分流行的歌曲，虽然我这里是刚刚开业，也放了鞭炮，但没有几个病人前来。在这个只有几百人的小山村，哪会成天有人有病，我正好有时间收拾残缺的思维与梦想。

我照例想狗，狗至今没有一个正式的名字，我想着如何才能起得舒服点，顺心点，听起来像个人名。我原来叫过他弟弟，但这不算是一个名字，哪家的孩子都可以这样叫，也不算一个正式的名字，我挖空了心思想着，但有些黔驴技穷。

六天后，我又一次去了村长家，狗子与狗在玩耍。我十分愤怒的是，狗的确变成了狗，恢复了原来的习性，人最容易坚持就是传统路线，让他们创新，需要费尽心思的，所以，没有几个人愿意从过去的阴影中走出来。

狗亦如此。

我突然间下定了一个决心，我想今天就将狗带回家去，这需要一些智慧，如果硬去要，是不会得逞的，我忽然想到了一条妙计。

我叫来狗子，他来不及收回脸上的笑容，但看到我一脸严肃的样子，赶紧收敛。

我说道："忘了件事情，那狗呀可是有传染病的，你们家里人打防疫针了没有？如果不打，再让它待下去，恐怕你们家都得染上这种病。"

狗子瞪大了眼睛，继而对我道："哥，你为何不早告诉我呀？我爹最惜命呀，你快点帮我打针。"

"我也是刚刚学到的知识，狗身上有多种细菌，其中有一种特别顽强，能够置人于死地。我曾经听说一个例子，说有个孩子，一直与狗待了几十年时间，结果三十多一点，突然间发现腿里、胳膊里都有若干条大型的虫子，挖开后，肉已经坏了，这孩子从此成了残疾人。你说可怕不？我可是为你们着想，我的意思是将狗隔离开，不让它再危害你们。"

"可是，我爹是不会同意的，他答应给你七天的钱。"狗子说话时十分镇定。

钱已经是小事了，我拉着狗子，郑重其事地进了他家的门，他家居然没有人，狗子道："爹出去了，狗在里面锁着呢！"

我愤怒的眼球盯着狗子，虽然我知道狗受了虐待，但我现在才刚刚表现十足地表达出来。

"他是人，知道吗？为何当他是条狗，我以前培训的努力全白费了。"我十分气愤地盯着他。

狗子没想到我会发这么大的火，他似乎想掩饰什么，却无法用成人的思想来表达。他怔了半天，猛然拍了拍自己的大腿道："哥，我带你看钞票，你不是想看吗，大把的钞票，像墙一样码在屋里。"

我对这种大胆的想法十分有兴致，对于钱的渴望，是每个人的愿望，有些人，甚至是一生渴求，将自己变成钱的奴隶，想永远躺在上面。

如今这是一个绝佳时机，我对狗子的表现十分满意，没有任何思考便说道："可以，你带我去吧。"

狗在旁边看着我，他想像个人似的站起身来，却没有实现，因为经过连续六天的享受，他已经将自己的身段恢复成了原来的状态。我没有理他，有时候，不理睬也是一种关爱。

狗子小心翼翼地瞅着四周，确认没有人或者其他动物，哪怕是猫头鹰盯着自己的钥匙看时，才将钥匙塞进孔里。门开了，我们走进黑灯瞎火的屋子里，为了保险起见，我们没有敢打开灯，走了五米左右，还有一扇门，与墙壁一样的颜色，狗子在下面胡乱地摁着，这扇门轰然洞开。

没有灯光，也不需要灯光，钱身上长着火苗，可以让人眼前一亮，更可以让人利令智昏，我睁大了眼睛，几乎所有的神经都摆脱了狗子的纠缠。我看到了满屋子的钞票，屋子里有一股子浓重的铜臭味道。

狗子屏住呼吸，我能够听得到他剧烈的心跳声，我小声问道：

“你怎么了?”我问他时，也感到喉咙中有一种莫名其妙的堵塞。

“我也是头一次进来，原来在门口待过一段时间，爹不让我待，说我年纪小，不要从小便受钱的感染。当时我就想呀，如果能够有幸进入这儿，已经很满足了。我曾经不止一次地想进来，但我一个人不敢与钱待在一起。钱太可怕了，我娘说的。”狗子的手心里尽是汗水，他一个劲地攥我的手，我感到他的汗水止不住地像流水一样流下来，淹没了我的脚踝。

我的手翻着这些钞票，像翻阅着一本本好看的书籍，好看是不止的，也好用。我当时曾经产生了这样一个念头：如果一把火，是否所有的爱恨情愁就会烟消云散。

狗子拽着我准备离开，说待久了，有种窒息感。

我却像脚下生了根一样，不肯离开。

我对狗子道：“你爹娘去哪儿了?”

“他们去赶集去了，县城大集，听说还去看一下麻衣与他的父亲。原来爹不肯做慈善工作，自从上次那件事情后，他对慈善事业十分热心。”我感到空气中有骄傲感掠过。

“也许是良心发现吧，你爹那么多钱，死了是带不走的，给你留下来，指定坏了你的心，不如送人。”我对狗子说出了真心话。

与这么多的钱相比，我的二百元钱显得如此渺小，如果能够抓一把钱放在自己的口袋里，我一定会幸福死的。

我想趁机抚摸一下钱，钱像水一样，掠过我的手掌，慢慢地停顿下来，变成一种至高无上的关爱。

当我想拽走一张时，狗子却说道：“这儿有录像的，我们快走吧，趁录像没有开启。另外，不要拿钞票，否则会报警的，爹在周围装了警铃。”狗子似乎用眼睛在盯着我。

我冲动的欲望丧失殆尽，马上收回了手，无奈地冲着这么多的钱发了一分钟呆后，与狗子离开了。

我心机多，我将自己的纽扣拽了下来，扔在墙门的旁边，我要为自己下一步的打算留个后手。

我出门时看见了狗，我明白了一个道理：村长将狗请了过来，其实是为了让狗替他看守这么多的资财。人看了钱会动心，但狗是不会动心的。他无非会猖狂点，叫唤得痛快点，但绝不会去拿人的钱，因为他不花钱。

我出门时准备牵走狗，狗子却坚决不同意，我对他道："你忘了我说的话了？他有传染病，一旦传染开来，全家人都会死的。"

狗子道："你答应过我爹，明天就到七日了，也不差这一天时间吧？我们会马上去找你的，集体打防疫针，钱不会少给你的。"

虽然没有将狗带走，但我至少长了见识，看到了那么多的钱，不是每个人都有这样的机会的。

但我对狗的懦弱表现十分不满意，我路过他身边时对他道："狗东西，机灵点，向上走，不要再倒退了。"

狗马上站了起来，前脚离地，像人似的垂在胸前。他虽然十分用力，但依然掩饰不住紧张。我对狗子道："明天我过来牵狗，你们不要食言。"

整个晚上我都待在药铺里，母亲早早地睡了。头一次，母亲说将这儿当成了家，对于我昨天的表现，母亲倒是十分满意，只是说我脸上杀气太重，需要收敛，一旦惹了祸端，不好收拾。

我在整理架子上面的药品，药品多，但有些十分陈旧了，可能已经失效，我不能用过期的药品给人看病。我记得有一次自己有病时，花花随便从架子上拿起了一盒药，便给我推了进去，我后来三四天感到祸从天降，屁股疼得像被杀了一样，等到花花查出原因来，我的屁股也肿得像刚刚出锅的蒸馍一样了。我母亲用热毛巾敷了将近半个月时间，其间花花买了点心来看我，我杀猪般地号叫，一度吓坏了花花。花花后来回忆说我虽然年纪小，但号叫起来的动静太大了，简直有惊天动地之势。

母亲突然间从梦中醒了过来，问我道："孩子，狗呢？"

母亲是头一次问我关于狗的事情。母亲不关心狗，她讨厌狗的存在，兴许是我满足了母亲的心愿，母亲也想到了我的心愿后，才问我这件事情。

我回答说："他在村长家呢？"

"狗不能过多接触有权势的人，对它的影响会非常大的，狗仗人势嘛。你该马上接它回来。"母亲对我道。

我突然间有了一个想法，对母亲道："妈，回来后，你给狗起个名字吧？让他加入咱的户籍如何？"

"胡闹，没有听说过，它是一条狗，不是人，说出去会笑掉别人的大牙。不过，我以后会改变态度的，对它好点。"母亲挤出了笑容。

对于这样的回答，我感到不满意，狗对我们家是有恩的，如果不是狗，我会失去一个玩伴，更不会有医院期间的精彩表现。我没有几个伙伴，狗是我生命中最重要的一部分，但母亲执意如此，我改变不了，唯有改变自己。

我去要狗，在次日太阳下山之前，村长不允，我与他理论，他竟然道："小子，你养得起吗？狗需要大量的食品，我家的剩菜多得很。"

我原本计算此事应该顺顺当当的，没有想到，作为一个大人会出尔反尔。我对村长道："你不喜欢狗的，这是我的狗，与我共患难过。"

"我花了一万多块钱，难道还顶不上一只狗吗？如果不是你将狗子带出去，不会惹出这样的事情的，我总得有点收获吧？"村长说话时简直不讲理，一万块钱明明是狗子惹出来的事端，与我何干？

我反驳着，声泪俱下，一个孩子，面对委屈时，只能如此而已。

狗子在旁边道："爹，狗有传染病的，还给小子吧，他是我哥呀，我们在一起时，解决了多少问题，麻衣家的事情，如果不是我们俩人一起用力，恐怕不会解决得如此圆满。"

"放屁，你做的孽，我还没有给你算账呢！狗是绝对不能牵走的，从此后，归我了。"村长命令狗子娘将狗牵到里屋去，狗竟然顺从地答应了。我气得要死，这条臭狗，仅仅七天时间就竟然适应了富贵人家的生活方式。

11. 新方法、新思想

我是流着眼泪离开村长家的，尽管狗子在身后一个劲地追我、劝我，但我还是用尽了平生的力气第一次将狗子甩到了八丈开外的地方。

我十分后悔当初同意村长的想法，我早知道有权者都会这样做的，哪成想几百块钱便让我失去了一个良伴，如今看来，狗的离开责任不在于狗，而在于我本身。我回过身去，对狗子叫着："你回去告诉你爹，这事儿没完！如果不在明天将狗还给我，我就用枪指着他的鼻子。"

一整天我心神不宁的，看了几个病人后，我以身体不好为由，将剩下的人撵跑了。他们不得不跑到离此地三十多里开外的县里看病，忍受那里高额的医疗费用。

母亲今天没有来药铺，花花倒是来了，看我脾气不好，关了药铺的门，隔着玻璃窗对我喊话："小子，你不能这样做呀，哪有医生拒绝患者的，不仅会砸了牌子，而且会损害你的医术与医德。"

我对这间药铺充满了怨怼，因此我没好气地回她：

"与你何干，我现在是这儿的主人，费用一分钱也不会少你的。"

花花跺了跺脚，气愤地跑到远方去了，她可能去找我的母亲了。

母亲没在家，去山上了，她十分操心那块地皮，害怕有人将地皮卖掉。听说附近有一个大型的工程项目，可能要用到我们家的地，村长对此事十分在意，每天乐此不疲地往县里跑。

这正是母亲担心的主要原因：一旦有权有势者涉入其中，好好的事情便会办砸。

花花在山上找到了母亲，母亲看到了她，说道："你不应该出来，你腰上有病，在家里歇着多好。"

"没事的，小子的手法还可以，好多了，就是觉得最近眼皮子老跳，好像是要发生大事似的。又在看地呀，没事的，用你多少地，政府会给你多少钱的，不用担心。"

花花说话时十分随意，好像对此事漠不关心，母亲则摇摇头，叹息道：

"钱是身外之物，要多了也没用，但我答应过小子父亲，这块地绝对不会卖的，如果卖了，我对不起他。"母亲说话时眼睛看着天。

"如此严重吗？"花花有些不相信，母亲竟然一直信守着对一个逝去的人的承诺。

一个病人着急地敲了我的门，我拗不过人家，说是病人肚子疼痛难忍，打开门时，那人跌倒在雪地里。

我摸了他的脉，没有脉象，额头也热得厉害。一个妇人在病人的后面，跪在我的面前，此人我并不认识，可能不属于本村。

虽然是急诊，但这种病绝对不超过感冒咳嗽之类的小病，我对妇人道："你去县里吧，这儿条件不允许，治不了。"

明知治不了，侥幸的心理却在作祟，妇人求饶着说："没有车，哪儿也去不了，总不能让他疼死吧？"

我只好取了两片止疼药，用水帮他喝了进去，想着能起到延缓的作用。

问题却发生了，那人吃过止疼药没有几分钟，便背过气去，妇人大叫着，有无数乡民拥了过来。

"他死了，他可是我们家的顶梁柱呀，你这个庸医，会不会用药？"妇人纠缠着。

本来是出于好心，没有想到竟然起了反作用，我理论着：“我告诉过你，我治不了，这是疑难杂症。”

母亲与花花从人群中挤了进来，花花一看那人的脸，便与母亲将人抬了进去，关了门，将我晾在外面。

我头一次感觉自己真不是看病的料，没有一点天赋，以前出现的问题全是侥幸而已。

忙了一个小时，花花打开了门，说那人刚刚醒了过来。

花花对我道：“小子，哪能随便给人吃止疼药？他有心脏病，肚子疼是因为吃了不该吃的东西，你差点要了他的命。”

母亲没有责怪我，但她的目光表明了一切，对于我的表现是相当不满。

涉于有敏感的问题，母亲暂时在药铺留了下来，我不知道自己该干什么。一个药铺的老板，权力瞬间便被剥夺了，因此，我将自己放逐到了田野上面。

雪花大片大片地落了下来，河面上也结了冰，似乎对我的表现连老天也不满意。我想到了自己孤独的身影，内心十分凄凉。我想到了狗，如今可能在冰天雪地里忍受着村长的折磨，我却没有勇气要回它，我该何去何从呀？

我想到了死，河面不给我死的条件，我后来想到了猎枪，对了，用猎枪逼着狗子将狗牵来。

我取了猎枪，子弹依然藏在隐蔽的场所里，我将猎枪用一条破旧的棉袄包裹着，背在背上，一路上沿着河面向西走，故意躲过药铺与超市，然后一直向山的另外一边跑去。

村长的家在山坳里，据说可以躲避豺狼的袭击。他挑的地方风景秀丽，据说风水极好，因此，站在山坡上，便可以看到他家的全貌。我看到了狗，他正睁着无助的眼睛，看着树上的雪花成片地飘下来，落在地板上，形成一道道莫名其妙的风景线。

我想到一条计策，先牵了狗走，天冷，他们家的人估计躲在屋里数钞票呢。

如果真被他们发现了，我便决绝地举起枪，命令他们还我的狗，否则我就开枪。人固有一死，如今这种境地，我翻不过身来，已经无所求了。

果然无人，正好符合我的设想。

我解了狗的铁链子，狗不叫，也只有我的到来，才能够使它放弃警惕性。

我拍了拍它身上的雪，算是一种安慰，然后让它像个人似的抬起前身来，我们准备迈出村长家的大门。

这时警铃四起，村长不在家，他媳妇跑了出来，狗子也跑了出来。

“放下，小子，这是为你好，狗会耽误你的前程的。”狗子娘的确像个奴隶主。

“我什么都没有，连狗也不给我，让我死吗?”我龇着牙，表示严重的关切。

狗子娘拦住了我，她的行动速度非常之快，好像在守护一件珍宝。

“村长来了你再牵走，不然他会揍我的，包括狗子，狗子可与你是好朋友。”狗子娘求饶。

我对此置之不理，这是他们惯用的伎俩，不过是想麻痹我而已。

“娘，让小子哥牵走吧，这狗是人家的，我们得敢作敢当。”狗子突然冒出了一句话，将树上的积雪沉重地击掉了，在地上砸出一两个奇怪的凹坑。

狗子娘依然坚持着，不过产生了不稳定的倾向。狗子道：“哥，你走吧，这狗在这儿受罪了，跟着你有好处，我会去看你们的。”

“那你与你娘，如何做?”我担心着。

“我有办法。”狗子说着，举起了铁锹，将报警器击破了。

“我就说灯坏了，狗自己跑了。现场的狼藉可以作证。”狗子扬着手道。

这是我听到的最动听的谎言了，却出于狗子之口，我不知道该如何形容自己的心情，尴尬、慌张，想走却不能走，我不能让朋友背负罪名。

远处传来了汽车的鸣笛声，狗子命令我赶紧走，我不敢迟疑，发疯似的与狗跑向了远方。

村长开了一辆汽车驶入山里，后来从车上下来了一帮人，忙碌着丈量着什么，村长招呼家人从家里拿来纯净水，还有热奶之类的，但村长由于很忙，并没有发现狗不见了。

村长与一个干部模样的人聊着什么，我与狗躲在山的后面，惊奇地张望着，发现村长似乎对那人说了什么，那人不相信似的摇摇头。

村长领着他进了家，但没有看到狗，我明白他的意思了，他是想让干部看狗的怪样，但他却没有看到狗，继而大骂起来。

狗子与狗子娘站在屋檐下面，村长问道：“狗呢，跑哪儿去了?”

“刚刚起床时，发现狗没了，报警器被冻坏了。”狗子指着满地的玻璃碴说道。

“哪会有这样的事情？简直不可思议。”村长挥舞着手。

干部说话了：“领导呀，你没有就别糊弄我呀，这事情做的，让我大周末跑这么远帮你测绘，原来是一场骗局呀!”

干部话没有说完，脚早已经迈出了门槛，招呼那些人干活的人道："回家去，上午喝老酒。"

村长解释着，但没有人听他的话，那些人上了车，大摇大摆地像日本鬼子出村一样，驶向了远方。

我觉得十分好笑，但马上意识到危险降临了，如果村长知道狗是我牵走的，一定会找上门的，我必须找个适合的地方将狗藏起来，我想到一个绝密的地方，花花的超市。

花花与村长关系非同一般，村长敢得罪任何人，也不敢得罪花花。花花可以当街耍赖，骂得村长体无完肤，还可以将村长的糗事说出来，让其在大街小巷广为流传。

这需要办法，但这难不倒我，我想到了将花花支出去的好办法。

村长果然发现了秘密，他头也不回地向我家赶，母亲正好在家里，花花在药铺。母亲看到了一脸紧张的村长，便问他："怎么了，领导？"

"那狗，丢了，小子见到没有？"村长压了压火气。

"狗丢了，狗也没有在家呀？小子现在可是一门心思地办药铺呢！"母亲回复着，但她心里没有谱，想着我是否故态复萌了。

我此时自然在药铺里，我将狗藏在了一个自认为十分安全的地方，花花年纪大了，眼神不好，她什么也没有看清楚，我招呼狗要不声不响的，这儿有空调，多好呀？需要吃的，便吃超市里的食品，这可是至高享受。

来不及多想，我回到了药铺。对于我的回归，花花十分意外，她笑道："你母亲没有看错，你果然回来了。好孩子，我告诉你一些秘方，与心脏病有关，对你有好处。"

我点点头，与花花商量起药方来，村长堵住了门口。

宽大的脸将外面的光挡住了，他不进屋，却将脸硬摁在玻璃上面，由于外面冰凉，里面温暖，轻而易举地，他的脸变成了形，然后在玻璃与肉体中间形成一道细小的缝隙，有水沿着缝隙流了下来，瞬间结成冰凌。

花花看到了他，却并不理会。我示意外面有人，花花道："不过是一只老猫而已，又来贪便宜了。"

村长推门而入："花花，看到小子的狗没有？"

我故意愤怒地盯着村长道："狗，我的狗怎么了，你还我的狗，到期不还，花花姐，你得帮我。"

花花对于村长的一贯表现十分不满，她扭过头来，将药扔了一地板，然后揪着村长的脖领子道："甭以为你做的事情别人不知道，多行不义必自毙，积点德吧，一个孩子的狗你也抢，你缺良心吧？"

“花花，听我说，我是租的，肯定要还给小子的，这不，村里不是要发展吗，征地办的主任好稀奇物什，我骗人家过来，想给他看狗。我吹嘘说狗长得像人，可以说话，他不信，谁知道，狗竟然跑了。”村长解释着。

我终于知道村长内心深处的蛔虫藏在哪个地方了。原来是这样，简直是无以复加的无耻。

“你还我的狗，它跑哪儿了?”我故意推开了门，想去寻找。

花花却拦住了我：“孩子，让他去找，找不到，你上官那儿告他去，让他知道有些东西比钱更加重要。”

村长转身离开了，一边走着一边招呼着自己的手下：“赶快寻找，一定要找到。”

人群涌动起来，忙活着，将一大片的雪踩坏，地面上到处是人脚的印痕。

我觉得有些好笑，但没有表现出来，但我对狗的藏身之处表示担心，一旦他们找到了，就会变本加厉地对待狗，如今，自己的嫌疑虽然解脱了，但狗自身的嫌疑并没有解除，我看着他们绕着花花的超市转圈，村长道：“不要去超市。”

整个村庄展开了搜狗行动，而母亲此时却十分紧张地在到处寻找着我，她担心着我可能与狗重归于好，然后与村长展开了一项搏斗。她找了半晌，依然没有找到我，当她疲惫地打开药铺的门，看到一脸微笑的我正与花花收拾药品，说说笑笑时，她脸上也露出难得的笑容来。

村长站在雪地里，盯着狗子的脸。狗子不敢看他老子那张臭脸，只好低下头拨弄雪花，雪在他的脚下被踩得七零八落的。

狗子以为他爹会揍他，但村长看了一刻钟后，突然一把将儿子的头摆了过来，搂在怀中，小声说道：“狗子，帮爹个忙，你想办法见你小子哥，让狗出来，不然，我就得吃官司。那些当官的，只求得看一眼这只狗，我现在需要你的配合，你与小子关系极好，现在好，将来也一定好的，爹将来把这村子交给你，你需要小子的帮忙才可以顶天立地，村子里的男孩子我看多了，小子绝对是数一数二的人物，不还狗算我不对，我也没有办法呀!”

“爹，你说的可是真的，看过后，赶紧还给人家。”狗子不相信爹的话语。

“当然，我是一村之长嘛，不会有假。”狗子抬起胳膊与村长击了掌，村长接下来命令收兵回营。

傍晚时分，雪下得十分大，将村子里的几间小草屋子压得变了形，眼看着就要倒了。

狗子找到我，我们蹲在雪地里讲话，不太冷，兴许是雪没有化的缘故。

“小子哥，狗没事吧?”狗子在白天帮了我，因此我对他没有戒心。

“暂时没有，但不能保证永远没有。我想通了，等安顿好母亲，我就带着狗远走他乡，流浪去。”我突然间一句话，顶得万千朵雪花，让狗子的脸变得通红，继而泛出吉祥的花来。

“我也随你走，小子哥，我知道你厉害，知道的东西多，如果添了我这个帮手，你会如虎添翼。”狗子重复了两遍。

我的想法并未成形，只是想一吐为快，其实也有对现实的不满，包括对村长。

“我设法搞些狗食过来，不然狗会饿坏的。”狗子对我道。

我未置可否，只是盯着他消失在地平线与山的接壤处。

狗子很快跑了过来，我不放心他，命令他离远点，不准看。我拿着狗食，瞅瞅周围没人，便转到了花花的超市后门，在后门的旁边，我的狗正在企盼着物质食粮的到来。

狗见了我，十分殷勤地想叫，我阻止了他，不准他做出任何亲昵的动作。他的事情还没有处理完毕，他奴颜媚骨地面对村长让我齿寒，我丢下食物，示意他接着卧倒在地。

我整个夜晚都待在药铺里，有花花落下来的空调，但才半个月的时间，电费就高得吓人，我只好关了它，靠口中呼出的二氧化碳来抵御风寒。

一夜无事，风刮得厉害，我听见风中有鬼哭狼嚎的声音，从来没有一个人在外面过过夜生活的我，紧紧地裹着被子，黑暗中，我看见有一只鬼捧着一根针管子，到处寻找适合的屁股。

五点钟，外面华华雪光，我推开了门，去超市的后面，门却被人锁了，我只好翻墙进去，意外地不见了狗。

地面上毫无挣扎的痕迹，狗没有与人搏斗过，看来是出于他个人的本能。

我又到了超市里面，空无一人，狗十分忠诚，没有偷食花花超市的食物。

我骂着这头蠢狗，但在拐弯处，我却看出了破绽，明显有人动过的样子，用雪加以掩饰，却没有下的那样自然。

除了狗的脚印外，还有人的脚印，脚印奇大，像是一个人高马大的人留下来的。

这脚印不是村长的，村长个头矮，况且他是个怕冷的人，绝对不会在寒冷的深夜跑到这儿的，也许是他的手下吧。

我为自己愚蠢的行动感到懊恼，决心查个究竟。

我首先到了村长家里，锁狗的链子在风中舞蹈着，不像有狗归来的样子，我不死心，沿着墙角学狗叫，果然有人开了门，却是狗子娘，她对睡梦中的狗子爹说道："狗你锁哪儿了?"

果然有内容。

我蓦地想到了白天狗子的异常动作，难道他配合他老爹完成了这次行动?我喂食物时，狗子远远地看着，就那么大个破地方，一定是他瞧见了我。

我后悔不迭，同时对狗子的行为产生了怀疑，如果果然是他，我非撕了他不可。

狗子蹑手蹑脚地出了门，可能是要撒尿，我跟在他的后面，他对着白白的雪完成了新陈代谢后，去推旁边的门，门开了，我看到了狗。狗子与跑上前来的狗套近乎，狗子道："甭着急，小子哥马上就要来了，你先在我家里待着，有好戏看。"

果然是他，我没有想到，这个家伙竟然会吃里扒外。原来我想着，如果远游的话，缺少一个帮手，的确有时候会费力，但我现在明白了，不会带上他的，我宁愿带上村上破帽家的傻姑娘，也比他强。傻姑娘至少会给我唱曲，也会说笑话，虽然有时候唱得跑调。

我在上午时分，猛地从一棵树的背后跑了出来，截住了狗子，我一记耳光打在他的脸上，我质问："狗在哪儿?你将狗带走了，那可是我好不容易找回来的。"

"小子哥，我爹是急用，他说明天准还你，我会记得你这个恩情的，如果他不还，我便放了狗。"

"鬼才相信你的话，你与你爹一个德行，损阴丧德，不得好死。"我想将全天下最难听的词汇抖搂出来，但却说不出来，因为我的词汇量不算太丰富。

我不理睬狗子，径直锁了药铺的门，回了家。母亲不在家，可能又去山上看地去了，我拿好了猎枪，准备去找村长斗个你死我活。

意外地，竟然看到了那个当官模样的人，他与村长一起看着在寒风中瑟瑟发抖的狗。当官的道："村长呀，这是条好狗呀，我算是个行家了，却从来没有见到如此品种优良的狗，像人。如果将他送到马戏团去，一定会吸引许多人的目光。"

村长哈着腰，一直恭敬地点头称是。

"村长呀，送给我吧，如何?我答应你的事情，一定会办到的，至于钱嘛，我不缺，就是缺一条看家的狗。”当官的这句话如雷一样击在了村长的脑袋上。

“这个，狗不是俺家的，我是借来的，领导。”村长有些哽咽，兴许是良心发现。

“这个能难得了你吗，花点钱不就解决了？一条狗而已，我不会吃他，会让他看门，或者是给我解闷。”当官的过来牵狗，狗咆哮起来，将当官的踢倒在地。

我无法按捺内心的愤怒。如果我是江湖侠客，一定会迫不及待地跳将过去，将二人碎尸万段，但我不是，我只是一个普通的公民，一个手无缚鸡之力的人，如果我现在过去，他们那么多的人，肯定会以各种罪名将我押上车，送到警察局去。

我将愤怒的目标指向村长，如果不是他，不会有现在的结局，我又鼓励狗赶紧跑，跑得越远越好，我随后会跟随它闯天涯。

狗是按照我的思路走的。他站起身来，想跑，当官的却示意了周围的人群，不知从哪儿冒出那么多的打手，他们一个个拿着捕狗器，狗儿沧桑的脸上有莫名的泪水滑过，但他仍然抵抗着，在与一个小个子搏斗中，他跑了出来，后面便是无数的喊骂声。

在又一个拐弯处，一个捕狗器扑了过来，狗没有防备，被罩在中间，呜咽声中，当官的快步穿行在雪地里，有时候竟然兴奋地将自己的身躯猛然停下来，任凭自己的皮鞋在雪上滑过，露出一种无尽的欢愉。

我不得不承认自己是个懦弱者，如果我现在过去，与当官的理论，估计会有好的结果，或者是干脆让他写个保证书，多少天后将狗还给我，或者是得到一些可以打官司的证据，但我没有，我沿袭了我父亲的天性，从小怕事。以前闹事，是因为年轻，现在，稍微有些成熟，便想安分守己地过日子，从没有想到有一日骑在别人的头上拉屎拉尿。

我一个人在雪地里哭，没有人过来看我，母亲的心思全放在那块地上，花花与我毫无血缘关系，我只有一个人哭。

终于，我想到了报复。

这种念头人人与生俱来，只是有时候被压制罢了，就好像地下的煤，平日里在土地深处掩埋，遇到愤怒的火苗时，它们便会不可一世地爆发。

我就是一块煤。

我想到了抢劫。我蒙上面，故意穿得十分厚重，我还换了鞋，将老鞋匠丢下的特大号的鞋穿上，虽然有些不适，但我仍然坚持着穿，我不想在我抢劫成功或者失败后，落下话柄。

我走在去村长家的路上，雪停了，天异常地冷，一两粒残存的雪从不知名的角落里袭来，恰巧落在我的脖子里，留下一股子无名的痛楚。

傍晚时分，村长家锁着门，我长出了一口气。

锁链子仍在，狗却不在了，我知道他可能进了城里，村长也进了城。村长家里的所有人与当官的沆瀣一气，估计今晚要在县城里找一个安乐窝，好好地享受一番风花雪月。

狗子也是这样的人，他遗传了村长不好的基因，只是年轻，年轻的时候嫉恶如仇，上了岁数，便知道享受了。

我进了院门，为了保险，我直接跳的院墙，没有通过门。

一切缘于好奇，包括一种奇怪的报仇心理。

我没有进他家的正屋，直接奔那间小黑屋而去。那儿的地下室里藏着无数的钞票，而这些钞票便是村长犯罪的证据。我从来没有想过做交易，现在我明白了，如果想惩办恶人，没有一招两式的功夫，你是无法完成这种高难度动作的。

因此，我想将钞票带走一些，或者是找到他们作案的文字资料，包括账本，这是从侦探故事中学到的。

没有人堵住我的去路，我打开了门，我到了墙根处，看到了自己扔在地上的纽扣。我捡了起来，将它藏在怀中，按动了开关，暗门开了。

我瞅了瞅后面，没有人，但我抬头看到了一个镜头。我知道，这是村长装的监视器，我想到了一个好办法。我从外面弄了一块雪过来，糊在镜头上，并且冲着镜头跳了几支奇怪的狐步舞。

狐步舞来自于花花，她高兴的时候就跳，不过，她已经十来年没有跳过了。我打针时，有一次看到花花跳舞，钻心的疼痛中，花花的表情与我大相径庭，我按捺不住性子，也扭动起可爱的小屁股。

里面十分黑，我找不到电源电关，想了想，便点了根蜡烛。蜡烛是在窗台上找到的，村长家里可能为了应急用，因为在这样的小山村，不停电是不正常的。

满屋子堆满了钞票，上面落满了灰尘，我将蜡烛握在手心里，好奇地看着瞧着，一张张的钞票像绿色的妖精，惹得我的眼睛中充满了嫉妒与愤怒。

我想拿几张放到口袋里，但一开始装时，有控制能力，后来便停不下来了，直到装得我走不动路时，才停下手来。

我没有找到账本，满屋子的钞票，我想知道这儿到底有多少？便拿着蜡烛到处查寻着。

全是100元的大钞，这些钞票是所有人眼中的魔鬼。

我大意了，蜡烛碰到了钞票的一角，着了起来，这出乎我的意料。

我急忙想救火，但这儿太干燥了，没有救过来，很快，钞票灰飞烟灭，一切归零。

我有幸逃出来，是由于那块雪的功劳，我到达门口时，雪掉在我的鼻子上，烟尘没有使我归零。

东屋也着了起来，在小山村中形成一道好看的风景。

这也是一种报复吧，虽然不能让他绳之以法，但可以让他从零开始，从此以后，我们都是同样的水平线。

我疯狂地逃跑，躲在药铺中不敢出来，我在门口放了“打烊”的牌子，我将饭店的招牌用在了药铺上。

村长家烧成了灰，等到他们回来时，为时已晚。村长跺着脚，狗子站在原地搜寻自己的玩具，狗子娘像疯子一样骂村长：“你养情人、藏钞票，遭到报应了吧?!”

“一定是有人故意这样做的，我查出来，一定会将他碎尸万段。”

警察在现场搜查证据，问村长损失如何时。村长隐瞒了钞票，只说烧坏了值钱的物品，价值几万块钱。

花花与母亲也来了，母亲十分吃惊，与花花一边走一边议论着。母亲是个善良的人，别人家有了事情，她一定不会袖手旁观。

一枚烧焦的纽扣没有带走，我不小心落在火场外边的，引起了警察与村长的高度重视。

这种重视程度不亚于美国换了新总统，总统家嫁姑娘，总统姑娘生孩子。

村长绕过花花，叫了我的母亲来到山坡上，他站在积雪上，问母亲：

“小子是否因为狗的事情对我怀恨在心？如果他有意见，可以直接来找我，如果做了犯法的事情，恐怕他是要进监狱的。”

母亲怔了一下，当她意识到刚才看到的场景可能与我有关系时，她本能地扶住了旁边的一棵树，血压有些升高，可是，凭着她多年对我的了解，还是稳住了身躯。

“这怎么可能？我的儿子我了解。”母亲回答时有气无力，她不知道我的年轻也会带来恶贯满盈，因此，她不知道如何形容自己糟糕的心情。

村长并没有将纽扣亮出来，这是他的秘密、王牌，他与警察交流着什么，并没有将证据直接交给警察。

母亲一个晚上都待在药铺里，我并没有回家，原因是我意识到了可怕的后果。我跑到了母亲常待的山上，那儿有一座小的茅草屋，我将自己僵硬的身子藏在那块巴掌大的地方。我的心七上八下，不知道怎么办。我想跑，可不知道往哪儿跑，我想“自投罗网”，可一想小命不保，狗也归他人所有，我又不甘心。

花花推了门，与母亲待在一起，花花的病并没有多少好转。花花与母亲说着话：

“村长的意思是小子做的，他有什么证据?”

“他藏有证据的，只是不想拿出来罢了。我知道他要做什么，烧了他家的房，他肯定会以此要挟我要那块地的，这也许是唯一的答案，也是他至今不将证据交给警察的原因之一，他想私了，但私了是要付出代价的。”母亲一语中的。

“村长太可怕了，他家那么多的钱，还要地做甚?他曾经找过我，让我帮助他完成这件事情，我开始时受他的蛊惑，现在，我退缩了，我知道钱这东西生不带来，死不带走，要那么多一点儿用也没有。回顾过去，我至今唯一的亮点便是用针管救了无数人的性命，当然，包括小时候一直有病的小子。”花花的眼中闪着泪花。

“可是，这件事情该如何处理?我心中没底呀。我想还是让小子去自首吧。”母亲好像下定了决心，捶了捶自己的腿，然后靠在墙上，不停地叹着气。

他们后面谈的话，我是后面才知道的，到现在，我成了孤家寡人，我这十几年的生涯里，没有朋友成为一个致命的问题。人若是有朋友了，做事情会方便些，路会好走些。比如说有了磨难，会到朋友家中，一杯薄酒，洗去铅尘，但现在，我没有这种福气，恐怕这是我的性格使然。

我听见风中有狗子的声音，他在到处找我，我不敢出去，生怕这小子又与他的父亲狼狈为奸。狗子在风中吼着：“小子哥，我家着火了，我爹怀疑是你，你赶紧跑吧，我以后有机会会去找你的。”

狗子的声音给我带来了热量，我感到胸口出奇的热，不得不掏出了别在腰中的内衣。

我醒过来时天已放亮，我的四肢被冻僵了，我用了一刻钟才能动弹。外面除了白色，无任何生机，我的小屋被雪压塌了，我不得从茅草中钻出来。

不知道几点了，太阳刚刚出来，将周围的天空压成了白色，上面的白与下面的白叠在一块儿，将我的内心压得苍白无力。

我到家里一看空无一人，灶炕上一点儿热气也没有，母亲可能一夜未归。

我去药铺找，我有些着急，推开虚掩的门，药铺里一点儿温暖的气息也没有，母亲也没有待在这个地方。

我感到大事不妙，顾不了许多，我沿着没有人走过的雪路一直走出了村子，村长家在村子最外沿。我以为母亲被村长抓起来了，现在有钱有势的人往往无恶不作。我大声叫喊着，却没有人回答我。

我看到了花花，她是从超市里跑出来的，见我一个人肆意大喊着，她将我拖进了超市。

“傻孩子，喊啥呢？不要命了，村长正到处找你呢！如果让他知道你回来了，你小命难保。”

花花安慰着我，我却不听，我问她：“我妈呢？村长如果敢抓她，我就用猎枪崩了他。”

“你妈昨晚走了，留下一张纸，我才知道她走了，但不知道她去哪儿了。”花花将一张纸交给我，我认得母亲的字，见上面只草草地记了一句话：勿念，我去远游了。

我失去了母亲，母亲不要我了，我的调皮与淘气铸成了大错，我该如何形容自己糟糕的心境。

我要去寻找母亲，这是我的第一个念头，哪怕走遍天涯海角，也要找她，我要赡养她。

花花着急地问我：“孩子，村长家的火是你放的不？你给我说实话，如果是你放的，你赶紧走吧，村长捡了你的一枚纽扣。你母亲肯定是害怕连累你，也去外面躲藏了。你现在要做的，便是去外面躲避，不要回来，你的家我会替你看着，每周打扫一次。”

也只好如此，我平常做梦都想着远游，但没有想到如今却以这样的方式实现了。我要找回母亲，她刚走，肯定走不远。

我背上猎枪，不敢走大路，只好沿着小路一直向山里面走，绕了个大圈子，我走到了去县城的大路上。

我想到了狗，狗就在县城里某个当官的人家里，我必须带他一块儿走，天涯路漫漫，如果少了狗的支持，恐怕我挨不过这个凄凉的冬天。

我又想到了狗子，也想到了他的父亲，他的吃里扒外，这个人，根是好的，但如果不好好改造，这辈子就废了，但我如今不敢想他的事情了。如果我带他走，他的父亲一定会循迹来抓我的，我现在对他十分反感，他让我失望，竟然出卖了我。

我径直向前面走，路过一大片山洼子，我口渴的时候便吃雪，饿了便啃自己带的干粮。我终于看到了人家，这个地方十分熟悉，我看清楚了，这儿是麻衣的家。

我救过他的父亲，麻衣也许会感激我。

我抱着这样的想法，想讨碗热水喝，因为冰凉的雪实在刺痛了我的胃。

12. 狗的意外回归

正当我准备接近麻衣家时，我看到了一辆轿车一骑绝尘般地从我的身边驶过，停在了麻衣家的门口。

老头子听到外面有动静，兴奋地从里屋挪出来，但当他看到的人物与东西与自己设想的大相径庭，便转身想回去。

狗子与村长站在房子前面，我赶紧藏在草丛里。

狗子道："爹，你来这儿干什么？我想去找小子哥。"

村长道："他？找他作甚，警察在到处抓他呢，躲得了初一躲不过十五，早晚得遭报应。他将我们家的东西全烧了，他的母亲竟然也跑了，真可惜。"

狗子继续说着："他不是故意的，再说了，我们理亏在前呀，小子哥人不坏，如果不是你将他家的狗送人了，不会有现在的事情。"

"放肆，你小子吃里扒外，我一心想提拔你当下一任村长，可是你呢，不但不听话，还想与对手为伍。幸亏我多了个心眼，那些钱全是假的，真的在另外一个地方藏着呢！"村长脸上露出微笑。

我为有这样的对手感到羞愧，我又为自己没有彻底将他家的钱全部烧掉而遗憾，如果有下一次机会，我一定不会放过。

"爹，我不想当村长，管一千多人的小村子有啥好的。我想去外面流浪，学小子哥。"狗子依然固执。

有耳风响过的声音，同时老头子终于转过身来，对村长道："你怎么打孩子？"

"老人家，麻衣先生呢？"村长转怒为喜。

"如果不是那一万块钱，他还会回来，现在，他拿着钱，到县城里租房子了，听说找了个别人的媳妇，整日里鬼混着，我身体好歹好多了，替我感谢那个叫小子的孩子，不简单呀！"老人叹息着，好像对命运的无常感到不解，却又力不从心。

村长有些失望，但他又与狗子丈量着房屋的长短，狗子小声问道："爹，上次来时，你丈量过了，你难不成也要打这块土地的主意？"

"当然，狗小子，你知道啥？县城马上要开发了，这条路是唯一通向咱们村的路，如果咱们能够买下来，这块地价肯定升值。”村长终于将自己的心事和盘托出，我感到一盆污水泼在自己的脸上。

村长找不到麻衣，对狗子道：“你留下来，在这儿看着，如果麻衣回来，就用手机通知我，我很快回来。”

“爹，你去哪儿?”狗子问。

“我去县里，有事情，大事，与地有关的事情。等好吧，狗小子，我会将一大笔财富交给你的。”村长上了车，一条线一样射向县城。

老头子对狗子道：“你上次也救过我，你们这是要做什么呀？难不成又相中我的这块地了？我不会卖的，麻衣如果敢卖，我便到县里的警察那儿告他去。”

我苦笑，狗子也苦笑，老头子依然不知：上次的那些警察全是假冒的，真警察管不了这方面的事。

我想冲出去，一是口渴了，肚子也饿了，二则是我想知道狗的消息。在现在这个世界上，唯有一人一狗成了我最大的牵挂：一是自己的母亲，我现在急也没有办法，母亲是逃难去了，她会照顾好自己的。二是狗，他毫无做人的经验，现在被当成玩物，正在官场上经历风雨。

如果狗子知道，我一定让他带我去救狗出来。

我从身后拽住了狗子的衣服，然后用头套将他的眼睛蒙上，他挣扎着：“谁呀？老人家快救我，遇到截道的了。”

任凭他如何挣扎，我就是不松手，老头子举起拐杖想敲我，却一眼看到了我的熟悉的脸庞，他刚想说话，我却示意他回屋里去，他照做了。人老了，有时候像个孩子，你得用照顾孩子的方式对待他才可以。

我捏着嗓子问狗子：“告诉我，你来这儿干什么?”

狗子十分老实，尤其是现在这种情况下，他不知道有没有枪支弹药或者其他武器，他不敢反抗，只好乖乖地回答。

“我随我爹来的，我爹去县里了，我家有的是钱，你放了我吧。”

“别以为有钱就了不起，有些事情钱是摆平不了的。你告诉我，那条狗哪儿去了。”

“您对狗也有兴致？我也想去救他呢，我听说在局长家里呢。开发局的局长，他上次相中了狗，听说准备用来表演。”狗子如实回答。

“开发局长的家在什么地方？告诉我，与我一起去，你马上发誓帮我找到狗，否则，我让你天打五雷轰。”我逼问着，尤其是对发誓格外重视。

“我发誓，好的，我愿意帮你找到狗，否则不得好死。”狗子终于摆脱了我的胳膊，主要是因为我太弱了，一旦他有反攻的机会，我就会败北。

狗子看到了我，我以为他会动怒的，他脸上却挂满了微笑，像一朵巨大的向日葵。

“哥，你咋来了？你赶紧躲起来，别让警察逮着了，我爹通知了许多警察在抓你呢！”狗子左右看着。

“我无家可归了，都是你爹逼的，我是不会放过他的。我要找到狗，去寻找母亲，天涯海角再远，也必须找到她，我不会放过你爹的！”我说话时口气十分重。

狗子不说话了，只是眼睁睁地看着我向远方走去，我要去县里开发局长的家，要回我的狗。

狗子道：“小子哥，等等我呀！”

“你还是等你爹回来，告诉他我的行踪比较好，否则，警察是无法抓到我的，我有本事，放心吧。”我扬起手来，挥了挥枪，示意狗子我有致命的武器。

“我不会告诉俺爹的，我也不等他了，正好，我与你一块儿走，我不想当什么狗屁村长。”狗子尾随我离开了，手机掉在了地上。

我头也不回地走着，去不去，是他自己的问题，再说了，是他刚才发的誓言，一定要帮助我找回狗的。我想过了，等狗找到了，我便与狗一起飞奔，将这小子落下，我不太喜欢他，特别是不喜欢他的老爹。

我于傍晚前夕来到县里，我趁着路沟里的水，喝了一个痛快，感觉肚子里除了水之外，空落落的，狗子在后面追了上来，对我道：“小子哥，我们吃点东西吧？”

我一直不理他，他则讨好我，从口袋里掏出钱来，到旁边的包子铺里买了几个包子，递给我。我将包子塞进嘴里，风卷残云。

我头一次流浪，没有经验，有些兴奋，现在想得最多的，便是如何将自己的狗抢回来，想方设法开动脑筋，不能留下任何把柄在仇人的手中。

我们无处可住，便钻到了医院里。医院变了模样，医生甲听说刚刚升了副院长，十分忙碌，但他的办公室仍在，我们终于找到了他。他见到我们，十分吃惊的样子，说是要开会，安排一个小丑模样的人给我们打了两份饭。我们坐在办公室里吃饭，吃饭过程中，狗子一直埋怨吃不饱，说这个甲先生太小气了。

我踹了他一脚：“流浪之人，有一碗饭吃就不错了，不要本末倒置，现在最重要的事情就是将狗找回来，吃完饭，趁着夜色我们分头行动。不要暴露目标，你的表现将作为我能否带你流浪的重要考评，如果你表现不好，就会出局。”

我的话中带话，狗子听得十分在意，急忙将那碗饭吃完，然后尾随着我走入满天星光中。

记得上一次在医院，完全是出于做好事的需要，我喜欢帮助人，但出了事情，没有人帮助我们。

在医院门口，我们意外地遇到了锦旗店的老板，才一个月工夫，他的锦旗店生意火爆，他拉着我的手，将我扯进了旁边的酒馆里。

这是个好客之人，懂得生意道上的规矩与原则，比甲先生强不知多少倍。

席间我喝了酒，第一次酒壮了我的胆子，我越发觉得人生到处是凄苦，于是，两杯酒便落了肚子。

老板后来走了，有生意上门，吩咐酒馆的老板让我们可以随便点菜，能吃多少吃多少，他埋单。

狗子胡吃海塞，吃得不亦乐乎，我却没有一点食欲，只是草草吃了点，当我的目光掠过大街口时，我听到了狗的叫声。

狗对于我来说十分重要，哪怕是一般的小狗，我也会马上爱入骨髓。

十来只小狗被一家三口牵着，兴奋地窜过熙熙攘攘的大街，惹得一些小孩停下来，睁着涉世未深的眼睛好奇地瞧着。

风景的确壮观，我拉了老板过来，问道："这些狗作甚?"

"贵客，好事呀，县城举行美狗大赛，听说县长与许多当官的都要去，一个局长听说淘到了一条万世奇狗，此狗会说话，还会跳舞，会各种各样人不会的功夫。"

我像一支铅笔一样刷地站了起来，我好像明白狗子爹去县里的原因了，他一定是去捧场了，那儿有许多政界要员，他此行一定与征地有关系，我的狗一定在那儿，接受崇拜。

狗子对我道："哥，一定是咱的狗，去看看吧。"

我们扔了碗，狗子趁机要了一大包的热包子，拥在自己的肚子上，又生怕坏了，还加了个不环保的塑料袋子。

我们随着人流一直向前方走，果然有一个刚刚建好的大舞台，其实上面都是一些废弃的木头板子，只是重新刷了漆。

节目很快开演了，一大帮的人众星捧月般地围护着一只狗与一个人上了台。上台的人是县长，人模狗样的，有风彩，大衣敞开着，露出微微突起的肚腩，是让人看起来自己是个不怕冷的角色。

狗改了模样，看不出来是不是狗，我后悔没有给狗起个像样的名字，现在叫起来也十分困难，我如果呼喊"狗"，恐怕一大群的狗都会有反应。

这狗穿着衣裳，时而抬起头看看大家，时而卧在地上，像个猴子似的表白着。

我看到了开发局的局长，他十分高兴地坐最前排的位置上面，这十分不合常规，因为县里的许多领导都没有得到这样的殊荣，只能说是一种特殊照顾罢了。

就好像某个小下属对上司说了几句好听的话，后来干脆将自己最心爱的礼物赠送给了上司，上司垂爱于他，没提拔他，但不良的风气先出来了。

广场上，布满了用绳子隔开的格子，每一家的狗站在一个格子里，主人们面露喜色，等待着大赛的开始。

广场的后面有一家理发店，理发店的老板成了美狗们的化妆师，每一条即将上台的狗都要在上台前十分钟内去理发店进行简单的化妆。

但唯独县长的狗早已经化好了妆，浓妆艳抹、目光如水、眼神如炬，这目光我十分熟悉，但我不敢确定。

狗子赶紧藏在我的后面，因为在开发局长的旁边坐着村长。村长此时不停地回头让镜头拍到他，希望在大家面前露一小脸儿，增加一下知名度。

我与狗子绕到舞台后面，我们像童工，因此没有人拦着我们。

看到一个孩子淘气，狗不听使唤，我与狗子上前，将狗的绳子拿了过来，然后顺利地进了理发店。

县长的狗此时见面仪式已经结束，县长的助理对化妆师说道："小心点，这可是县长家的新狗，妆不行，刚才掉了许多，再加些胭脂。"

助理走了，我与那狗打了个照面，我浑身一个激灵，狗看到了我也兴奋地摇着尾巴，那正是我家的狗。

看到化妆师一个人忙得脚不沾地，我示意狗子打扫卫生，而我则故意装作什么都懂给带进来的小狗化妆。化妆师一看到我的义务劳动，递上一个感激的眼色，然后说道："谢谢兄弟，我忙死了，你是哪儿来的?"

"我是县里派来帮你的，对了，你的额头都是汗水，先休息会儿吧，我替你。"我故意使诈，他果然上了当。

我招呼狗子照顾我带来的狗，然后我从化妆师的手中接过了胭脂，狗局促不安地坐在椅子上面，我接近了他。

瞅瞅周围没有人，我对他道："弟弟，你要知道什么事情该做，什么事情不该做。"

他好长时间没有与我对话了，说人话的能力有所降低，但还是努力地点头。

我接着道："一会儿看我的安排，我先替你卸妆，让另外一条狗替你，知道不？你要马上与狗子离开，看似光荣，你知道后果吗？你就像一个玩物，会被不停地传来传去，最后，被折磨死。”

狗子使出浑身的力量说了话：“我想走。”

不需要更多的语言，这一句已经表明了态度，亮明了立场，足够了。

化妆师去厕所了，我示意狗子关上门，将那条小狗带了过来。我迅速将一系列的化妆品涂在那条小狗身上，然后将花环从狗头上摘了下来，戴在它的头上，那狗的兴奋点刚刚被触及，不停地跳着叫着。

小狗的主人看到了，问我这件事情的缘由。我解释着：“小女生，你不想让你的狗成为冠军吗？如果县长相中了，恐怕你也会飞黄腾达的，这条笨狗太粗鲁了，不配这些好看的花朵，你的小狗细腻不油滑，绝对是今晚的主角。”

人都喜欢听好的，加上我现在的身份就是一个专业的化妆师，加上狗在以自己庞大的身躯在旁边不停地指导着，一会儿说这花不行，一会儿说这点需要再加几个点缀，将整个事件炒到了九霄。

小女生绝对是个刚刚涉世不久的小学生，要欺的就是这样的小女生，我暗自笑着。

小女生十分高兴，她解释着：“我爸是个落魄的科长，刚刚因为一个错误下来了，整天不高兴呢。如果有机会让我的狗替我爸爸办事情，一定会有好结果的。”

我听着觉得不舒服，狗子也觉得有些不伦不类，不禁看不起这个小女生，他哼了一声，权作对这样家庭教养的一种数落。

我心里面骂着狗子：你照照镜子吧。

外面有敲门声，开始时是轻微，是老板的声音，后来见门不打开，变成了砸门声。

我示意狗子赶紧带着狗离开。狗子走出旁门，击碎了后门旁边的一扇小窗户。狗率先跃了出去，狗子太庞大，小女生在后面帮他的忙，才勉强过去。

门开了，老板怒气冲冲地问我：“谁锁的门？县长着急了。”

我手中都是化妆粉，示意不是自己做的，老板看了我的模样，对小女生道：“你是做什么的？赶紧出去。”

“我是这条狗的主人，怎么了？”小女生有些不服不忿。

“原来如此，太巧了，居然是县长大人的千金，对不起，狗马上就好了，保证让你满意。”老板曲意逢迎的招数让我恶心。

面前这条小狗架子小了点，与我的狗相比，但一化完妆后，都是乱七八糟的模样，因此，人一下子难以分辨出来。

这正好形成了以假乱真的场面，我由衷地欢喜。

外面传来吆喝声与锣鼓声，盛大的场面开始了。

先是一些不知名的小狗进行活动，外面人声鼎沸，县长带头呐喊着。

“县长的狗”蓄势待发，小女孩牵着，心里面正想着一会儿见到县长后，如何让自己的爸爸重新回到岗位上去。化妆师也挺高兴的，不停地拍我的肩膀，说我的手艺不错，如果可以，我可以过来，工资每月 800 元钱。

呸，800 元钱，是这个地方的最低工资标准。

我借故去洗手，老板说这儿有香皂，我却说我需要找一些污泥去洗才能够彻底，老板说我的想法挺妙的。

狗子早已经离开了，这是我最放心的地方，我跑到了一棵树的下面，看着树上面皑皑白雪，几下子我便蹿上了树。

由于我穿得较厚，加上有雪的缘故，我差点从树上跌下来，幸亏有个老头子，好像是卖冰糖葫芦的，车子支在树下面，树上落下去的雪砸了他一身。当他看到了我的脚快要从树下滑下来时，用矮小的身躯撑了我一下，我转危为安，他却瘫在湿滑的路面上。

好戏开锣了，十来分钟时间内，各色小狗轮番上台表演。有些狗的主人打扮得花枝招展的，将小狗的舞台当成了展现自己的舞台，尤其是一些局长，听说县长在这儿呢，拼命地让自己家的媳妇出来活动，或者是干脆不要人老珠黄的原配，将自己的小情人搬了出来，也不怕审计员审计他们。

当官的媳妇一个比一个年轻，有的竟然比孩子还要小，这形成了一种不协调的场面。

这样的场面也是一种可怕的人生。

终于，“县长的狗”上台了，我听到了如雷般的掌声。最前排的绝对都是当官的，他们举起手拼命地鼓掌，生怕鼓得小了，自己的乌纱帽不保。

村长带头鼓掌，他今日特地带来了两副腰板，鼓起掌来十分有力形象，简直是地球上最出色的小丑。

开发局长也不甘示弱，干脆请来了自己的小老婆，腰肢比柳枝粗不了多少，看得村长的眼睛直掉眼泪。

小女孩牵了狗出来，大家都以为她是县长家的千金，县长都那么大了，一定是小老婆生的，因此，举座皆惊。

县长以为是开发局长故意安排的小模特，因此也鼓掌。他一鼓掌，大家都跟着鼓掌。

“县长的狗”如愿以偿地当上了冠军，因为现场的评委们都将票投给了这条狗。现场主持人要求县长说获奖感言，县长刚想上台，小女孩却将话筒抢了过来：

“感谢现场的评委，我真是太高兴了，县长大人好，我的爸爸是文化科的科长，现在在家待业呢，他受了诬陷，请求县长大人给予谅解，让他重新上岗。”

这几句话让台下炸了窝，我笑得重新差点从树上掉下来，幸亏我的脚重新踩到了刚刚站起的老人的头上，才勉强骑在树上。

正在此时，一条没有当上冠军的小狗不服气，小狗挣脱主人的玉手，跑上台便与“县长的狗”打起架来。几个回合下来，“县长的狗”被打得如落魄的公鸡一样，人群中讽刺的声音此起彼伏。

那小狗身上的颜料掉了一舞台，不大会儿工夫，便恢复了原貌。

村长首先叫了出来：“不对，不是这条小狗。”

开发局长对村长道：“你敢骗我?!”

县长质问开发局长：“你小子，居然用一条假狗来骗我，它的才能哪儿去了?”

现场一片闹腾声，我在这种闹腾声中，从树上快速滑下，然后一溜烟地消失在了地平线最薄的地方。

地平线最薄的地方是城市。

警察在维持秩序，细查下来，化妆师的老板坚持说就是这条狗，没有错。警察又质问小女孩子，小女孩子说不出话来。村长道：“这是一条神奇的狗，变幻莫测，恐怕它在故意隐藏自己的实力，我们让他学几句人话，兴许会成功的。”

开发局长对县长解释着：“这是狗村长，他是见证者，这狗会说话，我见过的，会直立行走，也会演戏。”

县长点头表示同意。

村长对狗道：“说话，说几句人话出来。”

小女孩走到狗的跟前，对他耳语了几句，狗突然间叫了出来：“你他妈的，真不是东西。”

县长跳了起来，从头到脚有一股子清新感：“果然会说话，太不可思议了，只是说的是骂人的话。”

再让这只狗说话，还是这两句骂人的话。县长发火了，要求小狗直立行走，几个人硬是扳着小狗的身体，小狗拗不过他们，便与之搏斗，后来索性挣脱人群，将一帮人的手咬成了筛子后，逃掉了。

警察开了枪，人群一片惊慌。

小女孩子哭成了泪人，狗子从旁边的缝隙里钻了出来，将小女孩带到一处无人的地方。

我在半路上截回了小女孩的狗，让她赶紧离开这个是非之地。

小女孩却不肯离开，只是哭，好半天她才说道："你们坏了我的好事，如果不是换了狗，我的狗也可以得到冠军的，我的爸爸就可以复出了。你知道吗？他不当官后，天天在家喝酒，打骂妈妈，对我也置之不理，如果你们能够帮助我完成这个心愿，我会感谢你们的。"

我犹豫着，没有想到狗子却回答得理直气壮："没问题，小姐，你好美哟，我答应你了，我们今晚就去帮助你。"

我瞪了狗子一眼，他竟然想埋没我的功劳，我还在这儿呢。

我刚想接过狗子的话茬，没有想到旁边的狗竟然也发了言，兴许憋坏了，他说出了人话。

"小姐，我也会帮忙的。"

"你居然真的可以说话，太好了，我爸有救了，你是神狗吧。"

小女孩兴奋地一手拉着自己的狗，一手拽着狗的耳朵，狗受到异性的肯定后，情不自禁地直立行走起来，他是想更多的表现自己的才华。我立即予以制止，出的风头越大，越容易被推到风口浪尖上，不知好歹的东西，如果不是轻易露出才华来，你还不会遭遇这么多的横祸吗？

从小就要做一个低调的生灵，这是自然界赋予你的神圣法则。

小女孩先走了，我们约好了去灵花街13号的一栋平房找她。

我问狗子："你应答得最早，你说吧，如何办？"

"哥，我是故意答应她的，我害怕你让我走。只要有事情了，便不会撵我了。"狗子低下头去，我真想打他两记耳光，但后来想想却放下了手。

我对他们两个道："我们去寻找县长，狗，就看你的表现了，如果县长的狗失而复得，他一定会兴奋的，我们将这个功劳记在小女孩父亲的身上。"

狗道："我又要进虎穴了。"

"不是，事情成功后，我自然有方法帮你脱身，现在不是时候。"我打定了主意。

我们不知道县长家住什么地方。在拐弯处，我们看到了县里的车，心想最宽大的车上一定坐着县长。我命令狗全力追踪，明确县长的家在什么地方。

狗照办了，不大会儿工夫，他便跑了回来，然后领着我们向前方快速前进。

我早就饿得不行了，刚才又吃了一大堆的雪，这阵子浑身不舒服。我很想找个温暖的地方，吃一顿豪门盛宴，睡上一觉，然后逃之夭夭。

我看到了一栋别墅，不大不小，精致玲珑，错落有致。

有个看门的人，在门口把着扫帚，不停地嘟囔着，我上前问道：

“老人家呀，县长住在这儿不?”

“哪有什么县长，全是浑蛋，你们找错门了，这儿只有一个吃里扒外的东西。”老者回答得语无伦次，前言不搭后语，我们十分吃惊，或许他有精神疾病吧。

“我们有一份礼物想送给县长大人，你通报下吧。”狗凑了过来，他直立行走的模样很有风采，老者看呆了，继而反应灵敏地大声说道：

“明白了，全明白了，县长是在这儿呢，但是，我有个条件，你们进去一定要给我说好话，不然，他让我明天就走，说这儿不让我待了。我实话告诉你们吧，这儿不是县长的家，是县长小情人的家，县长很少过来，但一过来便对我大发脾气。”

我不明白为什么他对着几个生人竟然说这样的话，竟然不怕我们到反贪部门举报县长，或者是县长的权力太大了吧，也许是县长平日里对此人要求过于严格，或者是工资开得太低了。

我回答着：“当然可以，你就说你是我们的亲戚，我们叫你老爷吧。”

我们三个齐声喊他老爷，他感动得眼角泛出了泪花。

“我冒死进屋去，就说县长的狗找到了，你们等着。”

县长此时刚刚进屋没多久，进门时，老头子在自己的小门房里睡着了，县长踹了他一脚，才醒过来，县长亲自开的车，因为这个地方实在太重要了，他生怕太多人知道自己包养情人的消息。

他进屋后，小情人偎了过来，但今日他毫无兴致，因为他答应了上司，会将一只灵巧的狗送给他，然后换来自己的升迁，但今日一条好好的狗居然跑掉了，他想到了那个可恶的小女孩，她的父亲原是计财科的科长，想再上去，门都没有，破坏了我的整个计划。

正在此时，老者进了进来，县长看到了，大声嚷着：“哎，你怎么进来了，擦鞋了没有?”

老者想动怒，但他习惯性地笑笑，对县长道：“大人，我有好事给您说，我有个亲戚，也养了条狗，刚来了，可能县长会十分喜欢。”

县长道：“你少来这一套，我看厌了，你一个门子，有什么好亲戚呀，别唬我，我烦着呢！难道有那条狗好?”

“当然是的，会说人话，还会直立行走，直立行走可是人区别于动物的最重要的界定标准之一呀!”

老者肚里有墨水，说出话有鼻子有眼，由不得县长不相信。

“竟然有这样的事情？好，如果果然如此，你便是我的心腹，从此后便留下来。”县长蹦了起来，踩到了小情人的脚，她大叫着，用眼睛直瞪县长，县长不好意思地笑了笑。

我们三个被领了进来，县长与他的小情人，大眼瞪小眼，看了半天，也没有看出谁是人，谁是狗来。小情人对老者道：“老皮，你说啥呢，狗在哪儿呢?”

我示意狗马上现出原形，狗脱了人的衣裳，毛发顿生，将自己的身子露成了原形。

直立与趴着的动作，可以在短短的一秒钟之内完成，世上竟然有这样的事情。

县长看傻了，待在原地一个劲地傻笑，小情人拍了他的肩膀，他竟然哭了起来。

县长定了定神，马上招呼我们坐下。我拍着肚子，说自己饿了，小情人明白事理，马上从厨房里端出来刚刚做好的饭菜，我闻到了香味。我们三个人大模大样地坐在一起，狗的坐姿势十分好看，他不会拿筷子，我示意老者帮忙，老者用筷子将饭菜送进狗的嘴里，现场一片狼藉声音。

我吃得十分快意，狗子的饭量大，更是吃了个沟满壕平，县长大人平日吃的饭菜居然比狗子家还好，我们家过年的时候也没有吃过如此好的饭菜。

县长刚想插话，小情人却示意他等会儿，让我们吃饱了再说。

狗子看到了旁边的红酒，打开了，仰着脖子灌了一大口，我也不例外，接过酒瓶来，将一大瓶法国进口的红酒送进自己可爱的胃中。

狗也喝了酒，这出乎我的意料。他用爪子托着酒瓶子，将一瓶的红酒如数倒进自己的肚中，让旁边的小情人大跌眼镜。她忽然想起了什么，从旁边的枕头下面摸出了相机，准备拍照。

狗着急了，用脚踢了下狗子，狗子心领神会地站了起来，嘴里面一大堆的食物，嚷着：“不准拍照。”

小情人不依不饶，想继续进行这个可怕的动作，县长却小声在她的香软的耳朵边上呵着气：“小美人，狗马上就是我们的了。”

吃完饭，现场沏好了茶，我们三个人坐在沙发上，大摇大摆的，老者上前道：“三位亲戚，县长想与你们谈话。”

我说道：“谈吧，不就是相了我的狗吗？没问题，但我有个条件，一是这位老人，是我远房的一门亲戚，不准慢怠他，听说你们政府有什么保险项目，一定要给他上个保险。再者，计财科的科长可是我的至亲，我与他的女儿可是拜了把子的兄妹关系，你得让他官复原职，否则，我不会同意将我的狗送给你的。”

县长有些犹豫，因为计财科长得罪了他，他刚刚找了个借口，将这个人撸了下来，哪能重新上岗？

小情人却不愿意了，跑了过去，将狗抱了起来，来到了床上，在床上与狗滚在了一块儿，看得县长牙根直酸。

“你这是要挟人呀，我可是一县之长，哪能接受你提的交易条件，传扬出去，我的脸往哪儿搁？”

县长脸上有些挂不住，眼睛老往小情人那儿瞅，害怕狗会亵渎自己的情人。

“那好呀，你是想来硬的，将狗强行留下，狗通人性的，如果他不想留下来，他会捣乱，不让你有快乐，还在公众场合让你出丑。我知道你是想讨好你的上司，如果狗不主动听从你的话，恐怕你会遭殃的。”我单刀直入地说道。

小情人却答了腔：“我同意了，答应他，没事的，计财科长家的小女孩我也认识，就是今晚在广场上牵狗那孩子，可怜死了，人要有爱心，县长大人，再说了，这条狗真是太聪明可爱了，长得像人，可以做我的兄弟，更可以当你我的宠物。”

县长回答道：“好吧，我答应，一周后，让他上班。”

我对狗子道：“你先回去吧，我在这儿交代一下狗的使用原则。”

我们事前商量好的，但狗子却有些迟疑，他生怕我故意这样做，办完事情后便领着狗消失，让他永远也无法找到。

因此，他用眼睛盯着我，我用眼睛送给他肯定的答复，他才推开了门。

狗子要去寻找自己的父亲，我让他帮忙问他的父亲、我的母亲去哪儿了。

我在临行前需要知道母亲的确切消息，不然我选择不对正确的方向。

我告诉狗子要用迂回的方式进行，不然，会引起他父亲的怀疑，不仅他脱不了身，恐怕还会连累我。

我留在了县长家里，县长与小情人高兴得手舞足蹈。按照事先的安排，我计划于后夜时分悄无声息地离开县长家，我需要用三个小时进行培训，我走后，狗会待半日再自行离开，实际上就是逃走，这样，不会二次连累小女孩的父亲。

但在此期间，县长接到了一个电话，出现了一些变故，因为县长的上司要求县长带着刚刚得到的狗于后夜赶到玛雅咖啡厅，县长匆忙挂了电话，与小情人理论着。

小情人说什么也不肯随他前去，说官方场合不方便，县长道："莎莎，市长专门让你去的，娜娜也在那儿呢，她可是市长的情人，今天是情人大聚会。"

由于我懂得与狗的交流方式，他们邀请我也过去，但我的衣服太寒酸了，县长便找了身自己以前没有发福时穿过的燕尾服，我将就穿好了，将自己的头发梳理得十分光滑，我还在他们的鸳鸯池中洗了个热水澡，其实我是沾了狗的光芒，狗身上气味太难闻了，我与狗成了一对苦命鸳鸯。

我们打扮得也算得上能上台面后，坐上了县长亲自开的小轿车，狗就伏在莎莎的腿上，眼睛却老瞅我，他心神不宁，是害怕我将他落下。

我用眼睛送给他力量，一路上，小情人与县长沟通着见面后的礼仪，小情人道：

"君达，我不想去了，太难堪了，你看这衣服，昨天刚买的，竟然烂了个洞，还有，这鞋子，跟儿太短了，娜娜身高 1 米 5，现在穿了个高跟鞋，竟然成了 1 米 7。我要长成 1 米 8 才好。"

玛雅咖啡厅到了，一切秘密进行。我们走的后门，穿过几道窄长的弄堂，来到一间古朴典雅的包间。

我与狗、莎莎在外面等候，县长先进去了。

莎莎不停地摆弄着狗的脖领子，生怕他跑了，但狗不老实，我对狗道："安生点，一会儿要见官了，注意素养。"

莎莎笑了，笑得前仰后合，然后问我道："你家是哪儿的？我听着好像本地人吧。"

我回答她道："是的，县城西边的山洼里。阿姨，您是什么身份？"

我苦于不知道如何称呼面前这个女人，于是我破天荒地叫了一声"阿姨"，她听完后，用手打我的头道："叫姐姐，我有那么老吗？你十几了吧？我才二十几岁。"

"这么年轻，跟了个老头子，我以为你三十多了呢？"我脱口而出。

"话糙理不糙，你说得对，如果不是为了生计，谁愿意跟他，我为此丢了初恋，现在不想他。"

我突然想起了再做一种深层次的好事，如果能够帮莎莎摆脱困局，帮助她回家，恐怕也是一件幸事。

孩子们不知道大人们说话阴奉阳违，真的以为她们言行一致，不想与当官的待在一起。我暗下了决心，等会儿给县长提出这个条件。

县长叫我们进去，却将狗带到了另外一个地方，我与狗不能待在一起，这让我的心七上八下的。

我被安排在一座密封的房间里，没有窗户，一个小女孩过来招呼我坐下。

我不认识她，后来才知道她竟然是市长的女儿，我问她："他们哪儿去了？我的狗呢？"

"他们四个人在喝酒呢。狗在旁边表演，你听那音乐。我最讨厌他们这样做了，我想我的妈妈，可我讨厌这个小阿姨，我妈妈在世时说她像个妖精，现在越看越像。"

13. 愤怒的狗

时间一分一秒地过去了，整个咖啡厅快要关门了，小女孩困得不得了，坐在我的对面喝多了酒，睡着了。我突然有一种冲上去亲她一口的冲动。从小到大，我都与女孩子无缘，没有一个正式的初恋。她浑身珠光宝气的，加上家里有钱，打扮得也时尚，十来岁的孩子竟然像少妇一样成熟。我不知道她父亲安排她在此的真正原因，但我不管其他了，我丢掉了狗，就要得到一个人，有时候，狗的命也值钱，就看你如何形容看待此事。

但我仍然关心着我的狗，内屋毫无动静了，他们估计是喝多了。我召唤狗，但它却没有出来，等到一个执事的人过来撵我们出去时，我才知道他们竟然带着狗离开了咖啡厅。

这是一种怎样的结局？狗的主人竟然毫不知情，当官的便可以为非作歹地将狗带离现场，一个屁也不曾放过，我们难道就是任他们剥削的小民吗？

我开始恨这个世界，恨当官的，有钱的，有势的，如果现在有媒体问我最大的愿望是什么，我一定会说杀尽当官的，找一个当官的女儿，浪迹天涯，为何要找当官的女儿为妻，可能与自己将来需要用钱有关，他们贪污所得，我带走一些也是应该的。

我对清雅说道："你父亲去哪儿了？"清雅是市长女儿的名字，我才知晓。

"你的狗着实厉害，刚才他说人话了，我父亲一定是带着狗去省里了，因为省长打了电话过来，对此狗的关注程度非同一般。我父亲是为了升官，他说过，省长的位置迟早是他的。"我愤怒地站起身来，报复心油然而生。我觉得自己太软弱了，也觉得狗太无能了，如果它有艺在身，可以伸张正义，我盼望着狗一定要将这帮当官的咬死。

我下定决心将清雅带走，至少这是一个良方，将来以一人换我的狗，一定是个不错的办法。

清雅居然想与我一起走，这让我觉得不可思议，清雅说道：“家早已不成家了，父亲与小阿姨在一起，我的妈妈早被他们害死了。”

原来又是一个值得同情的人，这世界本来就是由同情与不同情组成的。

夜晚的大街灯红酒绿的，我与清雅无处可去，后来她对我道：“咱们先去我们家吧？总不能在外面待一晚上吧？”

我认为这是她想要逃跑的信号，但我实在困极了，刚才拼命地喝了一杯红酒，觉得不舒服，于是，三拐两拐的，清雅打开了市长家的大门。

市长家不太豪华，兴许是害怕有人查处或者举报。我打开冰箱，将一大瓶可乐吞进了肚子里。清雅安排我的住处，我生怕她的父亲会回家，而清雅则说道：“他今晚是绝对不会回来的。”

半个残夜，我思绪难平，我觉得这样离家出走去寻找母亲是一个错误，母亲可能是暂时离开了，如果真是被狗子爹所抓，我应该理直气壮地与他对峙，而不是这样的逃之夭夭，如果果然这样，我回家后，地也没了，家也失去了，这样的结局是我不愿意看到的。

正当我将她们家的冰箱里的东西吃得差不多时，门铃意外地响了，我一个鲤鱼打挺跳起来，我在想这个叫清雅的小女孩是否在使诈，本来她已经无路可退，只有跟着我浪漫天涯，或者是当我手中的把柄，但我却意外地陷入了她设下的陷阱，她搬来救兵了。

清雅迅速地警惕着看猫眼，我则在她的身后，做出准备搏击的动作，但她一脸讪色地对我说道：“是小阿姨。”

她要开门，我则小声道：“放她进来，问她狗的下落，我现在觉得自己上当了，为了帮助别人，竟然将一条好生生的爱狗奉献给了别人，狗也是生灵，也有灵魂，哪能容许这么多人折磨它？它如果爆发了，后果不堪设想。”

门开了，娜娜蹦了起来，大声吩咐着：“清雅，帮助阿姨，不是，帮助妈妈拿来最高的那双鞋子，我要与你的爸爸参加一个重要活动，如果成功，我们就发了，当官有什么好的。”

我早已经躲了起来，清雅道：“什么活动？我也要去。”

“交易呀，小姑娘，你甭去，这是钱的事情，那条狗可以卖1亿克里，买家在医院门口等着呢。”娜娜故弄玄虚，我却眼前一亮，觉得不可思议，但同时为狗的处境捏了一把汗。

世界是由人主宰的，哪容得下一条狗的存在？人可以钩心斗角，可以无所顾忌地随心所欲，如果一条狗有了思想，想变成人，那么，这个世界是否会变得特别可怕？

我不清楚，但我拭目以待。

娜娜的鞋子被狗扯破了，光着脚，在地板上做着重复多余的动作。清雅不情愿地从旁边的鞋盒里掏出一大堆的臭鞋来，我觉得全是破鞋。

娜娜胡乱地换了一个高跟鞋，打开门，便飞一样地跑起来，但跟太高了，跟与地板发生了强烈的反应，她摔倒在地，破了相，脸肿得厉害。

她顾不了许多，当钱充斥了心灵，便成了麻醉剂，会产生止痛的效果。

我们骑着自行车在大路上飞奔着，医院我熟悉，因此，毫不费力，我们便赶到了医院门口。现在已经是凌晨时分，但整条街竟然戒严了，好像说是有高级领导夜晚时分去医院看病。

他们被表面糊弄了，这是市长打着高官到访的旗号，其实是为了做一笔交易。

我听到了狗的叫声，它的叫声令我心潮澎湃，似乎在一瞬间，所有的人都朝着这个街口赶去，只为了看一场热闹。

我看到了狗子与他的父亲，我故意将头用帽子罩起来，不让他们发现。

狗子对他爹道："救救狗吧，它刚出龙潭，竟然入了虎穴。"

狗子爹嘀咕着："哪有那么容易？如果是与百姓打交道，我的能力还可以，如果是官，超越了我的范围。"

有人在打狗，狗叫得十分凄惨，清雅与我挤了进去看到了一个商人模样的家伙正在打狗，狗叫得越厉害，他便越兴奋。

狗身上的毛全掉了，血液凝固起来，本来就有伤，现在是雪上加霜，狗的忍耐是有限的，我忽然想制止他的暴行，因为一条狗一旦愤怒起来，便会令人发指。

但我没有阻止，我在看戏，有时候，看戏也需要一种梦想与冲动。

清雅问娜娜："他为什么如此打狗？"

娜娜道："他手中那条棍是他花费巨资买的打狗棍，据说是中华北宋时候丐帮留下来的，是真品，而这条狗能否承受得住打狗棍法，便成为本次交易的重点。"

我觉得可笑，一群病态的人，这世上哪有什么打狗棍法？

但棍还是无情地落下来，狗失去了斗志，它不敢反抗。

我的心难受得厉害，没有人会在意一条狗的下场，但我有，我属狗，是狗命，从小与狗有缘，今生今世说过要与狗在一起，因此，我从嗓子眼里挤出一句话："弟弟，向前冲，咬他们。"

这句话似晴天霹雳从空中传来，落在地上，砸了一个大坑。

又一声“弟弟向前冲”，人群鼎沸起来，一浪高过一浪，全是这样的声音。

我吆喝着，我实在控制不了自己的愤怒。愤怒一旦失控，便会产生像原子弹一样的威力，大则可以杀人，小则可以伤己。

狗愤怒了，咆哮起来，像人一样直立起来，两只前爪抓住了那人的胳膊，绕了两圈后，将其甩了出去，由于气力过大，人不知道去了何方？眼尖的人在远处的树上发现了商人，他血肉横飞，早已经奄奄一息。

好厉害的狗！有人惊呼着，媒体蜂拥而上，将这则难得的场景抓拍下来。

市长觉得不好，闹大了，本来说好去家里谈交易的，但害怕审计部门介入，在大街上，如果有人将自己的脸放到网上，恐怕自己明天就得进监狱。

娜娜却兴奋得不得了，叫唤着：“好狗，我喜欢，这条狗不止一亿克里吧，如此厉害的狗，人不会的，它会；狗不会的，它也会。”

市长小声道:“美人，走吧，我派人抓了它，这么多镁光灯，影响不好。”

“我不管，我要留下来抓狗，你去吧。”娜娜跑到狗面前，伸出手准备去抓气喘吁吁的狗。

我叫道：“狗，注意美人计。”

狗收敛了兴奋，后腿抬起来，将娜娜踢飞，娜娜落在市长的身上，市长哎哟一声，倒在地上。

人群中有人惊呼着，抓狗呀，好狗，如果能够得到此狗，一定可以长命百岁，吉祥的狗，有福的狗，有能耐的狗。

我大叫“不好”，同时摆脱了清雅对我的纠缠，跑将前去抓起狗的身体背在身上，一溜烟地消失在小胡同里。

这是医院旁边的小胡同，我们原来在这个地方待过，熟悉得很。

但人群蜂拥过来，由于我体质差，跑得慢，因此，他们很快便跟了过来，警察也拥了过来，他们奉了市长的命令：“抓住狗者，将女儿许配给他。”

狗居然比人还重要，这是我听到的最滑稽的命令了。

但我来不及多想，因为危险已经降临。在危险降临时，依然可以想到美好的人，不是疯子，就是神经病，我忽然觉得人有时候活得还不如一个精神病人。

狗从我的怀中挣脱出来，像人一样与我并肩站着，才隔了一晚上时间，我觉得它成熟了许多，动过手术的脸皮，本来就像个丑陋的人，在夜里，没有人敢将它当成一条狗。

人群中有人道：“他果然不是条狗，活脱脱的一个人，市长大人居然将人当狗进行交易，他的麻烦大了。”

“应该说是一个有力量的人，不然，他如何能将商人扔到树上去？如今，商人依然在树上挣扎呢，四个警察都没有将他取下来，如今，城建的人正准备将树锯倒，不然，他会一辈子住在树上，两根杈杈子，齐刷刷地刺进了他的身体里，每一次震动，他都会奇痛不已。”

“他是人，”我突然间计上心来，“不过是因缘巧合，竟然被当成了狗而已。”

我极力隐瞒大家，是想摆脱，我下定了决心，逃离这个市，这个县，到海外去，这儿令我头疼。

“他会说话吗？如果会说话，就表明他是个人，市长该下台了，如果他不会说话，还是有狗的可能，我们就将他拉进医院里，进行化验，这儿急诊科有个医生十分有名。”

我知道那个医生的大名，我们打过交道。

“各位乡亲，抱歉了，今晚是个天大的笑话，希望大家不要过分追究市长大人，他也不是故意的。有一位计财科的科长在白天的逗狗大会上丢了官，罢了职，他是最无辜的，希望大家支持他，他家中的小女儿多么乖巧？大家说是不是呀！”狗开口说话了，我瞠目结舌，舌头伸出老长，直到人群散了多时，狗子才从身后将狗的舌头硬生生地给塞了回去。

众人散开后，狗恢复了常态，人类的动作它的身体支持不了多久，学习人言也是在医院中经受了考验才勉强学会的，但今天的发言如果出自人口，水平一般，但如果出自一条狗，一定会让人眼界大开，甚至怀疑自己是否还在地球上。

无论如何，我们决定离开这个是非之地，我本来想问一下狗子我娘去哪儿了，可是，他却故意离我远远的，与狗死缠烂打。

家是无法回了，明天一早，真相便会大白于天下，这儿的人一定会到处寻找狗的踪迹。

我、狗子和狗出了胡同口，准备离开这儿，我们打算一直向西走，娘说过的，她喜欢西方，那儿是极乐世界。

清雅却没有走，一直站在胡同口盯着我们，我暗叫不好，她不会是想与我们一起走吧？

清雅走到我的面前，道：“我知道留不住你们，虽然我不喜欢我爸爸做的事情，但他毕竟是我的爸爸，我从来没有当他是市长，我只是想让他陪着我玩耍，像小时候一样。”

“你们朝西去吧，过了一座桥，就不是市长的管辖范畴了，那儿是个全新的地方，但愿你们梦想成真。”

这是我遇到过的最好的女孩了，人生有时候需要面临两难选择，这样一个不谙世事、通情达理的女子，竟然出生在市长家，她没有沾染家中的官宦之气，反而一脸纯真地出现在世人面前，她的动作让人怜悯，不得不让人浮想联翩她若留下来，故事也许会就此终止，她只能选择这样，慢慢被这个家庭同化，如果你走开，只留下一丝怅惘而已，故事不算圆满，但双方也许会皆大欢喜。

狗子也不忍离开，小心翼翼地咬着手指头，狗在旁边怒吼着，不停地用爪子敲打地面，一副看不惯世情的样子，等到我们仍然在原地等待时，它早已经消失在了远方的晨曦里。

我们就这样离开了，这儿是我的家乡，故事不算出彩，但母亲的离家对我的打击依然未消除，我依然痛恨村长、狗子娘，如果不是他们的介入，我家的处境恐怕不会如此艰难。

因此，一路上，决定权依然掌控在我的手中，狗子得听我的，我累时，他得背着我，狗在前方跑，大多时候，它是配角，看着我们斗嘴，狗子通常是拙嘴笨腮的，我口齿伶俐。在期间，我追问了他父亲的情况，狗子说道：“爹是来县里，他想救狗，但没有成功。”

这是个天大的笑话，他救狗，肯定是一样的结果，狗会反抗，幸亏他没有救，否则，麻烦大了。

我没有问关于母亲的话题，我知道，狗子爹是不会告诉狗子的，狗子没有继承他父亲圆滑的基因，从狗子嘴里说出的话，大概90%会是实话，因为他小，因为他年轻，因为他不知道钱的重要与真实。

踏过一座桥，简直就是两重天了。

白云缭绕，一片太平景象，我看到了这儿的人很多，且个头矮小，与我们那边的人一点儿也不相同。

狗子兴奋不已，说我们到了太平国度了。

为了保险起见，狗照例直立行走，这是我的命令，我对它道：“不要总当自己是一条狗，当自己是人吧。”

我们在一家饭馆吃饭，听说了一件事情：一个妇人，儿子离家出走了，田地又被附近的地主老财马大蛋霸占了，我说道：“官府呢？为何不管？”

“什么叫做官府？我们这儿没有呀？连个当官的都没有，一直十分太平，可是，十年前，有人发明了货币，货币一出现，便接二连三地发生不孝的事情。”

原来又是钱惹的祸，我觉得发明钱的人是世界上最可怕的人。

闲着也是闲着，我们觉得打抱不平，饭吃完后，我们掏了半天，发现没有钱。老板说道：“如果是十年前，我们吃饭都不要钱的，但现在如果不收钱，人家会觉得你是傻子、疯子，破坏了规矩，你们看着办吧。”

吃饭给钱，天经地义，我们决定让狗子留下来做抵押，我与狗去外面卖艺挣点钱还饭钱，狗子不乐意，嘴噘得老高。

老板并没有让狗子闲着，说道：“赶紧找些活干吧，也好等你们的人回来。”

狗子弯下腰去，替离去的客人收拾残局，肥胖的样子看起来可怜兮兮的。

刚出门，我便听到了哭声。一个老妇人跪在大街上，前方放着一纸诉状，告马大蛋的恶行，希望找一个懂事的人替自己出口气，找回儿子。

无数人掉眼泪，但这儿的人缺少霸气，我问一个小伙子：“你有钱没?”

“当然有，我们的钱全是偷的抢的，你没看我像个小偷吗?”

“借我点儿钱，我还饭钱，我让你办件好事，让你落个美名。”我故弄玄虚。

那家伙十分听话地从怀里掏出一些钱来，却不是克里，我傻了眼，但又一想，一个地方有一个地方的货币。货币是狗身鹰头，十分小。我命令狗拿了钱去赎回狗子，然后若无其事地继续看热闹。

那人却不走，好半天才问我道：“你让我干啥呢？好事？钱我是给你了，如果没好事，我就抓你去见马大蛋。”

又是马大蛋？我气不打一处来，究竟是何方神圣？我拽着他的衣服，一把把他扔到了狗的身上，狗咆哮了两声，爪子挠了他的头部，此人立即像鬼神附体一样瘫在地上。

钱早回来了，狗子在后面疲惫不堪地跟随着，直觉告诉我：他该减肥了。

我们将老人搀回了家里，家徒四壁，连米也没有，在太平气象下，竟然有如此可怜的老人，我感到不可思议。原来，在世界上的任何一个地方都有贫富不均的现象。

我追问老人缘由，才知道老人的儿子半个月前被马大蛋抓走了，抓走的原因十分简单，马大蛋想要在这个叫“正定”的地方称王，“正定”隶属于中华，但这儿本来人烟稀少，又与中华隔着一条悬崖，加上云雾缭绕的，很少有人光临，长久以来，这儿倒也太平，已经到了无须管理的境界，百姓们并不用货币，而是物物相换，日子虽然不算太富裕，但也不会出现吃了上顿没下顿的现象。

马大蛋的到来，打破了这儿的平静。他造出了货币，说这个国家要有人管理，因此，到处抓捕壮丁们修建城墙，说准备攻打中华。

我差点将鼻子笑歪了，我回头问狗子："中华有多大?"

"那大着呢，比这儿大几亿倍都有吧？我家在中华，我们所住的市、县都是中华，无处不中华，万国来朝呀?"狗子说起自己的祖国来，倒是眉飞色舞的，这是我目前为止唯一欣赏他的地方。

我们还未出家门，便听见了抓人的声音，十来个头发金黄的家伙操着一口难听的西洋话，夹杂着中文，疯也似的围住了老人的家，撞开破烂的墙门，进去便抓人。

他们一眼瞅见了狗子，人身体壮的，狗子想反抗，一伙人不分青红皂白，上前就打。

我也没有例外，被抓了起来，只剩下狗。狗想救我们，我却想到了能够混入他们家最好了，于是，我大吼道："军哥，要干什么?"

"当然是抓壮丁了，替我们大王修理门庭。"我一听来了劲头，说道："我们愿意去，只是，你要放过这位妇人，她年迈，儿子又被你们抓走了，一个人快要死了。你们大王不仁义呀，抓了人，总得丢些钱吧？不然，他们如何生活?"我想替妇人求些钱来。

"放屁，没钱？我们还没钱呢？钱不是个东西。"

夜晚时分，我们被关在一处偏僻的所在里，与一帮大胡子在一起。他们不是中华人，说话我们听不懂。狗逃离了现场，在院子里转了一大圈后，回来告诉我们："这儿是马大蛋的家，有一间上房，亮着灯呢。"

我认为目前最要紧的事情是要弄清楚这个马大蛋的来头，他究竟想做什么。这个不足四百人的小镇，为何吸引了他的注意力?

我与狗子二人在后面悄悄跟着，狗在前面跑，我们接近了那间亮灯的房子，屋子里有人，而且不是一个人。

马大蛋规规矩矩坐着，旁边一个妇人，对他说着话："母亲并未在此，何苦这样子抓人。"

"母亲一定在此地，她临走时留下话来，说要到正定去，这儿不是吗?母亲是在与我为难，不想让我留下你，我就要将这儿的人都抓来，直到她出现为止。"马大蛋十分疲惫地摇着扇子。

他是来找母亲的，却变本加厉地将找寻母亲的愿望变成一场危机，此人孝顺在先，本无可非议，但这种方式着实让人不可接受。

当我们试图推开门时，门外有五六个壮丁模样的人围住了房子，我明白了，他们是来找马大蛋算账的。

有些事情是不需要用斗争的方式解决的，我想拦截时，门却开了，满脸横肉的马大蛋出现在众人面前，一根鞭子上下纷飞着，众人浑身是伤，被一大帮“黄毛鬼”带走了。

此人竟然会武功？这加重了我只可智取的决心。

一只飞镖从旁边斜射过来，正好钉在马大蛋的左腿上，马大蛋尖叫了一声后，惊醒了那些受伤的人群，他们转回身去，看有机可乘，纷纷重新拥了上来，那些押解他们的士兵本来就是乌合之众，一看主人有难，纷纷逃窜。

马大蛋有危险，因为失去理智的受了伤的人群不顾一切地拥上前去，想将他打死。因为他死后，这儿无官府，不会有人追究，换来的却是太平景象。

本来这是处理问题最简单的一种方式了，但有恻隐之心的我却选择了阻拦，这是本能，不是出于同情，就好像你心爱的女孩子被人打了，你出手相救是一个道理，众生相，都是一种可怜相罢了。

狗冲了出去，就好像二郎神的哮天犬一样的神勇，狗的力量在瞬间爆发出来，它跳跃的姿势足可以与好莱坞明星相媲美。

那群人停了下来，我与狗子站在他们面前，我对他们道：“大家散了吧，杀人是要偿命的，他无德无理，自会有人惩治他。”

那些人见我是个毛孩子不服气，其中一人道：“你知道啥？我们被他抓来做壮丁，修他们家的院子，修建城墙，他要攻打对面的中华，让我们上前线，面对死亡，你知道吗？他就是鬼，这儿原来很太平，凭什么有这样一个瘟神统治我们，我们需要原来的世界，我们还是原来的我们。”

我转回身去，对马大蛋道：“马大人，你要知道你的处境，我不能一直帮你，你答应他们吧，在众人面前发个誓言，否则，人神共弃。”

马大蛋有些不服气地想站起来，但飞镖的位置太准了，正好切断了他的大腿动脉，他不能动弹，见大势已去，他笑道：“没有想到，我寻找母亲的梦想就此败了，这有什么错？母亲与我赌气，我就是要将这儿变成一片火海，我不信她不出来。”

“这样吧，我们帮助你寻找母亲，你还这儿一片太平，如何？”

“我为什么要相信你们，你矮小无力，有什么本事？这条狗与这个胖子，我觉得更可靠些。”马大蛋一直没有瞧得起我。

我对他们二人使了个眼色，狗子率先垂范，对我鞠躬道：“大哥，听您的吩咐。”

狗也信誓旦旦地做了个恭敬的姿势，一下子将马大蛋震住了，人不可貌相呀！

人群散了，我与马大蛋、花子，并排坐在他们家的椅子上，狗子在为马大蛋包扎伤口，狗子在医院学会一些技术，虽然笨些，便包扎起来倒也算得上得心应手，几分钟时间，伤口的血止住了，马大蛋长出了一口气。

我问他母亲的模样，为何出走？

花子道："哥脾气不好，想出人头地，在家门口杀过人，母亲不依，让他投官，他却不肯，母亲只好远走高飞，留下话来，只要他痛改前非，就一定回家。"

原来如此。花子继续说："头发花白，与天下所有的母亲一样可怜，哥哥自认为有钱，却忘了自己小时候缺衣少粮的日子，再说了，这些钱全是非法所得。"

花子一点儿也不隐瞒地将事实真相讲了出来，我道："马大蛋，母亲呢，你如果确认在这儿，我们一定帮你找到，但你要马上释放所有的壮丁，特别是那个妇人的儿子，他的名字叫月明，月是故乡明的月明。"

我们离开老妇人时，老妇人道出了他儿子的名字：月明。我记得十分清楚。

花子道："月明在地下室呢，我带你们去。"

话音未落时，却听见耳膜中传来一声凄惨的呐喊，花子道："不好，出事了。"

马大蛋也狐疑地叫了一声，花子与我们转身下了地下室。

十余个壮丁死在一块儿，死于飞镖之下，飞镖，又是飞镖，可恶的飞镖。

我终于明白了一件事情，有一只手在幕后阻碍着我们的成功，是谁？我们在这儿人生地不熟的，谁会如此阻拦我们？

月明的尸体在最前面，一只镖射进了他的咽喉深处，花子道："谁下的毒手？哥，你办的好事吗？"

马大蛋道："怎么可能？我的人哪有这么好的身手？"

马大蛋也有些懵了，他将这些抓来，是决然不敢杀掉他们的，他以前有过累累罪行，母亲曾经说过：如果他再杀人，一辈子也不会原谅他。

正在此时，门口却传来一个妇人的哭喊声，是那位老妈妈来找儿子来了，矛盾突然间爆发出来，让人不可收拾，现场的所有人都有些晕头转向的，唯有我，目光虽然游移不定，思维却没有停滞下来。

"如果有个人装作他儿子的模样就好了。"我的话音刚落，花子就突然道："我们家乡有一种手法，找一位身形体态相似的人，化妆后，就可以以假乱真，我看这位哥哥不错。"

她所说的人竟然是狗！狗现在装作人，一点儿也不拿自己当狗，因此，它时常以人的姿态出现，给人以错觉。

我与狗子都没有想到，狗居然有一天真的可以正正经经地当一回人，我问道："它可以吗？体型是像人，但他的脸，那么难看。"

"我给它再做一张脸，没有问题的，看起来毫无破绽。你看一下躺在地上的月明，体形瘦长，体态弯曲，没有人比它再合适了。放心吧，听我的，没错。"花子的话使我下定了决心，不管如何，要帮助老人渡过难关。

我与狗子跑了出去，而马大蛋则一直躲在里间屋里不敢出来。老妇人一直在哭着，兴许是受到了刚才事件的影响，老妇人看到了我们，有些欣喜地停止了哭声。

我解释道："老奶奶，您的儿子，我们正在找呢？估计明天早上您醒来的时候，打开院门，就可以看到儿子叫你妈妈了。"

老妇人十分感动，自言自语道："你们可能不知道呀，我现在的儿子是捡来的，我的亲生儿子从小便丢了。"

老妇人远去的背影让人生疼无比，我突然间想到了自己的母亲，禁不住泪流满面。

狗子拖着我，对我道："哥，我有些想家了，咱们回家吧。"

我瞪了他一眼道："你走吧，幸亏没有走出十万八千里去，迈过那条河就到了，我说过不让你出来的，你偏出来，你有好的家境，有父母，我呢，我回去有何用处？我要去寻找母亲，如果让我知道，母亲的离开与你的父亲有关，我一定会揍死他的。"

我握紧了拳头，吓得狗子后退多步，不敢再吭声了，我本来就讨厌他，因此，我说话丝毫没有留情。

这件事情本来不在我们计划范围内，但既然遇上了，便不能不管。其实事情原本十分简单的，就是马大蛋为了一己之私，与母亲赌气，竟然在这儿胡作非为，雇了一帮人，乱抓壮丁，想要与人为敌。将马大蛋杀掉是直接最好的办法，但我们不能这样做，否则会引起轩然大波。再说，马大蛋表达爱的方式只是有些偏激罢了，他要出人头地给母亲看，一边寻找母亲，一边却大打出手，不可一世，想攻占中华。

狗去冒充妇人的儿子，这个目标达到了，但马大蛋的母亲如何处理？如果想以理服人，就必须帮助他找到母亲，但令人意外的是，飞镖的出现让人大跌眼镜，幕后主使者是谁？是何原因？我们都不清楚。

整个夜晚，我都在外面转着，大街上没有人，壮丁们也停止了劳作，我没有阻止马大蛋的所有暴行，因为他一直在用钱打发那些监工们替他监督壮丁，非打即骂的声音此起彼伏。

我不想浪费唇舌，我一直在想着用一种适合的方式解决问题。

因此我一直徘徊着，月光下，我感到一种冰冷的力量袭来，我冷不丁地闪到一旁去，一枚飞镖落在树身上，树叶盈盈飘落。

一个蒙面人站在我的面前，我本能地做好了反抗的动作，他似乎没有敌意。

“是你杀了月明。”我突然间来了精神，抓住他的胳膊，摇晃着。

“你错了，我没有杀他，杀人者另有其人。”那人说话时十分淡定。

我是决然不会相信一个杀人魔的言语的，我不会武功，但我却可以用语言攻击人，我继续说道：“听声音，你也是中原人物，为何跟踪我至此？我、狗子和狗，与其他人无任何瓜葛，为何要这样折磨我们？如果你是大侠，就应该为做下的事情负责任，不要让我鄙视你，随便杀人，算什么本事！”

14. 狗的精神力量

我的话音未完，那人却笑了起来：“你人小，本事倒不小，口才倒也可以，事关机密，我是不会告诉你的，待时机成熟了，自会相告。但我提醒你，还有一位大侠与我在暗中搏斗呢，你保护好你的狗，说不定哪天它会丢失的。”

我刚想仔细追问，那人却飘然而逝，一想到与狗有关系，我的心便沉重起来。一条狗，有什么好偷的，我想到了在中原时的那些仇敌们，县长、市长，没有理由呀，他们有自己的仕途，有自己的打算，我甚至想到了可怜的村长，包括花花，还有母亲，母亲的离开，难道又与狗有关系？我觉得不可思议，但我不反抗，不抱怨，顺其自然。这世上，最好的办法便是随缘了，这是一种人生最明智的生活态度。

但我记下了他的劝告，我没有能力杀掉他替月明报仇，但我要保护好我的狗。狗有狗性，也通人性，我的狗已经成了世界上最宝贝的狗，官得之可以高升，民得之可以献官，人得之可能变狗，狗得知从此后物种就有可能改良，因为它们的基因中可能已经有了人性化的东西。

我回转后，花子已经将狗打扮成了一个人，一个正规严肃的人。狗的脸已经做了细致的包装，狗子在旁边打下手。此时此刻，地下室里，马大蛋依然在哭，他也许为自己的暴行感到可耻，但现在的情况下，局势已难控制，因为那些壮丁随时会杀过来，将这儿搅成一锅粥。

正在我刚到之时，二十多个人杀了进来，准备袭击马宅。我劝说无果，他们都声称要为自己的亲人报仇。马大蛋杀了许多人，杀人如麻，就必须为此付出沉重的代价。

我到大街上时，发现满地尸体，我退将回去，扯着马大蛋的衣服道："你赶紧吩咐你的手下们停止杀戮，不然……"我举起了刀，很想一刀砍下去。

马大蛋用衣袖擦鼻涕，说道："我已经控制不了局势了，我说的话他们不听，我刚到时，他们听我的话，现在，用钱也不好使了。"

我突然间想起了那枚飞镖，道："看来，有人利用你的名字在兴风作浪呀，马大蛋。你是个傻子吧，你本来是找母亲，是件好事，你进入正定后，没有想到有人利用了你的傻与懵，抓了这么多的人，而他在幕后，你却被推到了台前。"

马大蛋若有所悟地狂叫起来，我想到了我的狗，原来，人发飙时的动静绝不亚于一条狗，甚至有过之而无不及。所以，在一定程度，人与狗有相通之处。人被逼急了，丧失理智的时候还不如一条狗，而总有些善良的狗做出的事情比人更有价值。

马大蛋猛然拍了下大腿，叫道："我想起来了，一定是他。"

"刚进正定镇时，我自恃有钱，在一家饭店吃饭时，我对他们不收钱感到无法理解，就打了饭店的小二。他们人多势众，我被他们收拾得毫无还手之力。有一个戴着草帽的人救了我，他问了我的情况，他告诉我：如果想出气，就该让自己的钱在这儿有价值，光说有钱，顶个屁用，得让人承认你有钱，如今，修建城堡便是最好的价值体现了。所以，我便答应了他，给他钱，他不要，他摇了摇自己的身子，说道：我的钱花不完。"

"现在看来是我错了，他利用了我的无知，让我走上了不归路。"

"他会武功吗？什么长相？"我问着。

"当然会，他走时用的轻功水上漂，他说他叫花蝴蝶，人称蝴蝶大侠。"马大蛋好像突然间变得聪明起来。

"我知道这件事情的始作俑者是谁了——花蝴蝶，他在幕后操纵，马大蛋在毫不知情的情况下坠入对方的圈套。"

花蝴蝶利用了马大蛋，马大蛋最后却毫不知情，这世间最悲哀的莫过于此——你的媳妇被人卖了，你还帮人家数钱，还尊称人家为大哥。

狗子与花子走了过来，邀请我们去看狗，我没好气地冲了出去。

门口依然有人闹，但闹时张弛有度，好像有人管控似的，我有一种想找到蝴蝶大侠的欲望，如果是同一个人，我一定会想方设法将这个家伙撵出正定镇。

“月明”远远地站着，有些驼，可能是因为狗故意直立行走的伪态，但不管从任何角度上看：这绝对就是月明。狗变成人后的姿势让人忍俊不禁，但我打断了狗子，我说道：“他是人，不是狗，记住，以后我们多了个兄弟。”

狗子郑重其事地不笑了，然后走过去拍了拍“月明”的后背，月明咧开嘴笑了，狗笑起来的样子也十分好看，只是平常我们没有发现罢了。

我们两个人与狗一起去老妇人家。大街上人来人往的，马车急驶，饭馆早已经关门了，因为这儿乱得很。修城墙的壮丁们成了起义军，群龙乱象，他们纷纷自拉大旗，在短短一日内，居然有十八路反军，几百人参加造反，他们抢钱、杀人越货，无恶不作。

百姓不知道他们的底细，只知道他们都是马大蛋的人，因此，他们不停地骂着，嘴上骂累了，便用心骂，因为心是永远不会累的。

老妇人果然在家中，她奄奄一息，不停地翕动着嘴，家中刚刚来了人，将所有的物什抢得一干二净。

老妇人睁开眼时，一眼便瞅见了儿子月明，她顾不上抹眼睛，挣扎着坐了起来。

这世间最让人高兴的事情莫过于此，一个与儿子失散的老人找回自己的孩子，该是用多少金银财富都无法兑现的世间盛宴呀！

狗子不敢说话，我示意老人月明的喉咙哑了，老人说道：“没事，人回来就好，回家，我还藏有鸡蛋，我煮鸡蛋水给他喝。”

正在此时，一路人马杀了进来，十几号人吧，他们自称是“无敌派”的人，看到我们三个年轻人，便道：“你们加入进来吧，否则，你们死定了。”

我笑了，狗子笑了，狗也笑了，最后，老人看到我们笑后，也笑了起来。

四个笑容镇住了他们，这是一种乐观的自信，也是一种精神胜利法。

狗冲了过去，身材射成一条线，将为首的家伙抓了起来，一股脑儿跑到了镇上最高的建筑物上面。这是一座鼓楼，高约三丈左右，月明抓他的视线好，老人看了个正着，周围的百姓们也看得明白清楚，鼓起掌来。

老妇人拍手庆贺着：“月明，你终于回来了，你的武功终于回来了。”

我们听得云里雾里，但也鼓掌庆贺着。

狗将那个家伙的身体放在鼓楼栏杆上面，然后飞快地下了楼。

十来个兵傻眼了，他们没有见过如此奇快的身法，他们跑得远远的，可能去搬救兵去了，我们扶着老人坐在台阶前面，等着好戏的降临。

果不其然。一刻钟后，马鸣萧风瑟瑟，一个蒙着脸的家伙出现在众人面前。

栏杆上的人大叫着："蝴蝶大侠，帮我呀，我可全是为了你呀！"

正在此时，马大蛋与花子也赶了过来，马大蛋也蒙着脸，生怕有人认出他来。

花子低声道："哥，此人就是花蝴蝶吗？"

马大蛋道："那晚我没看清楚，但身材极像。"

花子不再说话，将马大蛋的身体压到最低处。

花蝴蝶到后，并未从马上下来，而是用细眼瞅周围的环境，他认准这件事是狗子所为，突然跳了起来，将狗子肥胖的身体抓在手里，飞快地沿着屋檐"飞"到鼓楼上面。

他与狗一样的身法，一样的速度，众人扼腕长叹。

狗子与那家伙被放在一块，狗子吓坏了，我惊呆了，马大蛋摔倒在地上。

花蝴蝶下来后，对大家道："我是马大蛋大帅的手下，叫花蝴蝶，大家可能知道，这儿早已经姓了马，正定镇从此后建立国家，与中华对抗，有朝一日，要拿下中华，因此，大家一定要听从安排，刚才是谁将我的手下扔到了鼓楼上？站起来，如果不站出来，我便杀了在场的所有人。"

我几乎毫不费力气便冲了出去，在大是大非面前，我一向出类拔萃，我就是怕打针。

花蝴蝶笑了起来："凭你，手无缚鸡之力，还没长大，长大了也就是个刀笔小吏。有何才能？"

他瞧不起我，我便不服气地拍着胸脯道："小吏如何，小吏也出过名人。宋江，北宋人，刀笔小吏吧，当了梁山的领袖，如何？"

花蝴蝶笑了起来："小小年纪，居然知道华夏文明，是从那儿逃出来的吧？"

众人皆笑，我换了话题："花蝴蝶，你究竟是什么人？为何杀了那么多人，你甭打着马大蛋的旗号招摇过市，他是个好人，被人利用罢了，你给大家讲清楚，否则，我不会放过你的。"

"在正定镇，从来都是我欺负别人。我小时候，怕打架，被人打，长大后，练成了功夫，现在，我还想打，我是蝴蝶大侠，甭说正定镇，就是放到整个中华，我也是响当当的人物。我的爷爷的爷爷的爷爷，在唐朝可是有名的叛贼。”花蝴蝶拉开了架势，准备与我搏击。

一记飞镖从鼓楼上飞了下来，马应声翻倒在地，花蝴蝶从马上栽了下来，骂声几乎与人一起落地。

我看到了一个影子，这影子十分熟悉，一定是那晚约见我的飞鸿大侠，一种莫名的感动油然而生，我想表达什么，张了张嘴没喊出来，那人却飘然而逝，于是，这一功劳便被归到了狗的身上。因为当时当景狗的身子正好探了出来，其实，我知道狗的毛病，它一定是难受了，想恢复成自然的原始状态。当时，我还想用脚踹它，让它一直保持直立状态，我还想告诫他：不要当自己是一条狗，你可以成为人的。

但大家的目光全部聚集在狗的身上，狗的身子有动静，加上刚才的动作极快，因此，自然而然地，狗成了英雄。

有时候，一个人成为英雄，可能是瞬间发生的事情，对在机缘，对在当时当刻，更对在一个动作与一个可怕的眼神。

花蝴蝶中了镖，挣扎着起来，他万万没有想到，将自己打伤的竟然是一个满头是毛的家伙，不伦不类的，但眼中带光，十分凶悍可怕的样子。

花蝴蝶不打了，领着人跑远了，一边跑一边叫唤着：“等着吧，小子，看我如何收拾你们!”

人群静寂无声，因为过于高深的东西，大家除了敬仰外，不知道如何表达自我的感情。

老妇人率先打破寂静，鼓起掌来，这是她来到正定镇以后，大家第一次见到她笑，那是自然的笑，由衷的笑。饭店的老板对旁边的妇人道：“怎么样，输了我一千克里吧，奶奶笑了。”这位妇人跑到老太面前，埋怨着：“你来正定镇好些年了吧，从来不笑，我们家那口子与我打赌，我赌你不会笑，否则我就输掉一千克里，这下好了，今天全因为这个家伙，你的儿子的聪明，让我的钱泡汤了。”

老妇人搂着狗道：“月明，回家吧，你们都走吧，我回家熬药，治好你的喉咙。”

狗回头看我，我送他一个自信的笑容，它收到了，藏在心里。

我们住在马大蛋家里，我十分想见一下飞鸿大侠，想知道他为何白天帮我们，还不露面？但我没有成功，因为我在整个大院里转个半天，一直没有发现他的踪迹。

花子一直陪着我，我安排狗子在院里执勤，生怕再有人生是非。马大蛋的情绪稳定了许多，他决定第二天早上离开正定镇，回永昌县去，永昌县离这里一百公里，是个大镇，那儿有国王与王后，是个正宗的国度。

我劝说了他半天时间，他才放弃了寻找母亲的打算。他没有想到，一个好好的念头——寻找母亲，却因为自己的一时糊涂，听信了别人的谗言而铸成大错。

我说道："你这样走了，也好，他们没有借口了，但你今晚一定要保护好你带来的资财，他们是冲着你的钱来的。他们要成事，一定需要钱，否则会不惜一切手段达到自己的目的。我猜想，花蝴蝶绝对只是冰山一角，这正定镇上，一定隐藏着更大的势力。"

花子点头称是，道："哥，甭看小子小，人不错，与我一般大吧，听他的吧，你赶紧走，我垫后。"

马大蛋一愣，我脚下也一个趔趄，我不明白她为何不走？但我也没有劝说她，我与她的目光相视时，竟然寻到了一丝与清雅一样的爱慕。

这也叫初恋吧，我十六岁了，从来没有遇到过撞击似的眼神，但今天，我遇到了，遇到了，便难了割舍，这世间没有随随便便的悲欢离合。

夜晚时分，我睡不着，望着窗外的星斗出神，更多的时候，我在想母亲的下落，母亲的病体，我又梦见了她来到我的身边，搂着我进入梦乡。

蓦然惊醒，我听到了隔壁传来的对话声。

花蝴蝶的声音："马大蛋，听我的吧，交出狗与钱来，你知道，我是必有所图，那狗呢，可是一条千载难逢的好狗，如果不是冲着狗，我何来于此？至于你的钱，生不带来，死不带走。"

马大蛋道："你们打着我的旗号，究竟想做什么？"

花蝴蝶道："简单呀，自然是成立国家，建立正定国，我是国君，谁不想当皇帝呀？有了钱，可以做一切，可以修建城堡，以防外敌，有了狗，我便可以得到更多的钱，你没有听说过'得毛狗者得天下'吗，毛狗便是那条狗，白天时我没有看到，一定是你藏起来了，我不敢去找那个叫小子的家伙，他身边的那个毛脸人太厉害了，我只是想要狗，听我的，你用药将他们麻翻，我拿走钱，带走狗，皆大欢喜。"

马大蛋道："这样做，全是你得了利益，我得到什么？"

"你不是想寻找你妈吗？"花蝴蝶小声笑了起来。

"你知道我母亲的下落？不，胡扯，不可能，母亲从永昌县来不假，但绝对不可能落入你的手中。"马大蛋有些慌张起来，一说起母亲，他按捺不住焦急的心情。

母亲是天下所有孩子的命，孩子是天下所有母亲的宝。

"我记得小时候，你母亲总是拉着你在护城河边上玩。你从小便不让她省心。13 岁那年，你误伤了她，至今她胳膊上还有一道伤疤；15 岁那年，你第一次将你的母亲气出了病，救治时，我就在医生的旁边打下手，你甭猜我是谁，我是大侠，大侠自然有自己生活的方式；16岁那年，你打群架，将邻居家孩子的鼻子咬了下来，对方血流成河，你母亲因你而出走，这是第一次出走；你成人后，拉帮结派，与国王有瓜葛，发国难财，成了永昌县的大富翁，你母亲知道了你的底细后，黯然离开，是这样吗？”

马大蛋像个傻子一样呆坐着，不敢抬头，我听到故事中仍有故事，便将耳朵仔细贴在墙壁上。

“更可恨的是，你没有觉悟，还觉得没有母亲的日子也十分快乐，于是你整天游手好闲，直到有一天，你遇到了一个人，对方喝醉了酒，骂你是个无娘的孩子，你一怒之下杀了他，然后逃之夭夭。国王到处通缉你，你带着资财来到了正定镇，就是这样，你越发觉得没有母亲的孩子不是一个完整的孩子。”

马大蛋哭了起来：“是的，妈不在，天便塌了，我想母亲，我愿意用所有的钱换母亲的平安。你告诉我她在哪儿，我给你钱，所有的东西全给你。”

卑鄙无耻，我暗骂道，但同时为马大蛋的愚昧感到可怜。

我正想推开门去，与狗子协商办法时，却感到脑袋猛然一沉，一根棍子砸了我的脑袋上面，我倏然倒地，人事不省。

醒来时，我感到四周一片漆黑，狗子在旁边一直推我的身体，眼泪汪汪的，一把鼻子一把泪的，他的嘴水流了下来，掉进了我的鼻孔时，难受得厉害，我醒来第一句话理便是骂他：“狗子，我没死呢，你的口水流进我的嘴里了！”

“可吓死我了，哥，我以为你归西了。”狗子将我抱起来，平放在草垛上。

我被人绑架了，这是第一印象。

狗子道：“哥，花子出卖了我们，她用棍子打晕了你，然后通知我说你受伤了，我进屋后，她也一棍子打伤了我。”

花子，居然是她，为什么要这样做？我不解，这样一个慈眉善目的女孩子，一个只有16岁的女孩子，居然如此蛇蝎心肠，这个世界怎么了？难道除了恶，还是恶，善良哪儿去了？

我猛然听到门外看守的声音，是两个喝醉了酒的家伙。

“哥，领袖哪儿去了？”

“去找狗去了，两个家伙在马大蛋兄妹的配合下，好不容易被抓住了，狗却不见了。他们兄妹是傻子，那么多钱，全给花蝴蝶了，可惜，如果给我们，我们便杀死花蝴蝶，谁愿意给他卖命呀？再说了，他杀了那么多人，打着马大蛋的旗号，还抢了人家的钱，当人家是傻子呀？”

“也是，领袖是狠了点，不过，给我们发的薪水太少了，我们光想着辞职了。”

“那条毛狗，果然是无价之宝，我可听说了，它可以下海，可以变身，一个市长、县长都全世界寻找的好狗，还可以帮助夫妻和好，神了。对了，他们叫‘南毛北宗’，南毛便是毛狗了，北宗好像是条宗狗，据说能力非凡，谁能够同时得到这两条狗，就可以当皇帝了。”

我差点笑出来，狗子道：“你还笑得出来，我们都快死了。”

“我笑他们真能编，一条普通的狗而已，居然叫什么南毛北宗。”

但我突然沮丧起来，他们是冲着狗来的，狗的处境堪忧，幸亏它装成了人，如果它仍然是一条狗，一定会成为众矢之的，它是有能耐，但它缺少智慧，一定会落入歹人之手。

现在，我必须想办法逃出去才行。

正想着，门开了，两个看守马上灵敏地从酒桌旁站了起来，朦胧的灯光下，刀锋闪着凛冽的寒光。

花子走了进来，提着饭盒，我闻到了鸡腿的香味。

“你进来干什么？应该赶紧去找我们的领袖去，找你们的妈去呀？”

“两位大哥，我是来看望二位亲人的，让我进去吧。”花子的声音十分焦急。

二人依然犹豫着，花子从怀中掏出几十克里，塞进二人怀里，二人装作没事似的坐下来继续喝酒。

其中一人看着花子走远了，叹息道：“领袖真能忽悠人，我就没有见过老妇人，他绝对是骗人家兄妹的。”

这句话我听到了，花子也听到了，狗子也听得真真的，我听到花子的眼泪落在地上的声音。

我转过身去，对花子的到来十分不感冒，狗子眼馋地看着我，也转过身去。

“小子哥，是我不好，现在一切已经晚了，我听信了别人的谗言，竟然做出了令亲者痛仇者快的事情。我不知道说什么好，但我一定会想办法救你出去的，放心，我自己做错的事情，我自己承担。”

“如今，我那个愚昧的哥哥已经随花蝴蝶去找母亲了，我知道结果一定是假的，我不会让他有好下场的，用母亲来骗我们，这样的人，就该去死！”

饭盒就放在旁边，触手可及，但我没有这样做，我是个有原则的人，有尊严的人，她真心也好，假意也罢，都已经做了伤害我的事情。

我听到了脚步声渐行渐远，转回身去，看到了饭盒。狗子与我交换着眼神，正不知所措时，我听到了门口传来两声巨响，两个家伙应声倒地，钥匙、酒杯跌在地上，花子急忙从他们身上搜到钥匙，急匆匆地跑了过来，打开了牢门。

我与狗子并不说话，像两只狸猫一样出了牢房的门。

我没有理会花子的去处，而是扯着狗子的胳膊一个劲地跑，我们跑过了鼓楼时，回头看，却没有看到花子。

狗子道："花子哪儿去了，不会去找花蝴蝶报仇去了吧？"

"她自己作的孽，与我们何干？"我们疯也似的跑过了无人的大街，鼓楼上，三更的鼓声刚刚响过，一个敲鼓的老头，从鼓楼上探出身来，将微笑送给了我们，我们却没有看到。

我们刚刚进入老妇人的家中，天已经亮了，在黑夜中奔跑，很锻炼人的胆量与意志，我们从来没有在黑暗里奔跑过，因此，我们不知道什么叫做困难，更不知道什么叫害怕，现在，还有哪个孩子在黑暗的角落里痛哭过，遭难过？

刚进院里，屋里却传来了老妇人的撕心裂肺的哭声："一条狗，我的儿子怎么变成了一条狗？"

我们大惊，马上推开了虚掩的门。我看到了躺在地上的狗，全无白天化装后的神采，没了衣裳，脸上毛发乱飞，一夜之间，模样全无。

狗站了起来，老妇人一记耳光打了过去："一条破狗，装我的儿子，该杀。"

正在此时，外面哗声大作，花蝴蝶带人闯了进来，看到了狗，一脸喜色，对身后的马大蛋道："感谢你呀，马大蛋，你果然没有食言，狗在此地。"

是马大蛋，我怒火中烧，回声骂道："不要脸的东西，别人卖了你你都不知道。"

马大蛋一脸无奈："不是我，我真不知道，我就是想过来看看老妇人，哪成想，狗也在这儿？"

花蝴蝶不依不饶道："我说哪个年轻人如此厉害？我说为何我找不到狗的所在，原来，他化装成了人。幸亏有一位大侠帮了我，是吧，飞鸿大侠，别躲在暗处了，你帮助我找到了狗，我钦佩你呀！"

飞鸿大侠也在此地？我蓦地回头，果然看到一个熟悉的影子，但他并未出现，而是消失在了远方。

我才知道了一件事情，原来，语言是世界上最有力的武器，它可以骗人，更可以花言巧语，也可以口吐兰花，让你欲罢不能，什么大侠，全是狗屁做成的！我心里骂正定镇，骂这个糟糕的世界，不如让地震、火山爆发，太阳接近，让这里全部烂掉后，一切重新开始。

我接口道：“花蝴蝶，你想做什么？带走这条狗吗？”

花蝴蝶道：“南毛北宗，果然不同凡响，昨日的一招已经叫人拍手称快，如此精绝的化装功夫，深不可测呀！如果得到它，我会到中原去，找到一些领导人，说不定可以弄个大官当。”

马大蛋在旁边插嘴道：“我成了世界上最不要脸的人了，啥坏事都做了，你答应我的事情呢？我的母亲呢？”

花蝴蝶道：“马大蛋，你让我揭你的底吗？人家的儿子，你害死了，你不该给人家当儿子吗？老妇人，就是你的妈，叫吧？”

“什么？你骗人，我跟你没完！”

“没骗你呀，你让我找妈，这不是吗？老妇人如此和蔼可亲，怎么不是妈呀？快叫吧，我称王后，你只要对老人好一天，我就给你一天的饭吃，我虽然不是人，但你要知道，我也是娘生的，我敬重全天下所有的老年人，我杀人无数，便从来没有欺负过老人。”

马大蛋冲了上来，准备与花蝴蝶决一死战，但花蝴蝶手下的人拦住了他，其中一个家伙将刀抄起来，砍在马大蛋的腿上，顿时血流如注。

花蝴蝶道：“好功夫，如果不是狗去救你们，你们能逃出来吗？我的手下遭了两记闷棍，好手法，毛狗，我要定你了。听说你还会人言，这是最令我吃惊的，也是我最令全天下称快的事情了，一条狗，想当人，好狗呀！”

“你果然是全天下最不要脸的人了，你该死呀！”

一记声音从远方传来，宛如天籁，只有我知道，这声音出自狗之口。

花蝴蝶分辨了半天，当他看到狗的神态后，马上叫道：“天呀，果然说话了，大家听到没？我不枉此生呀！一条想当人的狗，一条快修炼成人的狗，古今中外，蛇变成人的，狐狸成人的事例大行其道，狗呢，这是天下头一遭呀！”

花蝴蝶带头鼓起掌来。

冲突在所难免，狗子冲了上去，他不喜欢舌战，抡起胳膊将花蝴蝶的马腿打折了，花蝴蝶应声落地，上次受伤的部位旧伤复发，大叫起来。

马大蛋挣扎着从地上爬了起来，抡起拳头将花蝴蝶的脸砸成了麻坑。花蝴蝶的手下冲了上去，拳打腿踢的，马大蛋倒在地上，狗子退了回来，一脸的伤。

我也想去，但我手无缚鸡之力，我突然间明白了为何施耐庵要写《水浒传》的真正原因了，他是想替自己的人生打抱不平，他就是一个文弱书生，却硬生生地将一个刀笔小吏宋江写成了英雄，个中的原因不言自明。

现在，我如果是个写书的，也一定将全天下最瘦弱的人写成英雄，特别是把慢性胃炎而骨瘦如柴的人写成大英雄。

狗冲了上来，凌厉的姿态依然，狗搏斗的姿势甚是好看，它冲劲十足，绝对是大英雄。

花蝴蝶从怀中掏出飞镖来，一记记传来，好几次打在狗的毛发上，还有一记正好钉在狗的腿部，但它的脚下依然生风，没有停下来。狗到达了花蝴蝶身边，将他擎了起来，乱刀砍了过来，狗全然不顾。狗冲上了大街，来到鼓楼旁边，将花蝴蝶放在鼓楼的栏杆上面。那个看鼓的老头子找来了几根绳子，三下五除二，将花蝴蝶绑了起来。

老妇人在下面看到了老头，擦着眼睛道："麻子。"

我不知道麻子是谁？我只知道鼓掌。

狗刚冲下来，花蝴蝶手下的人将马大蛋抓了起来，刀架在脖子上面，为首的一个名叫鸭子的家伙对我道："放了我们领袖，不然，我杀了他。"

我笑道："他是什么狗屁领袖，杀人如麻的人会是领袖吗？听我的，赶紧回家去吧，你妈喊你回家放羊呢？"

"你才是屁话，我没妈，领袖将我养大，我得听他的。"马大蛋的脖子上面有了血印，我正不知如何是好，老妇人道："不要杀我的孩子。"

马大蛋大惊，他似乎看到了久违的母亲从远处赶过来。

老妇人对那些人道："他无罪，天下哪有儿子有罪的，全是母亲的罪过。那条狗多好呀，我知道它是为了我好，故意骗我的，但是现在，我找到儿子了，你们是当兵的，全是好儿子，你不能杀一个母亲的儿子呀！"

鸭子道："我理解您的良苦用心，您想救他，可是，让他们放了我们领袖，不然，我非杀了他不可。"

我不知如何是好，后来便点头称是。

我说道："你们先放人，他已经是个瘸子了，花蝴蝶，我们马上放，绝不食言。"

鸭子想了想，扭头看了看，许多人早已经跑散了，跟随他也就剩下四五个的样子，于是他道："好，我听你的。"

马大蛋被放了过来，老妇人拿出手绢为马大蛋包扎流血的伤口，马大蛋不住地打量老妇人，不知是疼的，还是痛的，眼泪纵横。

我命令狗去放花蝴蝶下来，但突然传来了一个女子的声音。

鼓楼上面，花子架着老头的身子，老头企图阻止她去接近花蝴蝶，花子将老头的身体绑在柱子上面，然后迅速去解花蝴蝶的身上的绳上。

我不知道花子要做什么，等到想明白时，我大叫道："不好，救人。"

狗冲了上去，花蝴蝶的身子从半空中掉了下来，砸在了狗的身上，狗哎呀一声，背过气去，花蝴蝶的身上掉在地上，血像花一样漫开。

花子也落了下来，我冲了上去，马大蛋张着嘴，像个孩子似的叫着："妹妹，妹妹你这是何苦呀？"

我心痛不已，花子一定是为了我，复仇后，自己也不想活了，她觉得对不起我。傻孩子，我是个男人，全天下只有女人负男人的份，哪有一个男人用一辈子时间去怪罪一个女人的？男人大度，男人潇洒，男人不过有时候无所谓罢了。

一个身影从鼓楼跳了出来，速度超过我的三倍，超过地球对花子的引力，将花子的身体抓在手里，轻轻放在地板上，然后扬长而去。

算个大侠，我挑起了大拇指目送着飞鸿大侠远去的身影。

正定镇恢复了安宁，与中原来时路重新阻断了，我没有想过回家，我还要寻找自己的母亲。

我遇到了飞鸿大侠，我说道："你是好人，还是坏人？"

他道："当然是好人，狗就是一条狗，我看不惯你们如此欺骗一个老人，因此，我将它的行头全部撕掉了；我行侠仗义，凭的是一身胆与一身气，我看不惯政治，不喜欢感情之事，但我喜欢做自己喜欢做的事情。好了小子，你一身胆气，与我投缘，我们在永昌县见吧，那儿也许会有更好看的故事呢！"

我们要走时，老妇人正在为马大蛋治伤，我笑道："要不要我们为你捎口信呀，我们要去永昌县了。"

"不用了，我知道自己该做什么了，我会用下半生照顾好母亲与妹妹，母亲年迈，妹妹受了惊吓。然后用钱财多做些公益欢迎你们回来，到那时候，这儿一切都会变样的。"

狗的身子被砸成了直线形，以后，它只能直立行走了，再也回不到狗的原有状态中去了。我不知道应该欢喜还是悲伤，一条狗，一旦失去了原来的性格，它是否会难过，是否会老泪横流？

狗倒一副无所谓的样子，大大咧咧地傻笑。

我们要走的当天，突然天空中阴云密布，这是暴雨来临时的光景，雨下了起来。滂沱大雨中竟然夹杂着一些传单，大家拾了起来，看到了上面写了几个大字：南毛北宗。落款竟然是：花蝴蝶。

我知道我们仍然有麻烦，我们善良，不想随便杀人，但我们的善良也给我们带来的麻烦，花蝴蝶为了这条狗，一定会不惜一切代价的，狗子道：

“这该怎么办呢？要不然，我们也将狗送给大官吧，兴许，我们也可以当官。”

我敲了敲他不开窍的脑袋：“要送早送了，他现在是我们的弟兄，共患难的弟兄，该如何对待？”

狗子不好意思地搔搔头，道：“我想得太简单了，我是说，我们该如何保护它呢？”

我们一直向前走着，我看到了路边站着一条狗，它似乎看到了同类，发出了自己的语言。

狗走到了它的身边，摸了摸它的头道：“小鬼，你好，快走吧，你家主人着急了。”

狗子继续说话：“我觉得，它当人挺好的，就是脸太窄了些，弄个口罩戴上，绝对适合。”

此时的羊肠小道上人声鼎沸，一片繁华，好一派大好河山。

15. 真假毛狗

永昌县城的官道上，一匹马飞奔而过。马鞍上坐着一位传旨官，风风火火的样子，一张张传单落在地面上，人们捡了起来，却是永昌国王下的圣旨：公主有重病，能够治愈者，重金奖赏。

许多人跃跃欲试，据说有个郎中听说后，认为自己医术超群，想着出人头地的最佳方式便是为国王的千金治病了，于是他便拿了圣旨，去永昌皇宫应聘。

宫里的人听说后，大喜，急忙将他召了进去，但没过半个时辰，那人却满身是伤地被扔了出来，门口的郎中们急忙上前探听情况，却看到这郎中满身是血，屁股被打成了花，人早已经处于昏迷状态。大家七手八脚地上前医治，他好不容易才缓了过来。

却道：“别去呀，那是龙潭虎穴呀，公主的病太难治了。”

另外有几个不要命的郎中道：“到底是何病呀？总得有个病源呀？”

“相思病呀，谁能治得了相思病呀？她整日茶不思饭不想的，不知道想什么，摸脉无脉，我傻眼了，没有见过如此怪诞的病呀！”

这个郎中被老婆抬走了，她一边走一边骂道：“你个糊涂鬼，你是医生，竟然让我以后照顾你？”

在众人惊异的眼神下，我、狗子，与一本正经的打扮得像人的狗出现在众人面前。

我特喜欢这的景色，宫殿豪华气派，人也和气，遇事不慌，总是笑脸相迎，好像这根本没有战争，没有罪过。

受伤的郎中是我见到过的唯一的令人遗憾的风景，我挤了进去，想问个究竟，旁边的一个郎中道："我们也走吧，不然没命了。唉，我还指望能够治好公主的病，娶了她，以后光宗耀祖呢!"

"你呀，没那命，干脆走吧。"

我拦住了一位年轻人，这人一脸的黑，有笑容掠过，却被黑色完全地掩盖住了。

我刚想发问，却猛然听到传旨官骑马而过的声音，我们在路中间，传旨官有恃无恐地从我与郎中中间穿了过去，多亏我躲得及时，不然会被马儿踢到九霄云外去。

狗子气不过，伸手想拦截，却早被旁边的狗抢了先。狗抬起脚来，马腿正好路过它的身边，脚落处，马应声栽在地上，而那马上的声音正在宣传着："再有胆大妄为、没有能力的庸医，杀无……"

"赦"字并未完全念出来，人早已经倒在地上，人群中有人嬉闹着。那人没有受伤，从地上爬起来，我们早没了踪迹。

好像天下所有的故事，均与饭馆有关系，小时候看武侠小说，最喜欢的便是发生在饭馆里的故事，记得总有些故事中有个叫"悦来客栈"的地方，此名字十分吃香，于是，我们一行三个，也走进了一家叫"悦来客栈"的饭馆。

老板笑脸相迎，我们坐在窗户边上，一屋的人都在议论公主得病的事，因此我们很容易得知这样一个细节：

公主半年前生病，怪病，相思病，不吃饭，只能靠水熬命，说也怪了，她从未接触过外界，却一直在念叨一个叫天宝的男人的名字，国王曾经下旨，在全永昌搜寻叫天宝的人，可永昌县一千两百多人中没有一个男人叫天宝，于是，搜索范围扩到了永定镇，也查无此人，包括隔河相望的样貌国，全一个结果，根本没有叫天宝的人存在。

国王大怒，他本来爱民如子，将自己当成了服务生，服侍国民，但如今却性情大变，每日里非杀几个人才解气，由于永昌国小人少，于是，现在改成了打人。

也曾有几个不要命的前去应战，但都非死即伤地退了出来。

我们正听着，却突然看到一个女子坐在正屋的小茶几前卖唱，声音十分凄楚，歌词大致是：

妾身苦，苦过药；生自豪门，却无人要；想娘亲，日子少；何人助我，天天笑。

女子的声音有些凄凉，听我们有些心动，我拽过来老板问道："这女人贵姓?"

老板道："姓何苦。"

我道："还有这姓?"

"当然，俺就叫何苦为难。客官是要问公主的事呢，还是问这女子的事?"

老板十分精明，可能他从我的眼神中看到了故事，我点头表示都想听听，他开了腔："一件事情，一克里，不听拉倒。"

狗子道："怎么说事还要收钱呀? 我们可在这儿住店吃饭呢。"

"这是规矩，连国王都医不好他女儿的病，如今，没钱寸步难行呀!"

我说道："好了，你讲吧，我给你钱。"我摸索着从怀中掏出了两克里，扔在桌上，克里发出的声音清脆悦耳，几乎所有人的目光都聚集在我身上，我突然间有了一种自豪感。在家的时候，我从来没有过钱，但当我从正定镇出来时，我还是煞有介事地从马大蛋家的财宝中抓了一大把的钱，当时，我没有想到，这种叫克里的钱居然在邻邦也可以流通。

"此女子叫天生，半年前昏倒在路边上，我救了她，本来不想管闲事，可是这女子却得了病，偏说自己是公主，我吓坏了，一旦让皇宫的人得知她冒充公主，不仅她会死，我也要受牵连。我劝她走，她不走，但总得有口饭吃，于是，我便让她在这儿唱曲了。"

"至于公主的事情，想必你们也知晓了，奇怪的是，她以前一直无病，如今却得了怪症。天宝其人，我们无从谈起，但天宝却是一种狗的名字。"

说到狗，我入了迷，我们三个几乎全入了迷，狗有些不太懂汉语，但听得十分仔细，当对方提到"狗"字时，狗觉得与自己有些瓜葛，便竖起了耳朵倾听着。

"天宝是狗的名字吗?"我觉得不可思议。

"是的，西域国有一种狗，叫天宝，它力大无穷，可以征战，更奇的是，它可以学人说话。我看你们是外乡人，其实，我倒有个看法，如果找到一条狗，把它送进皇宫里，恐怕公主会有救的。"老板一脸神秘地说着。

"我不敢给别人提这个，这是我的第七感觉，老婆骂我是个浑蛋，谁会相信我的鬼话，如果真的弄条狗进皇宫里，恐怕会举家灭门的。但我老做梦，梦见公主变成了一条狗，它想见的，一定是多年前自己认识的一条叫天宝的狗而已。”

我倒是觉得这个饭馆老板有见地，有思想，但狗子却道：“不会吧，公主如果是条狗，国王会看不出来吗？谁信呀？”

老板道：“我也觉得是，这也是最不合理的地方了。”

正在此时，一群人上了楼，猫三狗四的模样，为首的“猫三”看到了卖唱的女子，动了心，便上前去骚扰她。

猫三道：“小女子，识相的赶紧滚开吧，这儿不欢迎你，我们永昌县一片太平，你这样哭诉心事，会招来杀身之祸的，不如这样，你到我家里去，我替你解忧如何？”

狗子站了起来，握住了拳头，膘肥体壮的他惹得那伙人不由自主地将目光锁在他的身上。

“真有厉害的角色呀，找死呀？”

“狗四”上前来，准备袭击狗子，狗子一腿扫了过去，那家伙就躺在了桌子上面。狗在旁边大喜，竟然鼓起掌来，我不动声色。老板早吓得尿了裤子，一边阻拦我们，一边说道：“别呀，我好不容易挣的家底，你们惹不起呀，他们可是官府的人。”

猫三、狗四继续嚣张道:“我们爷可是皇亲国戚，小子，你的末日到了。”

狗跳了出来，动作虽然不雅，但一身正气，过程虽然不潇洒，但这样的故事要的是恶有恶报的结果。

十多个人，狗一个转身，倒下来七个，剩下的刚想走，桌子早被我踢飞了，碗与碟子飞了起来，砸在他们脸上，瞬间开成了花。

那伙人退了下去，老板道：“你这个不吉的女子，如果不是你，我的饭馆不会遭此劫难？”

我道：“你的损失我们包赔。”

我掏出了一大把钱，扔在桌子上，准备离开这个是非之地。我不想惹事，我在算计着公主的病，我已经想好了，决心以身犯险，进宫探个虚实。

但老板却叫住了我们，他跪了下去，不住地磕头：“你们行行好吧，带她走吧，我不敢留呀，如果再留，恐怕我家中的财产，还是八十岁的老娘就朝不保夕了。”

狗子道：“哥，带她走吧，她挺可怜的。”

我无法，便问那女子道：“你愿意跟我们走吗？”

那女子倒也识大体，站起身来道：“天涯何处容我身呀，大哥哥，我愿意跟你走，只要能够活命，我什么都愿意做！”

我们找了家没有人住的宅子，收拾了大半天。我们准备先住进去，看看具体情况，再计划下一步的具体方案。

这女子天生十分勤快，对我们三个倒是忠诚，她就是对狗感兴趣，觉得它可笑，一会儿问这问那的，狗正好遇到了可以锻炼口才的时机，于是，他们整天泡在一起，狗学会了做饭，学会了抱柴火，我与狗子乐见于此，成天躺在床上睡大觉。

后来我和狗子白天的时候没事做，便到外面转悠，经过多方打听，我们得到了最新消息：公主的病情加重，已经到了奄奄一息的地步。

这样的情景一直在触动着我的心灵，其实，我对女孩子的心思特别感兴趣，这种感觉是与生俱来的，无法抗拒的，就好像我生下来的使命就是为了解决女孩子的忧愁而来到人世间的。一听说哪家的女孩子有了病痛，我便坐卧不宁，心痛不已。

狗子也道："哥，不如我们进宫吧，与其这样坐着，不如到宫里走一遭，也算是对人家有个交代。"

我道："你敢去吗？你没有听说吗？进入皇宫的，不是死就是伤，你不想我们俩人出来时落下一身伤吧？"

狗子答道："哥，人生在世，能够做一两件痛快的事情已经不易，何况我们做的事情是救死扶伤的好事，就是死了，也值得。"

我忽然间想到了乡下的花花，那些民间的医生们可能爱钱，但当命大于钱时，爱比钱要重要得多，花花打针时的表情浮现在我的脑海里，久久不肯散去。隔着时间的帷幕，我看到了母亲认真地准备着打针前的动作，虽然每一步都非常生涩，但非常执着，不懈怠，不像某些官员们，置老百姓的生死于不顾，自己可以躺在所谓的功劳簿上睡大觉，可以将财产转移至国外，可以假惺惺地想着人间生死，想着世间的爱与不爱，他们是世间的丑陋，是宇宙间最大的耻辱，背上人的十字架，他们的人生是否可以永远的安宁，这是一个永远的问号。

无论如何，狗子的话提醒了我：男人有所为，有所不为，有所为的事情，如果不做，便不是一个男人。

于是，当太阳刚刚下山时，我与狗子悄无声息地离开了住所。大街上没有几个人，皇宫里的事情牵涉了民间，大家不敢外出，只是小心翼翼地生存着。

政治上的事情，有几样逃得过民生？老百姓想过好日子，可是，政治上的事情牵涉着他们的人生，他们想逃，可是普天之下，莫非王土，他们逃不出去，与其逃，不如反，这便是五千年的文明之路。

皇宫就在眼前，三个门，正门是皇帝进出的地方；偏门在东边，有龙的图案，看来这儿深谙中华皇帝的习性；还有一个后门，是宫女、太监出入的场所，还有一两个打扫卫生的老妈子，不知疲倦地从这儿进出。这儿有阶级之分，许多当官的不爱从这儿进出，因为他们讨厌厨房与厕所的气息。

我与狗子是平民百姓，不怕这个，因此我们到达后门之时，正巧有辆清理厕所的车子进入，把守的人十分冷漠，大骂道："臭东西，老从这儿过，我们从这儿过倒霉了。"

一个人推着车，无论如何也上不了台阶，把门的不愿意帮忙，双方僵持着，正在此时，我与狗子出现了。四只胳膊，蛮大的力量，车子开动了，把守的人见我们一身脏兮兮的，也不阻拦，我们与一个叫炮子的家伙安然进入了皇宫深处。

把门的以为我们是新来的，我们可以横行无忌，而炮子以为我们是皇宫刚刚派出的人，是来帮忙的，于是我们钻了这个空子。人生有时候十分奇怪，你清醒时，不敢迈步，而当时你糊涂时，却安然进入了人生的下一个征程。

炮子吩咐我们道："唉，你们过来。"

我俩人欣然前往，我们不知道路，整个皇宫大院比我们想象的要大得多，因此，我们需要一个识路的家伙带领我们。

我答道："哥，我叫小子，他叫狗子。"

"好痛快的家伙呀，刚来的吧？听我的安排，准没错，你们刚进来，不懂事情，一定要按照我说的去做。你们想看到什么世间稀奇古怪的东西，我一定带领你们前往。"炮子单刀直入。

我答道："果然有事情，您先说吧，想要我们干什么？"

"你们去公主房间里将她的垃圾拿出来，我不敢去呀，她有病，痛苦得要命，因为此事我挨了打。你们谁敢去，我保证你们得到世间想要得到的东西。"

这应该算是世间最吸引人的条件了，我表示欢迎，狗子以沉默表示同意。

我们按照炮子的指引，顺利地进入了公主的小院，看守并不算森严，只有一帮医生们出出进进的。他们进入时脸色尚悦，出来时，屁股上早挨了板子，一脸无奈。我们刚进去，便听到院落里传来狗的叫声，一声接着一声，凄惨的叫声，伴随着一两句人言："叫天宝过来，他妈的，浑蛋。"

直觉告诉我，这不是人言，听到此处，我们不自觉地皱起眉来。我们穿着普通，因此得以顺利地进入了公主的内室。

十几个丫头模样的人站在抄手游廊里，一副忙不迭的样子，听到里面吆喝着，便像猫一样地走进去，但很快又闪了出来。

正在此时，一个武士模样的人从旁边走出来，一边挥舞着皮鞭一边命令着："找来天宝没有，快说，你们都该死。"

皮鞭到达我的面前时，并未落下来，我看到了一种久违的目光，十分熟悉，刚要张嘴，对方却将皮鞭绕了过去。

我不明就里地看着这个家伙绕了过去，用皮鞭指向狗子，狗子怒目而视，继而发生了位移。

我们虽然疑惑，但并未理睬，而是直接进入了公主的卧室。

屋内一股子血雨腥风的味道，我看到一袭幔儿后面坐着一个女孩子，吐得厉害，时而学狗叫，时而疯狂。

狗子道："我怎么感觉她不是人？"

话刚出口，我便伸出手去堵住了他的嘴。

照例收拾垃圾，满屋子皆是，纸巾、碎屑，狗子埋着头，我躬着身，我亲身经历了一个医生治病的过程。

他小心翼翼地让公主伸出手来，望闻问切，脸色大变，刚想开口，却被旁边的武士踢翻在地。医生并未列药方，光是这种怀疑的行为，便早已经令现场气氛大变。

公主在里面叫道："什么庸医，滚！"

武士早已经举起刀来，手起刀落，医生不是少了一块肉，便是少了只耳朵。

我与狗子并不说话，低头干自己的工作，我实在看不下去了，从地上捡来的垃圾中，明显闻到一种熟悉的味道，我小声道："什么了不起的，摆什么架子？耍什么横？"

我没有想到，这声音居然触动了幔儿中的公主，公主听到有人这样议论她后，将手缩了回去，在幔中大叫道："花蝴蝶，滚进来。"

"花蝴蝶！"我大叫了一声，狗子也倒吸了口气，我看到一个武士从我的目光中涉入，再从狗子迟疑的目光中逃离，站在我们面前。

"谁叹的气？揪出来！"公主说话语无伦次，有些不清楚。

我抬起头来，分明看到公主刚刚缩回去的手，有毛发的踪迹闪现，现实告诉我，这公主可能是假的，我想到了天生的话，顿然有一种不祥的预感。

花蝴蝶回过身来，目光直指我们，马上敏捷地跳到我的面前，道："来了高手呀？站出来吧，这可是高明的医生，怎么样，替公主瞧瞧病吧？"

狗子也跳了起来，道："我们是环卫人员，不是治病的，怎么着？"

花蝴蝶笑了起来："你们是化装进来的，以为我与公主不知道呀？这样的人，必有所长，怎么，怕了不成？”

“看就看，我们就是化装进来的，冲着公主的病，如何？”我撕掉了面具，以全新的面貌呈现在他们面前。

“好个俊俏的小生，公主，您好像有救了。”花蝴蝶笑得十分阴险。

公主将手从幔中探了出来，我看到了一双不祥的手，长满毛发。我想到了众多医生不敢奢谈的原因了，她是公主，谁敢怀疑她的身份？我攥住了她的手，尖尖的指中满是污泥，这不是一双经常洗的手，是踏过泥路的手，这是一双与狗一样的手，我死死地掐紧了，直到公主“妈呀”一声叫出声来。

我心中七上八下，明摆着，这是一场骗局。“公主”来自哪儿，说不清楚，也许就是为了等我们到来而已，而我却不敢表露身份，怎么办？戳穿，还是等待？我犹豫着，猛然间，我想到花蝴蝶受伤时的样子，我回转身去，花蝴蝶正襟然坐在面前，一声不吭，右手抄着刀，随时会有出刀的可能性。

我与狗子的目光几乎同时看向对方，因为我们想到了悦来客栈的老板讲过一句话：公主是条狗。果然是条狗。

我真的不知道如何形容自己的思想，但我没有说出来，如果讲出来，只有死路一条，如果不讲，公主的病如何医治？现在看起来，这本身就是针对某某人的一场骗局而已，就是想讨伐某些人，是政府利用这样一条计策吸引人的眼球。

“一条狗吗？”不知是谁，不知趣的声音，从远处传来，蓦然回首，我看到了狗的旁边站着一个娉娉婷婷的小女子天生，他们擎着圣旨，直接到达公主的寝房。

而他们的到来解了我的围，而听到这话的“公主”叫出声来，花蝴蝶也吃了一惊，拔出刀来，对着二人吼道：“什么人？哪里有狗？”

我为狗的执着捏了一把汗，这声音绝对出自它口，天生愤怒地向前方扑来，却被武士们拦住了，狗在后面扯住了她。

“我是说我遇到了狗，在皇宫外面，一条看门的狗而已。”狗指着远方。

我长出一口气，狗子也停止了流汗。

我们并未打招呼，因为现在我们给人的感觉是两路人，不过都是来为公主瞧病的而已。

花蝴蝶请示公主道：“公主千岁，又来了两个瞧病的，这两个没有瞧好，是杀死或者让他们受些伤？”

“我们可是有妙方的，不过被他们抢了先罢了，如果他们不来，我们一定敢于揪出公主的病痛来。”狗子叫道。

花蝴蝶道：“噢，公主何病？能讲出来者，就可以免死。”

“当然是相思病，公主在挂念一个人或者物，这是她的最爱，多年积累成疾，到此才难以痊愈，如果那人或那物出现了，此病不治可愈。”我站起身来，装作成熟的样子，侃侃而谈。

此言一出，天生接了话：“公主身在宫中，对外面的事情可能不太了解，如果去外面多走动，也许会有好转的。还有，公主不敢示人，更接触不到阳光，公主是人，不是物，因此，她应该与大自然为伍，而不是整日躺在床上。床乃木制品，时间久了，木与水黏合，会生出经久不息的脉动，这是自然之理，任何生灵都违背不得。”

天生竟然像个哲学家，一点儿也不像那个只会谈曲说唱的小女孩子，听得我与狗子云里雾里。

狗道：“此言有理，请公主伸出手来，让我看个究竟。”

“公主”竟然对狗的声音十分亲近，听到此声响，乖巧地伸出手来，狗弯下身去，手搭在公主的脉搏上。

这样的动作竟然延续了许久，一点儿也没有停滞下来的意思，花蝴蝶在旁边看傻了，直到公主对着外面叫道：“粥，我要喝粥。”

丫头道：“公主肯主动进食，应该马上告诉皇帝陛下与娘娘。”

无论如何，这条天大的消息传遍了整座皇宫，天生从怀中掏出了盖头，蒙在脸上，她不想示人，自然有她的道理。

两只手依然攥在一块儿，丝毫没有分开的意思，狗第一次有一种震颤感，它没有压制住内心深处的狂热与躁动，直到皇帝与娘娘来到了他们身边时，狗才不好意思地站了起来。

“女儿，你感觉如何？”皇帝十分瘦弱，旁边的娘娘倒是富态得要命，皇帝体现着一种节俭，而娘娘则代表着一种浪费。

“我感觉挺好的，浑身舒服多了，让它留下来吧，我要嫁给它。”公主竟然单刀直入。

这句话惹得满堂喝彩，只有我、狗子与天生感到了一种不祥，现在有些明白了，这一切的一切竟然是冲着狗来的。我悔不该留狗与天生在家中，狗一定是听信了公主的凄惨，良心过意不去，才来到皇宫里想帮助公主的。

“当然可以，听女儿的，你，留下来，准备成婚。”皇帝吩咐道。

狗吃惊地看着皇帝，又将目光移到了我的身上，它不知道如何应对，想留下来，却不知道如何表达自己的思想。

天生道：“主人，你给公主看好病了，我呢？总得有个好的去处吧？”

娘娘道：“此人的声音为何如此熟悉？好像一百年前在哪儿听过一般，我看这样吧，留在我的身边如何？”

天生突然失控了，她撕掉了脸上的布，大叫着："娘，我才是真正的公主呀？她是假的，冒充的。"

武士们发了疯似的拥了过来，我才知道我们做了一件多么愚蠢的事情，明明有妖作孽，但现在却不是时机，公主太心急了，她这样做，无异于以卵击石呀！

幔中的公主大叫一声，晕了过去。

皇帝道："你胡说八道，该死呀，你长得一点儿也不像我的女儿，怎可冒充？来呀，将她关起来。"

我解释着："陛下，我们可是冲着为公主治病而来的，她发了疯，请您原谅她吧。"

"现场的所有人，除了他以外，统统抓起来，我看你们来路不明，花蝴蝶，交给你了，看管好公主，切不可再生是非。"皇帝甩了甩袖子，离去。

狗刚想发作，幔中的手伸了出来，将狗的身体缠住，狗本能地颤抖着，直到整个身体消失在我们面前。

花蝴蝶大笑起来："我穿越了一百年时间，才来到此地，就是想撞见你们，果然呀，皇天不负有心人，怎么样？从正定到永昌，你们走了很短的路吧，我却从死亡线上挣扎了过来。放心吧，你们不会有好结果的，我现在已经是永昌国的统领了，掌管着上万人马，你们想想，现在的路，是你们撞上来的，一招妙计，就吸引了你们的注意力，你们还是太年轻呀！"

我嘲笑道："花蝴蝶，你若是个英雄，就该与我们明刀明枪地斗，干吗要使出这样的伎俩？我以你为耻。"

"我是个江湖飞贼，做的事情本来就不光彩，随你们怎么说吧，我有我的做法。"花蝴蝶将我们关了起来，可惜狗被淹没在安乐窝中，从此不可自拔了。

半个月亮爬进监狱里，潮气袭人。天生为自己的做法感到内疚，她道："自从我出事后，我的模样便变了，我甚至忘记了自己原来的长相，怪不得父王与母后不认我，我不该如此呀！"

我道："现在看起来是祸，但福祸总是相倚的，我相信，今晚会有好的机会的。"

狗子道："我们现在没有帮忙的人，哪会有好事呀？"

后夜时，花蝴蝶走了进来，他一脸阴笑地看着我们："几位，你们一直在怀疑整件事情的始作俑者，你们会怀疑我，算是猜对了，但也不算全对，你们恐怕永远也猜测不出来这件事最大的股东是哪位吧？不管怎样，我要恭喜你们，你们快要升天了。我决定了，为了保险起见，天亮前，我便送你们上西天见佛祖去，不要怪我们，忘了告诉你们了，狗可要归我了。”

“好卑劣的手段呀！你不会告诉我，公主果然是假的吧？”我逼问着。

“不，我不清楚，公主是真是假，是她自己的事情，我只是想做我自己想做的事情。实话告诉你们，就算公主是真的，我也会毫不客气地从她身边抢走这条狗的。放心吧，狗会有好下场的，它值钱，它可以当官，可以送到中华去，换来无数的财宝与美女。”花蝴蝶抑制不住地大笑起来，然后便离开了牢房。

我用手使劲拽着和胳膊一样粗的牢门，心里想着自己的运气怎么会如此之差？还没有长到成年，便要结束年轻的生命吗？我不服气，不停地呐喊着，整座监牢里全是我们的喊声。

天生哭了起来：“没有想到，我的任性为朋友带来了如此巨大的伤害，早知如此，何必当初呀！”

狗子吼了起来：“都怪你，认什么父母呀？害得我们落此下场，算朋友吗？”

我突然间灵机一动，对着守门的人大叫道：“我要见花蝴蝶，快点叫他去。”

那人不耐烦地道：“花蝴蝶早已经睡了，不是看在他给我们薪水的份上，才不管你们呢！”

那人推了门走进满天星斗里，好半天时间，花蝴蝶揉着眼睛进来了。

“怎么了，小子，找我有事情吗？你手中可没有任何筹码呀？”

“我有的，我们可以谈谈，你就是捉了狗，它也不会听你的，它会咬你，会让你无法自已，我与它是知音，不信，你带我去见见它，它一定会听我的安排，我可以当你的驯狗师。”我乞怜的同时，觉得有一种颜面扫地般的难堪油然而生。

“话虽如此，但我觉得没有你，我照样可以驯服它。说实话，你聪明，离了狗，你们一毛钱也不值了。你们可能自认为才高八斗，可惜呀，前一仗如果不是狗的及时出现，恐怕你们会永远地从地球上消失，你要学会当狗，当一条听从我安排的狗，这样最好了，你可做得到？”花蝴蝶脸上的肉拧成了平行线。

“放屁，我们有尊严，我们是堂堂男子汉。”狗子不服不忿。

“我愿意做，只要能让我活着。”我突然间感到伤心。狗子在旁边睁大了眼睛，他没有想到，一向自信的我在面对死亡时，竟然采取了这样卑劣的手法。

我回过身去，对他们道：“兄弟，我没法子呀，我年轻，我想活着，你们要听我的话，以后跟着花大侠走，他一定会放过我们的。”我挤弄着眼睛，由于天黑，狗子没有看出来，狗子猛然上前，揪住了我的脖子，扔在地上，抓起来，重新扔在地上，如此反复多次，我差点痛死过去。

天生道：“你别这样折磨他，他的要求没错，面对生与死，他也许只有这样一种选择。”

我摇尾乞怜着，花蝴蝶趾高气扬的表情让我握紧了拳头，有时候我想，干脆用一记响亮的耳光洗刷面前的耻辱，但我想到了狗，想到眼前两个朋友的生死，我将尊严藏在胳肢窝里，不让它掉下来。

远远的传来箫声，公主的福地到了，花蝴蝶并未进去，而是用手一指道：“你进去吧，注意说话，他们可在俺手心中握着呢?”

我看到了两条狗，一条通红的狗，花枝招展的样子，另一条也是狗，此时此刻，它早已经失掉训练成人的风采，成了狗，成了真正的狗，本来它就是狗，它也有自己的狗生观，我们是人，何苦要用人的标准来衡量狗的观点呢?

我痛惜之至，狗看到了我，急忙站了起来，像个人似的垂手侍立着，公主却拉了它，道：“怕啥？我是公主，你是驸马了，我们现在就是老大与老二了，他算个啥?”

我突然间跳了起来，一种从未有过的愤怒感滑过脑际，我掴了狗三记耳光，一记打它的自以为是，二记打它的忘本，三记打它竟然重新成了狗。

狗哭了起来，它扔掉了公主的手，想重新回到我的身边去，却被公主揽在怀中。温软的香语胜过任何万千惦念，它重新伏下身去，不再看我。

花蝴蝶在远处大笑起来，全场的人大笑起来，笑可笑之人。在歌舞升平中，我感到失落，我扶着栏杆，坐在地上，随手捧起一樽酒，一饮而尽。

这世上，没有人会去笑一条狗，他们笑的，是狗的主人。

我终于明白了这样一个道理：这世间，做人难，做狗也难。

花蝴蝶在远处道：“怎么样？年轻人，服气了吧，狗也是生灵，也是有惰性的，我不相信你可以将这条狗改造过来。”

我愤怒地回过头去，对花蝴蝶道：“我不明白，一条狗值得你这样去折腾吗？你的目的是什么？就是为了看狗的笑话，折磨狗，让狗成为一条狗，不让它成为人吗?”

“哈哈，问得好，我觉得你好聪明呀，我最初是想将狗送给我的主人，因为我拿了人家的钱，会替人家消灾。但后来，我知道了这条狗的价值所在，我在想，它到底能否像人一样工作与生活，我不信呀，因此，我现在的目标变了，我就是想与你赌个输赢。你如果能够让这条狗回心转意过来，我花蝴蝶愿意切腹自杀，如果你在三个月内无法完成这个工作，那就对不起了，它就是一条狗，我会卖了它，挣许多的钱。”

我不服不忿地叫着：“好呀，我答应你，但你能保证他们的安全？”我说的他们是指天生与狗子。

“你是怕自己无法完成任务吧？好呀，我答应你，但只有三个月，他们都得死，你也得死，我会将你们的尸首挂在城楼处，成为我们国家开国的标志，永昌县有什么好的，一个县，能叫国家吗？”

我回过头来继续看狗，狗一直迟疑着，想站起来，但身在温柔乡里，无法左右自己。它张皇失措的表情让我怜悯，我在想着用什么样的方法决定一条狗的未来，后来干脆这样想着：我们为什么要参与其中，这个国家兴衰与我有何关系？救了狗，扔了公主，管他们如何生死？

我对狗吼道：“你没有享过什么福，跟着我也让你受罪了，这下子好了，你放纵自己吧。”

我扔下他们，马不停蹄地回监狱里，任凭花蝴蝶在后面叫道：“我可以给你换好房子的，不用再住监狱了。”

住监狱，脑筋会清醒些，我不喜欢住在豪宅里接受万世的唾骂。我这样告诫自己，同时为狗的处境感到担心。

狗子早睡着了，天生无法安睡，见我回来，跑过来拉住我。

我道：“天生，你为何不休息？”

“我无法安睡，都是我惹的祸，如果不是我的唐突，恐怕我们早出去了。我不知道，为何父王、母后竟然如此相信一个国师之言，那国师分明就像一个妖精呀？”天生依然相信自己就是公主。

我不置可否，便捅了狗子一把，他惊醒了，大叫着：“别杀我，我还没结婚呢！”

狗子看到了我狰狞的表情，揉了揉自己的眼睛，扑到我的怀里。

对于狗子，我心中十分纠结，本来我对他的父亲抱有成见，如果不是他，恐怕我的母亲不会离家出走，我更不会踏上新的征途，因此，在现实中，我有许多话不方便与他讲，生怕他回到家中后将我给卖了，我依然还替他们家人数钱呢。

但现在，我不得不讲了狗的处境，讲到痛处，我哭了起来，毕竟，与一条狗一路走了过来，感情还是有的，虽然谈不上深，但就像一件宝物，从身边被人无情地夺走后，总会有难以割舍的情怀。

“凭我们的本事，无法与花蝴蝶斗的，如果狗在的话，会好些，它有能力对付花蝴蝶，但现在看起来，花蝴蝶就是在消磨狗的斗志，让它从此一蹶不振。”狗子讲到了我的痛处，我潸然泪下。

几乎整个夜晚，我们都在商量如何营救狗，但没有形成方案。

最后我叹口气道：“干脆我们一走了之，扔下狗，这样，成全了狗，因为它重新做回了狗，我们也可以回家。”

狗子哭了起来：“不行呀，哥，狗是咱们身上的东西，不能丢掉它，否则我们会不安生的。”

我郑重地点头：“行与不行，总得有个法子，我想，我们可以从国王与皇后身上下手，探听下另一条狗的来历。”

天生道：“母后天生仁慈，也许她会相信我的，我这儿有一枚玉佩，是母后从小给我的，你拿着这枚玉佩，母后也许会帮忙的。”

天生从脖子上取下一枚玉佩来，交与我的手中，我感受到了她的体温，心中一阵惊慌。

狗子道：“我们两人一起去吧。”

我与狗子于黎明时分离开了监狱，把守人员早撤了，因为花蝴蝶让我们出入自由，至于天生为何不愿意亲自去，我是这样想的：她经历了尴尬与恐惧，不敢再去见自己最亲的人。

我们管不了许多，蹑手蹑脚地溜着皇城根儿走，直至我们看到了一处高大的所在。我们潜入了花房里，抓了一个养花的花匠问清了情况。原来，这儿果然是娘娘所住地。

国王不在，与一个女人讲话毕竟比与一个男人讲话方便些，何况我们是孩子，他们能奈我何？

我们将自己化装成养花人，各抱着一盆花进了寝宫里，远远地便听到了哭声，竟然是一个女人的声音：“那孩子，怎么如此像天生，我怎么听说，公主无缘无故地变成一条狗，这怎么可能？一定是被人调包了，这孩子命苦，但长相为何变了，声音如此相像。”

丫头道：“娘娘，一定有误会的，国王会查清真相的。”

“他，现在早已经被蛊惑了，整座皇宫妖气过重，我真的怀疑那个叫花蝴蝶的人是不是妖精？如果是就麻烦了，公主没救了，整个国家也没救了。”

我们抱着花一直向前走着，我无意中跌了一跤，那枚玉佩从我的手中溜了出去，在地上打了个转儿，安然停在娘娘的正前方。

“天生的玉佩，你，你们，这怎么可能？”娘娘惊讶了片刻，马上灵敏地招呼道：“来人呀，关了大门，任何人不得出去与进来，其余人全部撤了，唯有秋风留下来。”

秋风答应一声，招呼众人，秋风应该是娘娘的贴身丫头。

我站在娘娘面前，怀中抱着花，并不惊慌，也不去捡地上的玉佩。秋凤走了过去，捡起来，在眼前仔细看着，然后郑重地交给了娘娘。

“大胆狂徒，偷了公主的玉佩，快说，公主在什么地方？”娘娘表情倒是十分镇定，我暗挑大拇指。

狗子想辩白，我却拦住了他，一切要听从我的指挥。

“娘娘，我出现在此地，您应该高兴才是，玉佩的出现，说明公主有救了，您没有感觉到吗？”我十分从容，好像在自己家中一样，这个或许是伪装的结果，但我这样做，是不想让自己心乱，镇定才会想出出其不意的好主意来。

秋凤道：“娘娘，您先别生气，看来公主果然有麻烦了，我们担心的事情果然出现了。”

娘娘认真地审视着玉佩，看了半分钟，突然间泪流满面：“这孩子命苦，生下来时，她的父亲说她是私生子，说不是他亲生的，她从小便被关押在监狱里，我也连带受苦，好不容易解释清楚了，但她从小就得病，好几次从死亡的边缘拉回来，这就是命呀！”

我说道：“娘娘，您应该相信我，因为我是真正的公主委托来的。”我将真正的公主几个字说得十分重，好像有万千的思想在里面包含着。

“公主在哪儿？怎么样？现在公主是谁？你能告诉我答案吗？”娘娘的眼睛一刻不离我的脸，看得我心怵，但不能逃避。

“娘娘，公主在监狱里，就是白天那个小姑娘，她被坏人施了法，转变了容颜，现在没有好的办法让她恢复原来的容貌；至于现在的公主，您应该听说过，她是一条狗，不仅如此，由于坏人作祟，她在勾引我家的一条狗，而这条狗是我的命。”我回答时，脑子有些迷离，但语言尚清楚，人有时候就是这样，管不住自己的嘴，嘴可以不听从思想的安排，可以胡说八道，更可以让人不顾一切地将内心的世界倾吐出来，这是一种惯性，更是一种悲哀。

“果然如此，一条狗，竟然进入皇宫里，替换了我的公主，我要去见陛下。”娘娘站起身来，我却拦住了她。

“娘娘，您不觉得陛下也有异常吗？他为何任人宰割？为何听从一个国师之言？您不觉得奇怪吗？”秋凤闻听此言，赶紧说道：“是这样的，我觉得陛下不像是原来的陛下，好像是假的。”她心直口快，一席话没有说完，娘娘便栽倒在地上，人事不省。

好半天她醒了过来，哭泣道：“这是怎么了，想当年，我就说过，我们永昌如此小，为什么非要称王称霸，他不听，结果现在报应来了吧。他也是假的，谁在兴风作浪，我决不饶他，拼了命也要杀了他。”娘娘简直发了疯，挣脱秋凤的束缚，想冲出去。

“娘娘息怒，除了花蝴蝶还会有谁？但现如今皇帝在他的掌控之中，他应该是给皇帝服了某种药，让他神志不清。现在最重要的事情，就是解除他的兵权，让花蝴蝶变成孤家寡人，我们好对他下手。娘娘，控制军队的虎符在什么地方？”我的思路忽然很清晰。

“虎符，有，在我这儿放着，它可以操纵军队，对，杀了花蝴蝶，救回皇帝与我的女儿，那条恶狗，一定要杀掉。”娘娘命令秋凤从内室取来一个大包裹，鼓鼓囊囊的样子。

虎符到了手，我对狗子道：“狗子，现在是你表现的时候了，你有虎符，军队全听你的指挥，但我们只能做正义的事情，你让军队包围公主的府第，任何人都不要伤害，将花蝴蝶围住，我自有道理。对了，将两条狗也围住，别让他们跑了。”

狗子捧着沉重的虎符，有些忐忑，我踹了他一脚：“你是老大，掌管军队的人都是老大，知道吗？”

狗子忽然醒过神来，趾高气扬地跑了出去，不大会儿工夫，便听到外面人喊马嘶的声音，军队行动了起来。娘娘高兴极了，对秋凤道：“赶紧的，我们去公主府。”

我们一行人刚进公主府，就看见皇帝与花蝴蝶站在天井当院里，皇帝骂道：“谁拿我的虎符调兵，一定是贼，大家不要听他的。”

皇帝大于兵符呀，军队慌了神，不知所措。后来，军队的小首领看到皇帝后，对下面的人骂道：“将那个胖子抓起来，他不是我国人，皇帝一定不会将虎符给他的，他是奸细。”军队压住了阵脚，一边倒地站在了皇帝那边，狗子被五花大绑，看到了我，大叫着：“这不像老大呀，我是老小。”

娘娘挥手命令大家停下来，道：“是我让他拿兵符的，皇帝，你清醒吗？”

“放屁，我是皇帝，我不清醒谁清醒？你是作死呀，你是不是对我平时的表现不满意，你现在耿耿于怀，到现在，我仍然不相信女儿是我的，你年轻时候的事情，自己清楚，现在，你竟然弄一个假公主冒充，我的公主是一条狗，不是人，你们想篡位吗？”

皇帝歇斯底里地吼着。

娘娘倒是果断得很，命令旁边的军队道：“我们永昌县本来是一介小县，没有国家，皇帝多年前心血来潮，做下了缺德之事，现在，国难当头，大家有义务保护国家安全，这个叫花蝴蝶的人，给皇帝服了药，皇帝像个皇帝吗？他任人操控，想将整个国家带入万劫不复之地，大家说怎么办？”

我跟着喊道：“废了皇帝，恢复常态，人人都是皇帝，人人都是平民。”我这一喊，军队中有人跟着叫道：“对，我们也感觉不妙，以前的皇帝勤奋至极，现在的皇帝弄两条狗在皇宫里，他想做什么？”

军队骚动起来，我举起了虎符，松了绑的狗子领着军队重新冲进皇宫里，花蝴蝶拔出了刀，架在皇帝的脖子上，命令大家退后，娘娘、秋风早已经领着人闯入皇宫，来到了幔前。

花蝴蝶叫道：“你们别动，如果你们闯入幔里，皇帝就没命了，我告诉你们，我是在做实验，你们做梦也不会想到的，狗已经不是狗了，它们马上就会变成人的，我的实验一定会惊艳全世界。而你们，竟然来破坏我的好事，我一定会报复的，我要杀掉皇帝。”

众人呆住了，皇帝命同于天，如果由于自己的失误而使皇帝被杀，一定会内疚一辈子的。

我管不了许多，将幔撕扯开来，我惊呆了，现场的人全惊呆了。

两条狗脑袋摇晃着，但早已经变成了人的身体，一个美艳如花，一个亭亭玉立，花蝴蝶哈哈大笑起来：“果然快成功了，你们看如何，你们不是想让它变成人吗？我的实验已经成功了，到时候，我让狗变的人当皇帝，那条母狗成为王妃，我操纵着他们，我不会当皇帝的，太累了，我只需要操纵这个政权就够了。我想通了，与其将狗卖出去，不如这样痛快些，一个永昌县，富可敌国，有我一辈子也花不完的克里，你们想想吧，这是一件令人多么舒心的事情。”

花蝴蝶一下子吐出了自己的想法，我感到不可思议，一种莫名其妙的失落感油然而生。

大家停止了动手，因为现场的环境让人恶心，让人无法左右自己的思维与灵魂，我甚至想到了死。

整个现场僵持住了，我们一行人撤了出来，花蝴蝶、皇帝与两条狗留在皇宫里，我们的军队将皇宫围了个严严实实。

“如今，只有一个办法了，放狗与花蝴蝶走，救下皇帝，要来解药，让公主恢复原来的容貌。”

娘娘独断专行，我阻拦道：“不行，娘娘，那条狗是无辜的，再说，我们怎么能做让亲者痛仇者快的事情？如果放他走，我敢保证，用不了多久，他便会卷土重来，到时候，永昌县依然会一片混乱。”我解释着。

“小子，你只考虑自己的狗，我要考虑的是国家、臣民，就算皇帝不做了，但要给大家一个交代，永昌县二百多万人，一定在看我们的笑话呢！”

娘娘不依不饶。

我道："娘娘，再给我一次机会吧，我一定会努力的，如果救不了狗，我会按照您的思想行事的。"我带着哭腔。

秋凤刚刚从监狱中救回了公主，公主在旁边解释道："母后，我觉得他说得有道理，再给他一次机会吧，相信他。"

娘娘看到了公主，一脸心酸，她搂了公主道："苦命的孩子，好吧，只有一天时间，我宁可失去皇帝，也不会让心爱的臣民受伤的，我不能让一个魔头统治国家，他不知道他发疯后，会是什么样的结果，太可怕了。"

后半夜，我接近了两条狗，两个脑袋贴在一起，十分亲密的样子，好像在说话。

我看到了我的狗，早已没有人形，它定是服了药，才被折磨成这样的。我叫了它的名字：狗，它的耳朵竖了起来，用眼睛瞧我，一副迷离的样子，但很快，便被旁边的花狗拽了回去。

我怒不可遏地举起手来打了这两条狗，狗愤怒了，猛然站起身来，挣扎着去迎接我，讨好我，但它无能为力，它无法完全站起来，它的身体已经变形，已经恢复不了原来的状态了。我欲哭无泪，像神经病一样跑进漫天旷野里。

我的第一个想法便是退缩，我想退了，不想再斗了，这世间为何有这么多的争斗，平平安安地活着不好吗？我们安享太平，有问题可以认真讨论，不争执，不骂人，这样不行吗？

但只要有人的地方便会有纷争，我们得勇敢面对，而不是躲避。

我沿着一条河一直向前方走，走了不知道有多远。我想到了逃避，想到了死亡，想到了自己的身世与母亲。如果母亲在场的话，她一定会鼓励我活下去，做自己喜欢做的事情的，但现在母亲不知身在何方？我想到了村长，想到了狗子，最后，定格到一个"死"字上，我知道这是每个人最后的结局。

河是我选择的对象。河水清澈、晶莹，是人心所向，水能载万物，何况一个小小的人类？

我想纵身跳进去，却被一双手拉了出来，扔在草地上。我醒来时，看到了金镖，我想到了飞鸿大侠，但他却不知去向。我想到他是在调戏我，我已经到了这份上了，死都不怕，我还会怕啥？

我又跳河，他又把我扔在草地，到第七次时，我猛然听到了一个声音："你个浑蛋，死有何用？你应该活下去，总会有办法的，相信自己，去找花蝴蝶拼命，我会暗中相助的。"

对呀，我恍然大悟，与其这样死掉，倒不如死在战场上。花蝴蝶，我要杀了你，我拿了金镖，头也不回地走了。我直接闯入公主府，然后看到了正在与皇帝下棋的花蝴蝶。

我听到旁边传来了狗的低吼声，我不回头，不去看，我手中握着镖，镖飞了出去，像流星一样射向了花蝴蝶，花蝴蝶感觉到有风声传来，马上在原地转了个圈，镖落空了，钉在地板上。

我跳了起来，手中的刀也向花蝴蝶砍去，花蝴蝶并不躲，而是一把抓住了刀柄，然后死死地揪住我的头发，直至我手无寸铁地任凭他摆布。由于疼痛，我叫了出来。

花蝴蝶道："本来我是想饶你的，可是你居然来寻死。好吧，让我将你变成一条狗吧。"

他举起刀来，准备痛下杀手，突然间，我感觉到耳畔有风掠过，一道凌厉的身影蹿了过来，花蝴蝶的胳膊早已经被踢了一脚，皇帝的脸瞬间被抓得稀巴烂。

居然是狗，仍是原来的狗，不可思议的狗，它飞跑时的身形依然俊朗。

我跳了起来。抬脚将花蝴蝶踩在脚下，觉得不解气，使出了吃奶的劲踩，直至这个可恶的家伙的脸扭曲得不成人形了才罢休。

皇帝早吓傻了，嘴中只剩下一句话："饶了我吧，我将江山送给你。"

他的眼中只有江山，却尽做些与保护江山背道而驰的事情。我很想将难听的话喷到皇帝的脸上，但我没有这样做，一个腐朽之人，浪费唇舌有何用处？

于是，我去看狗，狗早已经精神矍铄地站在我的面前，它并不说话，只是在举手投足间让我们鉴赏它的动作与能力。狗依然是狗，但比原来更加强健，脸上的毛散去许多。我被蒙在鼓里，不知道如何解释面前的结果，此时，幔中传来了一个女子细细的哀叹声。

狗大叫一声，说道："不好了，花狗可能不行了。"

幔被扯开来，花狗浑身是血，脸色惨淡，下身的人形早已经支离破碎，我不清楚发生了什么事情。而远处的花蝴蝶却大叫道："不知道廉耻的东西，居然真的爱上了一条狗，害得我前功尽弃，不要脸，你也要做人吗？想与它山盟海誓吗？我呸，你是一条狗，由不得你们谈情说爱，现在，你竟然出卖了我，让你给它吃的药，竟然调换了，这些天来，你一直在用自己的身体喂养它，你好厉害呀！怪我当初救了你，你该死。"

我才明白了事情的缘由，狗道："花狗，从一开始便没有让我喝下药，它告诉了我它的身世，它是一条流浪狗，是花蝴蝶救了它，它决心投靠他向他效命，但它虽然是一条狗，却明白是非，知道假恶丑与真善美的区别，因此，它开始帮助我，等待着我出头的那一天。”

花狗一直在吐血，好半天时间，它清醒后，对花蝴蝶道：“主人，我答应你的事情没有办到，我于心不忍。说实话，我喜欢这条狗，它聪明能干，不该被你玩弄，于是，我暗助它。主人，回头吧，这样做是没用的。”

“我不听，你就是一条狗，你以为你变成人了吗？你想一本正经，你想不可一世，我真后悔当初救你，让你被雷电劈死也好，你不忠不义，一条狗立于天地间，如果说话不算话，该如何办？”

花蝴蝶一直在激怒花狗，我道：“闭上你的臭嘴，花蝴蝶，你已经是强弩之末了，等待历史的审判吧！”

花狗道：“我做了符合道义的事情，却对不起主人，我知道自己该如何做。再见了，亲爱的毛狂吹，能够结识你真好，如果能够与你浪迹天涯，绝对是一件令人向往的事情，可惜呀，造化弄人，我的梦想实现不了了，但不要紧，人有来世，狗也会有的，我要走了。”花狗佝偻着身子。

蓦地，花狗像箭一样地射了出来，狗与我都感觉到不祥，当狗跑过去准备拦截她时，已经为时已晚，花狗的脑袋撞在柱子上面，万朵桃花开，血流成河。

这便是一条义狗的前世今生，活得豪迈，死时慷慨，给人以震撼的力量。

狗伏在花狗身上，痛不欲生。狗忽然间抬起头来，发了疯似的寻找花蝴蝶，但当我们的目光搜索他时，才发现，人早已经不知去向，同时离开的还有皇帝。

不知何时，娘娘、公主与狗子早已来到了现场，看到一片凄惨，娘娘最关心的莫过于皇帝的安危了，但当她没有发现皇帝后，叹了口气道：“看来，他果然要成为国家的罪人了。”

公主疯狂地寻找着解药，花蝴蝶丢下了许多种药，公主将好几种药塞进嘴中品尝，试图找到解药，但就是没有效果。

我与狗子一直在安慰狗，劝它不要再伤心，应该准备棺材埋葬花狗，但狗就是不肯，这是它头一次动情。

公主突然给我们跪下了，她道：“我的脸恢复不了原样不要紧，但父王一定要回来，如果他回不来，这个国家怎么办？”公主也向娘娘道：“母后，您与父王有矛盾，但还是以江山为重呀。母后，您下令吧，让军队寻找父王的下落。”

我们都想听皇后如何回答这个问题，因为她的指令决定这件事情的结果。如果她说不肯，我们也乐于停止此事，因为我们还要西去，还要为狗疗伤，更要去寻找我的母亲的下落，这个才是我认为最重要的事情。

娘娘看了看泪流满面的女儿，又看了看下面闻风而来的大臣们，说道：“大家举手表决吧，看还有没有寻找他的必要。他丧心病狂地与魔鬼待在一起，他自作孽，这些人可以不与他为伍。”

举手表决的结果是：大家一致要求找回皇帝后再作议论。

公主对我道：“哥哥，看你的了，我们的军队你可以尽管调用，也许只有你才会知道花蝴蝶的下落。”

我不自信地拍了拍胸脯，觉得自己有时候好可笑。

狗子道：“还有我呢，还有狗，它可以轻而易举地找到花蝴蝶的下落。”

但狗仍然在伤心中，我对娘娘道：“能否为这条义狗举行葬礼，隆重些，否则，我们于心不安。”

娘娘道：“这是自然，它救了我们所有人，举行国葬吧。”

一天时间里，我们几乎所有人都在忙花狗的葬礼。它被葬在花的海洋里。狗说它生前爱花，我们选择了一块水草丰盛的坟地，周围是花的世界。下午时分，花狗下了葬，一干人早走了，唯有狗仍然待在花狗坟前，久久不肯离去。

好不容易我与狗子说通了，它站起身来，挥泪告别。

没有走几步，狗却停住了脚步，扯着我们二人的手，藏身于草地中，我们不知所措道：“怎么了，你?”

狗道：“有人过来了。”

话音未落，两个人敏捷地落在花狗的坟前，一个是花蝴蝶，一个是皇帝，皇帝早已经满脸血腥，说不出话，多远便可以闻到血雨腥风的味道。

花蝴蝶道：“徒弟，从此后忘掉皇帝这个身份吧，你便是我收下的第一个弟子，从此后，你与我漂泊江湖，有我吃的，就有你喝的，放心吧，抓住了那条狗，你我回到中华去，你想一下，那儿什么没有？物阜民丰，忘掉你的家吧，还有你的女儿。”

花蝴蝶继续道：“这是一条狗的坟，我要将它挖出来，让它曝晒于光天化日之下，它对我不忠，就得死无葬身之地。”

花蝴蝶命令道：“挖吧，徒弟，挖它出来。”

我想发作，但我是一个只会说，不会做的家伙，狗咆哮着，发了疯似的朝两人跑去，花蝴蝶的胳膊被狗咬到，一块肉应声掉落。皇帝刚想跑，狗早已经将他踩在脚下。花蝴蝶举起了镖，没有发出，便感觉右手猛然一麻，身后，一个轻飘飘的人影掠了过来，举起刀来，飞鸿大侠笑了起来，花蝴蝶在前面跑，他在后面追，直至消失于夕阳下。

皇帝是救了回来，但早已无药可救，见谁都张起大嘴，一副想要吃人的样子。这儿的医生们费尽心思，仍然没有办法救治。

娘娘吩咐人将他锁在院子里，一棵百年大树，从此后便成为他永久的伴侣了。在皇宫深处，每天都会听到可怕的吼叫声，那便是皇帝发出来的。

至于公主，仍然没有找到恢复以前容貌的方法，但公主却说道：“这样挺好的，我感觉现在的样子比以前漂亮多了。”

虽然是自嘲，但我们没有从她的眼神中看出忧虑，人的模样也需要适应。

皇后举行了永昌县最盛大的庆功宴，我与狗子，还有狗，成为大英雄，被授予国家勋章。我们喝酒吃菜，好不热闹，公主跑来跑去的，尤其喜欢与狗打交道。他们一会儿跳舞，一会儿划拳，惹得大家哈哈大笑。

宴会到达尾声时，娘娘突然间举起杯来，对大家道：

“这个国家三十年前实行的便是无政府管理，大家安居乐业，遇到棘手的问题，大家便协商解决，而现在这副模样，都是政治惹的祸，我有心告诉大家：取消皇帝制，还大家原来的世界，大家以为如何？”

下面鸦雀无声，大臣们面面相觑，他们不敢相信，有哪个人不贪恋政权，这样一个女子，为何不效中华的武则天，当一代女皇呢？

公主道：“各位伯伯叔叔们，我娘的想法很好，没有了官，便没有了腐败，军事更没有了存在的必要性，发生了这么多事情，我们想通了，政治本来是要为人民服务的，如果没有了政治，岂不是少了一条阻碍？人是平等的，当每个人的灵魂在天堂里相遇时，他们都是一样的，这样不好吗？”

我难以置信，这样两个女子竟然有如此大的雅量，她们的做法令所有的男人汗颜，她们可以不要江山，可以恢复原来的政治制度，更可以将皇帝这样一个万人景仰的字眼送入坟墓。

我们要走时，遇到了皇后与公主二人。二人早已经成了平民，偌大的皇宫捐了出去，成了永昌县唯一的一家幼儿园与老人院。二人如今自力更生，在一座巴掌大的庭院里种田维持生计，她们会于每月上旬的某一天去老人院看望原来的皇帝，皇帝的情绪平稳了许多。看到我们时，她们愉快地邀请我们到她们的庭院里做客，气氛十分融洽，公主道：

“娘亲现在觉得心里好受多了，不当官不当王也有好处，清闲了许多，每天看日出日落，看云卷云舒，人生能够得到这样的生活，我们知足了。”

“只是我的女儿缺少一个像样的夫婿，我十分发愁呀，我看小子你留下来吧，公主也对你十分中意，如何？我招你为婿，绝不亏待你，我还留着几十克里，我们办个像样的酒席一定没有问题的。”娘娘十分和蔼地说道。

我感觉如坠五里雾中，心酥如麻，狗子与狗早已经跑到了远方，狗子一边跑着一边叫着：“哥，我们走了，你留下来吧，当你的乘龙快婿。”

我说道：“你小子放屁，小心我将你撵回家去。”我也飞奔着撵了过去。

一老一少两个女人站在秋风中，目送着我们离开了永昌县，前路多坎坷，但我们没有后悔，经历了这么多的磨难，我们早已经学会了坚强，原来，坚强也是锻炼出来的，也是在爱与恨的纠缠中，一步步走出来的。爱也是一门学问，是我们需要用一辈子的时间去学的必修课程。

永昌县恢复了车水马龙的情况，我们朝西去，西边有一个大镇，据说叫开化国，但需要翻越一座高山。我们用了几天几夜，才将此任务完成，其间，我们晚上露宿在山野里，喝露水，吃野果，有时候馋了，便让狗打几只野鸟，我特别喜欢吃一种叫鹌鹑的小鸟，可爱至极，肉鲜如醇。

狗子不知在什么地方捡到了一坛子酒，揭开盖子后，酒香四溢，我头一次喝酒，不小心喝多了，借着山风唱歌，唱到高兴处，一坛子酒早已见底。狗也喝了，它酒醉后展示本领，着实让我与狗子开了眼界。十几米高的石头，狗一个猛子便窜了上去，脚抬起来，偌大的石头瞬间被击得粉碎，碗口粗的树桩子，狗前爪探出去，树桩子便被拔了出来。

不仅如此，狗的轻功居然练到了炉火纯青的地步，在树梢上行走，一口气竟然行进了十余公里，我们都看傻眼了。

当然会有野兽来袭的，最大的隐患便是老虎了。我们在山上露宿的第三个晚上，快到黎明时分，猛然听到了虎的叫声，与声音同时惊起的，便是一声声不和谐的鸟鸣。泉水叮咚作响，吓得我与狗子疯狂地爬到了树上，唯有狗依然不动声色地待在原地。它冲着我们直摆手，一脸处变不惊的样子，似乎一只老虎对于它来讲，也是小菜一碟罢了。

一个高如树的老虎，眼睛似铜铃，耳朵大如石，走起路来地动山摇，我与狗子替狗捏了把汗，稍有不慎，就可能狗毁人亡。因此，我开始流汗，狗子开始落泪，狗子的泪水流得太多了，沿着树枝落到了地上，嘀嘀嗒嗒作响，后来我才知晓，这个家伙尿裤子了。

虎看到了狗，似乎以为是同类，它并不直接进攻，而是匍匐于山石上，看着对方。狗知道对方绝非善类，因此小心翼翼地挪动着步伐，真到它的身体来到了一处高大的山石前面。这样做，一是为了保全自己，因为身后便是蓑草，可以随心所欲地进入草丛里逃跑；二是这样的地形有利于进攻。

老虎待不住了，开始疯狂地进攻，一个猛子冲过了狗的头顶，狗绕了过去，越到树梢上面。虎的身体高大，找不到狗的所在，因此，它开始疯狂地袭击树枝，带起的风差点将我与狗子冲到地面上。我们俩死死地将自己拴在树枝上，做好了树在我在，树亡我死的打算。

狗一直躲闪，其实是想浪费老虎的体力，老虎果然折腾累了，趴在一块石头上睁着饥饿的眼睛，它是想得到一顿美餐，但却无法在短时间内实现这个愿望，因此，它做好了两种打算，一种便是尽快得手，另一种却是赶紧离开此地，找到小动物们解了馋后，再进攻。

但狗此时却开始发起了进攻，狗的爪子像钳子一样，将老虎耳朵抓住了，它坐在虎的身上，一个劲地拍打，那动静，极有武松打虎时的潇洒自如。狗凭的全是真本事，因此，不由得让人肃然起敬。我觉得，如果武松在世，也会对狗的表现吃惊的。

从古至今，人打过虎，还没有哪条狗可以制服得了一只猛虎，但在一个姓古的小子笔下，却竟然将狗写成了英雄，也许有人会骂我，更有人说我信口开河、胡说八道而已，但我坚持这样写，因为我崇拜狗，知道狗的前世今生，知道狗活得艰难。我小的时候家境贫寒，也曾经像狗一样接受过别人非人的折磨，因此，我依赖命运，知道人生的恰巧安排，因此，我歌颂狗，知道狗的爱和是与非，这便是一个瘦弱小子的铮铮铁骨——生命中无法实现的，只好通过文字的形式让自己高大起来。

16. 梦的前世与今生

我一直喜欢做梦，梦多了也不好，时刻缠绕着心扉，我总想着：这或许是我长不胖的主要原因，白天吃进去的东西，晚上还要梦陪伴着，硬生生地压迫着思维与神经，睡不好，自然便无法释然了。于是，新陈代谢便会发达起来，胃不好，自然梦就多，这是我一段时间以来总结出来的主要元凶。

我一直想着关于母亲的事情，因此，在进入开化国的最初一段日子里，我晚上老做梦，身体更加虚弱不堪。曾经在半个月时间里，我一直拉肚子，恨不得将身体悉数交给大自然，但我总算控制住了，身体憔悴不堪，不成人形，狗站在我的旁边，活脱脱是我的兄弟，只有狗子依然健硕无比，保持着自己独有的体形。

他是个无心无肺的家伙，你给他说过的事情，他从不经过大脑便吐了出来，虽然一度让我恼火，但却让我学会了坦然处之。这让我明白：不管遇到什么样的事情，哪怕是天要塌了，你依然要在临死前的最后一秒内保持镇静。

这是我从慢性人身上学到的优点，凡是长处，就得学，不要以为自己了不得，因此，当我进入开化国，看到熙熙攘攘的人群时，我便学会了感恩。

我们一路像鸟儿一样，费力将讨来的粮食赠予其他人，他们感激我们，我们收获了爱与同情。

我们跑了好长时间，终于在一处人家落下了脚，主要是缘于我们帮助他们家找到了失散多日的小孩。其实纯属机缘巧合，我们在斗猛虎时，狗在山下的石缝里居然发现了一个十分乖巧的孩子，孩子尚幼，口齿不十分伶俐，在没有办法的情况下，我安排狗子一路抱着孩子赶路。孩子很胖很重，惹得这个家伙老是提意见，我没好气地不理他，他看到即将失去主心骨，才忙不迭地背着孩子，赶了过来。

他是怕我扔掉他，我人瘦，但脑子好使，我知道什么是香是臭，这是我长于狗子的地方。

一户人家在找孩子，孩子丢失多日，孩子的母亲哭瞎了眼睛，偌大的家族只有一个传人，便是这个孩子。孩子两岁，刚刚会走路，却于半年前的一天在赶集时突然失踪，那个走失孩子的母亲，如今被打得遍体鳞伤，早已经成了疯子，看到谁家的孩子便去认人家，因此在很长时间里，整个开化镇没有几个孩子在大街上，大家害怕这个家伙一旦出手，孩子会有个三长两短。

而恰在此时，我们竟然找上门来，找了无数个人家，拒不收留，不是说家小，留不下外来的和尚，便是说不方便，拒人于千里之外。

我们终于敲开了这家的大门，员外据说姓秋，秋老爷生平好善，家也是大唐来的人氏，传承百年，依然保持着旧时的风貌。这样一座豪宅，我们不能与之失之交臂，因此，我与狗子打赌，狗子在后门叫门，我与狗在前面叫门。

一个叫秋生的人开了门，看样子像是家奴，他瞧不起我与狗，主要是我这人压不住阵脚，一副弱不禁风的样子，不像个当官的，更不像是有才华的。越是这样瞧不起我的人，越是不能让他们小瞧了我，因此，我喝令狗后退，像个绅士一样包抄过来。

我刚说了一句话，秋生便关了门，像秋风扫落叶一样，将我们扫地出门。我没有想到竟然有这样的事情，如此不好客，如果在中华，早就将他们绳之以法了，道德层面不周，更能体现一个民族的个性。

而此时的狗子早已经被当作座上宾，因为后门的人看到了宝少爷。宝儿，居然是宝儿，秋婵恰在后门准备出门，她是秋老爷的贴身丫头，看到了宝儿后，她像个疯子似的跑向了后方，一边跑着，一边命令家人将狗子看住了。

秋老爷与夫人风风火火地赶了过来，一眼瞧见了骑在狗子脖子上的孩子，果然是宝儿，便像个猴子似的上前，想抱住孩子，宝儿居然认生，只认得狗子对自己的好处了，死活不下来。

这帮了狗子的大忙，狗子笑道："好久没有开荤了，我好好吃顿饭，今晚喝多了再说，趁小子没进来，这下子我成了最大的赢家了。"

狗子进去了，我们此时正在前门处徘徊着，远远的，我便闻见了酒香与肉香，狗子坐在与我们一墙之隔的大门里，秋老爷怀疑他的行为，并没有将其奉为上宾，但狗子无所谓，只是可劲地吃，吃到高兴处，竟然唱起歌来，歌声悠扬，我与狗听到了狗子的歌声。

我们气不过去，便上了一棵树，果然看到了狗子。此时，那个叫宝儿的少爷正安然坐在狗子的对面，狗看到了一缕凶光，突然间叫道："不好了，狗子有危险。"

我吓了一大跳，但睁开眼睛，猛然发现现实一片安然，我拍了拍狗道："你呀，别嫉妒，人家有本事呀，你瞧，狗子如此安然自得，我们得想办法混进去呀！"

我们扮作江湖郎中，敲开了门，还是秋生，门开了，酒香扑面而来，我看到了狗子的眼睛，又发现了狗所述的那种危险，那个才两岁左右的孩子，坐在对面的动静竟然如此成熟，他眼露凶光，不停地替狗子斟酒，毫无防备的狗子竟然一个劲地喝，恨不得将天底下所有的酒装进自家的肚子里。

狗道："那个孩子，怎么像个妖精呀？"

恰在此时，孩子转过头来笑，那模样吓傻了我与狗。他的笑容瞬间即逝，重新将一个瘦小的后背送给了我们，而将自己的前额、脸与所有的眉目，全部送给了狗子。

我大叫道："狗子，帮我们呀！"狗子没听见，或许他真是喝多了，看也不看我们一眼，将猪头肉一股脑地塞进嘴里，面前是宝少爷倒的酒。

我骤然出现了幻觉，狗也出现了幻觉，我与它不停地摇着头想事情，猛然间竟然发现：宝少爷长大了，如此快就长大了，他从身后拿起把锄头来，不容分说地向狗子砸去，狗子喝多了，躲闪不及，脑袋开裂，我们大叫着，那个少爷回转身来，向我们飞奔而来，我与狗跌在血泊里。

秋生猛然问道："你们是医生吗？"

我们突然惊醒了，现实竟然一切安然，面前是秋生，院子里依然是酒香刺鼻，狗子喝到高兴处，歌声响起，那个叫宝儿的少爷，竟然在风中起舞。

幻觉，怎么开化镇有幻觉？我想到前天刚入开化镇时发生的事情：我明明在屋内睡觉，早上起来，竟然发现自己置身于大街上，许多人当我是叫花子，扔给了我五六克里，不仅是我，警觉性极高的狗也出现了同样的问题，狗子更惨，被扔进了锅里，差点成了别人口中的粮食。

秋生道："你们是医生，看起来倒不像，医生能治好自己的胃口，我看你如此瘦弱，恐怕是营养不良吧，我们家夫人也是营养不良，如果你能够治好她，倒是可以留下。"

我觉得此处可疑，本不想留下，但一想到可怜的狗子，我便暗下决心，是死是活也要闯一闯。我与狗相视，狗送给我一个鼓励的眼神，这是我头一遭从狗的身上获得如此尊重。

我们被安排在一处跨院里，没有看到狗子，却可以听到狗子在隔院吃酒的声音。这小子疯了吧，一直在喝酒，喝得天昏地暗。

我们刚进去，没有安排酒席，秋夫人居然接见了我们。我们看到了一个瘦骨嶙峋的女人，身上几乎没有一块肉，皮挨着骨头，居然比我还要瘦，院子里如果刮起大风，她便会被吹起来。她喜欢穿长裙子，一些仆人在后面跟着她，遇到大风天气，便赶紧踩住她的裙尾，以阻挡她飞起来。

生生的怪哉奇也，我觉得如此之快，在其他地方，从未有过的荒唐与不伦不类，这样的人，世间居然会存在吗?

女人却笑了，问秋生道："他们是什么人?怎么如此面生，不像是本镇人吧?"

我答道："夫人，我们是中华来的，大地方当然会有奇才。"

"喏，好大的口气，中华的确人杰地灵、地大物博，我做梦也想去一趟那儿，只是没有机会，你们有什么特长?"夫人问道。

"我会治病，因为我从小生病，无师自通，我喜欢针灸术。"我信口雌黄，因为我从小怕打针，而花花总是在我的屁股上做实验，因此，我便爱上了打针，后来便将此术当成了自己赖以生存的法宝了，不管如何，如果拿不出一门好手艺来，我恐怕会有被撵出去的风险。

"居然会针灸，我可是要开开眼，来人呀。"

这时过来一个不停拉肚子的家伙，拉绿了眼睛，还想蹲在地上，随便找一处所在，便以为是茅坑，想瞬间便将所有的代谢产品悉数归还大地。

我看到了旁边的针，一排排的，有长针，有短针，甚至有芝麻大小的针，我操起大针，不知所措地到处找穴位，我看准了屁股后面的一处穴位，猛地扎了进去，那人惨叫了一声，应声倒地，人事不省。

倒是不拉了，但人却无法醒过来，秋生怒火中烧地叫道："狗屁医术，中华的针灸术不需要消毒吗?你这样会害死人的。"

空气中传来了狗子的嘲笑声，隔墙传来，我甚至听到了狗子与宝儿的对话：

狗子道："蠢材，他们全是蠢材。"

宝儿的童声道："都是蠢材，我们也是吧？全世界的人都是蠢材。"

他们大笑起来，我感觉汗毛竖了起来，耳边却是秋生的斥责声。

这时那人挣扎着坐了起来，揉了揉屁股道："好了，肚子舒服多了，高人呀！"

所有人大骇，狗子道："狗屁功夫，宝儿，你知道吗？这人估计永远都拉不出来了，那一针，封死了他的所有穴位。"

狗子，我疯狂地扑向了墙，将身子探了出去，却发现什么也没有，院外居然全部是坟茔，喝酒的人不知去向，狗不服气地跳了出去，像只狸猫一样地转了一圈后，重新回到了我身边，它道："主人，没有人，全是坟场。"

"此人是个人才，留下来吧，告诉他们，不要到那院墙外面去，后果自负。"风一样的女人消失了，就好像被一阵风刮走了，只剩下这个叫秋生的家奴，安排我们住好了，有人端了饭菜，居然全是肉，还有酒，酒香与肉香夹杂在一起，在院子里形成了一种嚣张的气焰，我感到了无风不起浪。

整个夜晚，外面便是风与月的斗争，我生平没有见过这样的场景，风月斗争不止，一刻也没有停下来，我大叫道："停下来吧。"那个叫秋生的人猛然拍我们的房门道："别吵了，还让不让人睡觉呀？"

窗外依然月光婆娑，风依然刮个不停，开化镇上的月亮大得出奇，好像伸出手就可以摸到嫦娥的玉臂，树枝在月亮下面起舞，整个一个匪夷所思，我看傻了。

我们一直试图找到狗子的下落，却没有成功，因为狗子的叫声一直存在，但我们到时却发现没有任何人，全是坟场，我对狗道："恐怕我们是进入鬼门关了，怎么如此恐惧的景象出现在我们眼中？"

狗道："主人，我觉得一切全是幻觉，您屏住呼吸，不要乱想。"

我照做了，却浑身无力，刚刚闭上眼睛，狗子的叫声便传了过来，还有宝儿蹊跷无比的叫喊："妈妈，妈妈在哪儿呢？"

一切的一切，似乎只在恐怖电影中看到过，但面前的一切如此安然，咬自己的指头，也可以感觉得到，摸自己的脸，依然是尖削无比。

我决心冒险去坟场探个究竟。我与狗跳过了院墙，我看到了鬼火四下飘荡，我刚才喝了酒，酒壮夙人胆，我与狗看到了无数个墓碑，而狗子的叫声居然在一处墓碑前停住了。

刚想离开，叫声重新响了起来。

狗愤怒地跳了起来，朝那墓碑踢了几脚，那声音戛然而止，嘲笑声又响了起来。

这座秋家宅院，端的如此多的怪异之处，我们提高了警惕心，将自己的身子在一处坟茔藏了起来。我提醒了狗，狗也隐藏了自己的身体。

不大会儿工夫，秋生竟然出现了，他对身后的家人道："好生看管夫人，知道吗？出了差错，老爷怪罪下来，你们都得死，还有少爷，好不容易回来了，看好他，别让他再走失了，少爷可是有走失的毛病。"

那些人小声答道："是，管家老爷。"

秋生又道："那个胖家伙，先留着，我觉得他不像是好人，说不定孩子是他偷跑的，他卖不出去，想回来捞功劳罢了，这样的人，最可怕，早晚会带来致命的伤害。"

我示意狗紧紧地跟着他们几人，从坟场出来，我们看到他们消失在一处院门前，狗子一定在里面。我喜出望外，无法控制自己的情绪，推开了虚掩的门，前方的人不见了，我们进去后，看到了一处熟悉的所在，我们推门进去后，我看到了桌子上自己的包裹，我傻眼了，居然是自己的住处。

我百思不得其解，等到太阳升起来时，一切恢复了宁静，白云缠绕着天空，毫不留情，我与狗悄无声息地出现在墙头。我们探出身子去看外面的世界，竟然有八百里的坟场，一眼望不到边，开化镇有如此大的地方吗？我感到不可思议，与狗跳过了院门，进入杳无人烟的坟场中。

植物的花不停地吐出独有的芳香，我们有一种欲醉不醉的感觉，到处是墓碑，看起来年久失修。我们四处寻找，竟然没有找到昨天晚上待过的地方，狗四处奔跑着，回过头来告诉我："主人，难道我们昨晚来的不是这个地方吗？"

我注意到一处墓碑，顿时吓傻了，因为那墓碑上面赫然写着一个人的名字，这个人居然是宝儿，有照片，小小的孩子，眯缝着眼睛，目中无人。

这怎么可能？我与狗感觉置于身世外，再往下看时，我竟然看到了秋老爷的相片，还有那个瘦弱的夫人的相片，最后，我们在一处拐弯的地方，看到了狗子的照片，还有我的照片。

天呀，我的天呀，这怎么可能，这便是我们死后的世界吗？

婆子、丫头包括院子里做饭的人，全有，就是没有狗的名字。我想通了，这对于我们来说恐怕是万幸，狗不是人，没有人可以猜得出狗的心事。

我感觉头晕目眩，狗疯狂地叫喊着，试图将我解救出来，但我还是昏睡了过去，等到我一觉醒来时，发现了秋老爷、夫人，还有秋生站在我的面前，宝儿与狗也出现在我的面前，狗叫道："主人，吓死我了，你竟然摔倒了。”

秋老爷道：“这儿阴气太重，你们小心点，除了为夫人治病外，任何事情都不要参与。你们看到的，猜到的，都与你们无关，否则后果自负。”

我点头表示答应，狗子道：“哥，吓死我了，我昨晚喝多了，恕我，请您谅解，以后，我不会多喝酒了，还有，我与宝儿成了好朋友了，忘年交，他可以听得懂我讲的话，如今，我已经是府里的师爷了，专门看管少爷，这个差事好，每月几百克里，我们挣够了路费后，便马上走，去寻找您的母亲去。”

我依然昏昏沉沉，看到其他人撤出去后，我问狗子：“你昨晚听到什么声音没？你大叫什么？”

“我睡得像猪一样，早上还是宝儿用草戳醒了我，我哪儿知道发生了什么事情呀？哥，你别是想家了，产生幻觉了吧。”

狗子的回答让我更加吃惊，我问狗道：“你呢？有什么动静吗？”

“我倒是像在做梦一样，与你一起进了一处坟场，但后来却什么也记不住了。”

狗的回答让我放心了许多，也许真是狗子喝多了，自己叫出来的，有情可原，但无论如何，我说道：“这儿是个是非之地，我们如果想留下来，就一定要小心。狗子，你利用做师爷的良机，查一下原因，这家人到底有什么玄机？”

狗子郑重地点头称是。

下午时分，孩子过来玩，我看到他与狗子玩着一种游戏。游戏倒也简单，十几枚石子摆在大家面前，谁能够一下子全部从地上捡起来，谁便是赢家，十几米的距离，这怎么可能？狗子尝试无果，那个孩子居然像飞起来一样，几秒钟时间，十几枚石子就握在手中，张开来，石子落在地上，砸得我心痛无比。

石子飞了起来，落向了四面八方，一颗石子砸在夫人的身上，夫人骨头软，顷刻间便翻倒在地，骨断筋折，我傻眼了，迷离的眼神中尽是疑惑，继而变成了恐怖。

我大叫起来，在这样的青天白日下，我竟然又做了梦，梦醒后，狗站在旁边，一刻也不离地守候着我，它道：“主人，你又做梦了？”

我擦了擦额头的汗水，表示同意它的看法，但马上我想到了梦中的情形，对狗道：“我怎么梦见石子砸死了夫人？”

我又道：“狗子呢？还有那孩子呢？”

狗道：“你一直处于昏睡状态，狗子一直没有回来，我老听见他在笑，但我出去寻找他，却一直找不到，我不知道如何是好。而你呢，一直在睡觉，一直不停地睡觉。”

我知道自己自从进入这座奇怪的宅院后便一直在睡觉，睡得我四肢松软，像个泥鳅似的不知所以然，但我却努力保持清醒，我做好了准备工作，我将梦里遇到的事情如数在本上记录下来，我想着，这座奇怪的宅子一定有它不为人所知的秘密，这些秘密，足可以让我们掌握一手资料，去抓获该得到的东西。

这是对年轻人的一种历练，遇到这样的机会，没有几个人愿意退缩，哪怕一分钱也挣不到，也会努力地向前面攀登。

一直到了晚上，月亮重新升起来，狗一直待在我身边，一刻也不离开。那个可恶的狗子到底有没有回来过？也许是与我一样进入梦幻中无法自拔？更有可能是，他醉在温柔乡里，早已经忘了自己姓甚名谁了？

掌灯时分，狂风怒吼着，外面突然传来一声巨响，正在外面乘凉的夫人突然间被一颗飞起来的石子击倒在地，人事不省，等到我们听到叫声，一起赶到现场时，人早已经死了。

与梦中的情景一般无二，我无法自已地搂住旁边的狗，身体佝偻得不成人形，我自言自语道：“这怎么可能？”

狗早已经飞了起来，它机敏地飞到了半空中，待到身体无法支撑时，才落到了院墙上，石子是从外面飞进来的，随着狂风一块儿刮进来的，狗是想找到这件事情的始作俑者，却被狂风吹倒，从墙上掉了下来。幸亏它躲闪及时，没有受到任何伤害。

墙外有一个孩子“噢噢”的笑声，不可思议的响声后，风骤然停了，一切归于平静，只有地面上散落的石子。我没有去看夫人，而从地上捡起一枚石子，藏进自己的怀中。

夫人的魂魄早已消散了，旁边的秋老爷像疯子一样狂吼着，秋生道：“我说过，老爷，孩子不祥呀，明明就是他的笑声，他自从回来后，家中像进入魔幻世界一样，还有那个可怕的胖子，他喝酒的姿态，您是见过的，潇洒自如，早有准备的样子，如今，老爷竟然对他委以重任，将半个宅子的管理权交给了他，老爷，您不觉得奇怪吗？”

“这个”，秋老爷若有所思，半晌后对秋生道，“秘密派人将二人监控起来，我倒要看看，宝儿要做什么？或许是他们要做什么事情？自从回来后，我也觉得非同小可，宝儿目光如炬，笑的时候与以前简直判若两人，这是怎么啦？难道开化镇果真要大乱了吗？难道二十年前的往事要重现了吗？”

我随口问道：“老爷，二十年前有什么往事？能否讲给我们听？权当是

我们学习。”

秋生道：“二十年前的事情，一个外来人不必了解了吧？再说了，夫人已逝，你留下来没有必要了吧？你是个医生，不是侦探，这件事情就连开化镇上有名的神探查理先生也无从下手，他当初都无法参透这个案子的谜底，你就不必了解了。”

狗十分恼怒地看着秋生，它对这个家奴一点儿兴趣也没有，它好想冲上去咬他一口，但被我的目光制止住了。

我们退回自己的房间里，秋老爷并没有对我们是否离开做出决定，因此，我们得以苟且偷安。我一心想弄清楚两件事情，一是二十年前究竟发生了何事，现在的事情与当初的事情有何关联？二是狗子到底如何了？那个可怕的宝儿，当初是在虎穴中被我们发现的，当时，我们没有想到有什么问题，只想着他命大，现在想来，他还活着的确有些匪夷所思，简直是天方夜谭，一个两岁左右的孩子，如何可以逃得过斑斓猛虎的攻击。

我们决心分头行动，我去外面找那个叫查理的神探，狗去寻找狗子，我们两个相约，第二天黎明时分，无论如何必须回到屋内。

我出了院子，大街上不知何时竟然空无一人，是下午时分，外面冷冷清清的，与当初来时的繁华形成鲜明的对比，我不知道开化镇发生了什么事情，我只是向前方跑着，我想找个饭馆吃点饭，同时打听一下查理的下落。

小饭馆小得晶莹剔透，若一枚鸟蛋，镶在悬崖边上，周围全是山，唯有饭店的小，才能衬出山的大。

一个老板模样的人坐在板凳上出神，其实是在招徕顾客罢了，我走近他，猛然感到一种沉闷。

我坐在板凳上面，老板为我斟茶，同时回过头来冲着我笑，傻乎乎地笑。我向他打听查理的下落时，他一直在笑，冷风扑面而来，我有一种昏昏欲睡的感觉。

努力挣扎着睁开了眼睛，梦竟然不请自来，在大街上面，秋老爷一直走着，突然间有人招呼：“小心花盆。”抬眼看去，一只花盆从二楼处一个妇人手中掉了下来，不偏不倚，正好砸在秋老爷头上，秋老爷大叫一声后，跌倒在地上。

我急忙上前去搀扶，却看到了满地的鲜血。

我醒了，是被老板的笑吓醒的。我醒后，看到了老板依然坐在板凳上傻笑着，他可能是个傻子，我觉得郁闷无比。

我决定再换一家，因为在这儿我没有找到自己的答案，查理先生到底住在什么地方？我竟然没有找出任何端倪。

我出了街，向前方走，忽然间感觉到头顶有动静，我看到一个妇人正在二楼侍弄自己的鲜花，我大惊，梦中的场景竟然又一次出现了，幸亏，幸亏秋老爷没有在现场。我小心翼翼地绕了过去，同时对自己的梦境无法兑现感到可笑。

回过头来，在拐弯处，我看到了秋老爷，我突然间上前去，抓住了他的身体，我道："别向前走，前方危险。"

秋老爷依然故我，不听我的使唤，我只好拖延时间，无论如何也不想让那个噩梦实现。如果花盆早掉了，或者是秋老爷没有事情，我便取得了胜利。

秋老爷像傻了一样，一直向前面走着，丝毫没有停下来的意思。

我终于发起怒来，将秋老爷摁在地上，一顿拳打脚踢。

哪成想竟然惹来了众怒，旁边闪出几个人来，他们一哄而上，将我拖了出来，三下五除二的，我的胳膊便折了，脸上满是淤青。

有一个人说道："这人长成这个样子，竟然想拦秋老爷，简直就是找打。"

秋老爷继续前行，一直走到了那妇人的楼下。

阳光刺眼得很，从我的身上移至秋老爷身上，那妇人一直在上面折腾自己的花，没有看到下面竟然过来一个老人。

我冲着上面大喊着："妇人，控制好你的花盆，别让它掉下来。"

那妇人似乎没有听到我的话，急忙探出身去，问我道："怎么了，小子，你说啥呢?"

花盆掉了下来，秋老爷刚好过现场，花盆砸了下来，落在秋老爷刚好抬起的头上，额头上一片血迹，瞬间血流成河。

妇人也吓了一大跳，知道是自己的花盆惹的祸后，她大叫着："不怨我，是那小子，如果不是他，花盆不会掉的，抓住那小子。"

我感觉祸从天降，因为现场一片混乱，许多百姓跑了过来，将我团团围在其中，我感到呼吸都出现了困难。

那个老板模样的人也从饭店里跑了出来，一见有热闹看，他忙不迭地冲了过来，探出手，敲打我的头。

秋老爷早已经魂归那世了，一个花盆竟然要了他的命。

有人通知他的家人去了，而更多的人则是围住了我，大家都可以作证，因为我是真凶，如果不是我的故意使诈，那妇人不可能带翻了花盆，秋老爷也不会出事。

我解释着："不是我呀，我做了个奇怪的梦，就是在这地方，秋老爷被砸中了，我想预先不让事故发生，哪成想我的好心居然办了坏事。”

“什么逻辑？可能吗？预先做梦就知道会砸中人，你就该不让秋老爷过这个地方。再说了，谁信呀？你是神仙呀？”众人七嘴八舌地说着，我感到回天乏力，身体被压榨在缝隙间，艰难地生存着。

秋生早已经过来了，他一脸泪水，见到我后，便打了起来，我面目全非，浑身上下无一处好的地方。我感到心痛，没有想到好心竟然办起了错事。

在疼与不疼之间时，我听到了一位老者的声音：“我查理活了大半辈子了，竟然刚刚才发现这样的事情，梦与现实竟然可以重叠？”

我顾不得疼痛，通过血肉模糊的缝隙，看到了老板模样的那个老年男子，他说完后，大摇大摆走进了那家饭店里。

我夺路而逃，我是飞出去的，与其说是飞出去，倒不如说我是游刃有余地飞出去的，我小，我瘦，这便是非同凡响的好处。

我闯入了那家饭店，饭店的门同时关了起来，四周万籁俱寂，我一下子进入了无边无际的黑暗中。

我叫道：“前辈，我是小子，您在哪里？我是为了二十年前的惨案而来，能否告诉在下，现在恶事重新发生了，为了还开化镇安宁，前辈能否告知我二十年前发生的一切，我们该如何解决？”

“小子，你赶紧走吧，带着你的人走吧，这不是你一个外乡人应该管的事情，这是他们家族的悲哀，这是蛊，知道吗？你瞧吧，不出三日，他们都得死，一个也不留，如果你们不走，恐怕也会在劫难逃呀？”老者说话时我依然找不到他的影子。

我不服气地嚷道：“吓我吧？我不信，我不信这世间有鬼，一定是人为的，如果你不管，枉称一世神探，竟然在这个地方躲清闲，你逃得了吗？”

我再嚷时，没有人理我，我多次大叫大吵后，门开了，外面依然是朗朗乾坤，奇怪的是，秋老爷的尸体不见了，秋生也不见了，那个妇人依然在收拾自己家的花，我抬眼看她，她看到了我，吐了吐舌头。

我知道这一切缘于认识，也知道我该离开了，不然，我恐怕会被他们杀死。

我期望狗找到狗子，该管的事情能管，不该管的，宁可躲开，这世间有许多事情超过了你的认知范围，你无力，你无力回天。

我回到屋里时，没有发现狗回来过的迹象，我有一种不祥的感觉，我迅速越过了高大的院墙，到了前院，这座院落我没有来过，我高喊着狗的名字：毛狗，毛狗。没有动静。

我推开了每一扇门，连一个下人也没有，我顿感灾难可能要降临了，却猛然听到了狗吠声。

我的狗，我在一处院落里，看到了毛狗，它浑身无力，四肢乱颤，可能遇到了难以想象的事情。

我搂住了它，分明听到它的心脏快速跳动的声音。

我道："怎么了？别害怕，有我呢！"

"主，主人，我遇到了难以理解的事情。秋生在每一个人的饭里加了药，我看到一个下人吃完饭后，像气球一样飘了起来，他满脸高兴，被风吹远了。"

我凝神细听着，感到真相离自己已经不远了，我抱着狗的身体，一下子撞开了秋生房间的大门。

房间里并没有人，秋生不知去了何处。我命令狗在门口把风。我按捺不住内心的狂热，到处搜寻着自己想要的证据。终于，我在房间的一隅发现了自己想要的，我看到了一些药面，药面存在一个瓶子里，瓶身上写着：千年迷幻粉。

我曾经听说过此药，是缘于花花的信口开河，她说过：在遥远的西域，有一种药可以迷幻人千年之久，时间之长，药力之大，亘古未有，如果有人服了此药，就会产生无穷无尽的幻觉，最终的结果便是力竭而亡。

我突然觉得这个山庄好可怕，秋老爷怎么会用了这么一个可怕的人当自己的管家？我想弄清楚这个秋生的来历，并且想知道秋生这样做到底是为了什么？为了权，为了钱，或者是为了整个开化镇吗？

夫人与秋老爷一定是长期服用此药，一直产生幻觉，从而无缘无故地死在药力之下，如此看来，有一个重要的因素，我已经知道自己为什么接连不断地做梦的原因了，我吃了这儿的饭，饭中被人下了毒。

我笑了起来，但有一点我搞不清楚，为何梦中的情景在现实中却应验了？难不成这药有如此强大的功效，竟然可以预知现实的情景吗？

不会的，花花说过，世间绝无此药，一定是有人捣鬼，或者是这座宅院有自身存在的弊病。

我正狐疑之时，猛然听到了外面有动静，我扯了狗，两个身体匍匐于床下，屋内静得连一根针掉在地上都可以听得到，仿佛什么也没有发生过，一切安然。

秋生是撞了门进来的，他进屋后，便迫不及待地吩咐一个奴才将两只麻袋扯了进来，麻袋里面有动静，什么东西一直蠕动着，秋生叫道："秋才，你不要走了，你已经成了我的心腹，记住，我让你做啥，你就做啥，我不会亏待你的。现在老爷与夫人全走了，只剩下一个小少爷，你可以想象，现在院子里我说了算。”

秋才道：“管家，我觉得这样不好吧。可是，您说出来了，我就看是什么事情吧。如果是杀人越货的事情，俺可不干，俺早想好了，与其这样，不如回家照顾俺的老母亲去。”

“傻子，你还走得了吗？马上，开化镇便会成为我的天下，我不是弄权，这是现实送给我的机遇罢了。我十年前来到这儿，一点儿思想也没有，是老爷手把手地教会了我如何捞钱，如何愚弄开化镇的百姓。如果该死，是他该死，是他与夫人该死，为了自己的私心，竟然将自己的儿子送入了虎口，想换得自己的长生不老，该杀。”

秋生道：“秋才，将麻袋打开，你会看到好戏的。”

麻袋开了，狗子头一个滚了出来，他狰狞着骂道：“怪不得前天老爷叫我过去，说让我小心着你，看好少爷。看来，他是正确的，你小子吃里扒外，竟然害死了老爷与夫人。”

“看来，你啥都知道了，知道的越多，越会早死呀。你知道吗？我生平最恨有能力的人，见一个我会杀一个，秋老爷，一代富豪，挣起钱来像秋风扫落叶一样简单，那么多的穷人，坑了多少，拐了多少，富人都是踩着穷人的肩膀才富起来的，他们抓住的不是机遇，而是会杀人罢了。”

“小子，你是个聪明人，你知道了我药中的秘密，更不会留你了，为了这个目标，我奋斗了许多年，幸亏我遇到了一位叫花蝴蝶的恩师，他教我如何制作迷药，整个开化镇的水中全部有我的药。他们服了药后，觉得已经到了太平境界，物阜民丰，风调雨顺，他们飘飘欲仙，其实他们不知道，他们最终的结果就像秋家坟一样，一望无际的白骨罢了。”

另一只麻袋被打开了，秋宝儿从里面滚了出来，他并不反抗，试图解开手中的绳索，却没有成功，于是，他只好忍着，听到痛处时，他会认真地哼上一声，以表明自己依然是个强者。

“几岁的孩子，你以为我忍心下得了手吗？可是，他的爹娘杀了我全家。我小的时候，为了一斗粮食，秋老爷竟然暗害我的父亲，我母亲上门讨说法，要求秋老爷给我们家棺材钱，他却不肯，秋夫人帮了我们，但我想，她是故意这样做的，目的是为了显摆自己如何了不起，自己家是个望族罢了。”

秋生早已经泣不成声，他对秋才道：“秋才，成功后，你想要啥？你不想要权势，我给你银子，你去讨老婆过自己想要的生活。”

“您，您想要我如何做？杀了他们吗？”秋才胆战心惊地问道。

“当然不是，我没有那样狠，我只是想导演一幕幕戏，我想要开化镇上的百姓们都知道做坏事的下场。这两个人会以不同的方式惨死，这是梦，也是药的功劳。”

秋生从怀中掏出一瓶药，仍然是那种叫“千年迷幻粉”的药，他倒入杯子中一些，命令秋才给二人喝下去。

秋才照做了，他刚想转过身来，将剩下的半杯药扔掉时，秋生上前将药夺了过来，猛地将药倒进了秋才的嘴里，秋才没有犹豫，喝了下去，但他很快明白过来，指着秋生道：“你个老小子，说话不算话，你想害死我呀!”

秋才、秋宝儿、狗子三个人喝了药都睡着了，秋生道：“整个山庄全部吃了我的药，明天我便到市场上去兜售我的药，整个开化镇马上就会成为我的天下。如果成功的话，药粉便会以不同的形式运到中华、南海等国度，那么，半个亚洲恐怕就是我的天下了。”

秋生突然想起了什么，自言自语道：“不好，两个家伙差点失算了，那个瘦子是绝配呀，明天，他一定会现场表演好的，今晚便去看他，还有那条狗，一看就是条好狗，花蝴蝶可吩咐了，凡遇到狗者，一律没收，等待他的到来。”

正说话间，三个家伙从地上爬了起来，一边手舞足蹈着，一边大叫着：“到处是坟呀，我怎么走不出去呀?”

秋生走了，他打算晚上去找我，我的心七上八下，不知道如何对付他。

我与狗出来后，拍了拍狗子的身体，他回过头来看我们，只看了一眼后便依然故我。

秋宝儿早没有力气，坐在地上挣扎着，我索性打了他一记耳光，让他睡着了。

我不知道如何形容自己的心情。自己遇到的事情为何总是如此匪夷所思?我甚至想到了逃离，与狗离开这个鬼地方算了。狗子是自己的敌人，自己当初并没有答应带他出来，而整个开化镇与中华无关，更与我的责任无关，我为何要苦苦纠缠，陷自己于万劫不复的境地?

我问狗道：“活着有什么意义?”其实，我是在问自己，我不知道如何诠释。

狗道：“活着，就是为了活得更好。”

我突然感到自己的觉悟竟然不如一只狗，我掴了自己一耳光后，郑重地与狗道：“我现在脑筋一片混乱，能否告诉我，该怎么办?”

“主人，我觉得救了狗子再说，不然，我们人太少了。”

“一是没有解药，二是救了狗子，能救全镇的人吗?”

我与狗找了半天时间，依然没有找到解药。我们不知道如何形容自己的无奈，想到晚上秋生便会到来，我的心忐忑不安起来。

我们回到房中后，外面暂时没有动静，狗道："主人，我们装作喝下去，但不要真喝。我见过一些当官的人喝酒，酒洒入脖子里，等到明天上午，我们当场戳穿他的阴谋如何？"

好办法，我拍了拍大腿，由衷地赞叹狗的聪明，两个时辰之内，我们一直算计着喝酒的方法，包括什么样的杯子，包括如何能够做得逼真。

同时，我在想下一步的问题，如何能够逼秋生交出解药，一是为了救自己，二是为了解救全镇的百姓，所有服了药的人不同程度地出现了幻觉，会自己走入悬崖，或者是自己拿脑袋往墙上撞，直至撞得血肉横飞，官府来查，结果全是自杀。

掌灯时分，外面有人敲门，是秋生的声音："贵客可在房中？"

我的心跳快得厉害，狗跳了起来，开了门，同时敏捷地重新跳到我的面前。

我捂着胸口道："是管家大人吧？进来吧。"

秋生推门而入，手中拎着一壶酒。

我起身相迎，同时心中盘算着如何不喝他的酒，包括如何能够让他相信自己等等。

"开化镇上的人并不完全开化，其实，我觉得全城的人中没有哪个人长得像个领导，除了秋先生。你们家老爷一脸苦相，说不定前世做过不少孽吧？"我突然间单刀直入，我是试探着想进入他的心里，我不想服药，如果想知道事情的端倪，就必须打入敌人的内部。

秋生笑了，有些不适应我说的话，半天时间，才答道："小小年纪，居然很有城府，难得呀！"

我继续道："知道花蝴蝶先生吗？"

我是故意这样说的，我与花蝴蝶打过无数次交道，我之所以故意提出来，是为了加大与秋生亲近的筹码。

秋生手中的酒盅差点掉在地上，他勉强控制住，看着我的眼睛，将酒盅放在桌子上面。

"你好厉害呀，竟然知道花先生，说吧，什么来路？"

"自然是花先生的莫逆之交了。我年纪虽小，但心不小，花先生样子清秀，一把长刀，轻功了得，从中华一路越过永昌县，到达此地后，又返了回去，他可是个高人，实话实说，不是凡间有的人。"我一口气说出了花蝴蝶的特征来，秋生站了起来。

"竟然是花先生派来的，他居然不相信我，花蝴蝶呀，我早该猜出来的，但毕竟你我师徒一场，我好歹给你点面子。来吧，喝酒。”秋生倒了酒，自己端了一杯，一饮而尽。

我的酒摆在眼前，我不想喝，因为我的胳膊太细了，仰脖入酒时，动作十分明显，掩饰不了。

狗在旁边着急了，对秋生道：“我们可都是花先生派来的，贵在实诚，我喝吧。”端了酒，一滴没剩，全流进自己的肚子里。

秋生故意没有认出狗来，对我道：“这位仁兄，虽然丑陋些，但为人直爽，来吧，再喝一杯如何？”

又一杯酒，我刚想端，狗托了过来，全喝了进去。

酒的度数有些高，狗的脸部有些红润，我刚想发作，秋生却又倒了酒，对我道：“你喝吧，我们可算是师兄弟了，哪能不给面子呀！”

我端了起来，一饮而尽，喝完后，我挺有江湖义气地擦了嘴，将酒盅倒过来让秋生看，秋生笑了起来。

“好酒量，我也喝一杯，还礼了。”我突然觉得机会来了，他也喝了酒，他回家会服解药的，如果一会儿工夫，我们尾随而去，一定会找到解药的。

我与狗使了眼色，狗却突然栽倒在地上，它喝醉了。

狗不会使诈，它喝了六杯酒，一滴没浪费，而我呢，则以一根吸管，插入了酒杯里，所有的酒全部沿着我的衣服流入了怀中，我一点儿也没有喝进去。

我心中骂狗愚蠢，但又想到狗毕竟是狗，怎么可能有人的聪明才智。

我佯装醉了，胡说八道起来，秋生道：“真让我瞧不起，才一杯酒，就成这个样子了，走吧，老兄，你随我去坟地看看吧。”

秋生搀了狗与我，外面风大，吹得我头痛，狗酒劲上了，一个劲地呕吐，我们穿过了月亮门，进了坟地。

月光之下，一片安宁，没有服他的迷幻药，我看到的是一片不大不小的坟地，秋老爷与夫人的坟茔刚刚埋好，一片肃杀的景象，我有些明白了，秋生如此做，是想试探我们的药性是否发作了。

我踹了狗一脚，狗吐得无形了，一点儿也没有理会我的意思。

我急呀，实际上我是想让狗清醒时离开此地，去寻找解药，但我又想到，坏了，恐怕这任务要落到我的头上了，因为狗已经服了药酒，它现在自身难保呀！

我故意大声叫了起来：“这么多的坟地，啊，秋老爷的，宝儿的，天呀，这儿竟然有我的名字。”

狗也叫了起来：“怎么还有我的名字呀？还有我妈的名字，这是怎么一回事呀?”

秋生的笑一直没有停下来，他一直向前面走，来到一处坟茔前时，突然间坟门大开，我们三个家伙不知如何便陷了进去。

我真害怕了，差点露馅，如果服了药，你会有无边的魔力，但如果你是假服药，这个地方恐怕真是令人害怕极了，因为这儿竟然有一条暗道。

下面全是松软的土，高高低低的，狗在前面跑，我在后面追，秋生在最后面，洞的两边居然全是灯，一直燃到最深处。

这是一条早已挖好的地道，恐怕秋老爷一辈子也没有发现，秋生会利用他的钱财在这儿挖一条无边无尽的地洞，以供自己做坏事用。

但已经进来了，由不得我多想。我装腔作势，假装不害怕，内心深处做文章。

一直向前方走，走了约摸三里地的路，灯多了起来，更亮了，我看到一个人像只狐狸一样坐在蒲团上面，我看到了他的脸，十分模糊，但十分熟悉：花蝴蝶。

我暗叫道：坏了，会遭殃的，我企图掩饰自己的表情，但我没有，我喝了酒了，要有喝酒的样子，喝酒是什么样的？天不怕地不怕，任凭雨再大，山再高，也顶不住酒精赐予我们的无穷魅力与魔力。

花蝴蝶笑了起来：“小子，又见面了，这一次可不同了，我是你的主人，狗也来了，好事呀，秋生，你好有才呀，不用我费力，便将他们带了过来。”

秋生道：“主人，没喝酒之前，我差点被这小子唬住了，他说认识您，是您的弟子，我差点没敢下手，后来想到您的嘱咐后，便痛下了杀手。”

“这个孩子，我们斗了多次了，他厉害，尤其是这条狗，我会扣下狗。你给他服下解药，放他出去，狗已经服了药了，就让它一辈子迷幻吧。我要与他斗一斗，看他这一次如何赢我。”花蝴蝶喝了口酒，示意秋生坐下，秋生坐了下来，一脸的苦瓜相。

而此时的我依然装作一脸无辜的样子，有些懵懂于他们的表现，但当晚，他们并没有放我走，而是扣下了狗，我被关在一座矮小的坟坑里，两个人把守着。我依然一副无所谓的样子，有时候放声歌唱，有些像个傻子似的笑。

狗去了何方？狗喝多了酒，是否中毒，是我最担心的地方，一旦狗被关押了起来，或者是被花蝴蝶与秋生利用，我知道受伤的肯定是它，因为一条狗，无论如何也斗不过一群人，人的高明之处在于，他们可以为所欲为，可以随心所欲，可以不顾一切地动脑筋，让狗迷离，狗是直肠子，一条道跑到黑，天下还没有超越人类的狗。

我想到了逃离，先去找狗，再去找狗子。我们出去后，去报告官府，找人来将这儿的坟穴一网打尽。

但我首先想到了解药，如果出去，没有解药，狗子无法苏醒，就连狗也不会听我的安排。

我仔细观察自己所在的位置，终于发现了一个可乘之机，坑分四方，坑是圆形，而两个把守的，分两边守候，生怕我会跑掉，而坑圆约四米宽，他们二人眼力再好，也无法看到所有的地方。

再说灯，一灯如豆，荧荧光芒，力度有限，而人处于黑暗之中，往往会产生盲区，而这种情况下，某处地方恰恰会形成盲点，二人交汇处，会共同产生一处交汇点，而我所在的位置，恰恰在明处，我要在短时间内找到一处盲点。

盲点是绝对存在的，就好像你走在路上，阳光四射，某人想杀你，走到了你的身后，而阳光恰巧照射下来，在对手的眼睛里形成一道无形的障碍，他动了杀机，却盲目间杀了自己。

这是小时候在乡下我遇到过的一件事情，当时不懂，官府说不明白，后来此案不了了之。现在我懂了，这是阳光形成的盲区，自己的眼睛欺骗了自己。

我终于找到了盲点，在西北方的交汇处，我的歌声并没有停下来，因为歌声有时候也是麻木不仁的一种生存方式，等到我真的从那个地方攀爬出来后，他们二人依然用四只眼睛瞪着我原来待的地方，一个孤独的身影依然在原地站着，他们不知道，这是光形成的一种假象。

我必须让自己安定下来，然后找个机会，才能够接近花蝴蝶，如何做？迫在眉睫，不得不短时间内迅速让自己的思维膨胀起来。

现场一片肃杀，在我的右前方，我看到一个瘦弱的男子，喝多了酒，逶迤着朝我赶了过来，他率先看到了我，因为酒醉后的人眼睛极为敏锐，他叫了我：“值夜的吧，哪位？”

我没有答话，我走近了，看到了他的腰牌，上面赫然写着：短命鬼。

“你是短命鬼吧，我是长寿星呀？”我编了一个代号，不成想短命鬼道：“你不是下午失踪了吗？听说被一个大胖子拖走了，生死未卜，为此还惊动了花先生，派人到处找你，还以为家中出了奸细，没有想到，你居然在这儿，你也喝多了吗？”

大胖子，我一下子想到了狗子，但我对自己的想法产生了质疑，因为狗子喝了药，不可能有如此的胆量与魄力。

我回答道：“你去做什么？”

“我去拿另一种药呀，花先生说了，要为一条狗解毒，解后，狗才是真正的狗，他要驯服它，让它听话。”我的心一动，道：“原来如此，下午时花先生派我的也是这个任务，可惜，我被袭击了，至今脑袋还疼呢!”

我灵机一动，目标是为了让自己接近那些药，不管什么药，只要能够拿到手，便可以进行尝试。

短命鬼道：“走吧，哥哥，你还有酒没?”

我道：“别喝了，小心服了迷幻粉，我可听说主人有这种药，在山庄里毒杀了不少人呀?”

“你小子没糊涂吧，迷幻粉是厉害，但解药在药穴里呢，那里解药无数，随我走吧。”短命鬼的话让我兴趣盎然。

我在药穴里看到了无数药，我没有想到，药也可以如此琳琅满目，我在花花的药店中见过上百种药，当时，我便傻了眼。我生平对药最感兴趣，因为我喜欢药，喜爱生病，这或许是一种病，但有了这种病的人，或许也是一种幸运，因为一个容易生病的人，越是感性，越容易对人生产生爱惜，以及对亲人的爱戴。

短命鬼对我讲道：“瞧，这便是迷幻粉了，存量不多了，但解药没有用多少，主人在配药时，一般是配多少迷幻粉，就会有多少解药的，这是一种生存法则，也叫不成文的规定。另外，这种药叫药酒，是给狗喝的，叫作‘千年随’，喝过后，狗就会永远地跟随主人了。”

我看到了一个大水缸，我揭开了缸盖子，短命鬼道：“别动，这是酒精，是用来酿酒的，我们喝的酒，全部出于此，但酒精浓度太高，千万不可探进身子去，否则会酒精中毒的，一旦中了毒，如果抢救不及时，便会死于非命。”

我动了杀心，只是一念之间的事情，我想到了自己的身形与短命鬼如此接近，如果扮作他的模样，恐怕可以取得花蝴蝶的信任，到那个时候，我可以为所欲为。

这个想法触动了杀机，于是我伸出手去，将短命鬼的脖子掐住，使出浑身的力量将他的头摁入水缸，没有多少挣扎，由于酒精浓度过高的缘故，短命鬼果然印证了自己的名字。

我只带了解药，但临走时，我包了一些迷幻粉，顺便用一只小瓶子带了些“千年随”，我不知道有没有用，但我就是想带走一些。

我转了个弯儿，刚刚出了门，一个人便叫了我：“短命鬼，咋样了，主人可叫了。”

我诺了一声，表示答应，我不敢大声说话，因为我的声音有些嘶哑，我与短命鬼的身材相仿，但说话声音绝对不一样，我太女性化了，也就是说，我长得像女生。

花蝴蝶与秋生坐在一起，两人在喝酒，他们喝酒时没表情，让人觉得他们像死人一样静寂。

花蝴蝶道："秋生你终于得到我的真传了，做什么事情都得专业、专心，喝酒虽然生活化，但也应该有些觉悟，有一定的醒悟，孺子可教也。"

花蝴蝶道："药酒带来了吧?"我点头答应，同时举起了那只小瓶子。

"你好聪明呀，不浪费是极大的节省，好下属呀，短命鬼呀，长寿星，你哥恐怕回不来了，我已经查过了，一个大胖子竟然不知如何杀了进来，现在居然不知藏在了什么地方。"

花蝴蝶是在安慰我，我的眼睛却滴溜溜地转个不停。

我看到了他们的酒杯，想到了迷幻粉，我的手插进裤袋里，做好了准备，只是众目睽睽，我没有机会下手。

恰在此时，秋生狂叫起来："胖子，在那儿呢!"

花蝴蝶站了起来，敏捷地向前方跑去，我看到胖子站在山石上，冲着大家扮鬼脸，我刚想叫出声来，蓦地想到了职责所在，我迅速将药粉洒在两个人的酒杯里。

狗子不见了，似是这儿所有的人都有了幻觉一般，我也觉得奇怪，因此，我也跟着狂叫起来。

"可能是幻觉，奇怪。"花蝴蝶并不深究，而是端起了酒杯，一饮而尽。

喝完后，他叫道："来人呀，牵狗过来。"

我看到了狗，大惊失色，一条重约千斤的锁链锁在它的身上，使它走起路来步履艰难。三个人抬着它，方可迈动步伐，狗看到了我，呆滞的目光没有在我脸上稍微作停留，而是低下了高贵的头颅，它至今酒未醒。

我想到了解药，我没有将瓶子中的酒倒进去，而是顺手拿了一杯酒，将解药倒了进去，然后当作什么事情也没有发生似的，走到狗的面前，我让狗张开嘴，狗十分听话地照做了，解药瞬间便入了肚。

我听到了狗的肚子里传来了一阵叫声，药力起到作用后，狗的浑身充满了力量，它站了起来。

而此时，花蝴蝶与秋生二人的药力已经起了作用，他们大叫着："怎么到处是胖子。"

我从身后拔出刀，手起刀落，将两个家伙砍翻在地，坟洞里立刻乱了起来，灯全灭了，狗子从山石后面杀了出来，他大叫着："哥，您没事吧。"

我叫道："没事，放心吧，天下还没有能够杀得了我的人。"

我们一人举着一把刀，朝着小兵们的头上砍去。秋生倒在了血泊中，花蝴蝶却突然间不见了，灯光大亮，花蝴蝶举着两把刀，一把按在狗的头上，一把按在秋宝儿的头上。

秋宝儿与狗并不害怕，这是最可疑的地方。我从接触秋宝儿开始，便觉得他可疑，怎么看都觉得他十分成熟。

如今，果然如此。

我对花蝴蝶道："大势已去了，你也喝了迷幻粉，滋味好受吧？"

"哈哈哈，你以为我真傻呀，从你送我酒的时候，我就知道你是假的，只是我要看一看事情的进展。如今看来，你没有那么幸运吧，你给狗喝的，并非解药，因为解药一直在我的身上。现在，告诉你们吧，我的头发燃成灰后，喝进肚子里，便是解药了。我可以给你们，但已经晚了。被人玩弄的滋味好受吧？小伙子，你我斗了多场，我好喜欢你的性格呀，但是，你没机会了，等死吧。一会儿，这座坟茔便会被炸平，整座山庄也会被夷为平地，开化镇建于一根巨型的石柱上面，这里就像天中之国一样，山庄炸平后，柱子一定会倒下，到时候，开化镇便会玉石俱焚的。"花蝴蝶大笑起来。

"你这样做，到底为了什么？你我往日无冤，近日无仇，你何苦要为难我一个十多岁的孩子？我自认为办事稳妥，从来没有得罪过任何人。"我这样说，是为了延缓时间，我恨呀，我恨自己的武功一般。

坟洞中传来一阵汪汪声，四面八方全是狗吠声，我奇怪，花蝴蝶也举着刀，奇怪地看着四方。

几乎是在同时，秋宝儿与狗站立起来，花蝴蝶被秋宝儿扔了出去，在半空中，狗挣脱了链锁，抬脚将花蝴蝶踢到了石头上面，那人跌在尘埃里，口吐鲜血。

"你们，太厉害了。"狗子不敢相信自己的眼睛。

狗道："花蝴蝶，你自以为是，但你却没有想到，你研究的药是用来制服人的，对狗却无效。"

秋宝儿道："别看我小，我在虎穴中一直喝虎奶长大，我现在天不怕地不怕，浑身充满了力量。"

一席话让我们全乐了，与此同时，整个山洞开始地动山摇起来。

巨型的柱子倒掉了，但开化镇却没有因此跌入山谷里，不知什么人，花了多长时间，又造了两根柱子，屹立在两极，中间的柱子断了后，两边的柱子起了作用。

秋宝儿当上了山庄的主人，他设宴款待我们，我对于狗子抢眼的表现感到疑惑，狗子看在眼里，喜在心上，他道：

"没想到吧，哥，我一直是装的，因为我们刚入庄里，便感到一种不祥。秋宝儿告诉我假装喝酒，我们辗转多次，没有露馅，其实是想探听到他们真实的目的。"

狗子的话让我茅塞顿开，狗子继续道："还有一件奇妙的事情，我刚才隐身了，你们大概清楚吧?"

"什么，隐身?"我来了兴致，想起刚才狗子的确在岩石上面蹲了好久，但没有人发现他，我便追问原因。

"我吃了一粒药，在药穴中找到的，后来竟然发现没有人可以发现我，但药力过去了，现在，想再找一颗药，恐怕找不到了。"狗子万分沮丧。

花蝴蝶果然是个武林奇才，花费了这么多年时间竟然造出了如此奇妙的药，如果将这些药用于救死扶伤，恐怕可以救无数百姓于水深火热之中。可惜的是，世间总有些人自恃才高八斗，却总做些蝇营狗苟的勾当。

开化镇之旅，不虚此行，我们不仅收获了一场胜利，而且通过检验，我们三人之间的感情日益深厚。

最为可笑的是，那个叫秋宝儿的孩子自愿抛弃财产，与我们一起西行，我说道："你享福去吧，这儿最适合你，多做善事，方是为人之上策。"

秋宝儿道："我就是想与你们远行，这多好呀，坐在家里，坐吃山空，坐着等死，不如去外面痛痛快快地来一次旅行，况且你们都是奇才，远行界的奇才，与你们远行，没有危险的。"

我们喝了酒，做了解释，晚上住了一宿，第二天想离开时，却发现像服了迷幻粉似的难受，周围竟然又成了坟场，秋夫人与秋老爷站在我们面前，一个劲地撕扯我们的衣服。

我们才知道坏了，这个秋宝儿为了留住我们，竟然使用了迷幻粉。

等到我们再次清醒时，却发现已经离开开化镇多日，是狗冒着生命危险到坟洞里找来了解药，狗十分生气地给秋宝儿喝下了"千年随"，如今，秋宝儿正坐在自己家的椅子上面，按照狗的安排，做自己喜欢做的事情呢。

狗子道："宝儿为何有此药? 难不成他也会制造此药吗?"

我道："这个，已经不重要了，幸亏坟洞已经毁损了，不然会有更多无辜的人遭受此难的，也许这样是最好的结局了。"

我长出了一口气，此时的天空中，一道彩霞扑面而来，三三两两的人从我们面前飘过。人世不过如此，总会有些人从你面前走过，你不认识他，他也不认识你，就像有些爱，日子久了，也会形同陌路。

17. 人生的两种色彩

还要向西走，向西是人生的正途，我之所以这样认为，是深受古典名著《西游记》的影响。如果走累了，双手合十，向西方膜拜，不仅仅是人生的一种安慰，更是一种向往与希冀，因为西方是极乐世界，也是人们的最终归宿。

世界开始变冷了，走了这么长时间，我早已分不清春夏秋冬，主要是一直忙于各种事务，包括打打杀杀的。但是到现在，世界突然间一下子冷了许多，向西走，多是高山与雪域，水少得多，因此，雪堆积下来，经年累月的，将周围的气氛搞得一下子肃杀了许多。

我们缺衣少粮，两个人交替得病，狗子原来是个胖子，得了一场大病后，身体每况愈下，体重一下子降了约一半，这是许多减肥人群意想不到的效果。

我对狗子开玩笑道："狗子，回家告诉你父母去，如果想减肥，就一定要长途跋涉一番，经历雨雪风霜。老是坐在家里，肉是无法减下去的，压是无法降下来的，增的只是肉，提高的只是蛋白质，这样的生活，不算享受，享受是健康、自由与向往。"

狗的身体一直很皮实，狗是适应性很强的动物，在大街上，你看到过哪条狗感冒吗？咳嗽吗？狗不像人类。

思想灵魂太丰富的动物，往往对自己的要求极高，反而是一种累赘。

我早已不成人形，伏在狗的身上，总是过一会儿就跑到草丛里解个大手，没有几个回合，早已经形如枯槁，本来就瘦，这样的奔波，瘦上加瘦，我现在想起了一句广告词：男人嘛，下手就要对自己狠一点。

下起雪来，没有粮食吃，狗欢叫着擒来几只小兔子。可怜的小兔子，面对着熊熊大火，竟然一脸胆战心惊，等到终于将它们扔进火堆里时，我感到浑身冰凉。

世间的事物莫过于如此。你得到一些，世界总会失去一些。

我不忍心看兔子的颤抖，背过身去，狗则喜出望外地闻见了肉的芳香，不停地摆弄着手中的树枝，当肉烤到半熟时，狗子早已控制不了自己，奔了过去。

狗子吃了半只兔子，舒服了些，回过头来与我打招呼。

狗从旁边的瓦罐中取来热水，我咕噜咕噜地喝了一碗，感到身体较原来有些舒适了。

肉还是要吃的，虽然于心不忍，我还是吃了几块肉，随即感到肚子不舒服，本来炎症厉害，加上外面寒气逼人，怎禁得起肉的侵蚀？

如果这个时候有一碗香甜的面条，或者是一碗粥，一定可以治好我的病。

但我们无法找到粮食，除了落在地面上被冻得僵硬的甜果外，就是雪花凛冽。

我找了个风小的地方，将屁股垫在顽石上面，拉了个痛快。

我背对的地方是个悬崖，我听到了崖上有人说话的声音，我抬头看去，两片雪花落在我的眼睛里，容不得它们打滚，便与我的眼泪融为了一体。

我骂了出来：讨厌的人，谁？

我看到了一个男人，身材魁梧，光着膀子，正在喝酒，大大的脸，宽阔的额头，是那种瞧一眼就可以一辈子无法忘记的模样，明显的西方人氏。

我感到恐惧，那人走得匆忙，将酒壶掉在地上，想捡，看到了我，转身便跑没影了。

我捡了一壶酒，内心深处十分感谢这个西方人。

酒是暖胃的东西，虽然刺激胃，但可以治疗受伤者的心灵。

我喝了一口，热乎乎的，是那种西方特有的高浓度白酒，我觉得比杜康酒烈了许多，如果是在夏天，我是决意不敢喝这种酒的。

人在落难的时候，最容易记得给你帮助的人，哪怕他的长相一塌糊涂，或者他是个平日里不会施舍的人，但你心存感恩之心，就已经够了，这也是一种刻骨铭心的人生哲学。

狗子也喝了几口酒，舒畅了许多，酒也是壮行的动力，前进的催化剂，我们凭着这一壶酒，竟然跋山涉水了一天一夜时间，终于在月亮升起之前，到达了一座简陋的小镇。

不知道这是哪个国家？说话有俄语，也有汉语，因此，我们很容易听懂他们的交谈内容。

但一件奇怪的事情却让我迷茫，这里所有男性长得几乎一模一样，女性也是如此。我原本以为这是基因的难题，我只好将他们全部当成了我的恩人。

这里的人倒是不错，说话时口气也和蔼，就是感到他们有一种失落感与沧桑感。

说不清楚从哪个地方感觉出来，但就是如此，你捉摸不透，但第六感觉可以告诉你这是一个真理。

在一家驿馆休息时，老板叫扎非子，谨言慎行，老板娘一直不说话，等到快要喝水吃饭时，她竟然背着丈夫塞给我们一张纸条，纸条上这样写着：千万不要喝镇里的水，吃镇里的饭，否则……

否则会有危险的，我是这样想的，但我这样想时，狗子与狗，早已经按捺不住饥饿，将饭菜吃了个底朝天，等到我发现时，为时已晚，我看到了狗子的脸部膨胀起来，不消半个时辰，人的模样全变了，西洋人，膨大的脸。

我担心地看着他们，狗也感到脸部不适，跑到水池边，拼命地洗脸，毛发都洗掉了，还是觉得不舒服。

水有问题，这是直觉。

我想到了那个可怕的老板，气不打一处来，我揪住了前来给我们送水的店小二，给了他一记耳光，这个高大威猛的家伙竟然被我掴倒在地板上，好半天才醒过来。

扎非子听到动静，推开门，走了进来，用眼睛瞪着我们。

我之所以还认得他是扎非子，是因为每个人的模样虽然一样，但都有一个胸牌，写着各自的名字。

我吼道："老板，你们这是要谋财害命吗？我们没有钱，我们来自外乡，来自中华，你不会是想引起战争吧？中华的公民，在这儿受了伤害，会是怎样的结果？你可记得大汉的汉武帝，可否记得大唐的李世民皇帝，还有清朝的康熙大帝？"

我说了半天，对方却没有回应，老板娘推门走了进来，对我道："他听不懂汉语，我来翻译吧。"

无论如何，这也算是个好女人，因为她提醒了我们不要进食，否则，我恐怕也已经扭曲了脸庞，因此，我的态度和蔼了许多。

那老板娘道："我提醒过你们了也是一种善意，这儿的水就是如此，不怪他，凡是进镇的人，只要喝了水，便成了现在的样子，男人一个模样，女人一个模样，并且外乡人永远也无法走出去了。"

我大惊道："为何变样后，就无法走出去了？"

"无法适应外面的水土了，有几个人到外乡去逃难，结果生病了，浑身开始腐烂，直到疼痛而死。"老板娘说话时满面惊恐，我猜测得到，她说的话全是真的。

扎非子用俄语告诉我们："这儿的所有人全是如此，包括皇帝与皇后，三年了，我们也苦于没有法子解决这个难题。"

"难道就没有一个人能够幸免于难吗？"狗子摸着自己变得更大的脸，追问着。

“动物不会的，只限于人，这就是怪诞的地方。不过，有一个人例外，是我们的军师，也是从外地来的，他现在掌管着全镇的五千军队，他不喝水，不吃饭，所以，才没有发生变形的情况。”

女人的话让我笑了起来，一个活人不吃饭，也不喝水，天方夜谭，我觉得不可思议。那扎非子道：“他本事非常大，能呼风唤雨，撒豆成兵，正是因为在固定期限内他招来了天上的雨，才没有使我们浑身腐烂，只是变了模样，他是全镇的神灵，大家膜拜的对象。”

进米切尔镇的第一个晚上，我一直夜不能寐，觉得这件事情太奇怪了。狗痒了半天时间，已无大碍，其实，它是心理问题，等到有人说动物不会有事情发生时，它才停止吵闹。我嗔怪道：“你是害怕变成更好看的人的形状吗？你不正想变成人吗？”

狗道：“那模样太可怕了，我找到妈妈后，妈妈会不认得我的。”它所说的妈妈，正是我的妈妈，如果是以前，我肯定会给它几巴掌，以示警戒，但是现在我没有，我没有亲人了，只剩下一条狗与一个人，这样的情景，狗已成了我的难兄难弟了。

我对那个叫呼牙子的军师十分感兴趣。我感到口干舌燥，却不敢进食，倒是狗聪明，从外面的树上折了几根树枝，有一种叫樟树的树种，树液十分丰富，我喝了几滴，立马觉得神清气爽。

至于粮食，只好吃野果了，我吃了几枚野果，勉强抵住了饥饿。

人不能闲着，闲下来便是死，我喜欢夜晚，因为夜晚时分万籁俱静，思想不再沉浮，这样的夜晚最值得人发挥自己的聪明才智，但绝非与恶事有关。

我与狗相约了出来，至于狗子，由于浑身不适，早已进入梦乡了。

小镇不大，方圆五里左右的样子，我们绕了一圈，竟然没有发现皇宫所在，等闪到一处矮房，追问一个小男孩时，才知晓：全镇最破落的地方，就是皇宫。

皇帝以仁爱闻名，皇帝在这儿没有权势，是个虚职，呼牙子来后，全部的权力已经尽数落到他的手中，他掌控着全镇的军队，并且随时准备与外敌斗争，听说，前两天，刚刚与一个俄罗斯部族发生过战争，战况十分惨烈，死伤无数。

皇宫的旁边，我听到了如雷的鼾声，这声音我十分熟悉，在哪个地方曾经听过似的，有人指点我们：这鼾声来自呼牙子。

我十分饥饿，刚才的野果依然没有压制住辘辘饥肠，因此，我对狗使了眼色，便率先进入呼牙子的厨房。

厨房里面锅碗瓢盆啥都有。我看到了一根管子，正流着点滴的清水，在瞬间，我知道了这个家伙的阴谋。

管子一直接到了雪山上面，雪山虽然远，但雪融化后来势威猛，他不是不食人间烟火，厨房便是明证，他只是不喝本镇的水罢了。

我有了戳穿他阴谋的想法，但我是个做事稳妥的人，我先要填饱自己的肚皮，我让狗在一旁守候着鼾声，自己则将好吃的东西摆了一桌子，有水果，还有肉食，我吃了个底朝天，还不解气，为了宣泄内心深处的怨恨，我将墙上的酒也喝了些，剩下一部分，全部被狗如数倒进了自己的腹中。

这些事做完后，我心中有底了，躺在一张自制的小床上，风吹着，我计划着如何于第二天晌午时分戳穿这个家伙的阴谋。

为了保险起见，我顺着鼾声，去看了看那个可恶的人，大头鬼，应该是欧洲来的人物，与俄罗斯人不太一样，一脸胡子，庞大的身躯压得床身颤抖着，随着呼吸声，床也起伏着，有好几次，我生怕我的动静太大，导致这个家伙出现思维混乱后，一下子将整床摺在地上。

有老鼠尖叫的声音路过，他们可能是渴望这儿的食品吧。

我发起飙来，在他的墙上留下了几个大字：如此罢了。

我这样写，是为了讽刺对方的无能，自己吃了他的东西，即使杀了他，也是易如反掌，他竟然不知晓。这样的军师竟然能够领导军队取得胜利，我不敢相信。

狗在一旁看着我，等我退出来后，对我道：“主人，我觉得那人不太对劲呀。”

狗有狗的直觉，我洗耳恭听，但我可以选择不听，这是我的权利。

狗道：“他好像是醒着的，故意让我们这样做的。”

“是吗，醒与不醒，我看不出来吗？就是一个无知的傻瓜罢了。我敢保证，我第二天就可以戳穿他的阴谋，将他绳之以法。这么个小镇，千把名士兵，能奈我何？”我拍着胸脯，这是我遇到过的最小规模的战斗了，我自以为是，开始骄傲，我甚至想到了成功后的喜悦。

早上醒得很晚，是因为昨夜高兴的缘故，我起来时，老板娘过来看望，我对她道：“一会儿欢迎你到皇宫前等候，我有事情讲，你们会吓一大跳的。”

老板娘听不懂我在说什么，但她还是点了点头，这是一个老板对顾客最起码的态度。

我命令狗子到外面宣传去，我与狗一会儿便会到达皇宫，到时候，一场好戏就要上演了。我想指出大家担心的话题，且将水的问题呈现于世人面前，我想指出我昨天晚上做的好事，并且告诉军师，他的饭菜质量不错，就是有些苦罢了。

我例行喝了些树液，吃了些叶子，对于酸果子，我没有兴趣，但由于昨晚吃得饱，我对肚子不担心。

只是洗脸时，感觉脸部酸涩胀痛，我没有以为这有什么，可能是发炎的缘故，也可能是病愈后的常态罢了。

大街上依然有人行走着，但没有车水马龙，这儿人少，人少的街道，如何会繁华？如何会有鼎盛的气氛？我现在知道为何欧洲一直比不上中华的原因了，人数少是主要原因。

我与狗到达现场时，狗子已经召集来了许多人。他召集人的方法十分奇妙，就是找人打架，因为他的吆喝声太低了，加上没有戴胸卡，大家以为他是个疯子。

广场上早已聚集百十人，这些男女混杂在一起，形成一道奇特的风景。

我看到了那个军师刚刚从自己的厨房中出来，一脸莫名其妙的样子，估计是在想着昨晚的遭遇，不知道是哪个高手为他留的记号？

我管不了许多，狗上前去，将三个围住狗子的家伙驱散，现场依然一片嘈杂。狗急了，上了墙，上了房，从房上冲了下来，姿势十分优美。狗有属于狗的轻功，轻盈如毛，欢快如燕，下来时，形成一道好看的风景，刹那间，鸦雀无声，这也代表着一种尊重。我来到了广场中间。

军师坐在自家的椅子上出神，他一会儿看大，一会儿想入地的样子，总之，他失魂落魄，这一切，加剧了我的嚣张程度。

狗子道："大家静下来，听我家主人的演讲，大家鼓掌吧。"

只有两个人鼓了掌，一个是狗子，另一个是军师呼牙子。

人群中有人起哄道："是卖艺的吧，卖艺不卖身吧。"

我怒不可遏地叫唤起来，狗像疯了一般，在我的指挥下绕着广场转圈。

我大声道："各位，初来贵地，知道贵地存在不治之症，我是个医生，心理加生理医生，能够为各位解决病痛，是我的福分。你们一个模样，知道为什么吗？"

我喜欢当老师，我点了一个胸卡上写着"维系"的家伙的名字。那人道："知道呀，水的原因呗！"

"好，太好了，水是症结所在，一点儿不错。可是，你们知道吗？你们面前的军师呼牙子，他为何可以保全容貌？你们不想着恢复自己原来的容貌吗？原因我知道，答案我也知道，如果我帮助了大家，大家一定会感恩于我的。”我兴致十分浓厚。

“这是神的安排，不可胡说，你个外乡人，军师是神，他的姓名岂是你一介小民可以称呼的？”有人嚷着，现场一片混乱，甚至有人说道：“胡言乱语，惑乱军心，揍他。”

愚民呀！我没有想到，此地的人民竟然被迷惑到现在这种程度，实在是可笑！

正在此时，呼牙子站了起来，他迈着稳重的方步，穿过人群，来到我的面前。

他不笑还好些，一笑便露出满嘴的黄牙来，远远看，好像金牙似的。

呼牙子道：“小子，你想告诉大家什么？是我作祟吗？我为何不变样吗？我告诉你，我不吃饭，别看我如此胖，我是神，不是人，知道吗？”

我笑了，牙齿上下打起架来，恨不得一下子将整个谎言捅破。身后，扎非子与他的夫人也跑了过来，一看到我们，就小声嘀咕着：“我早说过，不该将他们放入我们的店中，这下子惹上麻烦了，如果神灵怪罪，恐怕我们吃罪不起的。”

我摆了摆手，故作镇定地说道：“好了，呼牙子，你吃的水与吃的饭，全用的是山上的雪水，没说错吧，你这样做，明显是为了逃避什么。这下子大家知道为何你没有变样的真正原因了吧？就是因为你自私、虚伪，愚弄了大家的眼睛。如果我没有猜错的话，你与皇帝二人相互勾结，想将整个镇的人变成你们的俘虏，我没说错吧？”

我说话时斩钉截铁的，说的话无异于晴天霹雳，炸了一声雷。

有人议论起来：“不会吧？我说呢，为何他不变样子，还有，皇帝一直不出门，不会是真有情况吧？试想，三年了，皇帝与娘娘都没有出过皇宫大门，一定有问题，这个孩子说得对呀？”

呼牙子笑了起来，道：“小子，算你有种，你昨晚偷吃了水与粮食吧？”

我没有否认，我说道：“当然，我吃了，我饿了就要吃，不过，我是为了戳穿你的阴谋，你看我变样了吗？没有呀？”

“小子，你快变样了，等死吧，那水与粮食是皇帝吃的，我说过，我不吃饭的，如果大家不信，连续三天，大家可以派人盯着我。如果我吃饭，就算我说谎，大家可以将我送入监狱。还有，这小子就得当场判死刑，施以石刑。”呼牙子的牙不停地上下打架。

我义愤填膺道：“没问题，可以这样实验，不过，皇帝也要出来作证，否则是没有任何约束力的。”

大家骚动起来，有人道：“对，皇帝该出来了，大家都如此，皇帝怎能独善其身？一定有诈，对，让他出来，必须出来，还有他的夫人，娘娘千岁。”

呼牙子道：“小子，一会儿你就知道什么叫作痛了！”他面对着百姓们说道：“大家肃静些，皇帝一定会出来的，今天下午，一定会出来的，皇帝生病了三年时间，大家可能不知，他不想让大家知道这则消息，避免惑乱民心。其实，大家说这样的生活不好吗？虽然模样一样，但水对大家无害，胸卡也可以起到避免叫错的作用，原来有高有低有胖有瘦，有鄙视，有怀疑，现在的情况全变了，大家人人平等，都可以趾高气扬地走在大街上，有何不好？”

“不，他们应该活回自己，这是人一生下来就有的权利。”我怒吼着，狗子也叫道，狗在旁边偶尔会吠上两声，狗立于人群中，绝对是一道非同小可的风景线。

恰在此时，我开始感到脸部不适，随后毛发丛生，脸部出奇地疼痛，继而一阵阵酸涩，好像有人将武器硬生生地塞进我的脸部，让我无法自控，终于，该来的还是来了。

狗子首先发现了端倪，他叫道：“哥，不好，你的脸也开始变形了。”

我急忙捂住了脸部，狗在旁边道：“主人，没错，我们昨天晚上上当了，那些水也是有毒。”

我有一种受了愚弄的感觉，但我现在感觉有些后悔，但一想到年轻，我便依然气冲冲地。

我将一个头套套在自己头上，只露出了两只眼睛，然后正大光明地对着群众。对面的呼牙子笑了起来，但他没有搭理我，而是回过头来，对着大家继续说道：

“各位，我再说一下我的意见，这儿的水是有问题，本神一直在解决这个问题，但时间久了，不好解决了，皇帝也因此忧心忡忡，从而得了怪病。皇帝与大家一样，也变了形，不信，大家可以下午时做鉴定。”

呼牙子转身面对了我，继续道：“各位，这个小子人不错，也有精神，他想找到症结所在，是件好事，但是他是错误的。你们看，他也变形了，因为他昨天没有喝水，而昨天晚上却喝了我这儿的水，这些水，是我洗脸用的，不是饮用的，这说明什么，大家说结论吧。”呼牙子这一招十分有效，大家的目光全部指向了我。

呼牙子道：“惑乱军心乃是我镇的大罪，会被判死刑的，大家想看个仔细，就上前吧。至于我答应的事情，一定会办到。三天后，如果我依然没有吃食物，说明这小子撒谎，就得死，否则，会有更多的灾难降临本镇，但我不会再管的。”

扎非子的老婆道：“你们知道啥？初来乍到，竟然惹上一身官司，何苦呢？你们两个赶紧走吧，趁年轻，不然，在这儿不会有好下场的。”

扎非子道:“走啥？不能走，破坏了神气，都得死，乱石打死，十恶不赦。”

扎非子不顾老婆的阻拦，跑到了我的面前，示意我撕开头套，我却不肯，狗子在旁边拦着，狗冲着扎非子怒吼着，一时间，他有些不敢上前。

呼牙子念了句口诀，一股青烟弥漫开来，我们闻到烟味，瞬间动弹不得，众人上前，将我的头套撕了个粉碎。

我不知道自己变成了什么样子，但从大家惊异的表情中，我感到了不妙。

狗子在旁边道：“哥，你与我一样子，只是多了一块黑痣，非常大的黑痣。”

众人皆惊，呼牙子看到我的黑痣，禁不住搔了搔头，他这一个动作暴露了他所有的心机，我瞬间明白了，我当时进入黑屋时，他早已经知晓，只是他故意做了手脚，想使我跌入他精心设置的陷阱里，而我当时不可一世，忘乎所以，根本听不进去狗的忠义之言。

我后悔不迭，但现在，一切晚矣。

呼牙子道:“大家看清楚了，他也没有幸免于难，这说明什么？说明他根本就是在说谎，是在离间皇室与人民之间的关系，从而达到他不可告人的目的。”

“各位，皇帝一会儿就出来，而我则会在广场上绝食，请大家监督，如果三天后，我仍然精神饱满，说明我就是神，真正的神，大家不要再相信这小子的胡言乱语，应该归于皇帝统治之下。”

扎非子首先表达自己的看法:“可以，我觉得可以。”

而我则笑道：“军师，你不会看错了吧，大家也不会看错了吧，我虽然变了形，但多了块黑痣。刚才我听到了军师的叹息声，这是你昨晚故意使的坏罢了。想让我听从你的摆布，现在看起来，水是有问题，但不是全部有问题，为什么我与你们还是不一样？是不是说明我也是神？我告诉大家：我有能力证明这件事情就是一个谎言，请大家相信我。”

如今说什么也没有用了，长块黑痣又如何？还成了你可以自我炫耀的资本了吗？许多人蜂拥而上，幸亏有狗替我挡着，不然砖头、瓦块会将我淹没的。

午饭时分，皇帝出来了，与大家一个模样，娘娘也是如此，不过，两个都是头发花白，一脸沧桑的样子。扎非子道："二位领导，三年了，终于看到你们了，你们为何落得如此田地?"

皇帝道："扎非子呀，我记得你，你是好臣民，可惜呀，如果三年前我听从了军师之言，就不会有这样的下场的。为了解决水的危机，我只身一人离开了小镇，可是浑身开始溃烂，幸亏遇到了军师，不然，我可能就客死他乡了。我出去是为了寻找医治疾病的方法，现在看来，一切都是神的安排，大家不要抵抗了，听从才是最好的方式。"

臣民们跪了下来："谨遵圣命。"

皇帝来到了我的身边，对我道："你讲的话我都听到了，你与我年轻时候一样，可惜的是，你不是皇帝，没有这么好的命运。三日后，如果军师仍然没死，你就得被处以石刑了。不过不要紧的，你的两个伙伴会获得小镇永久居住权，这也算是一种交换吧。"

我想发言，却感觉嗓子冒烟，啥也说不出来，隐约中，我看到了呼牙子背后那张脸，我想到一个人，但这种念头瞬间便消失了。

我一直待在广场上，没有离开，不是不想离开，只是因为有人不让我离开。与我同在的，便是两个伙伴了，一个是狗，一个是狗子。

狗子早已经饿坏了，我们三个也获得不准吃饭的使命，将与呼牙子一起比个输赢。

我想起了什么，对狗道："你去监督皇帝与娘娘，看他们有何异常?"

狗听完后便消失了，我想吩咐狗子什么，可狗子早已经跑没影了，他可能饿了，去找吃的了。

晚饭时分，广场上只剩下我们二人，呼牙子闭目养神，不与我说话，而我呢，则在广场上转个不停，我是不会离开的，也不会吃东西，我要与这个邪恶的人拼到底。

我口渴得要命，水比食物更难能可贵。我看到有一股烟飘向空中，在呼牙子面前消失了。我十分诧异，想上前去看个究竟，却感到体力不支，弱小的身体哪经得起如此折腾?

我看到了树，计上心来，我折了几根树枝，液体横流，我吸了几口后，感到能量增加了不少。我用眼角的余光，又发现那股烟降临，呼牙子的嘴唇嚅动着。

我不知道他要做什么，但我知道，他在搞鬼，这股烟一定是他的救命烟。

后半夜，月亮大而奇。狗子拉了我跑到了没人处，对我道："我看到了一个秘密，一群喜鹊不知道从哪个地方含的水，洒在地上，我想上前看个究竟，水却化成了烟。”

我想到了刚才看到的那股烟，难道烟与水有关系吗？如果与水有关，便一定与呼牙子有关。他也要解渴，一个人可以三天三夜不吃饭，但必须喝水，这是个常识，他是在补充自己体内的水分而已。

我想到这，对狗子道：“你去继续监视那些喜鹊，想办法抓几只过来，如果能够知道喜鹊的来源，就好多了。”

狗子答应一声，跑了下去，他的腮帮子鼓得要命，好像是偷吃了什么东西。

狗子一路跑着，到达了山后面，果然还有许多喜鹊在吮吸一个大大的水缸。水缸中有水，喜鹊们吸食后，便飞到了离呼牙子最近的广场附近，烟雾弥漫。

狗子举起了石头，砸向了喜鹊，鸟儿飞向了高空，狗子并没有成功。

他是个笨拙的人，虽然经历了这么多，但手脚依然不够用，如果没有高人的指点，恐怕他连一只蚂蚁也抓不住，而他呢，不信这个邪，为了证明自己的能力，他转动着脑筋，终于，他眉头一皱，计上心来。

一张巨大的网罩在半空中，狗子爬到树顶上，气喘吁吁，待到三个小时后，网张成了，喜鹊们成群结队地重新来到了水缸边，有向水缸里送水的，还有将水输送到外面去的。

狗子看傻了眼，什么样的人能够训练出如此聪明的喜鹊来，呼牙子即便不是神，也该是魔了。

一个人如果不是神，就一定是魔。

喜鹊忙完了工作，网也落了下来，一百多只喜鹊全部被网在网中，狗子大喜，但网太大了，他一个人忙不过来。喜鹊们古灵精怪的，从另一个出口仓皇出逃，但最终，还是有一只喜鹊落在了狗子的手中。

狗子用力过猛，等到他感觉到手掌下面压着一只小动物时，为时已晚，小喜鹊一命呜呼。

狗子十分沮丧地准备将小喜鹊扔掉，但他闻到了一股子肉香，顿时喜出望外，将喜鹊扔进了火堆里，没多大会儿，狗子便迫不及待将喜鹊肉扔进了自己的嘴里。

狗子于凌晨时分跑到我这儿，我当时一直没有睡觉，在思索那股烟的真正秘密。狗子讲述了经过，我大怒道：“你应该留住那只喜鹊，看能否审出一些结果来，你这小子。”

狗子道：“我也不是故意的，它们太精了，我想，我得去叫狗帮忙，否则，凭我一人之力是无法完成的。”

我想责怪他，但感觉有心无力，因为我饿得头晕脑涨，而那边呼牙子依然安静地坐着，狗子调皮地跑到他的身边，瞅着他，用手指比画着捅他的眼睛，他就是置之不理，而当狗子转身要走时，一根超细的管子差点将他撂倒在地。

狗子将那管子扯断了，扔在一边，然后重新回到我的身边。

我却发现了一个奇怪的现象：狗子的脸恢复了原来的模样。

这怎么可能？我摆弄着他胸前的卡，无法掩饰内心的狂热，想说出来。

当狗子也发现这个现象时，他疯狂地舞蹈起来，我拉住他问道："难道是喜鹊肉的原因吗?"

"一定是的，哥，一定是，我明白了，那些喜鹊并未受到污染，而那股烟，一定是好的水气，用来替呼牙子解渴的。"

有道理，这是再浅显不过的道理了。我为我们的发现感到骄傲，与此同时，狗疯狂地跑了过来，他跑过来后，就对我道："老板娘告诉了我一个秘密，皇帝可能是假的。"

我想到了扎非子的老婆，如果说这儿唯一有一个好人的话，就必定是她了。

狗儿一直在监视皇宫，那里并没有多少佣人，只有两个，一男一女，说话细声细气的，十分好听。狗是条狗，没人在乎它的存在，它潜伏了下来。人高高在上，是不会在意一条狗的，尤其是在人言可畏的皇宫里，因此，它可以轻易偷听到他们的谈话。

男佣道："皇帝陛下最近好像病了，说话声音也变了，并且怪怪的。"

女佣回答："就是，洗脸也不让我伺候了，怪得很。"

"我感觉他像换了个人似的，三天前还不是这个模样。"女佣紧接着道。

"别胡说，不想活了，小心隔墙有耳，如果让军师知道了，一定得死。"男佣的严厉让女佣赶紧闭了嘴。

狗觉得奇怪，便攀到了房檐上面。房子本来就矮小，上面有缝隙，狗看到了皇帝与娘娘，它刚想看，却感觉有一股奇怪的烟尘从房间里弥漫上来，狗感到头晕脑涨，失去了知觉。

等狗醒来时，已经是一个时辰以后了。狗发现扎非子的老婆就在自己的身边，它刚想说话，那人道："不要说话，这儿人多嘴杂。"

外面，扎非子的声音："清雅，洗个澡需要这么长时间吗？睡觉了。"

原来这个女子叫清雅，好清新的名字。

清雅道："知道了，白天累坏了，我得多泡会儿，你睡吧。"

外面没了动静，隔不多久，便传来了惊天动地的鼾声。

清雅道："我告诉你，如果你主人真想破获此案，就得注意皇宫，还有皇帝。可恶的皇帝根本就不是真的，真皇帝不知道被他们弄哪儿去了。好了，我只能提醒到此了，要知道，作为臣民，冒犯皇帝可是死罪呀！再者，提醒你的主人，这案涉及面太广，可能会有生命危险，如果真想救治我们，还需要勇气、梦想与力量。"

清雅不说话了，示意狗赶紧离开，另外，她说道："那些烟有毒，再不要从房顶上进入皇宫了，不是他们故意放的毒，是皇帝吃的药有毒，我不多说了。"

狗将所有的话原原本本说给我听，我好像有些明白似的点了点头，对狗道："你小心点，继续监视皇宫，看他们服的是什么毒药，竟然有如此强大的力量，另外，摸清他们的秘密。"

狗看到了狗子的脸，调皮地笑了笑。狗子赶紧将面纱罩在脸上，生怕有人再发现他复原的秘密。

我与狗商量道："为今之际，我们首先要做到的就是破解呼牙子不食人间烟火的秘密，水从何处来，食物从何处来？难道与喜鹊有关吗？"

狗道："一定与水气有关，那些喜鹊一定是有人专职饲养的。"

我站起身来，将一大片树叶塞进自己的嘴里，黏液活生生地喂进了肚中，生涩干枯的感觉油然而生，而我却没有哭泣，离开娘的孩子，本来哭泣才是最大的安慰，但我却没有选择哭泣。在生与死的艰难环境中，哭是最无力的，也最耗费自我的能量。

喜鹊们又飞了过来，狗子跺脚道："网破了，我得重新想办法，再抓几只喜鹊来。"

我忽然计上心头，对狗小声交代了几句，他听闻后，大喜过望地下去了。

喜鹊在呼牙子的头顶上飞来飞去的，扔下一大堆的垃圾。我想到呼牙子该倒霉了，但他却纹丝不动。我绕着他转来转去的，没有发现任何端倪，但我却明显感到他体力不支了。

黎明时分，呼牙子奄奄一息，嘴唇干裂得厉害，这才第二天。我刚想高呼万岁，忽而又觉得现在不是庆祝的时候，便重新回到了原地盘腿而坐。

一天时间，我纹丝不动，与呼牙子保持百米的距离，现场有一大堆的人，如果有新闻记者，一定会在媒体上对此事拼命曝光的，我说不定会闻名天下。

但现在没有镁光灯，我知道灯盏存在于内心深处，你高兴时，处处皆是缘，你爱的人早晚会陪在你的身边。

中午时分，呼牙子的脸色竟然红润起来，我不知道他是如何恢复的。我试图回想刚才的情景，一点儿破绽也没有，呼牙子的高兴溢于言表，我不知道如何形容自己的心情，但在此时，我已经无力回想其他事情了，因为饥饿袭来。我在等待着黑夜的到来，但一直到下午六点钟时，太阳还是挂得老高。

我想起了清雅说过的话，突然觉得自己太傻了，大错特错了。

在这儿我遇到了极昼，太阳会连续七天悬于天，而我嘱托狗子晚上帮我弄来粮食的事情，竟然以失败而告终。狗子此时一直在外面奔跑，因为他脸上的伤已无大碍，只有他可以跑出这片土地，去找寻来安全的粮食与水。

世上如果没有黑暗，许多事会失去存在的意义，因为许多事情，白天做不得，只有晚上才能进行。

并不能说晚上做的所有事情全是坏事，有些时候，光天化日之下，也会有禽兽出现。

我遭受了前所未有的考验，我开始昏睡、做梦，狗子赶了过来，却不敢将食物给我，他苦劝我："哥，认输吧，我们斗不过他的。"

我开始梦见母亲，人都说梦见亲人的时候，说明离死已经不远了。母亲抚摸着我的脸，告诉我要坚持，不要输，咱家没有认过输的孩子，认输的孩子不是好孩子，不能再回到家园。

我泪流满面，狗子也泪流满面，包括他的口水，一股脑地流在我的脸上，我拼命地吮吸着，这是世间最美的佳酿了。

眼泪救了我的命，狗子的眼泪足，好长时间他都嬉皮笑脸的，没有掉过泪了，因此，他的眼泪成为一条河，洒在我干涸的梦想上。

我苏醒过来，满眼全是人。

清雅道："孩子，你别与他斗了，你回家吧，这儿不是孩子的天堂。"

我捂着肚子，看了看远处的呼牙子，他依然镇定执着，时而冲着人群挥挥手。

我道："我不会认输的，我有我的办法。"

清雅临走时，对我道："你在下午人少时，注意一下他的身下有一根细管子，还有一些可恶的蚂蚁。"

我的心为之一动，猛然想到了昨天晚上看到的可怕场景：

成群的蚂蚁出现，一根管子导致地面一片湿润，是狗子无意中扯断的。今天早上，管子竟然无缘无故地又接上了。我有些明白了，明天下午，将是斗争的最后阶段，我将狗子拖了过来，告诉他一些方案。

我装作若无其事的样子，站起身来，努力支撑着瘦弱的身体。我不能让世人以为我是个孬种，连饥饿都无法忍受的人，如何忍受得了更大的痛苦？

我其实是想寻找一些食物，同时观察一下呼牙子的动静。

他并没有动自己的身体，但我明显感到他的身体在晃动。我想到了一个理由，我到了近处，看到了一些小动物缠绕着他的身体，有蚂蚁、臭虫，它们一定是在为他输送营养。

狗子过来了，抱着一大锅的清水，故意走到我的身边，在一旁观看的人群不乐意了，以为我要使诈，扎非子跑了过来，拦住了狗子：

“年轻人，比不过就要使坏呀？这可是水，救命的水呀！”

狗子道：“没事，我就是随便玩玩。”他故意接近呼牙子，同时身体出现了倾斜，而我也装作如饥似渴的样子，故意向狗子推进。

扎非子忙上前推了狗子一把，狗子不防备，水洒了一地，有一部分也落在了呼牙子的身上，他颤抖了一下，但他却装作毫无顾虑的样子，照样正襟危坐着。

水并没有停止，水是世界上最柔软的生灵了，水无骨，却有气，水可以溶解很多东西，包括可怕的毒药，而这水就是狗子送给生灵们的毒药。

蚂蚁瞬间毙了命，这一锅水足以葬送任何生灵。

而那根细管在匆忙中被狗子扯断后，被扔进了旁边的深沟里。

还有一天时间，躲在暗处的清雅击了两声掌，我知道她的意思，是对我的崇拜与理解。

扎非子不好意思地笑了笑，对呼牙子道：“道长，为何您的身体下面那么多小动物？死了也好。”

他转身对狗子道：“赶紧走吧，这汤喂了小动物了，幸亏你主人没喝，有毒。”

这句话刚出口，呼牙子忽然站了起来，但忽然重新坐下了。

在顷刻间，我与狗子的目光如炬，盯着他的身体下面，仍然有残存的两只蚯蚓正在那儿盘根错节。

我与狗子相视笑了笑，狗子道：“道长，别老坐着呀，应该起来活动一下筋骨，不然，骨头会坏掉的。”

呼牙子满脸痛苦，可能是化骨水的功劳，但他就是不说话，他在保持元气。

我在狗子的口袋里摸到了一块糖果，十分精巧、柔软，我撕开糖纸将糖放进自己的嘴里补充给养，然后赶紧将纱布罩在脸上，再不说话。

狗子庞大的身躯继续挪动着，他对大伙说道：“道长身下有一条可怕的小蛇，此时正在撕咬着他的身体，大家说怎么办？”

“道长可是神仙呀，不能让它们有机可乘，大胖子，你费下心思，把他挪个位置吧，他可能是饿坏了。”

旁边又有人道：“胡说，道长是仙，如何会饿呢？一百年不吃不喝也没问题，但这只小动物一定是想沾染大师的仙气，不能让它得逞，大家帮帮忙吧。”

一群人蜂拥而上，将呼牙子挪了个位置，狗子上前，将两根长达一米的蚯蚓提起来，扔进了旁边的草丛里，然后装作什么事情也没有发生似的走了。

我重新回到了原点，生命中有许多原点，比如说爱恨情仇，真正属于你的原点只有一个，便是生。

呼牙子的呼吸重新急促起来，他的脸上无光，红晕全无，可能是营养被隔断的结果。狗子在旁边不停地走来走去，当他经过呼牙子身边，突然间听到了呼牙子的声音：

“年轻人，扶我起来，行吗?”

只剩下一天时间了，我的心七上八下的，说实话，我从来没有如此接近这个可怕的主儿，心想在哪个地方见过他，却忽然被时间阻断了，再也想不起来了。

生命中有许多事情，就是如此，似曾相识，确实在哪儿见过，但最后却发现，只是错觉罢了。

呼牙子的呼喊让我心有所动，我不由自主地接近了他，他示意我拉他起来。

我照做了，出于同情也好，是正常反应也罢，搀扶他时，他的身体明显摆动着，我看到了一个饱经风霜的老人。

他颤颤巍巍地站起来，与我道：“你是个孩子，孩子对待老人，一定要尊重，但老人呢，要爱护孩子，我说的没错吧。”

“我是个傻子，十足的傻子，年轻时候有过一个梦想，就是要统治一个部落，让所有人成为我的臣民。每个人都会有一段皇帝梦，人都说人老了，梦想会少会轻，但我却不然，越老越觉得不中用，便希望梦想能够早日实现。你能满足一个老人的愿望吗?”

他是在与我协商，也就是说，他是在打梦想这张可怕的牌，每个人都有梦想，我小时候的梦想是成为一名医生，给所有自己痛恨的人打针，让他们在我的手下生不如死。

我也曾有过江湖侠客梦，如今走的路也是那梦想的翻版，但现在，一切恍如云烟，当了侠客如何？不过是多一些人生的经历而已，会丢失的依然没有找到，你拥有了梦想，却丢掉了亲情与爱，你无法分身，无法得到自己想得到的所有，这便是人之短与长的计较了。

我认真聆听着，毫无分辨能力，我只是听，想让他讲得详细些。

“我是说，孩子，我的梦想马上就要实现了，我可以告诉你我的蓝图。我从来没有在一个人面前屈服，但你我有缘，我是个怪人，与动物们打交道极多，也算是半个神仙吧。神仙其实是他们对我的骂名。我有些法术，就是想在这儿统治一百天后，便打道回府，再也不回来了，到那时，这儿会一片安宁。我之所以挟持皇帝与娘娘，就是为了梦想。有时候，为了梦想，人会失去理智，会动杀戮之心，但现在，我却是稳定的、理性的，因为我未曾动过杀心，我虽然让他们的水出了问题，但我绝对不会让他们死于非命，我只是想当一百天皇帝，过一回皇帝瘾罢了。”

“孩子，你能满足一个老人的梦想吗？我可以让你走，让你恢复原样，你会得到一大批金银财宝，你想去哪儿就去哪儿。这不是危险，是冒险。”

我终于明白他的初衷了，他是在打温情牌，想让我退缩，不要再与他争执。回想起自己小时候的梦想，有时候也会泪流满面，人在有生之年无法实现自己的理想，是一件多么可怕的事情，谁愿意带着满腹遗憾进入棺材？

我心软了，对他道：“你果然没有害人之心吗？”

“当然，他们死一个人了吗？就是皇帝陛下，我也是要求他清廉，吃我专门配制的食物，臣民们一个也没有死，变成同一模样后，还可以延年益寿，他们哪个人不是活到了九十多岁？他们也不愿意恢复到原来的样子。”呼牙子叹气道。

我彻底想放弃了，这样的场景有什么不好？就像金庸小说中写的，有人反对康熙皇帝，韦小宝曾经说过：“现在丰衣足食，安居乐业，一个好皇帝，为什么非要恢复到前明统治时期呢？”

我点头表示答应了，孩子的心终究是单纯的，容不下太多的爱恨情仇，呼牙子从怀中掏出一粒药来，喂进我的嘴里，我的模样瞬间恢复如初。

“好清秀的孩子，你是中华人物吧，果然非同凡响，中华文化博大精深，人杰地灵，如果不是亲眼得见，恐怕难以相信。我现在知道为何西域、高丽一直臣服于中华的原因了，是人，不是地域的原因。”

他的赞叹让我心潮澎湃，我原来一直没有以自己为中华人氏而自豪，但现在，我信了，从一个异域外人的嘴中，得知了自己拥有一个多么神奇而伟大的国度。

我想到了汉武帝、唐太宗、成吉思汗、康熙，这些人都是神一样的人物。

我该如何做？就这样退场吗？赌还有效果没？我扪心自问道，而呼牙子却突然道："我明白你想找个台阶下，孩子的尊严比大人的尊严更加值钱，你看这样做如何？"

我们商量了一个晚上，于第二天上午时候，呼牙子突然站了起来，对蜂拥过来的乡亲们叫道："我现在明白这个孩子的真实身份了，他也是神仙，居然也是上天派来的神秘人物，不然，为何他两天两夜未进食，也没有受到任何伤害？大家可以看下。不仅如此，这儿的水并不能控制他，大家知道那块黑痣了吧，现在大家可以看清楚，他恢复了原貌，这不是常人所为的。"

人群静静地听着，扎非子带头鼓掌，清雅捂住了嘴，似乎不相信这样褒奖的话会出自呼牙子之口。

我抱拳向大家致意，对大家道："乡亲们，一场误会，我现在明白了，呼牙子老先生果然是神仙在世，现在，我的任务完成了，我要走了，至于比试嘛，没有输赢，我们是个平手，老先生，您说是吧？"

清雅突然间插嘴道："结果马上就要出来了，为何要提前结束？孩子，你不要上当呀？"

扎非子抬手就给了清雅一记耳光，骂道："一个妇人知道啥？我看你是不想活了，我就觉得你可笑，我看你是想进入太平间了吧？"

清雅道："我就是想说，总得给大家一个交代吧，我一个妇人是不知道天高地厚，但我知道疼，知道什么叫做生与死！"

清雅说完，就甩手走了，呼牙子的目光炯炯，似乎在想什么，但现场掌声一片，由不得他的思绪做过多的停滞，他活跃起来，重新加入到与我的互相赞扬当中。

我要走了，狗子十分不解，他道："已经发现了那么多的破绽，说走就走了，不觉得可惜吗？他一定是个人，不是神仙，他如果不靠那些营养度命，恐怕早死一千回了。"

狗也道："那个皇帝每天吃呼牙子为他配制的专用药，我还发现皇帝戴着一张假脸，晚上与娘娘不说话。"

我摆摆手道："我决定的事情不会再收回了，有怀疑也是正常的，这世界本来就是一片狐疑嘛。"

我之所以一诺千金，并不是觉得危险降临，而是觉得与呼牙子的约定是一件天高地厚的事情。

既然答应了人家，就得有个离开的样子，他本无恶意，何苦纠缠不休？

我们三个人离开了小镇，到达镇外时，空气清新了许多，看来，人生最高兴的事情还是无所事事，心情也好到了极点，喝了雪山上的冰水，太阳升起老高了，仍然感觉到冰凉无比。

我们决定一直向西走，因为母亲说过喜欢西天，西天的佛祖是每个人的归宿与向往。

路过一片巨大的场地时，狗发现了端倪，它吼道："怎么有一股子死人的味道？"

我也大惊，忽然发现了有三个细小的字竖在一块不易被人察觉的地方：太平间。

太平间，从哪个地方听说过？一定是刚刚听说的，因为如此熟悉贴切？

"是扎非子说的。"狗子叫道，"他说要将清雅送进太平间里。"

我道："不会吧，这儿与小镇有百十里的路程了，可能是巧合吧？"

狗上了山，来到一处岩井处，它闻到了一股子难闻的臭味，等到雪的声音也完全沉浸后，我们听到一些细微的人言。

就好像你在集市上行走，在晚上一切归于平静之时，你忽然听到了一些声响，这些声音，让你以为到了天上的街市一样。

万籁俱寂之时，才会产生如此的境界？

果然是人言，有人道："我们何时才可以出去呀？"

另一个女人的声音："可怕呀，那个呼牙子简直就是个害人精。"

狗不容分说撕裂了护井的栏杆，整个身体掉入了那岩井里，但它过渡了一下后，并没有完全掉下去，而是选择了升空，重新站在井的边沿地带。

我惊魂未定，那声音大而奇，高而壮，就像一个难受的人突然间爆发出来自己的力量。

他们可能听到了外面有人，故而大声喊叫起来，大量喜鹊成群结队地从井里飞出，化作一道风景，消失在远处的山坡上。

终于能够看清楚下面的情形了。十来个人被绑在下面，一个女子的求生欲望最为强烈，她喊道："是你们吗？我是清雅。"

竟然是清雅，不可思议，我果断命令狗与狗子开始营救他们，半个时辰之后，十来个人被悉数救上来。

清雅拉着我们一行到达了一处偏僻的所在，那儿居然有一座小房子。清雅进去后，就对我道："你们上当了，呼牙子绝非好人，他之所以用温情的方法，是在为自己争取时间，他要让全镇的人成为他的奴隶。他的老巢在离此地三百公里的大风山，他想成仙，因此，得吃掉三千个人，这些信息是用生命的代价才得到的。我不是本镇人，在另外一个小镇，全镇仅有我一个逃了出来，我的乡亲们全部被抓到了大风山。让所有人改变模样其实是我作祟，我是想掩饰自己的模样，因为我与他斗争过，也是他一直想抓走的人。"

清雅的话一下子激怒了我，我有一种被愚弄的感觉，我道：“他居然是个两面派，用骗人的话欺骗孩子，我最烦有人骗我，他一定会付出血的代价的。”

狗子问道:“怎么这么多人被关押于此？还有那么多的喜鹊是怎么回事?”

一个男人道：“我知道，我是皇帝，他搞了个假的，而将真的我绑在此处。我也是利欲熏心呀，其实，不该当统治者，我一时鬼迷心窍，当了皇帝，竟然惹来了一场大祸。如果不是我一意孤行，恐怕小镇不会到这样的地步。”

“我们之所以被关押在此处，是因为他的目的还没有达到，等达到后，他就会将我们押解至大风山，扎非子是他的铁杆奴隶，我之所以嫁了他，就是想达到自己的目的。”清雅一脸无奈，但依然坚强。

怎么办？形势危在旦夕，表面上平静的环境下面，竟然隐藏着无数危机，大风山中那些可怜的人，有数万名之众，镇上那些变了样的人群，他们竟然还不知道一个巨大的危险马上就要降临，还在神祇的号召下信誓旦旦地过着自己想要的生活。

我想了片刻后，对清雅道：“大姐，你说如何是好?”

清雅道：“如今，最重要的事情就是戳穿他的阴谋，可是，他法力高强，我们几个人恐怕不是他的对手。”

狗子道：“喜鹊肉可以让人恢复原来的样子，我试过的。”

“没错，解药就是喜鹊肉，而喜鹊正是呼牙子的命根子，这也是我当初如此设计的原因，如果杀光了喜鹊，呼牙子就失去了给养的运输来源，他就会露馅，马上暴露于光天化日之下，到那时候，皇帝再过去揭开他的本来面目。”

我对狗子道：“狗子，你与十位乡亲一起去大风山吧，解救那儿的乡亲们，我与清雅、狗去镇上，有一场硬仗打，我要让欺骗我的人，知道我的厉害。”

狗子道：“这太危险了，哥，还是你去吧，我留下来，我吃了许多东西，不会有事情的。”

我执意如此，狗子不敢不听，他领着多数人朝大风山去了。

我与清雅道：“大姐，你办法多，如何才能将那些喜鹊全部抓来?”

清雅说：“这个好办，其实我有药，只要引得那些喜鹊们前来觅食，它们就会一命呜呼。”

说话间，万千只喜鹊飞了起来，它们盘旋着向前方的树林里飞了过去。

树林是它们的栖身之处，那里有水，还有小虫子，我们准备了一只大水缸，将药下了进去，清雅将一种花扔了进去，我不解，她道："喜鹊喜欢这种花的香味，这花叫玲珑花。"

我们藏了起来，果然，喜鹊飞累了，在此地驻足，竞相喝缸中的水，喝完后，它们飞向了远方。

我们随着喜鹊重新回到了镇上。

极夜刚刚到来，连续七日的黑暗有利于我们藏身。

我们先到了皇帝的处所，我听到了里面的谈话声音："你不要真的以为自己是皇帝，你只是我的棋子罢了，等到后天一切大功告成，我就放你们走，回你们的中华去吧。"

皇帝道："军师，你这是何苦呢？这些药我已经吃了多次了，我会跑吗？天天吃，我吃腻了，我想吃肉，喜鹊肉。"

"喜鹊肉，你竟然知道了喜鹊肉可以解毒的秘密？你与她二人不准离开，等候我的处理吧。我饿了，要去吃饭了，我的喜鹊们马上就会回到我的身边。告诉你，如果不是看在你是傀儡的份上，还有用，我早就做了你了。"呼牙子大笑起来。

呼牙子跑到自己的屋里，刹那间，喜鹊们飞了过来，清雅道："他要倒霉了。"

而我与狗则推门进了宫。

屋里没多少东西，只有一些简单的陈设，也就是说，即使真皇帝在，他也算是个清廉的人。

假皇帝吓傻了，看到我们就往桌子下面钻，他认得我，我正是那个不知死活与呼牙子比试高低的人，我小声道："别说话，我有话问你。"

假皇帝点头，急忙与我跑到旁边窄小的空间里。

我道："他呢？"皇帝道："去吃饭了。"

"他不是神仙吗？不是不吃饭吗？这可是你说的。"我逼问着。

"我也是没办法呀。他喝的水、吃的饭与我们不一样。他吃虫子，吃喜鹊肉，喝喜鹊身体里的水，这也可能就是他为何没有变样的原因吧。世上哪有人不吃饭呀，不吃饭早晚会饿死的。"假皇帝辩驳着。

"你为何与他沆瀣一气，坑害这儿的百姓？"

"我不是没法子吗？我也想好好活一场呀，我从中华过来，是来寻亲的，没成想竟然被他抓住当了傀儡，我的夫人现在像个神经病似的。"他指着旁边的夫人道。

"我也是中华人，放心吧，你要配合我完成任务，知道吗？"

假皇帝与夫人认真地点了点头，忽而外面有人的声音传来，是扎非子的声音。

我与狗赶紧藏了起来，扎非子挑起帘布，进来。

“万岁，我怎么听见有人与你说话呀?”扎非子好奇地瞅着四周，皇帝假意掩饰。

他的慌张果然引起了扎非子的怀疑，他推开了阻拦自己的皇帝，径直向卧室里走去，我们躲在床下面，大气也不敢出，依狗的意思，就是冲出去，杀掉扎非子，替乡亲们报仇，而我扯住了它，我提醒道：时机不成熟。

扎非子来到了床下面，自言自语道：“皇帝陛下，不要告诉我，你藏了奸细，否则，你会马上死掉的。”

他掀起了床罩，睁着大眼睛往里面看着，我急忙闭上了眼睛，想起了一掩耳盗铃的典故来。

清雅从床的另一侧伸出胳膊来，一把将扎非子的脖子掐住了。扎非子想叫却无法叫出来。

清雅从床下面爬出来，扎非子的脖子被掐着，脑袋还算清醒，他大惊失色地看着清雅，似乎不明白她为何会在此。

“我该在太平间里，是吧?我该被你们折磨至死，是吧?告诉你吧，报仇的机会来了。你与呼牙子狼狈为奸，杀了多少人?我的乡亲们死的不计其数，你的末日到了。”清雅明显像一个侠客，她丝毫没有手下留情，扎非子毫无还手之力。

天空中银河灿烂，穷凶极恶的呼牙子一口气吃了一百多只喜鹊，吃到痛快处，他竟然唱起了歌，难听的异域歌曲，他唱得却十分带劲。

成片的喜鹊落了下来，死在他的身边，他诧异万分，拍着自己的手道：“我的法力居然到了如此高的境界吗?不过，死就死了吧，从明天后，我再也不需要这些喜鹊了，一万多个人，怎么着我也能享受半辈子吧?我回大风山去，洗手不干了，省得别人惦记我的命。”

我从床下面钻了出来，企图阻止清雅，但清雅并未理睬我，而是将手劲用到了极致，扎非子的鼻孔开始出血，要出人命了。我与狗子疯狂地跑上前来企图阻止她，清雅则早已经将扎非子扔进血泊里，旁边的皇帝与夫人吓得屁滚尿流的。

“该死，迟早是个死，让我成全你们吧。”清雅冲了出去，手中多了一片柳叶刀。

呼牙子听到了声音，跑了出来，与清雅打了个照面，清雅举刀便砍了过去，呼牙子躲闪及时，刀落在树枝上，叶子掉了一地。

狗冲了过去，将呼牙子摁倒在地上，呼牙子反抗着，我也跑上前去，用绳索将呼牙子绑结实了，然后扔在天井广场上。

无数人拥了过来，假皇帝，真皇帝，不用对质，大家就知道了真相，萦绕小镇三年的恶梦终于醒了，这个罪大恶极的呼牙子终于露出了本来面目。

如何处置他，大家众说纷纭，清雅力主杀掉他，但许多人表示反对，有些人道："清雅，你并不是本镇人，无权干涉内部事务。"

一万多人拥入了小镇，好不热闹，皇帝决定：极夜的最后一个晚上，在此地召开公审大会，当众揭露呼牙子的真面目。

是夜，呼牙子离奇死亡，头颅不见了，只留下一大片血迹。

不仅如此，新来的一万多人中死伤者无数，且死者多为女子。

众人大骇，以为来了新的敌人。清雅带着众人到处查看，试图找到凶手，却没有成功。

皇帝感觉到了恐惧，对我道："孩子，我怎么感到事情远未结束呀？"

果然，最后一个极夜到来之前，镇里又有许多刚来的女子失踪，有的干脆横尸当场。

没有人知道发生了什么，也没有人知道为何会如此。

许多人集结到了广场上面，因为人多的地方一定会安全些。

我与狗子、狗失踪了半天时间，皇帝派人到处找我，有人干脆怀疑我们就是这些凶杀案的制造者。

还有两个时辰，黎明就要来了，太阳伏在山下面，等待着爆发时刻的到来。

我们三人从空中飞入广场，皇帝的身边被人戒严起来，他们对我们充满了戒备。

皇帝上前，问我道："小子，你去何方了？别卖关子，不要看你们救了我们，但你们不能在革命成功后做更可怕的事情。"

狗子道："说什么呢？狗皇帝，我们是帮你们查案子去了，不然，你们死都不知道如何死的。"

我的目光在人群中不断地逡巡着，我看到了一张张的脸。我的目光在一个人的脸上落了下来，我上前去，死死地拽紧了她的胳膊。

"清雅大姐，别装了，你为何杀死了呼牙子，为何杀了那么多的人？"我的追问让众人大惊。

"不，你不是清雅，虽然变了模样，但声音不像，你是什么人？"

清雅环视着周围的人群，忽然将我的脖子掐住了，刀伸向了我的脖子。

狗子急坏了，大叫道："你，不要害我哥。"

"我之所以杀掉他与她们，是因为他们该杀。呼牙子杀了我们那么多的人，不该死吗？你们一定会觉得奇怪，为什么我要杀死被救的女乡民，我的丈夫与小镇上五个女人有染，他背井离乡地带着她们远走高飞了，我恨小镇上所有的女人，我要杀光她们。”清雅哈哈大笑起来。

我挣扎着道：“大姐，你不要急，你的丈夫会回来的，这些人是无辜的，你先帮他们解毒行吗？让他们恢复原来的容貌。”

“不可能的，喜鹊全死光了，我之所以这样做，就是想让你们永远记住我的威力，我想到就要做到，这也是我的理想。他不会回来了，我已经死了心，我唯一的儿子被人抓走了，破了相，后来无法医治，永远地离开了人间，所以，我恨，我骂，我杀。”清雅到了爆发的极点。

我闻到了死亡的气息，温暖可人，却有一股子霉变的味道，或者像极了尸体的怪味儿。小时候，家里死了人，就有这样的味道。那么近，却又那么遥远，亲切得好像在眼前晃动着一个孩子的天真与烂漫。

我晕了过去，一个孩子失去了进步的阶梯后，通常都会以这样的方式出现自己的灵魂。

狗子与狗试图接近清雅，清雅却挥舞着刀，阻止人们接近自己。她大叫着：“不要过来，我不会伤害他的，他是我的孩子，我怎么忍心伤害呢？乖，我们去太平间吧，那儿才是我们永远的归宿。”

狗跃了过来，在空中形成一道快速的风景线，刀落在地上，我得救了，清雅被众人围住了，有人掴她耳光，有人踢她。

朦胧中，我想阻止什么，却无力做到。

我听到了清雅的哀叹声。

醒来时，又一个极夜袭击了小镇，那一帮得救的人早已经回家去了。

离开时，我看到了漫天的雪花飞舞着，清雅用自杀成全了自己，去天堂寻找自己的儿子与丈夫去了。

我一直想哭，却没有哭出来。清雅的离开留下了永远的遗憾，小镇上的所有人无法恢复到原来的样子了，他们只能以大鼻子、蓝眼睛怒视对方。这样也好，我想到了呼牙子说过的话，这样的结果，不正是他们想要的吗？

18. 梦一样的迷局

我们一路载着清雅的尸体往斑鸠镇赶，两镇隔着一百多公里。我们之所以这样做，是觉得清雅虽然在生命的最后时刻失去了理智，但她依然不失为一个英雄豪杰。

我们在小镇上并没有做过多的停留，原因在于镇上的阴云依然笼罩着。由于经历了一场变故，许多人觉得不可思议，因此，小镇上开始出现打架斗殴的场面，虽然事小，但我们总觉得理亏，因为这件事情我们并没有做到尽善尽美，我们没有将他们变回自己的本来面貌。

在去斑鸠镇的路上，我总觉得身后有一双眼睛隔着老远盯着我，看得我浑身不自在，但猛然回头看时，却什么也没有发现。

狗一直驮着清雅的尸体，由于天气严寒，清雅仍然保持着本来的面容，姣好如月，我们一路踩着积雪，涉过大山。

一路上经历了那么多的劫难，但都化险为夷，我的心情大好，虽然没有找到母亲，但我哼起了小曲，是母亲小时候教给我的一首童谣。狗子一直看我的脸色行事，一看我如此高兴，自己也雀跃起来，一路用积雪与狗打起架来。狗驮着清雅，跑起来的姿势虽然有些迟缓，但一点儿也不影响它追逐狗子的速度。

狗子一边跑着一边对我道："我们去西伯利亚吧，那儿虽然路途有些远，温度极低，但可以挑战生命的极限。"

我说道："好呀，等找到了母亲，安顿好了，去哪儿都行呀。作为年轻人，就该四海为家，但必须安排好家中的事情，尤其是父母亲。他们的身体一定要好，他们一定要过得幸福，这些是儿子出外行走的必要条件与理由，否则，我们怎能安生行走于江湖?"

我泼了一盆冷水，狗子有些不耐烦地叫了起来："如果老想着他们，我们还如何享受呀?"

我刚想发作，狗道："你呀，一点儿都不知道主人的心思，你还不如我。哪能光顾着自己享福，不让老人家过安定的生活？人有人的道，狗也有狗的理由，我觉得这样最好了。"

狗子白了它一眼，继续道："你当然可以呀，无家无业的。我父母均在家中呢。我的条件倒是允许，如果小子哥愿意，就一定能成行。"

我刚想骂他的父母如何贪污受贿，如何瓜分了我家的财产，如何过上的锦衣玉食的肮脏生活，但我学会了收敛，我没说出来，我怕伤狗子的心。这些事情与狗子无关，父母的命运，如何能原原本本地嫁接在孩子的身上?

其实，我对狗子已经由恨转向了爱，原来是不解，以为他不过是个膏粱子弟而已，现在看来，这个担心是多余的。

我不说话，开始想心事。我心事重重，其实与身体孱弱有莫大的关联。从小没人疼没人爱，心思多，动脑筋的时间也多，我在想过去，念未来，思自己的将来到底会如何等等。

狗子与狗却消失了，远处传来两个人的打骂声。他们跑得比我快，漫天原野里，留下几行窄长的幼稚的脚印，延伸到遥不可及的将来岁月。

等了好长时间，他们的声音一点儿也没有了，我惊觉起来，回头看时，才感觉自己孤单一人行走，危险随时会降临。我想到了可怕的北极熊，还有不可预知的小动物可能会袭击我，还有猎人，他们会不会将我当奇怪的动物一枪致命？

原野里一片寂静，没有丝毫声响，除了我的脚踩出的咯吱声外，万籁俱寂。我有些慌了，拼命地喊着他们的名字，但四周悄无声息，除了雪还是雪。

我找到了他们的脚印，却在一处矮小的山坡前戛然而止，就好像一条发出去的信息，却突然间咫尺天涯。

没有可怕的洞穴，也没有蛛丝马迹，我像个孩子似的惊慌失措，觉得自己没有尽到一个长者的义务。

雪一直在下着，很快将他们的脚印掩盖了，四周毫无人烟，我吓傻了，懵了，呆了好半天时间，感觉浑身冰冷之时，才感觉到天快要黑了。

我啃雪充饥，饥饿感却没有得到缓解。傍晚时分，我找到了一块薄饼，可能是猎人们留下来的，虽然冻成了冰坨子，但依然可以活命。我狼吞虎咽地啃了半天时间，才将它们消融掉，最后顺理成章地进入了腹中。

我想原地守候，兴许是他们的恶作剧罢了，我等了一个多时辰，寒冷再见降临时，我才感觉到自己有多么的可笑。一定是出事了，要么是怪兽所为，要么是遇到了其他情况。

我将自己的帽子挂在一处灌木枝上当作标识，我继续向前方走，我要在寒冷彻底降临之前，找到一个临时住所。

幸运的是，我找到了一个猎人的临时帐篷，里面并没有人，可能是猎人们出门远行了。帐篷里有木炭，还有一块半熟的羊腿。我生着了火，帐篷内瞬间暖和起来。

我看到了一封奇怪的信件，可能是女儿留给父亲的，信的大致内容如下：

爸爸，我要出门了，你要照顾好自己，我不一定会回来了，因为我们之间有着太深的代沟。你打好你的猎吧，女儿以后不会再纠缠你，更不会将母亲的死当作唯一的筹码再次要挟你。女儿走了，但愿你可以在太阳下山之前回到帐篷中，羊腿是留给你的最后礼物。

显然，女儿绝对是叛逆者，她对父亲不理解，所以才采取了极端措施。

我觉得好笑，这个女儿像极了我，但孩子们跑得再远，还是要回家的，家最温暖，家里有爱，在外面，无论拥有多么璀璨的人生，在父母的面前，你永远是一个孩子。

在我听到狼叫之前，一个高大威猛的猎人钻了进来，他看到了我。我刚想逃离，他却示意我坐下来。他用流利的汉语与我交谈，我才知道他是哈萨克斯坦人，他对我是中华人物表示了钦佩，看来，我们可以成为好朋友的。

我赶紧将信递了过去，他看后，一脸无奈，从怀中掏出酒来，高度的伏特加，香味四溢，我嘴馋，但一想到可怕的后果，便打消这个念头。

猎人叫波特，女儿叫波娃，他不说话，看来他今天毫无收获，我便讲了中华的笑话与他听，他扑哧一声笑了出来，打破了现场的尴尬气氛。他打开了话匣子，讲了女儿的好处，说自己对她要求过于严格了，一个十六岁的姑娘，这次肯定是要下定决心离家出走了。

我说道："不会离远的，远方并没有想象中的那么有趣，她一定会回来的。"

"但愿吧，孩子，说说吧，你如何到的这个地方？你一个人徒步而行，走到这个地方，一定吃了许多苦吧？"想到了失踪的两个亲人，我突然大哭起来。

波特傻眼了，以为自己说错话了，不知所措地伸出双手来，想安慰我，但一想到我与他的女儿同龄时，便不敢劝慰了。

我停止了哭泣，因为现实告诉我：哭泣是最没用的一种表达方式。

我对他道："明天，我帮你寻找女儿，你帮助我寻找我的伙伴好吗？"

"当然可以，不过，我觉得你的事情是主要的，她不会走远的，万里雪飘，她一定是去她的姑妈家了，就在斑鸠镇上，离此地并不算远。"

我想起了清雅，但我并没有讲出来，因为我害怕勾起他的伤心事，对我不利。一个人出门在外，在前不着村，后不着店的情况下，说话一定要小心翼翼的。

我防着他，他却丝毫不防范我，将自己挣来的钱大大方方地摆满了床铺。他并不是炫耀，而是听了我的讲述后，在寻找一本书，好半天时间，一卷薄薄的羊皮书放在了我的面前。

竟然全是汉语，我打开来，看到了一个神秘的传说故事。

我一边看，一边听他的解释，他道：

"一定是与狐仙有关，这儿神秘失踪过不少人，与你所述一样，恐怕是他们遇到了狐仙。她并不坏，所抓的人在一段时间后，会突然神秘地出现。但奇怪的是，他们竟然丧失了记忆力，但健康状况却出奇的好，在斑鸠镇，有一半人曾经有过这样的经历。”

简直匪夷所思，我不解，他继续道：

“这个仙家与中原人物有关联，中原的小说中，应该有许多这样的角色，人信了，便有，不信了，便无。我们这个地带对此仙十分敬重的，因此不敢得罪她。她有一名童子，还有一条坐骑，但听人说，半年前，他们无缘无故地神秘消失了。后来，在斑鸠镇上，发现了两具尸首，一具是童子，另一具竟然是狐仙的坐骑金毛狗的。狐仙大为震怒，将斑鸠镇一夜之间夷为平地，但奇怪的是，半个月后斑鸠镇又恢复了平常，人们竞相奔走，说是狐仙原谅了大家。”

我对这样的传说也是半信半疑，但看他十分虔诚的样子，我便抱定了信仰的态度。既然是神，就该是好人，就该帮助百姓的，如果是个坏神，岂能配得上神仙的称谓？连上天也不会答应的。

我道：“狐仙抓了人，为何要放回来？她抓人作何用？”

波特道：“听说是当奴仆用，好吃好喝的，但全是传说，不过消失的场景与你讲述的一般无二。你可以想一下，没有洞穴，更无藏身之所，神秘消失，除了灵异之外，恐怕再无更可靠的理由了。”

我点头表示同意，但我真的没见过神仙，也曾经听说过“无神论”，由于年轻人涉世未深，因此，这样的情愫便一直沉浸在脑海里，不可挥去。

我道：“有什么方式可以进入狐仙的所在吗？”

波特道：“古书上有个法子，说是在雪地里原地逆时针转三圈，再顺时针转十三圈，最后大喝一声，便会进入狐仙的所在，但这都是传说，谁也没有这样做过。”

我听后心为之一动，但表情马上转为了正常，我又将话题转向了他的女儿波娃，因为我在桌上的玻璃下面看到了一个女孩子的照片：十分乖巧的样子，惹人怜爱。

波特听到人有议论自己的孩子后，马上精神百倍起来，脸上的阴霾一扫而光，满面红光，好像自己的孩子成了自己唯一的慰藉。

他道：“波娃从小性格外向，像她的母亲，我很少教育她，与她关系也不好。她母亲的死因我而起，她一直恨我，她想出去，我便将她锁在这帐篷里。她曾经逃出去过，我抓了她来，一顿毒打。我爱她，才对她如此要求严格，如果她被狐仙抓走了，我便失去了所有的依靠。我的爱是自私的，但我也不想如此，可是一见到她便身不由己，作为父亲，维护自己的统治地位十分重要，现在想来，我的做法是错误的。”

我想到了母亲，小时候，我身体不好，但母亲从来没有吝啬过自己的手掌，经常在我打过针的屁股上雪上加霜，因为我调皮，好动，不安分，没有少挨打。

我们于第二天早上出了门，由于天气放晴，我远远地便看到了自己的红帽子与雪在一起狂舞着。我跑了过去，确定这是准确的地点后，等待波特的解释。

波特左右看着，没有立即下结论，但他的脸上写满了虔诚。他看了看天空后，对我道："我们走吧，回斑鸠镇。"

我道："天气如此好，为何回去？难道你不想找回自己的女儿吗？你想方圆几里没有人烟，说不定她与我的伙伴们一道被狐仙捉去了。"

波特道："我说过，他们不会有危险的，一段时间后，他们肯定会被放回来。对于我来说，这何尝不是一件幸运的事情？我与她关系不好，如果她能够失忆，我又可以重新找回照顾他的时光。重要的是，她一直不认为我是她的父亲，这对于我来讲，简直是一件要命的事情。因此，我处处提防着她。对于你来讲，可能也是件幸运的事情，你们之间在过去一定有不堪回首的事情，所以说他们的失忆对你是一种幸运。所以说，你现在可以去做自己喜欢的事情，比如说你有更大的目标等待着你去寻找。"

他的话不无道理，我点头称是，但我对狐仙的所在十分感兴趣，我想到了他那个可以见到狐仙的秘诀，我想实践，但现在不是时候，我将小红帽放好，用大雪块压紧，然后依依不舍地离开了。

斑鸠镇离此地六十余公里，一路都是下坡路，我们是滑着雪去的，他在前面，我在后面，有时会摔倒，不过却不疼痛，脸摔在雪地上，柔柔的感觉油然而生。

我们进入斑鸠镇时，已经是第二天下午时分了，这儿的空气新鲜得要命，镇上人不多，三三两两的，与波特熟悉得很，一路打着招呼。他们对我这个新人的到来也不过多询问，当我进入波特家时，远远地便闻到了炊烟的味道。

家中有人吗？我怀疑。

但家中的确有人，一个年长的妇人正在烧饭，用的是柴，炊烟与雪融合在一起，袅袅成韵，一股子人间烟火的味道。

"回来了？"那妇人向波特打招呼。

波特道："是的，大姐，感谢你替我看守门户。"

波特让我也叫她大姐，我却不敢，叫了声大姑。她听后大喜，一脸的笑容。

几乎整个晚上我们都在研究吃。一袋子大米，我惊讶于波特的姐姐竟然将它们熬成了花，米分了岔，像一朵朵花儿开放着，波特道："这样的粥最养人了，我胃不好。"

我的胃也不好，因此忍不住便多吃了几碗，却觉得惊人的香。炊烟并不会因此停歇掉，一直袅袅着，锅盖并没有盖上，雪落在锅中，化为了水，与米融合在一起，继续熬，不停地熬。

波特道："我们斑鸠镇上的所有炊烟都不会停掉，会一直燃烧不止，这也是为何米熬成花的原因，甚至能将骨头熬成酥烂，你可以想象，这样的火候有多么厉害。"

我感到不可思议，这需要人一直添柴加火，一个妇人竟然有这样的功力，简直令人匪夷所思。

波特道："你错了，晚上不需要加柴，有动物会帮我们加的。"

我听不懂，他也不多做解释了，我决定晚上冒险一瞧。

子夜时分，雪大了起来，我起身到外面上厕所，蓦地看到了锅台旁边果然站着几只高大的动物，定睛一看，竟然是北极熊。它们守着锅台一刻也不停下来，它们喝锅中的汤，加下面的柴。

一股子新鲜暂时埋没了对失去朋友的苍凉，但我却一直记着那个咒语。我计算了一下时间与距离，便趁着夜色，一路攀爬到了他们失踪的地方。

其实，我到时已经是第二天了，我没有告诉波特，但他醒来后自会知道我去了哪里。他会追过来，不过，恐怕为时晚矣，因为我已经进入了狐仙的地界。如果传说是假的，我会重新回到斑鸠镇，等待他们的回归。

但只要有希望，我便不得不试。我不能孤身一人回到家园，我需要带着狗子与狗，我要对狗子爹娘有一个交代，我要将狗的名字写入我家的户口本，我将它称为弟弟，一生的弟弟。

红帽被盖住了，我找了好长时间，但我记住了远处一棵树，我刨了雪，终于找到了帽子。

在念咒语之前，我犹豫了好长时间，我不知道自己这样做是对是错，他们是不是真的去了那个地方，一旦成行，恐怕后悔就来不及了。

但事已至此，由不得我多想，我终于转动了身体，左转三，右转十三，然后念咒语。

咒语念完后，我觉得不过瘾，又念了一遍，但什么也没有发生，几只调皮的老鹰在远处招摇惑众，它们兴许是在笑我的傻与痴。

看来，传说一定是假的，在原地待了半个小时后，我终于起身打算回去了。

但我却迷失了方向，转了半天时间，我意外地看到了一座座红色的城堡，我大喜过望，以为是斑鸠镇到了，但进去后，却发现不是，大街上车水马龙的，晚市刚开，一股子酥油茶的香味向我袭来。

我找了个显眼的位置，一股脑喝了三碗，但口袋里分文没有，我不想吃白食，向老板解释，但他却摆摆手，示意我可以随便喝，我仓皇逃窜。

我看到了一个妇人躲在一处锅台前掏里面的炉灰，她衣着寒酸，但背影却十分熟悉，我突然想到了波特的姐姐，我觉得她好像，但却不敢肯定，等到她一脸失望地抬起头来看我时，她惊了一下，我也大惊，果然是她。

我迎了过去，接替她完成掏炉灰的任务。我费了九牛二虎之力，终于完成了这项棘手的工作，她开始煲汤，一句话也不说，后来，她示意我可以进入红房子。我推门进去，看到了床，我躺了上去，很快便进入了梦乡。

梦中，我见了狗子，他大声地吼叫着："哥，你上当了，上当了，你快来救我们呀，我们在狐堡呢。这儿到处是被抓住的人，我被狐仙当成了童子，而狗被她当成了坐骑，我们受老罪了。"

我刚想问个究竟，却发现后面有人追来，我一个劲地跑着，直至什么也记不清了，却突然逼迫自己从梦中醒了过来。

妇人站在我的面前，端着一碗汤，惊奇地看着我，我急忙下床，从她的手中接过汤来，放在旁边的桌子上。

她刚想走，我却叫住了她，我道："大姑，你怎么在这儿？波特先生呢？"

看来她不擅言语，只是冲着我笑，半天时间才说话："这儿是红城，离狐城不远，呵呵，我要走了。"

红城，狐城，好熟悉的地方，我忽然想到了梦中狗子让我救他的地方正是叫狐城，我大叫一声，追了出去，想问那个狐城究竟在哪儿？

出门后，我却看到两个孩子在玩游戏，由于意见不统一，两个人打了起来，一人道："你刚才左转了三圈，右转了十三圈，不是十三圈，应该是十四圈，去狐城必须十四圈。"

另一个孩子道："胡说，就是十三圈，波特叔叔说的，不会有错的。"

先前的孩子道："十三圈错了，十四圈，天书故意那样写的，我爷爷的爷爷告诉我爸爸的，爸爸告诉我的，否则，你一辈子也到不了狐城。"

大姑闻声跑了过来，撵跑了两个孩子，看到我，不好意思地笑了笑。

我感到有一种被愚弄的感觉，我少转了一圈，竟然来到了这儿，看来，这儿不是个好地方，我决心赶紧离开，我对大姑心生厌恶。

我大步流星地出了红城，朝自己来的地方跑去，刚跑了几步，便感到有一种无形的力量拽着自己，无法走开，我看到了漫天的红云张大了嘴巴，将我死死地咬住，正在此时，大姑挥了挥衣袖，红云瞬间消逝，我得以脱身。

一路上，我都在回想刚才的事情，等到我终于想明白后，我才想到了大姑的用意。原来，是她在帮助我找到正途，看来，那个叫波特的男人一定不是盏省油的灯，他故意告诉我错误的咒语，其实是不想让我发现他们的秘密。狐城，斑鸠镇，红城，一定有着某种关联，我越发相信梦境的真实性了，看来，一定是有人作祟。

我花了半个小时，跑到了他们消失的地方，迫不及待地转了身体，左三圈，右十四圈，我大叫了一声咒语，我感到自己的身体轰然掉入了一个洞穴。

我的眼睛一刻也不敢闭上，我看到了四周有大量的悬崖峭壁，我的身体一直往下面掉，直到我看到了蚂蚁一样的人在下面晃动着，终于，我的身体落在了软绵绵的沙丘上。

有人议论着："可惜，又来一个，我们还不知道如何出去呢。"

周围全是人，年岁稍长的居多，他们大眼睛瞪着我的小眼睛，我看到了弯曲的地面上冲鼻子的狐臊味道飘来。

一个老男人跑了过来，扯住了我，问道："小子，你从哪儿来呀？中华人？"

我问道："这儿是什么地方？怎么这么多的人？"

"孩子，这儿是狐城，全是狐狸的天下，人类是它们的奴隶。"我实在不敢相信有这样的事情，但现实就是这样，我看到几十个狐狸兵从我们面前走过。

狐城，狐仙是首领，这儿被困住的是天下的父母们，没有一个孩子，他们为什么抓父母？简直不可思议。

这儿非常大，我到处寻找狗子与狗，却没有找到，正在我猜疑时，猛然听到有人吆喝道："小子，你干什么呢？"

我看到了狗子，一身童子的打扮，我刚想叫他的名字，那些父母却轰然跪倒，我也赶紧跪了下去。

童子道："这人刚来吧？好了，刚来一拨，便要放出去一拨了，三年前来的人做好准备，明天上午就可以出去，不过出去以前，一定要喝下失忆水。放心，无公害食品，还可以延年益寿，只是会忘记过去的一切，包括自己的童年，爹妈长什么样子等等吧。"

"为什么要这样做？"我随口叫了出来，犹如空气中一道定时炸弹一样，将童子惊得往后退了好几步。

我认定了这童子一定与狗子有关联，他一定是受了迷惑，才成了现在的样子，因此，我从内心深处爆发出来强大的力量。

童子看了看我，并未理睬，而是继续自己的讲话，等到讲完了，他招呼手下的人将我拖到了一边训斥：“你是什么人？刚来的吧？有何事？讲吧。”

“当奴隶也就罢了，放人家出去，就该让人家完整地出去，为何让人家喝失忆水，有意思吗？你们这样做是在剥夺人家的生存权利。”我一口气讲了许多，声音十分高昂，旁边的人听得一清二楚。

童子的威严受到了挑战，他抬起手来，想抽我的耳光，却没有落下来，旁边的兵们吆喝道：“抓了这小子，好厉害。”

我跟着他们走，后面的老者道：“孩子，你不能去呀，去了就会没命的，失忆就失忆吧，只要能够回家，就行。”

我头也不回地走，我在想自己的事情，我倒想见识一下他们的最高领导狐仙到底是何角色？

童子在前面引路，走了约有一箭之地，并不远，在一座宫殿式的建筑旁边，我看到了一条狗，模样与狗十分相像，但它的目光呆滞，毫无神采，看到了我，像没有看到似的低下头颅。

我吆喝道：“狗，是你吗？狗子，你们果然在这里。”

没有人回答我，只有童子的声音：“走吧，一条狗也如此感兴趣，现在，你管好自己的嘴，否则就会没命的。”

我问道：“你将带我去哪儿？”

“当然是去刑场，你小子触犯了我的尊严，就得死。”童子不容分说。

我以为他是带我去见狐仙，没有想到，仙没见到，却要去见鬼。

我挣扎着，大骂道：“狗子，我知道你喝了失忆水，不认得我了，好吧，我就骂吧，你们这群乌龟王八蛋，放了我，我要离开这儿，我要回家乡去，母亲健在，天地不荒。”

没有人理解我，我被绑在刑场上，只等着一声令下，便会人头落地。

我回想着自己莫名其妙的一生，觉得自己不该这样做，同时生命不该以这样的方式落幕。

我叫了起来，声音传了很远，好大会儿工夫，一个当兵的转过身来，来到我的身边，替我解开了绳子，对我道：“你走吧，马上离开，随这拨人一起离开狐城，但要喝下失忆水。”

我不明白这是何意。我道：“童子呢？他是良心发现了，想放了我，我不会走的。”

那人道：“你傻呀，如果不是狐仙宽恕你，恐怕你早死了，你走吧，她不想留你。”

我被人拖着离开了刑场，重新回到了事发之地，几十个人，每人举着一只大碗，在喝一种水。

一个当兵的递给我一碗水，他用目光示意我马上一饮而尽。

我犹豫了片刻，他便想上前帮助我完成这个艰巨的任务，我不敢不从，便趁他眨眼的间隙，将水完全倒入了我的脖子里，同时，装作喝完的样子。

一切都完成得滴水不漏，好像没有发生似的，但我明显感到一种冰凉感灌入脖子里，沿着我的衣服往下流淌，越过大腿，最后在快要落下来之时，在小腿处停住。

我们被一台电梯似的家伙运到了地面上，外面一片阳光灿烂，一群人中除了我之外，都不知道自己是谁了，他们甚至找不到回家的路了。

这也是斑鸠镇为何人越来越少的主要原因，他们无法找到回家的路，所以只好天涯海角地奔跑。

我想到了红城，想再进去一次，等到他们离散后，我试图找到那个做饭的妇人，我找了半天时间，无果，只好向猎人的帐篷赶去。

我必须今晚在那里熬上一宿，否则，我有可能会被冻死。

里面空无一人，波娃的小照片依然放在桌上，我将照片塞进了自己的口袋里。

看来波特好长时间没有过来了，他千方百计阻拦我进入狐城，而将我扯入红城，一定有他的想法，我做好了战斗的准备，因为明天我要再去斑鸠镇，我要问清楚这件事情。

幸好有留下的一条腿，什么肉我叫不上来，但好歹有了充饥的食物，我吃了大半个，觉得肉不太新鲜了，便不再进食。

整个晚上，北风呼呼刮着，灌入帐篷里，发出奇怪的声响，我甚至听到外面传来动物的吼叫声，他们好像就在周围巡逻着，只是没有发现可疑之处，便只能就此罢休。

因此，我屏住呼吸，不让自己的气息过多释放，也许这是避开灾难的唯一方式。

我继续做梦，梦见了童子冲着我笑；我遇到了狐仙，怎么与照片中的人一模一样，狗被她骑着，调皮地冲着我龇牙。我在前面跑，他们在后面追，我害怕呀，怕死，怕他们征服我，便不停地奔跑，一觉醒来，才发现天光大亮，太阳照常升起。

雪停了，就像人过日子，不停地走走停停，你想左右人生，却总是无法左右，这便是人生的无常之处。

我一路向斑鸠镇上赶，路上遇到了一个人，模样十分奇怪，不像是哈萨克人。我们擦肩而过时，他却回过头来，扯住了我的衣服。

“你去斑鸠镇吗?”我点头表示同意。

他道：“别去了，一夜屠城了，什么也没有落下，整个城全没了。”

我不敢相信，便停下继续问他，而他却头也不回地跑了，跑了老远，还不忘再次叮嘱我：“别回去了，找不到了，一夜屠城了。”

这怎么可能？城没了，人呢？城市可以灭亡，但人是不可能死掉的，文明正是人类创造的。

我继续向前方赶，终于到了斑鸠镇所在的位置，破烂不堪，除了瓦砾外，什么也没有，这城不像是昨天才没了，好像好长时间了。

不见了炊烟，我在瓦砾中间来回奔走，终于找到了波特的家，我却看到炊烟照常升起，没有灭了的暗火，持续发酵着。

我像个死人似的，不知所措地移动着脚步，我不知道发生了什么，也不知道故事该如何进展，就像一个写小说的人，人死了，命没了，如何转折，如何抖包袱?

我发现了活人，故事有了转机。

活人不是别人，正是那妇人，她躲在一处稻草垛下面，才幸免于难，但她却像个傻子一样。

我找了粥，喂她吃了一些，她示意我也吃，我照做了。

“发生了何事？大姑。”我急于想知道答案，而她却不言，我急得像热锅上的蚂蚁。

她就是不说话，任凭我像个孩子似的团团转，我丢下她，一直在城里走，走遍了整座城市，竟然没有发现幸存的人。我不知道这里发生了什么，但我猜测，一定是发生了灾难性事件，这灾难可能与狐仙有关。

想起一系列事件来，我忽然觉得自己不是在做梦，而是有人在牵着我的鼻子走，我想了半天时间，才猛然将矛头指向了那个可怕的家伙——波特。

对，一定是他捣的鬼，他故意安排这个妇人，告诉我正确答案，其实就是为了骗我进狐城，让我失去所有的记忆，而他就可以达到自己不可告人的目的。

我觉得：狐仙与波特一定有着某种关联，但我不知道自己的判断是否正确。

我重新找到了那个妇人，我将她的脸用水洗干净，她感激地看着我，我扶她在墙角坐下，又跑过去燃起了炊烟。有火就有希望，整个地球如果没了人间烟火，将是一件多么可怕的事情！任何现代化的煮饭方式都代替不了炊烟袅袅，电饭煲、电磁炉、煤气灶，快但不香，快节奏的生活，让人体遭受了莫名其妙的创伤，有时候，真的不知道这是一种悲哀还是人类前行的文明。

无法，我们左右不了聪明人的思维，我们只能做自己的饭，燃自己的烟。

我认真地煮一锅饭，粥是刚下进去的，看来，这人间烟火一定是中断了好长时间，而这妇人是薪火相传者，她是不忍心这斑鸠镇的烟火毁于一旦而生了恻隐之心，否则，我是根本无法发现她的存在的。

我不说话，只管认真地煲粥，时间越长味道越香。

一天时间里，雪不停地下，但我的周身却一片温暖，粥也越煲时间越长，溢出的香味简直可以羞煞天伦。

我盛了一碗粥，送那妇人，然后自己一声不响地端了一碗，送进自己的嘴里。

我不知道该如何做，我只知道今晚必须在此地住宿，等明天一到，我就要重新回到狐城，我要想办法救那儿的人。

吃饭期间，我听到了空中传来一阵奇怪的笑声，这笑声似乎在哪儿听到过，但突然间忘却了。

准确地讲，是人的笑声，夹杂着动物的喘息声，我猛然想起了一个人：花蝴蝶。

自从上一役之后，他就在这个世界上消失了，中了毒箭，受了伤，我以为他死了，曾经有一段时间里，我还为失去这样一个对手感到可惜。

我继续吃饭，不管空中发生了何事，倒是那妇人抬头认真地看着，随后将碗放在地上，跑到外面的废墟前面看，半天不语。

又有一声奇怪的声响传来，人与动物的声音夹杂在一起越发刺耳，我抬眼看了看天，一个人影从天际掠过。

这人我记起来了：那是消失了很久的飞鸿大侠。

他好长时间没有在本故事中出现了，现在出现的原因不甚清楚，但我明白：他们两人同时出现，一定与狐城有关。

我来了精神，因为飞鸿大侠上次离开时提醒过我，他会在适时的时候出现，现在是时候了。

深夜时分，我没有睡觉，而是在炊烟前守候，那个妇人从屋中走了出来。

她开了口："你在此地作甚?"

"我不能看着烟火断掉，这是人间的命脉。"我淡定地回答着。

"你失去了朋友，应该伤心才是，可是从你的脸上，我没有看到半点伤心，我不明白，你是不喜欢你的朋友，还是十分镇定？”她的话十分刺激人。

我道：“我的朋友，我十分在乎，但我不能迷失方向，狐城我还是要去的，虽然你们不想让我去，故意让我失去记忆，但我现在苏醒过来了，狐城我定要前去，我一定会救回朋友，并将狐城的来龙去脉搞清楚，说不定，我可以将狐城销毁，让它从此在世界上消失。”

“你太可怕了，但这是要付出代价的，狐城、红城、斑鸠镇，不是那么简单的事情，我来了二十年了，还没有摸清楚，我敢说，除了狐仙外，没有人可以摸清楚。”

妇人笑了起来，一脸的城府。

我将一把柴火愤怒地扔进炉灶里，站起身来，对她道：“您是波特的什么人？不仅仅是邻居吧？”

“当然不是，我是她的家人，准确地讲，是不该出现的人，如果不是你的出现，我恐怕早就升天了，我要感谢你，因为我又有了用处，因为，我是波特派来收拾你的，如果你失忆了，我无所谓，你该去哪儿就去哪儿，如果你没有失忆，而只是装模作样，我就将你送到该去的地方。

“可惜呀，我的出现不是地方，我选择了炊烟旁，而这样的人间烟火燃起了我对爱的渴望，你刚才为我煮饭、盛饭，这是任何人都没有为我做过的事情，我感动了，所以，我改变主意了，我想帮你。”

“就因为一饭之恩？”我问道。

“不能这样讲，其实，你从喊我大姑起，我就不想伤害你了，我刚才故意这样做，其实是在等你给我一个让我感动的理由，你果然做到了，这样很好，聪明的孩子，善良本能的爆发，果然精彩。”

妇人说话时像个哲学家，而我则洗耳恭听着。

“说吧，想知道什么？该讲的我就讲，不该讲的，是因为我根本就不知道。”

我想了想，问道：“我的朋友没有性命之忧吧？”

“当然不会，他们暂时不能出来，因为他们一个做了童子，一个做了坐骑，如果狐仙不亡，恐怕他们一辈子也不会出来，他们没有喝下失忆水的权利。”

“还有，狐仙是谁？她与波特有什么关系？”

“这个我不清楚，但我可以告诉你，狐城里面关着许多父母，这是事情的关键，你不必将所有的焦点聚焦在波特身上。”

我诧异万分，怎么与父母有关系？我想起了自己的母亲，难道母亲也在此地吗？

我的心为之一动，想到了可怕的花蝴蝶，我继续问道：“为何与父母有关?”

“这样一个闹剧，其实与亲情有关，但我说不清楚，看你的悟性了：一个父亲，为了照顾好自己的女儿。女儿任性，从小与父亲不和，她发誓要杀掉天下所有的父母，而父亲当然不允许，但父亲有时候也会偏心，失去理智，只能跟随自己的女儿做些可怕的勾当，就是这些。”妇人越发胡说八道起来，我听得云里雾里。

我晚上睡了一个好觉，一觉醒来后，发现自己躺在床上，那妇人不见了，我仓皇失措地跑出去，发现炊烟依然，一个笨拙的北极熊正费力地往里面扔着柴火。

整个斑鸠镇依然杳无人烟，我跑了出去，拼命地叫着“大姑大姑”，但她却没有出现。

我重新回到屋中，蓦地发现桌子上面放着一张纸条，纸条上用哈萨克文这样写道：

咒语相反，进入红城，由红城进入狐城。

我将纸条的内容烂熟于胸，将纸条吞入腹中，头也不回地跑出了斑鸠镇。

大雪一直下，没有停下来的意思，我在雪中行走，像个雪人，雪是世间的精灵，我成了人间的怪物。

那个红帽子并没有被覆盖，雪虽然下得快，但总会停下来，停下来时，便会出太阳，太阳的光芒覆盖了大地。

我右转了三下，左转了十四下，大吼了一声，接着便是翻天覆地的震动。我感到头昏脑涨，等醒来后，便发现自己已经置身于一块红红的土地上——果然是红城。

大街上人来人往，没有人在意我这个外乡人。

我找到了原来去过的地方，却没有发现那妇人，两个小子，正是上次打架的两个人，还在那儿做游戏，他们看到我，拉着我的身体道：“来呀，一起玩吧，你如果赢了，想啥来啥。”

我等不到反对，便被推到游戏中，不可自拔。我们三个比试转动身体，看谁的身体可以转得最快。我不知道从哪儿来的力量，近乎疯狂地将自己的身体转动起来，我感到自己的速度比陀螺还要快，到达一定程度后，我的身体飘了起来，以一种凌厉的姿态掠过了时间与空间，落在一块平坦的土地上。

当我确认自己到达了狐城后，禁不住心花怒放起来。

为了保险起见，我抓了只小狐狸，换了它的衣裳，至于那只小狐狸，我毫不客气地将它扔到了水井里。

我路过刑场，看到一群士兵正在枪决两个犯人，听说他们犯了大错，知道了狐城的秘密，没有回去的机会了，只能死。

我到了皇宫边上，看到那个死狗正伸着舌头，瞧着过往的人群发呆。

我没有接近它，我知道它失去了理性，接近它只能找死。

我继续往前方赶，我要找到童子，问个究竟。

但在一个拐弯的地方，我竟然发现了一个卖茶叶蛋的家伙，他的样子像极了花蝴蝶。

我想起了自己的装扮，便装作客人大摇大摆地走了过去。

花蝴蝶看我过去，一脸的低三下四，招呼道："您来了，狐狸先生，请坐吧，您可是这儿的稀客呀？需要吃点什么？"

我指点着那茶叶蛋，还有茶，他照做了。

他过来套近乎，对我道："问您件事情，我听说狐仙就住在皇宫里，可有此事？"

终于压制不住了，我怒吼道："怎么了？问我们领导做甚？想死吗？没见到枪决的人吗？"

"不是，我只是想一睹芳容，绝无他意，怎么样？如果能够成功，我愿意将这个摊子送与你。"花蝴蝶叫道。

正在此时，我猛然听到了一声吆喝："修脚喽。"

声音熟得要命，我回头看，却发现竟然是那个乔装改扮的飞鸿大侠。

花蝴蝶十分不高兴地对飞鸿大侠说道："你算老几呀？没看到有贵客吗？恕不接待。"

飞鸿大侠道："狗眼看人低吧，你的模样就像皇宫前面的那条狗，没用的狗，一粒药就可以让它失去理智。如果是我，早就喝下这包药，一死了之了。"

飞鸿大侠说着，将一包药扔了过来，砸在我的脑袋上，花蝴蝶回头便与之理论起来，我听他话中有话，将那包药放进了口袋。

待他们争执的当儿，我消失得无影无踪。我知道飞鸿大侠在帮助我，我明白了：这包药可以唤醒狗的理智。

正当我准备前往皇宫时，我听到了背后有人叫我："站住，往哪儿跑？长嘴，你跑了这么多天了，等着去见狐仙吧！"

一个狐狸领袖模样的家伙站在我的面前，它扯着我的肩膀，硬生生地将我从后门拽进了皇宫。

我看到了狗子，那个童子模样的人站在天井当院里，正对一帮狐狸们发火。

我路过时，用眼睛看他，他没有接受我的目光，而是将它们原原本本地扔在了地上。

“长嘴，站住。”有人叫我，我回过头来，发现是童子。他目光不停地在我的身上穿梭着，直至盯在我的脸上。我知道他是狗子，不过是吃了迷惑药罢了，我好想将怀中的药掏出来，不容分说地塞进他嘴里，等他醒来后，再抽他几个大嘴巴解解恨，但我没有，主要是没有时间。

童子问我：“长嘴，你昨晚去哪儿了？怎么狐仙找你半天也没有找到，本来是打算让你将第三拨人放回去，你是不是偷懒了？”

我回答道：“长嘴并未偷懒，不过是拉肚子，跑了几趟茅厕而已。”

“你小子，赶紧去吧，将第三拨人给我放出去，再回来复命，狐仙要见你。”童子回身去了内室，我在原地心中暗骂着。

我转了个弯儿，径直到了广场上，第三拨大约有二十多个人，他们正排好队，准备出去。

按照流程，我需要事先将药水兑好，让他们喝下去，可我并不知道秘方，因此，我选择了将一大桶水舀到他们碗里，他们一口喝进嘴里，苦涩的味道袭击了他们的腹部，个个捂着肚子，坐上了电梯。

等到那拨人出去了，我长出了一口气。

那边，有个狐狸叫我道：“长嘴，赶紧回去吧，领袖叫你呢。”

我没好气地跟在他的后面，同时，我计划着一会儿见到狐仙后如何施展自己的计谋。

既然进了狐城，就要有所动作，不然，我如何摸清楚这儿的秘密？如何才能将狗子与狗救回？

在皇宫门口，我看到了狗，它见到行人就会张着嘴傻笑。之所以我确定它是狗，因为我看到了它的牙。前年，在旅行过程中，他的一颗牙出现了问题，有一个明显的缺陷，现在我看在眼里。

这是一个明显的特征。

我也冲着它笑，两笑相对后，我准备进入皇宫大院。

有个厨子模样的士兵捧着无数的馒头，准备进入大殿。

我故意使坏，撞了过去，馒头落在地上，狗蠢蠢欲动起来。

那人大叫“瞎了狗眼”，而我则急忙道歉。

他蹲下身慌忙寻找馒头，而我则将一个馒头掰开，将药粉塞了进去。

我故意将一个馒头扔出老远，滚入了脏兮兮的污水中，那厨子大叫着，准备去追，可是他的速度没有狗快，狗好多天未进食了，可能是主人在惩罚它吧。它将馒头咬在嘴里，跑向了远方。

我大摇大摆地进了皇宫，后面依然是厨子的叫喊："长嘴，你嘴长，怎么手也长呀?"

天井当院里，童子讪讪地看着我，对我道："事情办妥了没?"

我答道："当然，我又不是头一次办这种事情。"

"你马上进屋吧，主人在等着呢。"我头也不回地进屋里去，童子在后面吼着："小子，你最近有些欠揍吧。"

我进了屋里，看到了一袭纱幔后坐着一个少女，她见到我，掀起了纱幔看我。我不敢抬头看她，只是听到了她的声音："长嘴，有一件事情要你去做：我怀疑有人偷入狐城，你去调查一下，然后给我回复，注意，一定要保密，不要让童子与我的坐骑知道，我最近在怀疑他们的身份。"

我点头道："是。"正想退出，狐仙却从纱幔里面走了出来，来到我的面前。我低着头，看到了她的脚，没有一丁点儿狐狸的味道，我好奇地将眼睛抬起来去看她，看到了她的身子，然后便是脸部，我傻眼了，半天没有说话。

那模样，像极了照片中的女子——波娃。

我不敢确认她就是波特的孩子，但脸上的表情僵硬着，狐仙看到我的表情后，道："你个小狐狸，竟然有人的表情了，难得，看来，是我的美好感染了你。"

我径直朝门外走去，脑袋一团浆糊，竟然摔了跟斗，我忙不迭地爬起来，在外面，我看到了天井当院下的阳光。

出第二道门时，我猛然感到自己的身子一震，整个身体被吊了起来，正想开口怒吼时，童子出现了，他拍了拍手道："果然没错，你是奸细，你不是狐狸，而是人。"

"说吧，为何要混入狐城，有什么样的目的，你不会是红城的人派来的吧？知道我们是死对头。"童子没有等我回答，便下了判断，然后对身后的狐兵道："押去刑场吧，我要亲自监斩。"

我一边挣扎着，一边喊道："狗子，你个吃里扒外的东西，你醒醒吧，我是你哥，我是为了你才混入狐城的，你不要不识好歹，如果我死了，你会后悔一辈子的。"

任凭我如何叫嚣，他就是不听，我被绑在刑场上，周围与我一起被执行死刑的，还有几个自认无辜的家伙，他们见我喊，也喊了起来："冤枉呀，我不是红城来的。我是人呀，不是狐狸，你们这些不知天高地厚的狐兵，你们将死无葬身之地，如果我能够逃出去，我一定会兴兵来犯。”

手起刀落，三个犯人顿时身首异处。

只剩下我了，我突然大笑起来，现场的狐兵目瞪口呆，以为我疯了。

我道：“拿酒来，我要喝酒，童子先生，你敢不敢与我一起喝酒，不要绑着我，我能跑得了吗？”

童子觉得我好笑，凑过来道：“你小子有病吧，想喝酒容易，但我为什么要陪你喝？还有，你有什么权利要我解开你身上的绳索。”

“当然有，因为你长得像我的一个朋友，在红城遇到的，如果我没有猜错的话，你肯定去过红城，所以你要认我这个朋友。我不奢望你救我的命，但我一定要与你把酒言欢，你不敢吗？”我用了激将法。

“我有什么不敢的？拿酒来！”童子叫道，有人跑上前来，把一大坛子酒放在地上，我身上的绳索也应声而开。

我坐在刑场上，打开了酒坛，我喝了一口，感觉酒芳香迷人。

这是我头一遭如此大量地喝酒，不为别的，只是为了体会一下人生的疾苦，人生苦短，酒可以出现在各种情况下，而在刑场上喝酒，的确有一种不同的人生况味。

童子也不客气，倒了酒，也喝了下去，他一边喝一边道：“我可是从来没有喝过酒，你小子是想用酒麻醉我，想让我放了你，不可能的，因为这儿是狐城，不是人间，没有人情味的。”

我悄悄将药倒入坛子里，一颗也没有剩下，我在怀疑这种药是否有效，也许是飞鸿大侠在调侃我罢了，但现在没有其他办法，死马也得当活马医了。

童子酒喝多了，但脑子却不迷糊，他脸上红润起来后，站起身来，对刽子手道：“行刑，他喝得差不多了，剩下的酒全是我的，杀了他。”

刽子手上前，我大骂起来：“什么破药，居然不管用，狗子，你敢杀我吗？”

恰在此时，有个狐兵跑了过来，大叫道：“刀下留人，狐仙要放他回去。”

我不知是福是祸，但好死不如赖活着，我头也不回地往皇宫赶去。

狐仙在皇宫门口等我，我看到了吃过馒头的狗，正虎视眈眈地对着狐仙狂吼着，见到了我，它喜出望外，但随即又将目标重新锁定在了狐仙身上。

狐仙手中举着一张照片，问我：“你在哪儿拿的照片？”

“我正想问你呢，你为什么与波特的女儿长得如此相像？”

“你难道见过他？我好长时间没有见到他了。我恨他，我想让他死。你如果想活命，就告诉我他让你来的目的，他是决意要与他的女儿作对了？”

果然是波娃，她与自己的父亲竟然成了仇人，我明白了那个妇人的话了：这个故事与亲情有关。

果然有关。

我道："当然，你还知道他是你父亲，他千方百计地想让你找回自己的心智，还大家一个朗朗乾坤，你知道吗？"

"不可能的，这是绝对不可能的，我已经发下重誓，一定要将这个狐城建成一座坟墓，要将全天下的父母关在这儿。哪怕他们出去了，也无法认回自己的儿女。我让他波特知道，母亲的死，他难逃关系，他是罪魁祸首。"波娃狂喊起来。

狗也叫了起来，它狂叫的姿势十分优美，容不得其他人有片刻的休息。

"你如果想活命，就必须告诉我你来的目的，否则，我可不客气了。"波娃示意旁边的童子道。童子跑了上来，眯着眼睛看着我的脸。

我觉得狗已经恢复了，但狗子为何没有任何变化？我百思不得其解，但我却将目标瞄准了旁边的狗。

我道："你的狗不好管呀，难道你不需要一个调狗师吗？"

"你会调教狗？笑话，一个毛孩子懂什么。"波娃并不相信我。

我对着旁边的狗道："乖巧些，听从我的安排，向主人跪拜谢罪。"

我这么做是为了转移目标，想让自己转危为安，但我并不知道狗是否会听从我的安排，但我的期望却出现了，因为狗低吟了几声后，来到我的身旁，卧了下去。

波娃眉开眼笑，对我道："好事呀，我对这条狗平日里缺乏管束，没有想到竟然多了一个奴隶。好了，你留下来吧，但从此以后不得再进行下一步的活动，不要再与波特有任何来往，我已经有了魔性，不再是一个平凡的孩子，我的目标就是将狐城建成一座现代化的城市，将全天下所有的父母全部吸引进来，然后将他们再放出去，从此，他们不再认自己的孩子。"

我好想骂她浑蛋，尽管她是个女生，但我却没有骂出来，我虽然出类拔萃，但在人家的一亩三分地上，我不敢造次。

现在，我多少有些明白波特的意思了，他不想让我进入狐城，其实是为了我的安全考虑，我更明白为何斑鸠镇会被一夜屠城了，这个狐仙带着狐兵，将那儿的父母全都抓了起来，至于孩子，一定是吸了她的魔性，从此以后成了狐兵。

我现在十分想找到波特，我要告诉他：你不能再袖手旁观了，你的女儿已经铸成了大错，如果现在不制止她，恐怕不会再有原谅的机会降临人间。

我住了下来，我成了波娃的奴隶，一会儿帮忙驯狗，一会儿洗她那脏兮兮的臭脚，每逢为她洗脚时，我都很恶心，但我没办法，我知道人生有些时刻难免在屋檐下低头。

后半夜，我睡了下来，但心却没睡，正在迷迷糊糊之时，我感到有个家伙在搔我的头部，我随手打了一下，他并没有因此停止下来。

我惊醒，却看到了狗。

我道："别烦人了，赶紧睡吧，我一天累得死去活来的。"

"主人，是我，我回来了。"狗的一声低吟将我从梦中一下拉到了现实，我张口结舌。

刚想表白什么，却听到了外面有人说话的声音，童子在巡夜，听到我这边有动静，跑了进来。

"你们赶紧休息，叫什么呢？你还想死呀？"

"我可不想死，不像有些人，吃里扒外。"

"狗东西，不知道自己几斤几两了？"童子想动怒，外面狐兵叫他，他甩了甩手，离开了现场。

我才感觉到那坛子酒将药的功力稀释掉了。整个夜晚，我与狗在低声交谈我们分手之后的事情。

狗与狗子，在雪地里打闹，不知是狗，还是狗子，无意中左转了三下，右转了十四下，跌入了狐城里。而当他们到达这儿时，狐仙正领着狐兵们到处寻找自己丢失的坐骑，狗出现了，居然与狐仙的坐骑一模一样，.可惜的是，它却无意中喝下了失忆水。

而狗子居然与三年前波娃的一个玩伴长得一般无二，波娃将狗子当成了家奴。

我问狗道："现在怎么办？我一点儿头绪也没有，我们该如何将这些人营救出去？"

狗道："其实，她的药对我的作用并不大，因为我不是人，是一条狗，我之所以故意装模作样，就是为了麻痹她。狗子中毒估计非常深，现在，我们不能依靠他了，只有靠我们自己，将维护狐城的一只手打碎。"

"一只手？"我诧异地望着狗。

"狐仙以为我只是一条狗，不懂人言，因此，我知道她所有的计划。她就是想利用狐城，与自己的父亲为敌，她要将全天下的父母弄到狐城来，然后让他们失忆，再送回人间，让他们从此失去与儿女们享受天伦的机会。而一只手就是维护狐城命脉的水，它就藏在狐城的最深处，离地面大约有一百公里深。我只知道有一道门，但不知道该如何进去。我想，只要打破了那只手，狐城的幻象便会消散，所有的父母就会从梦中苏醒，狐城便不复存在了。”狗像个哲学家。

“你的意思是，狐城本是幻城，是不存在的，父母们是受了狐仙的蛊惑，才进入的幻象，那么，他们的身体呢？”我似乎有些明白狗说的话了。

“身体被关在一处窄小的空间里，没有空气，与世隔绝，我见过那个地方，所以说，我们必须分头行动，我进深门，你去救出他们的身体。”我感到浑身充满了力量，但同时感到力不从心。

如果狗子在就好了，我这样想着，因此，当我将疑问和盘托出时，狗道：“看来，只有再去找狐仙了，也许她知道解药放在什么地方。”

狗继续说：“我一会儿就过去，白天时我惹怒了她，其实是药让我难以自已，现在药效已经过去了，我装作仍然是她的狗，套出她所说的话来。”

看来只能如此了。我拍了拍狗的身体，狗依然是狗，健壮、可靠，不像某些人，经历了万事千事后，思想上发生了质的变化，再见面时，物是人非，狗是人类最忠厚的朋友。

狗站起身来，它离开时的姿态让我痛心无比，它的腿部明显受了撞击，有了伤痕，但它并没有表达出来，它深知道说出来得前进，不说出来也是前进，因此，它选择了沉默隐忍。

狗进入狐仙卧室时，童子依然在门口守候着，听到动静，童子本能地拦住了去路，看到是狗时，童子笑起来，对狗道：“这么晚了，不与你的师傅一起睡觉，又来见主人何事？”

狗对童子的表态十分不满，但它并不说话，而是直接撞进了里屋。

童子想拦，却没有成功，童子道：“唉，你这家伙，飞扬跋扈呀，你以为你是谁呀？老大呀？”

“你我平级，都隶属于狐仙，你凭什么拦我，告诉你，不要让我再看到你这副嘴脸。”狗说起话来，口气十分强硬。

童子大叫起来：“这狗怎么会说人话呀？简直不可思议。”

门开了，狐仙披着衣服，站在他们面前。

狐仙眉飞色舞：“好狗，你恢复了十成的功力，我刚拥有你时，就听说你会人言，只是一直未开金口。没有想到今天晚上，不，应该是今天下午，让我重新认识了你，你送给了我这世上最温暖的时光。”

狗道：“我要住进卧室里，主人，让童子滚出去，他算什么东西？”

童子听后，大惊失色，用眼睛直瞧狐仙，狐仙也笑了起来：“好嘞，让他滚远些。”

狗继续道：“让他陪小子一块儿睡吧，我看他们俩人在一起挺合适的。”

“你是说白天那小子？好办法，走，狗，今晚我们一起睡。童子，你听从安排，去吧，有了神狗相助，我的计划一定会圆满完成，真是天助我也。”狐仙简直高兴到了极点。

童子一边走一边骂道：“死狗，会说人话，居然成了本事了，有一天，看我如何撕碎你。”

童子径直进了我的住处，他的目光与我的目光相碰，我示意他坐下来。我睡的地方是个牲口棚，原来是养马用的，现在马全没了，但仍有一股子马粪味。

他自视清高，躲得远远的，我摸索着怀中的药粉，这是残余下的一包，我想着以怎样的方式让他就范，但他不肯轻易接近我。

我道：“你算是半个好人，因为你在刑场上饶了我，现在知道我是做什么的了吧？”

“知道，你不就是从红城过来的吗？老爷子派来的，你臭美吧，如果不是看在老爷子的面子上，恐怕你的脑袋早搬家了。狐仙的手段你可是没有见过，撒豆成兵，点石成金，没有人敢不服她。”童子以能够成为狐仙的奴隶而自豪。

我口渴了，看到了一只水缸，便从旁边拿了个勺子，舀了水，咕嘟地喝进了胃里。

童子也渴得直吐舌头，我舀一勺水递给他，他迟疑着，我终于按捺不住了，想将勺子扔进水缸里，而他却将手伸了过来。

也算是另外一种握手吧。

他对我有戒心，因为我与他不是一路人，但一大包药粉被我毫无保留地放进了勺里。

童子睡着了，我将自己的外衣脱下来，给他盖上，我缩着身子，在屋内来回踱着步，等吧，明天一大早上，狗子就会苏醒过来，我知道：太阳会照常升起。

太阳没有升起来，因为雪下了起来，这个世界就是多雪，我不明白人世间的恩怨如何可以纠缠到这狐城来，但我知晓：这也是一种别样的人生。

狗没有回来，兴许是遇到了事情，狗子却回来了，他头疼得要命，死死地拽着我的胳膊，不要我离开，他叫着：“哥，太可怕了，这儿到处是鬼。”

我劝慰他：“没有鬼，全是人，鬼是人心中装着的东西，全是幻觉。”

我不想告诉他事情的真相，我只是搪塞道：“醒了就好，醒了就可以做事了，我们驱鬼去。”

我们挨了一个上午，其间，三四个狐兵走过来，对狗子敬而远之，我则代替他传递军令：“领导有事情，头疼，你们忙去吧。”

这算是一种越俎代庖，我头一次领会到了做领导的辛酸，领导不仅仅需要有才，更需要有力量。

我十分担心起狗来，狗进入狐仙的房中，一天一夜与一整个上午都没有出来，我害怕狐仙的魔力重新感染了它，因此，我决定派苏醒过后的狗子去看个究竟。

狗子装作仍然是童子的样子，到了狐仙的门口，一下子撞开了大门。

狐仙正在梳妆，回过头来，没好气地骂道："你个蠢材，不会敲门吗？"

"狗去哪儿了？"狗子单刀直入。

"你这是做什么？狗有狗的事情，你这样鲁莽，我怎么敢相信你？说实话，狗去深门了，那儿，它会为我取回一件宝贝。"狐仙高兴地叫着。

"不就是一只手吗？你要手有何用？你已经有两只手了，梦想也快要实现了，你的父亲，全天下的父母全会成为你的奴隶，你当了女王又如何？还不是人的女儿？"狗子将话撂了出来。

"你说得好，我就是要这样做，这只手是上帝之手，如果我拥有了，狐城将会永远存在。你可知道，这只手曾经打败过无数英豪，拿破仑死于这只手下，杨广，也惨死在这只手中。我有了这只上帝之手，就会拥有全天下的魔力，我想做什么就做什么，我就是给父亲看一下，我是多么出类拔萃，我是不可战胜的人，我要他为自己当初的选择后悔。女儿怎么了？女儿也可以成为英雄，也可以统治全世界。"狐仙将自己的头发绾到了后面，露出了自己的本来容貌——清秀端庄，一点儿也不像一个杀人恶魔。

"哈哈，你就不怕那只手碎了吗？一旦手碎了，你连自己都无法拥有，这便是你狐城之手，手碎城亡，唇亡齿寒。"狗子将这句话扔出来后，狐仙一下子摊在地上。

"我怎么忘了，如果这只狗一不小心，或者是怀有恶意，恐怕我的城就完了。这该如何是好？我怎么可以忽略这个问题呢？"狐仙在城堡中来回踱着步，突然间，她将目光锁定在狗子身上。

"你是我的心腹，我看出来了，你下深门好不好，虽然我没有下过，但我知道那儿一定是深渊。放心，我不会让你失望的，你如果将上帝之手送与我，我送你半壁江山。"狐仙上前，以一种求饶的姿态。

狗子道："你告诉我一件事情，我就可以帮助你。红城是如何亡的？斑鸠镇呢？还有你的父亲在哪儿？你不会连自己的父亲也杀了吧？"

"哪会？他可以不仁，但我不能不义，实话实说，他就被关在深门里，我害怕他破坏我的好事。"狐仙无奈地叹了口气。

"深门的入口，我没猜错的话，就在你的床下面吧？"狗子试探着问道。

“是的，你如何知道？果然没有看错你，你是我的心腹，放心吧，一定会成功的，你一定要凯旋而归的。如果狗想背叛我，你便杀了他，我给你全天下最快的利刃——青龙宝刀。”刀早在手上，狗子迫不及待地上前，将宝刀握在手心里。

“还有件事情，你将那小子交与我，我让他打头阵，如果有危险，让他替我挡一下。”狗子是故意这样说。

“好办法，你小子，真有主意，现在我才明白，患难识忠臣呀！”

当天下午，就在狐仙的屋中，她为我们壮行，我吃了一个底朝天，狗子也吃得不亦乐乎，旁边的狐仙看得直皱眉。

我突然间插嘴道：“我见到你的父亲，如何解释？他不会对我兴师问罪吧？”

“你就告诉他，我的愿望快要实现了，让他想开点，是做全国的太上皇，还是与女为敌，他自己看着办。我是不会杀他的，我就是想让他活下来，看着我实现自己的梦想，这是我毕生的愿望。”狐仙说话时，一点儿也没有一个女孩的天真与活泼。

下午五时，狐仙郑重地焚香祷告，我们二人坐进了大筐，电梯慢慢向下，不大会儿工夫，我们就听见落地的声音。

下面黑得要命，但我明显感觉到有生命存在的迹象，一团团的生物像刀像剑一样跑过来，在我们面前稍作停留后，便跑向了远方。

好不容易看到了灯光，灯光如豆，我看到了波特。

一大帮人坐在波特面前，这样相互对峙的场面，不知道维持了多久。

父母们，还有那条毛狗，正全力以赴地准备进攻波特，波特浑身是伤，但他依然是个斗士，我们很快搞清楚了缘由。波特后面悬着一只手，上帝之手，波特为了自己女儿的安全，不允许有人上前，否则，他会以死相拼。

有人在劝他：“波特，你放下吧，万般自在，你守着这只手有何用？你的女儿伤了多少人，你为何不让我们打碎这只手？”

波特道：“我是浑蛋，我从小便溺爱她，现在依然如此，我对不起她，她唯一的梦想便是当上女王，我作为父亲，应该支持她，我现在不能让你们为所欲为，你们放弃吧，没有人能够战胜一个父亲的力量，这来源于爱。”

“你这是自私的爱，你为了一己之私，置全天下父母的安危于不顾，这么多的父母失去了记忆，从此以后无法与儿女们享受天伦之乐，这是为什么？波特，你在红城时，我们依赖你，包括在斑鸠镇时，你依然是个角色，但现在，在我们看来，你什么也不是，你就是个孬种，坏蛋！”骂声不绝于耳，但波特垂着眼睑，一言不发，谁也不能上前。

狗退了下来，见到了我还有狗子，禁不住与我们拥抱在一起，三个家伙几乎同时潸然泪下。

这一场生离死别，差点让我们无法重新回到人生的起跑线上，但我们重新聚到了一起，如果有酒，我想我们三个一定会不醉不归的。

我拍了拍狗的肩膀："你已经成为一个英雄了，成为我的弟弟，只要找到母亲，放心吧，我们一定可以过上幸福的生活。"

狗道："我闻到了一股子针药的味道，是母亲身上特有的，如果我没有猜错，她一定也在其中，但她可能被关在更深的深门里，除非打碎这只手，否则……"狗不说了，我听得兴奋，一下子站了起来。

狗子跑了过去，从波特的身边抢走了一壶酒，我们三个家伙大喝起来，酒香肆虐，这儿简直成了梦的天堂。

我喝醉了，看到母亲在深门的深处，与一大帮母亲在一起，哭诉着狐仙的罪行，我再也控制不住，飞奔上前，扯住了波特的胳膊，想将他挪到其他地方。

但我没有成功，波特的身体已经牢牢与石块连在一起，除非将他撕碎。

我悻悻地退了下来，狗犀利地攻了上去，将波特的手与脸全咬破了，但他就是不离开，上帝之手就在他的身后。

有人道："我们一起上前将他撕了，看他还敢不敢这样维护自己的女儿。"

正在大家议论纷纷之时，身后传来了一个女子的声音："做得好，真是我的好父亲。"

波娃走了进来，身后有无数名狐兵，手中握着枪与刀。

波娃看到了我们三个："果然如此，花蝴蝶没有说错，你们会吃里扒外，看来是我大意了，幸亏花蝴蝶提醒我，你们会反我。现在，你们准备着去死吧，一会儿我拿到了上帝之手后，会将这儿所有的一切化为灰烬。"

"父亲，你挪开，我要拿这只手。父亲，感谢你，女儿快要成功了，上帝之手在我手中，我就会成为全天下之主，这是无上的光荣。父亲，等着为女儿庆功吧。"波娃上前，众人靠后。

"不，女儿，听父亲的劝告，这只手不能拿。"波特对自己的女儿劝解道。

波娃没有给父亲面子，伸手将上帝之手握在手中，空气中弥漫着一股子凌厉的攻势。

恰在此时，花蝴蝶从旁边走了过来，想将上帝之手从波娃手中抢过来，波娃不肯给，两人僵持着。

“大侠，您是使者，不是说好了吗？这手归我，你可以当国师。”

“国师，谁稀罕呀？我是想当皇帝，不然，我为何在此地一直卖什么茶叶蛋呀，我一直在等着你将我带入深门，果然，今天应验了。”花蝴蝶露出了本来的狰狞面目。

我想上前与花蝴蝶理论，花蝴蝶看到了狗，道：“真是条好狗呀，迟早是我的，放心吧，一会儿，上帝之手到位后，谁也跑不了。”

花蝴蝶失去了理智，拼命地揪波娃的头发，波娃的手却毫不松懈，死劲地拽住上帝之手。上帝之手悬在空中，中间是一条距离，距离的旁边便是波特。目瞪口呆的波特，从原来的守到现在的不知如何是好，波特的心路历程恐怕只有他自己最清楚了，但现在，上帝之手就在空中，两个人僵持不下，波特是离他们最近的人，也是距离上帝之手最近的人，他百感交集，女儿的目光是在要求他帮助自己，而波特的心七上八下着，如果帮了她，她拿到上帝之手之时，就是全天下父母的遭殃之际。如果给了花蝴蝶，恐怕世界就会大乱。

波特伸出了手，花蝴蝶用眼睛瞪着他，嘴里大叫着：“浑蛋，快点帮助我，如果我成功了，封你为大国师，要啥来啥，全天下的美女统统归你所有。”

波娃道：“父亲，我上当了，我不该与他合作，帮助我呀，拿到了上帝之手后，全世界都是我们的，我敬您、爱您，您就是全天下的太上皇了。”

“权力，全是权力，难道除了权与钱外，世界上什么也没有了吗？”波特气急败坏地伸出了手，他没有向着哪一方，而是将上帝之手摔在地上，一地碎片。

波娃与花蝴蝶挺着僵硬的身体看着眼前的一幕，波娃没有想到：摧毁自己身体的，竟然是父亲。

花蝴蝶也大声哭喊着：“上帝之手呀，我苦求了一辈子的上帝之手。”

宝剑落了下来，波娃的身体被切成了两半，没有人上前，包括波特，波特只是闭上了眼睛。

花蝴蝶拐了个弯儿，跑进了一条小弄堂，人们鼓起掌来，无数人围住了波特：“猎人呀，好样的，为了全天下的安宁，竟然大义灭亲，放心吧，我们的儿女就是你的儿女，你不会孤单的，我们什么都可以送给你，包括我们的生命。”

波特头一次有了做了好事后的满足，他扬了扬头，示意旁边的我，看他的样子是否潇洒？我毫不吝啬自己的赞美之词，伸出了大拇指。

救出了无数人，就是不见我的母亲，狗道：“空气中分明有一股子药水的味道。”

狗子道：“还有一股子钱的味道，父亲、母亲也在吗？”

我们四下瞅着，无数父母亲潇洒地离开了狐城，可是，我的母亲，还有狗子的父母，就是不知在哪儿。

狐城要倒了，上帝之手的灭亡，将镇守狐城的四根柱子惊倒了，眼看着大厦将摧。

我不肯离开，狗子也不肯离开，一根木桩眼看就要砸在我的身上，狗急了，拼了命地用自己的身体支撑着木桩，我们回过神来时，木桩已经断成两截，倒在血泊之中。

我们逃出来时，外面的雪早已经停了，波特领着乡亲们已经开始了重建红城与斑鸠镇的工作，他们忙碌的样子真是世间最美的风景。忽然间我明白了：碌碌无为不是福，消闲不是享受，而只有建立在劳动基础上的美，才是世上最美的。

我们一直在哭泣，三个家伙，两个人，一条狗，准确地讲，应该是三个人了，因为狗已经是一个人了，他比人有魅力，有勇气，有智慧，超越人的人一定是好人。

我们要离开了，虽然不忍心，但还是要离开，因为我要继续寻找自己的母亲，这是最为迫切的事了。全天下，如果一个孩子不顾自己父母的安危，哪怕给你一座金山，你如何敢消受？如果敢立于天地之间，人不怒，神怒；神不怒，地球怒。

我们在狐城的断壁残垣前立了许久，空气中分明传来了母亲熟悉的味道，有酱油、还有醋，更有生姜的香味，而那种针药水的香味，是许多人难以理解的，我懂，因为这里面充满了世间真爱。

路过一片树林时，我看到了摘了眼镜的飞鸿大侠，原来，他居然是中华人物，仪表堂堂，我与他握手，感谢他的帮忙，而他则笑了起来：“你不想让我送你一件礼物吗？”

我还没有答应，花蝴蝶却出现了，他被捆了个五花大绑，满脸是泥。

飞鸿大侠道：“我师兄，同拜轩辕道人门下，在终南山出家，可是他却收了别人的礼物。一个县长为了得到一条狗，给了他一万两黄金，让他追踪你们，直至杀掉你们，幸亏遇到了我，我要替师父收了他。”

原来如此，我高兴得手舞足蹈。

“还有更让人高兴的事情，我在狐城里找到了一处关押犯人的场所，在里面，也许有你们想要找的人，全是一些父母，他们一直喊着自己孩子的名字，其中有人喊狗子，还有人喊小子，我知道这是你们俩的名字。”

没有等飞鸿大侠说完，我便蹦了起来，树林里，我的母亲，还有狗子的父母走了出来，我们搂在一起，叙述着分别后的苦难真情。

飞鸿大侠走了，故事眼看着要结束了，我不甘，想生出新的事情来，母亲却对我道："回家吧，锅冷了，灶凉了，粮食该入仓了。"

狗爹道："走吧，经历了这一场劫难，我回家便散了全部的钱财，安心当良民。"

狗娘道："这狗好可爱，这么多的伤口，真像开放的牡丹花。"

我与飞鸿大侠告别，飞鸿大侠走远了，娘道："感谢也好，不感谢也罢，这是他该做的，因为我们出了钱了。"

我不懂，狗爹道："当然，钱是我们出的，邀请他保护你们的安全，他做到了，你瞧他的腰里沉甸甸的，全是钱。"

我们花了一个月的时间回到家园，土地依然憔悴不堪。我郑重地将狗的名字填入自家的户口本里，狗爹什么也没有说，只是盖了章。

传来了消息：县长锒铛入狱，一帮领导一个也没有跑掉。

一天傍晚时分，我正与狗说着话，狗子领着一个人进来了，对我道："听说狗病了，我带来个医生。"

花花举着针管，我与狗"妈呀"一声逃了出去，外面星光灿烂，月光如水。

2013年9月12日

于宝鸡锦斓宾馆